文化散文研究资料

程光炜　主编

陈华积　编

中国当代文学史资料丛书

百花洲文艺出版社
BAIHUAZHOU LITERATURE AND ART PRESS

图书在版编目（CIP）数据

文化散文研究资料/陈华积编. — 南昌：百花洲文艺出版社，2017.8
（中国当代文学史资料丛书/程光炜主编）
ISBN 978-7-5500-2193-8

Ⅰ.①文…　Ⅱ.①陈…　Ⅲ.①散文－文学研究－中国－当代
Ⅳ.①I207.67

中国版本图书馆CIP数据核字（2017）第090718号

文化散文研究资料

WENHUA SANWEN YANJIU ZILIAO

陈华积　编

出 版 人	姚雪雪
责任编辑	臧利娟　杨　振
书籍设计	方　方
制　　作	何　丹
出版发行	百花洲文艺出版社
社　　址	南昌市红谷滩世贸路898号博能中心一期A座20楼
邮　　编	330038
经　　销	全国新华书店
印　　刷	江西千叶彩印有限公司
开　　本	720mm×1000mm　1/16　　印张　22.5
版　　次	2018年4月第1版第1次印刷
字　　数	340千字
书　　号	ISBN 978-7-5500-2193-8
定　　价	45.00元

赣版权登字　05-2017-136

邮购联系　0791-86895108
网　　址　http://www.bhzwy.com
图书若有印装错误，影响阅读，可向承印厂联系调换。

总　序

◎程光炜

一

　　中国当代文学史（1949—2009）有"前三十年"和"后三十年"之分期。后三十年中，又有"七十年代文学""八十年代文学"和"九十年代文学"等不同段落。本丛书的选编对象，是后三十年文学。然而，文学发展脉络除不同段落之外，还应有先后出现的流派、现象和社团将之串联成一个整体。在中国现代文学史上，仅二十年代的文学就有文学研究会、创造社、沉钟社、未名社等大大小小的社团或流派，从这些现象中，既可观察这一段落文学的起伏跌宕、相互排斥与前后照应，也能对它们的纹理组织和贯穿线索有清楚的了解。

　　由于当代文学史的历史沉淀不够，研究者与研究对象之间的历史距离还较短，它作为一个历史河床的激流险滩就来不及显露出来，供研究者做准确的测量、计算和评估。按照我做历史研究的习惯，凡是漂浮在文学批评和各种文坛传说中的文学现象，都不会列入研究目标，我会耐心地等它逐渐沉淀下来，待纹理组织和脉络线索都清楚显露出来之后，才把一个个作家作品这种单位摆放进去，设置一个位置。观察思潮，也应该强调它的历史稳定性，否则宁愿放着不做。但是我们知道，自所谓新时期文学开始运作之后，被文学批评推出的文学现象就层出不穷，例如伤痕文学、反思文学、寻根文学、先锋小说、新写实小说、女性文学等等，而且它们大都被已经出版的许多文学史著作所采用，在大学中文系文学史课堂上讲授了几十年。我没做过统计，关于它们的各种论文不说上千万字，少说也有几百万字。更值得注意的是，有很多研究论文详细讨论它们之间的承传关系①，或者对某现象的内涵外延加以界定②，也分析到某现象在向另一现象转型过程中出现的种种问题③，如此等等。由此说明，当代文学史历史分期、段落传承、概念界定、现象、社团和流派等等的历史化研究，也并不像有些悲观者认为的那样犹如散兵游勇，布不成阵。④

因资料整理和学术研究没有跟上来，从伤痕文学、反思文学、先锋话剧、朦胧诗、寻根文学、先锋小说、新写实小说、女性文学、第三代诗歌、文化散文、九十年代长篇小说到60后作家三十年来的文学史序列，除作家主动提倡、文学批评和杂志组织等推动因素外，是否还有社会思潮的刺激、外国文学的影响和文学圈子的催发，还都没有被认真清理和反思。关于现代文学史上的文学研究会、创造社、太阳社、沉钟社、新感觉派、乡土小说、京派、海派等社团和流派的文献史料，是经过几代学者数十年来默默无闻地爬梳、搜集、辑佚、整理和研究，才逐渐浮出历史表面，最后被确定下来，成为学科的概念、术语、范畴的。而我知道，对当代文学史上这些重要现象文献史料的收集整理，还只是处在启动的状态，更不用说以一所大学之力，几代学者之力，开辟为研究领域了。虽然如上所说，零星的"关系""转型""段落传承"等研究已有不错成果，但与现代文学史如此大规模、长时段和投入几代学者之力的宏大工作相比，远没有提到议事日程上来。这个事实，必须引起学界同人足够的重视。

二

本丛书的编撰是一项进一步充实当代文学史文献史料整理的工作。它分为《伤痕文学研究资料》《反思文学研究资料》《改革文学研究资料》《寻根文学研究资料》《先锋小说研究资料》《新写实小说研究资料》《新历史小说研究资料》《女性文学研究资料》《朦胧诗研究资料》《第三代诗歌研究资料》《先锋话剧研究资料》《文化散文研究资料》《九十年代诗歌研究资料》《茅盾文学奖研究资料》《九十年代长篇小说研究资料》和《外国文学译介研究资料》，总计十六种，基本涵盖了当代文学史后三十年的重要现象。如果按照本文第一部分讨论现代文学史社团、流派、现象的观点，可以将十六种资料略作分类。第一类为文学现象，如"伤痕文学""反思文学""改革文学""新历史小说""先锋话剧""文化散文""茅盾文学奖""长篇小说""外国文学译介"等；第二类为社团，如"朦胧诗""第三代诗歌""九十年代诗歌"等；第三类为流派，例如"寻根文学""先锋小说""新写实小说""女性文学"等。所谓文学现象，是指受到当时社会文化思潮和文学思潮的影响而兴起的一种文学创作现象，集中反映着当时作家、批评家的思想状况、文学观念和审美意识，尤其是文学探索的精神。随着这些思潮的转移、跌落，这些现象也随之弱化和消失。所谓文学社团，按照既定的文学史认知，它一定有社团章程、组织、文学主张和相对固定的文学圈子，有固定的批评家和文学受众，关于这一点，"朦胧诗""第三代诗歌"和"九十年代诗歌"都符合这些条件。

从文学史的角度说，凡文学社团都有社团章程、组织、文学主张和固定的文学圈子，有固定的批评家和文学受众。例如"朦胧诗"，它源于1969年出现于河北白洋淀插队知青中的"白洋淀诗人"，主要成员有姜世伟（芒克）、栗世征（多多）、岳重（根子）、孙康（方含）、宋海泉、白青、潘青萍、陶雒涌、戎雪兰等，在北京工作或在外地插队的北岛、江河、严力、彭刚、史保嘉、甘铁生、郑义、陈凯歌等，也曾与这些诗人有交往。1978年12月，创办了诗歌小说和美术杂志《今天》，而以发表诗歌为主。杂志主编是北岛、芒克，成员有方含、江河、严力、食指、舒婷、顾城、杨炼等。由北岛起草的"发刊词"代表了该杂志的章程、组织和文学主张，他们宣称：该杂志是要"植根于过去古老的沃土里，植根于为之而生、为之而死的信念中。过去的已经过去，未来尚且遥远，对于我们这代人来讲，今天，只有今天！"⑤《今天》这个文学社团从1978年到今天，已经存在了三十七年，是中国当代文学史上存在时间最长、杂志延续至今的一个社团。虽然，它的主编、编委和成员几度变化，该杂志后来还转移到国外，但仍然一直坚持了下来。在我看来，"寻根文学""先锋小说"和"新写实小说"是可以作为文学流派来研究的。首先，它们都曾有自己的"文学宣言"，固定的作者圈子，相对统一的创作风格，不仅影响了后来一代作家的创作，而且通过创作转型，当年的创始者后来也一直延续着当年的文学主张、审美意识和创作风格，例如莫言、贾平凹、韩少功、李锐（寻根），余华、苏童（先锋）等。

鉴于上述社团、流派和现象的史料非常分散，缺乏系统整理，本丛书拟以"资料专集"的形式出版。作为同类著作的第一套大型工具书，我们力图通过勾勒后三十年文学发展的基本脉络，展现大量而丰富的历史信息。同时意识到，这套丛书的出版，将为下一步更为细化、具体的史料整理工作开辟一条新路。如果从当代文学史文献收集、辑佚和整理工作的长远考虑，中国当代文学史的"社团史""流派史"等，也应在不远的未来启动和开展。比如，"白洋淀诗人群"与《今天》杂志的沿革关系，至今还是众说纷纭，有一些模糊不清的诗人回忆文章，但缺乏详细可靠的考证。又比如《今天》杂志编委会在八十年代的改组和分裂，也是各执一词，史料并不可靠。"寻根文学"的发起是1984年12月在杭州召开的那次文学的"当代性"会议，然而这次会议由哪些人发起、组织，具体策划是什么，与会人员名单是如何选择、确定，没有翔实材料予以叙述，零星片断的叙述倒是不少，仍不能令人满足。另外，散会后，韩少功、阿城等是如何产生写作那些"宣言式"文章念头的，具体情形包括活动情况，研究者仍然不得而知。在我看来，如果没有大量的建立在考证基础上的"社团史""流派史"史料丛书的陆续问世，仅凭简单材料写出的同类著作不仅价值不高，历史可信度也很低。这套书的工作，仅仅是为这一长期并意义深远的学术工作，打下一点初步基础而已。

三

在编选体例上，我们在遵循过去文学史史料丛书规则的前提下，也对这次编选提出了自己的要求。

一、每本书的结构，分为主选论文和资料索引两个部分。主选论文是全文收录，资料索引只选篇目和文章出处。在资料索引部分，要求编选者尽量穷尽能够找到的资料，当然非正式出版的报刊不在此列。

二、视野尽量开阔，观点具有历史包容性，强调点与面的结合。主选论文，应以当时文学思潮、论争文章和后来有价值的研究文章为编选对象；突出主要作家作品，一般作家作品可放在资料索引部分，作为对主选论文的陪衬，但也要求尽可能地丰富全面。

三、鉴于每本资料只有三十万字左右规模，这就要求编选者具有"选家"的眼光，用大海淘沙的耐心和精细触角，把对于历史来说，值得发掘和发现的文献史料贡献给各位读者。

由于各位编选者都在大学工作，承担着繁重的教学科研任务，尽管这套丛书筹备了好几年时间，还经过开会商讨和电子邮件的多次协商，但展现在读者面前的丛书，仍有不少遗憾之处，它的疏漏也在所难免，望读者批评指正。

2015年5月11日于北京

注释：

①杨晓帆：《知青小说如何"寻根"》，《南方文坛》2010年第6期。这篇论文运用详细材料，叙述了阿城1984年发表短篇小说《棋王》后，被仲呈祥、王蒙等归入知青小说。1985年提倡"寻根文学"后，更多的批评家开始按照对寻根文学的理解，认为它是这种现象的代表作之一，之后在接受各种访谈时，阿城也有意无意根据采访要求，重新讲述这篇小说是如何寻根的故事。这个案例，一定程度上说明，"知青小说"向"寻根文学"转换过程中的某种秘密。

②旷新年：《写在"伤痕文学"边上》，《文艺理论与批评》2005年第1期。作者力图在五十至七十年代文学和九十年代文学的关系脉络中，分析"伤痕文学"产生的原因，以及它如何在九十年代全球化大潮中逐渐衰老的深层背景。

③吴义勤的《告别"虚伪的形式"》（《文艺争鸣》2000年第1期）论及余华八十年代／九十年代小说的"转型"问题。还有很多学者，都有这方面的论述。

④从事现代文学研究的赵园，一次就曾当面对笔者谈到"当代文学"就像一个"菜市场"。这种认为当代文学史研究状况，始终没有自己的学科自觉和秩序的看法，在现代文学研究界十分普遍，一方面说明当代文学史研究确实存在问题，与此同时，也表明许多学者在耐心阅读已有成果之前就下结论的草率。

⑤《致读者》，载《今天》1978年12月23日《创刊号》。

目　录

寻绎于民族精神之林

——余秋雨散文论

蔡江珍

当余秋雨以开放的散文笔调对神圣而奇妙的艺术创作做出深沉的理论阐述，并以此将一个史学家的视角切入文艺理论领域时，这时的余秋雨虽然在大陆当代文艺理论坐标系上得到定位，却尚未为整个文学界所注意。随着《收获》上专栏的出现和《文化苦旅》的结集出版，余秋雨向整个大陆文坛乃至台港文学界昭示了自身的价值。在批评家、理论家那里，《文化苦旅》被称作大陆当代散文的重镇。而我亦认为，《文化苦旅》解决了当代大陆散文界的最大难题：超越平庸。这超越是作家凭借不凡的艺术感悟力，通过对中国文化人格的反观自照及对散文文体意义的提升而实现的。

一

余秋雨以"文化苦旅"命名自己的散文集，因为这是他借讲学一路行旅一路对中国文化苦思冥想后的述说，同时这四个字也是中国文化自身的意味呈显。

民族文化的重建在当代的中国大陆尤其显得悲壮。政治运动的批判、商品大潮的冲击、通俗文化的升温，使精英文化日渐失落。造成这种失落既有上述外部原因更有知识精英自身所做文化选择失误的内部原因。知识分子过分求新、求变、求异的心态，导致大陆当代纷乱而浅薄的文化局面。在这层体认上，余秋雨自觉了知识精英所负有的使命，余秋雨说："作不成现代人，是悲哀的；斩断了自己生命根源的现代人，就更悲哀了。"他强调民族的"根脉"，认为语言承载着的是一个种族的文化与传统。民族文化研究之终极，是追寻这种文化得以延续、发展的内在神光，这需要执着。而余秋雨能在这纷乱的时代静下心来精研民族文化，便是因为他有这样的"执着"。

余秋雨的方式是，面对知识精英现时的生存境遇，跋涉于中华文化多维人格构架中不断进行比照，力求趋近人类精神本质的特殊领域。

对于余秋雨来说，他在寻找自己和民族的精神寄托、反省中华文化时，做出了从历史认识现实的努力，不过，在作这种历史文化的梳理中，他却发现了这个古老民族文化人格的"复杂集结"——其中的吊诡、两难已使几千年的士大夫永远陷在心灵的痛苦中，那么，余秋雨是否能通过这种对中国文化理论坐标的纵向探察而寻找到自己和民族的精神出路呢？

这种探察的第一层面便是对中华民族兴亡与变迁的追忆。大西北那曾经烽火连天、胡笳与羌笛鸣吹却"终成废墟、终成荒原"的阳关（《阳关雪》）；中国艺术最悲怆的沦落地敦煌石窟（《道士塔》）；默默地以吴侬软语迎送历史的苏州城（《白发苏州》）；还有在血与火荡涤中寂寞的天柱山，不断承传又屡遭劫难的天一阁，文人流放地的柳州、狼山，等等。余秋雨不倦地陈述着解析着它们的历史，试图"深入地浚通它（民族）的历史河道，清晰地了解它的祖祖辈辈所曾经历的豪壮和悲凉，并摸清这部历史在今天的积淀和选择的成果；踏遍它聚散生息的高山巨川，品味自然环境和它的民族性格的微妙关联……"，最后"终于对它（民族）的文化心理结构有所憬悟"①。

我们看到，余秋雨文化反省的重心放在知识阶层。因为中国传统的知识分子，处于社会结构的中心，他们创立了民族文化的价值系统，成为民族文化的主要代表者。而且，余秋雨的文化反省基本凝缩在文学艺术领域。一方面中国传统的文人因"科举"制度而入仕；另一方面，中国的文人又不懈于对文化理想的追求。所以，余秋雨试图通过对不同历史时期文艺家的人格考察，逼近民族内在的精神本质。

在这考察中，余秋雨非常明白："在文化品位上，他们（知识分子／文人）是那个时代的峰巅和精英。他们本该在更大的意义上统领一代民族精神。"但又因为"求仕"而成为中国封建专制统治棋盘中被任意挪动的棋子。这些"士"们心中永远被"升迁""贬谪"的可能性所囿限，这就导致了传统文化精英的处境以及心理的两难并进而形成了中华民族文化人格的复杂。

一方面，是基于文化良知的健全人格。这是能够"轻常人之所重，重常人之所轻"，并能对文化事业矢志不移的灵魂支点。天一阁藏书的历史就是一种极端艰难，又极端悲怆的文化奇迹，闪耀着范钦乃至范氏整个庞大藏书世家健全人格的光辉（《风雨天一阁》）。李冰治水及其后人的代代延续，则使中国"有过了一种冰清玉洁的政治纲领"，他的自信、他的人格以对自然的征服而树立（《都江堰》）。张謇不做"状元"名号的殉葬品，而以自己的行动昭示："真正的中国文人本来就蕴藏着科举之外的蓬勃生命。"（《狼山脚下》）显然，在余秋雨看来，这是三种典型形式的自我选择，是传统知识分子最"健全而响亮"的人格体现。

另一方面，是中国独特的贬官文化，它包容着更复杂更多层的内蕴。中国文人由于辞章而入选为一架僵硬机器中的零件，为官显赫时为文便无足观。而为官未必长显贵，一旦罹祸，多半被贬谪、流放到未开化的蛮荒之地。但对于这些文人而言，品尝苦难在另一个意义上洗去了身为权贵的飞扬虚浮而"有足够的时间与自然相晤，与自我对话"，并获得精神的沉静与从容，这便是文人探寻生命底蕴、询问自己存在意义而重新苏醒文化意识的精神准备与前提。之后，他们才可以笔走龙蛇，文思泉涌，写出文采华章。这样的诗文才"能镌刻山河，雕镂人心，永不漫漶"。"世代文人，由此而增添一成傲气，三分自信。"再加上自强起来的个性灵魂，这就是成为"民族的精灵"的文化人格。所以余秋雨在文化考察时首先触及人格。

那么，与贬官文化相关的则是无法摆脱文人两难命运的深刻痛苦所致的隐逸文化。陶渊明、朱耷、徐渭、原济、骆宾王。在孤独的境界里，以自己"或悲或喜的生命信号照亮了广阔的天地"。以自己或躁动不驯，或无奈沉潜的独特精神指向一种强劲的存在（《青云谱随想》《狼山脚下》《庐山》等）。

然而，所谓宁静淡泊的孤傲、梅妻鹤子的洒脱中更多伴和着的却是知识精英自身价值选择的失误。正是，"不能把志向实现于社会，便躲进一个自然小天地自娱自耗。他们消除了志向，渐渐又把这种消除当作了志向"。"文化成了一种无目的的浪费，封闭式的道德完善导向了总体上的不道德。""群体性的文化人格日趋黯淡。"（《西湖梦》）同样，这种失误也深刻地体现在文人手中的一管毛笔上。一方面，他们不断磨墨，寄情于书法；另一方面却"过于迷恋承袭、过于消磨时间、过于注重形式、过于讲究细节"，使"本该健全而响亮的文化人格越来越趋向于群体性的互渗和耗散"（《笔墨祭》）。所以余秋雨说，中国传统知识分子的过分认真伴和着极大的不认真，文明的突进正因此被滞碍。

文化苦旅至此，余秋雨虽然无法透过文人千年的无奈指明最终的精神出路，但其批判的精神指向却是极其明确的。他力求尽可能全面地体认中华民族文化人格，并且已经在批判、比照中呼唤"健全而响亮的文化人格"。这呼唤透过精英文化失落的迷障，应和了中国真正自觉的"五四"文人的焦灼呐喊。"五四"文人所做的是摧毁传统文化偶像，而改造国民性、重建民族文化精英品格，而余秋雨则肯定了本民族的传统文化精神，对西方文化保持审慎的缄默。他的价值在于，他执着于本民族文化的追索，企图以此去探触人类文化本源，并进而以对文化精英品格的呼唤照亮存在的真谛。虽然事实上，他只是反复地反省、呼唤、寻觅，但他的意义正在于他将无尽的问题、困惑，导向不断强化，引人深思。当文学沦为政治的附庸在经济狂潮与通俗文学的冲击下日渐式微时，可以说，《文化苦旅》是"五四"精神沉沦半个多世纪后在文学中的复兴与强化。余秋雨和"五四"文人一样，出自对民族和时代的双重真诚，呼吁"在向着国民的同时，也更强烈地返回到自身"[②]。返回到自己以及民族的精神出路上，返回到人类存在的意义上。

二

《文化苦旅》的意味因此还将更深刻地体现在对当代40年散文的超越上。

从简要的回顾中，我们可视其端倪。五六十年代，在强调散文艺术特质的同时不惜粉饰生活、廉价歌颂；70年代末，以伤痕文学为主导一味泪水盈眶、谴责历史、回避自省；80年代，在寻找主体性时更多地走向览胜纪行或记录个人庸常生活两种路子，都表现出对人生浅尝辄止、对文化历史思考不深之弊病。要言之，即感性有余，理性缺失；柔媚有加，厚实不足。

可以这样说，对于大陆当代散文而言，其品位提升之首要条件应是作家主体思想的深化。余秋雨说当主体心灵与客体世界猛烈撞击遇合时才会出现艺术创造的强力，我想这种强劲遇合的前提也只能是主体之思的深度。所以，维特根斯坦说："思想活动，它的道路通向希望。"反之，也一样。余秋雨正是因为善思、勤思，所以能绵绵不绝地借自然显现历史，再以历史显现文化，进而以文化显现存在。一个个自然景点，都触发了作家沉积的幽深之思而成为他吐纳历史、文化与人生意蕴的契机。余秋雨正是不断以精警睿智之"思"与"悟"提升自我人生的境界，进而提升文学的品质。这种渗透了作家渊博的文学、史学功底，广阔的文化意识及深厚的人生定力的深邃运思，使《文化苦旅》闪射出深沉的理性之光，并把大陆当代散文引向汇聚古今、吐纳千年的理性高峰，洗去散文长期以来甜媚无骨的轻飘俗丽。余秋雨说："艺术家能在理性的宁静中透示作品的精灵，不是技巧之意，而是平日默默地以人格贴近自然界和世间的天籁所致。只有习惯于思索，习惯于总体把持人生，习惯于虔诚地膜拜自然的人，才能从容地进入这一境界……"③那么，这"习惯"从何而来呢？显然是来源于作家自身的文学使命感与崇高感。这种使命感与崇高感，是诗人、作家谛建精神王国所必不可少的。这里，我想到荷尔德林的诗句："我们每个人都朝着／他能到达的地方走去／一直走到那里。"这就是关键所在，评价作家之高下，就在于他能"到达"何处，这种"到达"是以心灵执掌着的神圣和梦想为牵引的。这也正是余秋雨超迈侪辈的根本所在。

在这里，我们剖析了《文化苦旅》对于当代散文的超越，《文化苦旅》是在理性的高度上，以浸渍着艺术想象的激情而成为散文作品中的翘楚的。或者说，作家的艺术感悟力、文字驾驭力、情感蕴蓄与思想的深度、心灵的广博是互蕴共容且相辅相成的。因为"审美形式（永远都应该）是感性形式，是由感性秩序构成的"④。所以，我们必须回到审美层面上来看《文化苦旅》。

我强调的是，思使人睿智、深刻，思使心灵开阔，使灵感汩汩喷发，使艺术的想象奔突倾涌，而真正的思者又必有一颗情感丰润的、高尚的心灵。余秋雨就是这样。心灵的激情对理性的滋润及其相生相长，成为《文化苦旅》的主要特质。不论是激情的抒发，还是理性的阐述，都离不开"语言"。而一个"能在理性的宁静中透示作品的精灵"的作家必有自己独特的语言方式。余秋雨是以心灵执掌着的神圣和梦想进入他的话语世界的，所以他能穿越时空，"灌注了恢宏的气度"，颤动着一双手。去"铺排着一个个隆重的精神典仪，引渡人类走向健全和永恒"⑤。所以《文化苦旅》闪射着理性的光泽，又浸渍着艺术想象的激情。这是《文化苦旅》的总体韵味，也是它的语言魅力之所在。

如《莫高窟》一文中，他写自己被莫高窟艺术震撼后的感触："看莫高窟，不是看死了一千年的标本，而是看活了一千年的生命。一千年而始终活着，血脉畅通、呼吸匀停，这是一种何等壮阔的生命！一代又一代艺术家前呼后拥向我走来，每个艺术家又牵连着喧闹的背景。在这里举行着横跨千年的游行。纷杂的衣饰使我们眼花缭乱，呼呼的旌旗使我们满耳轰鸣。"而莫高窟艺术之神奇又在于"它是一种狂欢，一种释放。在它的怀抱里神人交融时空飞腾，于是，它让人走进神话，走进寓言，走进宇宙意识的霓虹。在这里，狂欢是天然秩序，释放是天赋人格，艺术的王国是自由的殿堂"。

这清晰精妙的意象已经写活了千年的标本；他止不住心灵被艺术震撼的狂喜，又以捷劲飞扬的节奏释放激情。情感的飞腾与深刻的艺术感悟和生命体验浑然圆融，形成酣畅淋漓、饱满质实的抒情特质。

还有如《笔墨祭》中以"像一个浑身湿透的弄潮儿又回到了一个宁静的湾，像一个精疲力尽的跋涉者走进了一座舒适的庭院"写"五四"文人对传统文化的依恋；《华语情结》中以山岳喻语言，对华语的博大幽深代代承传，他写道："就是这种声音，就是这种语汇，就是这种腔调，从原始巫觋口中唱出来，从孔子庄子那里说下去，从李白杜甫苏东坡嘴里哼出来，响起在塞北沙场，响起在江湖草泽……"等等，这些例子都是理性的思悟融入形象中，以艺术想象融合理性与感性的语言方式。这种语言方式因生命质感的充盈、情思的精湛、以意驭辞的自由，而能以有限表达无限，以素朴容纳繁富、以放达包蕴深邃，显示了余秋雨语言的张力。

前面已经谈过，余秋雨观照的是留着中华民族文化苍莽步履的人文山水，这里要强调的是，他对文化人格、存在内蕴的深刻寻绎突破了散文长期被拘囿于个人生活琐事及人生常态的狭窄视界，冲破了散文以所谓"小感触""小体会""小哲理"之精致见长的旧审美规范，而以自己强烈的开拓意识和启人深思的力度实现了散文界追求多年的审美超越。开放、广博的视野带来余秋雨文学视角的变换，使文思流动、开放、丰富、多向，而迥异于因袭的直线式、单向度的抒写方式。如《西湖梦》，多少文人作家写过西湖，但真正从西湖的碧水柔波看出它在中国人文景观上独具的内蕴的又有几位？所谓"登山则情满于山，观海则意溢于海"还只是人对自然的浅层次情感反应。我想说的是，以这种激动为情感唤起，并能进而深刻地体悟、解会自然景观独具的人文内涵、生命意味者才真正感知了自然的生命力。绿绿的西湖水涟漪阵阵，《西湖梦》便将山水的停滞，人性与非人性等等人格、道德、社会的多重思路一一铺展。在这多向的流动中再识了中国文化人格的复杂性。《西湖梦》是散文界对西湖的全部诠释，也是散文的新法度。在余秋雨笔下，山水景观、人文世态、历史变迁、自我生命体验浑然一体，行止于古今之间，盘旋于历史文化长河，而又返归于存在之境，风云舒卷、众流交汇、不拘法度，确是心游万仞而能错落铺排、舒徐自由。正如林语堂言："作文只须顺势，如一条小河不慌不忙，依地势之高下，蜿蜒曲折，而一弯溪水妙景，遂于无意中得之。若必绳以规矩方圆，量以营造法尺，结果只成一条其直如矢毫无波澜毫无曲线的运粮河。"⑥

我想，余秋雨散文之所以能如此雄浑流转、潇洒畅达，确是得之于主体深邃的吟味，"但如山之崖峭，水之波澜，气积势成，发于自然"⑦。所以，我说，思而至于幽深广博，而至于任性自然，余秋雨自谓"冥思后的放松"正是散文之妙境。

三

余秋雨悄悄推开书房的门远行，他的行旅必有所求。人类"何时才能问津人类自古至今一直苦苦企盼的自身健全"？他带着这个疑问踏上了行程。余秋雨说"冷漠的自然能使人们产生故园感和归宿感，这是自然的文化，是人向自然的真正挺达"。所以，文人们从古至今不断在自然中满面风尘，反复寻思着归宿，这归宿就是"家"——精神的皈依点，精神的家园（《寂寞天柱山》）。那么，《文化苦旅》从自然山水起步，反省民族文化，进而建构自我及民族精神，谛解人生，无疑昭示了散文的新动向。我想，人们对于"游记"之反感，应当从余秋雨这儿得以匡正。看看现代散文界的名家们：郁达夫、徐志摩、周作人、朱自清、孙伏园、刘海粟、老舍、冰心，留下的最脍炙人口的名篇也多是游记。还有日本的东山魁夷，笔下几乎全是"和风景的对话"。在他们笔下，自然因为渗透了主体的艺术生命而辉煌，而永恒闪亮着生命贯注的美。实际上，以旅游散文或是以人们更看重的文化散文去衡定《文化苦旅》并不重要，《文化苦旅》的价值决不在于称谓而在于它使散文返回到本体意义上去。

确实，散文是宽容的文体，作家涉笔个人凡俗生活还是公共重大事故，国内趣事还是国外风物，现在处境还是遥远的记忆，都任其自由选择。但任何一位作家都必须明白："这是一种价值的选择，而选择又构成他自己个人的价值等级体系；并将反映在隐含于他自己的艺术品之中的价值等级体系里。"⑧"个人的价值等级体系"的建立，是以主体精神的自我人格为基础的；自我人格的设立，又是以主体生命体验的充实为条件。深刻的生命体验来自对人生意义的不断追索，而不是落脚于个人日常生活的浅尝。生离死别、重重苦难或异域风情，只是外在经验状态，而非精神上的生命姿态。习以为常的人生理解（议论、感慨）也只是常识而已，这些都真实却失之凡庸。主体人格的内在体验，才足以显明自我个性；同样，深刻的思考、反省才能使"真情实感"摆脱苍白、卑琐。

《文化苦旅》是在对中华文化的灵魂构成、历史负载及其走向，对生存、生命的深邃探求中，建构了主体冷峻而热切、充满生命冲动而又沉潜于"端正板肃"的精深理性思维。作者怀着深沉的忧患意识徘徊于历史与现实、苦涩与沧桑之间，而又秉持着超拔庸常之心不断为生命，为人类精神祝福、祈祷。《道士塔》展露了作者对艺术、历史文化无限挚爱，对民族的不幸感同身受的情怀。《莫高窟》伫立着一位对艺术顶礼膜拜并有深厚艺术造诣，对美有深刻体认的主体形象。不论是《柳侯祠》《洞庭一角》《三峡》《风雨天一阁》还是《藏书忧》《家住龙华》《夜航船》《吴江船》《酒公墓》；无论是对民族文化人格、艺术生命、人与自然关系的探索，还是对自己与众生的历史与现今处境、人世沧桑、民族灾难的悲悯，都呈示出作者"先天下之忧而忧"而又欲超脱于世俗烦扰的高尚情操。总之，《文化苦旅》让你触摸到主体心灵的跳荡，让你领略到智者强烈的个性风采。

同时，主体人格内在体验的敞露，透示出主体的审美经验、美学情趣，这一表露更完整地显现主体"个人的价值体系"。从《文化苦旅》中，我们清晰地看到余秋雨对本民族审美经验的认同，那就是崇尚安居乐业、质朴平和、阴柔坤静的审美趋向。他总是强调，"宁静""宁谧"和"实在"。因为他深知人生不论如何喧嚣、奇瑰，最终总要走向平缓和实在。所以他说"给浮嚣以宁静，给躁急以清冽，给高蹈以平实，给粗犷以明丽"，"人生才见灵动，世界才显精致。历史才有风韵"（《沙原隐泉》）。只有在远离嘈杂的宁静中，人才能"重新凝入心灵",才能静听自然的声音。而中国的文人也多是在宁静的状态中才有所成就。作者的这种"宁静观"在《江南小镇》中最为明显。对那畅达平稳、淡泊安定的风貌,余秋雨颇为赞赏,他说"像我这样的人也愿意卜居于这些小镇中","反正在我心目中,小桥流水人家,莼鲈之思,都是一种宗教性的人生哲学的生态意象"。他说,真要隐居,最佳的方式"莫过于躲在江南小镇中了"。江南的园林更是以"静"为构建的韵律,"有了静,全部构建会组合成一种古筝独奏般的淡雅清丽,而失去了静,它内在的整体风致也就不可寻找"。他说,江南小镇"几乎已成为一种人生范式,在无形之中悄悄控制着遍及九州的志士仁人,使他们常常登高回眸、月夜苦思、梦中轻笑"。

与这宁静、阴柔相一致的,是中华传统艺术心理中对"苦行"的推重:艺术是精神净化的升华,必以苦行而达到内心充实。《庄子·达生》篇中就讲梓庆之所以削木时达鬼斧神工之境,是他每次工作前"必斋而静心","斋"之于常人便是苦行,以此苦行而净化灵魂,才可臻于艺术的化境。所以,艺术一直被指为"苦业"——精神苦业。吟诗作画必以废寝忘食为取得成就的前提,孔子言"三月不知肉味",是从艺术的沉醉角度谈到苦行的。中国传统文人习练书法便需苦行,磨干几缸水,写坏许多笔,方可有"入木三分"之妙,这都是"静心"的苦修(《笔墨祭》)。那么,夜雨的诗意对于余秋雨同样是美在宁静与苦涩。一是它使人心中"这种畏怯又与某种安全感拌和在一起,凝聚成对小天地中一脉温情的自享和企盼"。二是"某种感人的震撼和深厚的诗意似乎注定要与艰难相伴随,当现代交通工具和营造手段使夜雨完全失去了苦涩味,其间的诗意也就走向浮薄"。所以,余秋雨说不愿意看到人类行旅上的永久性泥泞的人,"无论在生命意识还是在审美意识上"都是弱者(《夜雨诗意》)。余秋雨寂寞苦行天柱山、风雨登访天一阁等等,正是在漫漫的苦旅中考验自我生命,而后在这种考验中领略诗意与美感,秉持崇高与神圣。

余秋雨以深沉的"内在体验"的敞开,以个人美学情趣、艺术理想、人生理解的不断呈现,使《文化苦旅》因个性的充盈和主体人格的朗照而闪耀出散文的文体光辉。在中国大陆,"五四"时期的散文家曾以个性实现了散文的文体美,在以后的半个多世纪中,个性被压抑、"自我"也隐遁,使散文本身澄澈、意味深远的美趋于晦昧和混浊。余秋雨以一本《文化苦旅》驱散了主体形象晦暗、主体人格消弭的伪散文构质,因而确立了自己在散文界的位置。并显示了散文的文体魅力。

<h2 align="center">四</h2>

余秋雨在继续他的文化苦旅。1993年的《收获》杂志登载"山居笔记"系列。赘述上这一点，是因为我读到《王朝的背影》和《千年庭院》时，产生了一种担忧。当读者及文学界以"当代散文重镇"视《文化苦旅》，以"大家"视其作者时，他的再创作应该是对现有艺术成就的超越，如果说《文化苦旅》以其对散文现有规范的大冲击而标新立异地立于散文作品之林，其艺术创造上的"微瑕"也绝不足以"掩瑜"的话，那么，"山居笔记"的出现，在我看来，其艺术上的超越不够。余秋雨的创作以宏阔深广见长，这更需要作家的再积累，需要在思想上力避芜蔓而趋于澄明，在艺术上避免自我因袭而求创新。

"第一流的散文家"——我们以此进一步期待和"苛求"余秋雨。

注释：

①见马尔库塞美学论著集《审美之维》，三联书店1989年8月，第55页。

④③⑤分别引自余秋雨著《艺术创造工程》，上海文艺出版社1987年3月，第17页、第249页、引言。

②分别引自黄克剑著《东方文化》，江西人民出版社1992年9月，第198页。

⑥⑦分别转引自余树森著《中国现当代散文研究》，北京大学出版社1993年9月，第186页、第190页。

⑧韦勒克：《批评的诸种概念》，四川文艺出版社1988年，第57页。

其他有关作品的引文见余秋雨的《文化苦旅》，上海知识出版社1992年。

原载《当代文坛》1994年第3期

论90年代的中国散文现象

陈剑晖

90年代的散文现象

进入90年代，中国文坛有两个引人注目的"热点"：一是长篇小说热；二是散文的走俏。倘若说，长篇小说热主要得力于"性"的催动，带着较明显的通俗化倾向，则散文的走俏，很大程度上应视为纯文学的胜利。尽管在当前的"散文热"中，不可避免地有媚俗、有商业化的急功近利的因素，但当纯文学在通俗文学冲击下节节败退，当作家们普遍失去了激情的时候，散文的振兴繁荣，尤其是在振兴繁荣中出现了一批优秀散文家和一批优秀作品，这便不仅仅是令人振奋的事情，而且是值得文学研究者认真探讨的文学现象了。①

90年代的"散文热"，原因并不太复杂。如果要探究，大概有如下几个因素。

就"外因"来说，首先是这几年报业的迅速发展，尤其是"周末版"如雨后春笋般大量涌现。这些"周末版"和原先就有的报纸副刊，需要大量的散文随笔，需要大批的"专栏作家"，加之《美文》《中华散文》《散文天地》《当代散文》等纯散文刊物的创办，此外还有各出版社适时地推出了各种"丛书"，各种"文选""精选""大系""书系""鉴赏"，还有不少文学杂志相继推出了"散文专号"，以及"问题散文大赛"，等等，这就不仅形成了声势，并且为散文在90年代的发展提供了必要的阵地，也使得散文有可能大量生产，以满足广大读者的需要。虽然量多不是衡量散文繁荣的可靠标准，但没有量，质又何从谈起？事实是，量与质有其必然的联系，任何质的飞跃都是以泥沙俱下的量的积累为基础。

其次，小说家、诗人，乃至评论家、学者的加盟，使90年代的散文创作队伍空前地鼎盛。在80年代，小说家、诗人和学者评论家涉足散文领域往往是偶尔为之，但这几年，写散文或随笔，当专栏作家几乎成了一些小说家、诗人和学者评论家的专业了。无疑，盟军的进入给散文这种古老的文体注进了新的活力，散文变得更朝气蓬勃和可爱了。

第三，读者的需要。中国人长期处于高度政治化的生活氛围中，近年又面临着商品经济的冲击，生活节奏加快了，生存问题更是空前地突出。人们一方面是喜悦、惊奇和困惑；一方面又处于紧张和疲劳之中，他们需要宁静，需要消遣，需要附庸风雅或装潢门面；自然，也有的想在较短的时间里获得有关社会、人生以及哲学、文化等方面的知识和启迪，还有的想通过散文获得较高层次的审美享受，而90年代的散文，正是在时代劲风的吹拂下，在读者的阅读期待中蓬蓬勃勃地发展起来。这种情况有点类乎港台。香港和台湾的散文之所以比较发达，盖因两地的散文顺应了商业化社会的要求，比较地贴近社会生活，契合读者的阅读需要。

以上谈的是"外因"，即社会方面的原因；从"内因"——文学自身的发展规律来看，90年代散文的繁荣也是情理之中。因为任何文体都会潮起潮落，总有一个兴旺衰落的过程。打倒"四人帮"之初，我国的散文曾经热闹过一阵，但因当时的散文尚未摆脱旧观念的束缚，另一方面还未获得自觉的文体意识，因而很快被小说、诗歌、报告文学和影视取代。在整个80年代，小说、诗歌、报告文学和影视都程度不同地产生过"轰动"，唯独散文园地里冷冷清清，既没有产生轰动性的作品也没有出现这个热那个热。而当历史进入了90年代，由于小说等文体已轮番"热"过，由于读者普遍对这些文学样式感到失望，更由于散文开阔了视野，更新了观念，恢复了它的真诚的品格，自由自在的特性，同时获得了文体的自觉、理性的滋润——这样，散文自然而然也就成了当代文坛的主角，成了广大读者的宠儿。

心灵模式与人生体验

90年代的散文，在题材的选择、主题的挖掘、抒情的方式等方面都有所突破，不过在这里，我首先要谈的是散文对心灵世界的开拓。

"十七年"的散文，由于受到政治气氛的影响，过于强调"文以载道"，强调外在地歌颂与抒情，散文作者一般都不敢面向心灵世界，真实地袒露自我。80年代，虽然出现了巴金等一批"说真话"的作品，但因这些散文在艺术上没有新的突破，终不免给人以浅白直露之感。而到了80年代末90年代初，这一切都发生了很大的变化。首先是叶梦的"新潮散文"，她以意识流的表现手法，辅之以隐喻、象征、暗示等艺术技巧，大胆地袒露了女性在初潮来临、做新娘时的期待、喜悦和恐惧的心理活动。如果说，叶梦的散文，在袒露心灵世界时还不够自然从容，过于晦涩费解的话，则程鹭眉、斯妤的散文，显然自然成熟多了。程鹭眉的《如期而归》[②]，以十足诗意的笔调，灵动飘忽的情思，写一个女孩子在"深秋的落叶纷纷摇曳"的黄昏里的心路历程。这篇散文没有按照时间的逻辑顺序进行语言编排，而是让情绪的断片、生活细节随着"如期而归"的意识流动自行涌现，因而它是无序的、不确定的，但却是心灵化的、个性的。程鹭眉的许多散文，比如《浪人的家园》等，都具有"内心独白"的特点，[③]每一篇几乎都是一次心灵的跋涉。斯妤是近年来颇受读者欢迎的一位女散文家。她的作品的最引人注意之处，便是对于"心的形式"的探究。在《心的形式》《心灵速写》《幻想三题》[④]等作品里，斯妤从女性的角度，将外在的社会现实与内在的生命相融合，心里的时间与物理的时间相交织，于是，人生的短暂，青春的逝去，对往事的苦涩回忆，现实的苦难，宇宙的永恒，便超越了具体的人生经验，而升华为"心灵的模式"，以及对人类终极意义的追问。在90年代的散文中，能够从"心的形式"探究人的生存状态和生命意义，而且内容和形式结合得较完美的作家，应该说还不是很多，因此斯妤在这方面的努力才显得弥足珍贵。至于斯妤的后继者如胡晓梦、曹晓冬、王子君、于群等人，他们的"心灵独白"一方面表现了年轻一代的理想和人生态度，另一方面证明了散文的"向内转"，已经成了一种时尚、一种趋势。

与女性散文家更倾向于内心世界，展现人性的奥秘相比，男性作家总的来说更侧重于外部世界的叙述和描绘。不过进入90年代以来，已有不少男性散文家对"心灵模式"表现出浓厚的兴趣，其中最突出的是张承志。他的《绿风土》《荒芜英雄路》中的大多数篇什，我们都可以当成作家的"心史"来读。比如《芳草野草》《天道立秋》《渡夜海记》《告别西海固》等篇，它们似乎没有特别去描写心灵的世界，但透过那泼墨般的笔触，那沉重得使人透不过气的氛围，透过那些愤怒的情绪，偏激的文字，我们分明看到了作家无比坚韧、决绝、孤傲的内心世界，感受到一颗焦灼、痛苦而孤独的灵魂。这是绝不同于程黧眉、斯好等女性作家的散文世界，是一个理想主义者的精神漫游。而90年代的散文，正因有这些程度不同、色彩各异的"心灵曝光"，才这样多姿多彩，引人注目。

90年代的散文，在重视抒写心灵的同时，也十分注意人生的感受和生命的体验。在这方面，史铁生的散文堪称典范。他的《我和地坛》⑤借地坛的一角，思考死与生、命运与生存意义等永恒问题："十五年了，我还是总得到那古园里去，去它的老树下或荒草边或颓墙旁，去默坐，去呆想，去推开耳边的嘈杂理一理纷乱的思绪，去窥看自己的心魂。"史铁生显然没有张承志的激烈狂傲，他也不像张承志那样发誓要献身于一切"精神圣战"，但他们对于人性的体察，他们为人为文的高贵却是相通的。史铁生以小说家特有的洞幽烛微，相当冷静、相当细致地描写了母亲对她不幸儿子的关怀与担忧，描写了"我"在地坛看到的一切：一对永远逆时针散步的知识分子夫妇，一个"在关键的地方常出差错"的热爱唱歌的小伙子，一个不断打破纪录但新闻橱窗永远没有他的照片的长跑家，以及一个漂亮却是弱智的小姑娘，他们和我一样，都是生活中的不幸者，但他们默默忍受着命运加诸他们的苦难，没有抱怨，没有自弃，因为"差别永远是要有的"，何况"就命运而言，休论公道"。所以，"我"彻悟到：

假如世界上没有了苦难，世界还能够存在么？要是没有愚钝，机智还有什么光荣呢？要是没有了丑陋，漂亮又怎么维系自己的幸运？要是没有了恶劣卑下，善良与高尚又将如何界定自己又如何成为美德呢？要是没有了残疾，健全会否因其司空见惯而变得腻烦和乏味呢？

史铁生以对人世的洞察和至宥至慈的宽容，对苦难做出了一种迥异于世俗的解释。他发现了苦难也是财富，虚空即是实在，而生存不仅需要勇气，更需要选择，需要承担责任与义务。他从地坛，从古园里的老树、荒草、鸟虫、墙基、青苔感受到生命的纯净与辉煌，万物的永恒与和谐，而这一切，均离不开他的轮椅，离不开他的静思和自语。

类似《我与地坛》这样比较深入思考人生的散文，我们可以毫不费力地引出一串，举例说评论家雷达的《还乡》⑥，就透露出丰厚的人生内涵。他从挤车回乡的尴尬经历中，不仅体验到人生总难免要遇到最狼狈、最无可奈何的时候，更在于"我忽然有种跌落到真实生存中的感觉"，意识到平时对人生的了解太表面、太虚浮了，感性的体验太少了。由一次平常的乘车，由并不鲜见的"回乡"题材，寻觅出一些真切的人生动因，这正是雷达散文的可贵之处，这也表明90年代的散文家，已普遍注意到对题材进行人生开掘。

通过上面的分析，可以看出90年代的散文正在发生着变化，即散文不但更加真实，而且更加贴近心灵，贴近人生，贴近生活本身了。散文的这种变化，是时代生活的变化使然，也是散文家们更新散文观念的结果。这方面表现了散文的自觉；另一方面也提高了散文表现生活的深度和广度，使散文发挥更大的作用，更易于为读者接受。

走向大气：散文的文化品位与理性精神

在传统的理论中，对散文有两个片面的认识：一是认为散文是"文学中的轻骑兵"，它是通过"一斑来反映生活的全豹"；二是认为散文是"美文"，它的功能主要是给人以审美的愉悦。前者导致许多散文作者不敢去接触大题材，表现大问题，而热衷于去写小风小景，或咏叹个人的一点悲欢；后者使得相当一部分人将散文等同于抒情散文，以为散文应写得精致小巧，于是乎有所谓的"诗化"主张，有"形散神不散"理论，亦有"三段式"的写作套路。散文的视域越来越窄，散文越来越小家子气。

90年代的散文之所以超越了"十七年"和80年代的散文，一个明显的标志，就是散文越来越走向大气。不容否认，90年代也有许多只停留于写小山小水，抒写个人的一点小小悲欢的"小景"散文；但同样不容否认，90年代也出现了不少大气的散文。这些散文的一个共同特点，一是篇幅长（有不少超过万字）；二是这些作者都倾向于思考各种大命题。比如，史铁生的《我与地坛》《随笔十三》，思考的是生与死、命运与生存的问题；韩少功的《夜行者梦语》《性而上的迷失》《佛魔一念间》探讨的是"后现代"、性的形而下与形而上、宗教与人心等问题；张承志的散文篇幅虽然不长，但他对于时代、国家、民族、宗教，以及如何活得美、活得崇高和战胜污脏卑小的思考同样具备了大命题的内涵；而周涛的《游牧长城》《巩乃斯的马》，则是在人的意志与严酷自然环境的对峙，在对历史的追问和思索中表现出大气魄。

当然，这种大气不是外在的形式，而是内在呈现。大气是一种理性精神，一种博大的情怀，一种人格智慧的闪光。余秋雨的散文，正是这样的大气散文。余秋雨曾以一本《文化苦旅》风靡文坛，创下了严肃散文的发行纪录。不过在我看来，他近期发表的《一个王朝的背影》⑦更能代表他的写作水平。这篇散文的最鲜明的特点就是气势磅礴，大气淋漓。它一扫以往散文那种小格局，小家子气，一改那种起承转合的"三段式"结构。它写的是一座山庄——承德避暑山庄，但更是写一个王朝的兴衰，写一代英主康熙的雄才大略，写他开放的眼光、强壮的身体、健全的人格以及超乎寻常的生命力。不仅具体细致地写了康熙，《一个王朝的背影》还从雍正、乾隆、嘉庆、道光、咸丰、慈禧一路写下来，让读者看到乾隆的好大喜功、盲目自大，闭关自守背后的隐祸，感受到在貌似强大时"山庄回荡出一些燥热而又不祥的气氛"，以及这个王朝连同它的园林，是怎样败在一个没有读过什么书，没有建立过什么功业的女人手里，除了以史为线索，纵横写了一个风云数百年的朝代的盛衰兴亡。《一个王朝的背影》还以深情而略带点无奈的笔触，写了汉族知识分子的心路历程：他们从反抗，到逃避，到和解，到认同，到最后一代大学者王国维在颐和园投水而死，这是耐人寻味的。因为政治、军事毕竟是外在的、短暂的，而文化则是内在的、长久的，是一个国家、一个民族的社会结构、人格心理的隐态和终极显现。这正如文章的结尾所说：

> 当康熙的政治事业和军事事业已经破败之后，文化认同竟还未消散。为此，宏学博才的王国维先生要以生命来祭奠它。他没有从心理挣扎中找到希望，死得可惜又死得必然。知识分子总是不同寻常，他们总要在政治军事的折腾之后表现出长久的文化韧性，文化变成了生命，只有靠生命来拥抱文化了，别无他途……；因此，王国维先生祭奠的该是整个中国

的传统文化，清代只是他的落脚点。

《一个王朝的背影》以政治军事和一群强者英武雄姿的开头，而打下最后一个句点的，却是文化，是一些文质彬彬的凄怨灵魂，这样的安排，一方面表现出了作者的气魄，他的开阔的视野；另一方面，也表现出了他的文化眼光，他对于文化的钟爱。

这样，我们便接触到了命题的另一面——文化散文。文化是一个十分时髦而歧义繁多的概念，在这里我不想多加评说。我只想指出这样一个事实：90年代以余秋雨为代表的一批文化散文，与过去我们所说的"学者散文"是有所区别的。以往的"学者散文"，当然也有许多优秀之作，但其中也确有一些作品令人生畏，不敢深入其间，有的甚至散发出一股霉味。究其原因，一是一些"学者散文"的作者太热衷于掉书袋，食古不化，泥洋不通，缺少散文应有的天然谐趣；二是一些"学者散文"总是纯叙述性地"回忆"过去，醉心于往事、古典和传统，而缺少体验，缺少现实的参照和自由开放的现代情怀，这就注定了这类"学者散文"只能"是过去的文本"，而很难与现代的读者沟通。令人不解的是，最近竟有人认为散文作品主要是以作者的回忆为主线串起的遗留在自己记忆中的珍珠，因此老年人的文体、老年人的思维方式更属于散文的方式，老年人写的散文更是散文。⑧我认为这种观点是值得讨论的。起码，持这种观点的人忽视了这样一个问题：散文不能为"回忆"而"回忆"，散文的文化品位，它的开放的气质和精神向度，应与时代同步，与现代的思想观念和情怀合拍。

90年代的文化散文不同于以往的"学者散文"之处，在于作家们不再局限于考据、训诂、求证，不再沉湎于"过去时态"的回忆或以闲适的"隐士情调"为最高旨趣，而是以现代人的眼光和情怀来观察生活、思考历史和把握时代，并倾注进个性和"自我"色彩。像余秋雨的"文化苦旅"系列散文，作者依仗渊博的文学和史学功底，借山水风物寻求文化灵魂和人生真谛，探索中国文化的历史命运和中国文人的人格构成，以及中国文人艰难的心路历程和文化良知。这些作品不仅充满了文化意味，显示了作家丰厚的文化感悟力和艺术表现力，而且以一种可贵的自由开放的精神向度，在现代——文化生态的意义上完成了对历史、传统和现实的认同。像韩少功的散文随笔，虽没有具体的文化指涉，但细心的读者，仍可以从他的作品中读出佛学禅宗或西方人文哲学的文化大背景。像张承志与史铁生，他们一个发誓要为伊斯兰教"圣战"；一个皈依佛教与基督教，他们的文化散文执着而浪漫。还有周涛，他关于人与环境、人与自然和动物思考，同样透露出一种"大文化意识"，是一种隐含了文化基因的写作姿态和价值取向。

上述作家的作品，不但写得大气，有较高的文化品位，而且自始至终透出一种理性精神。这是十分可喜的新散文现象。因为如前所说，在以往的散文观念中，人们一直认为散文应写得优美精致，而且只适宜于抒情而不长于说理，加之中国人天生倾向于感悟而不善于理性思辨，这就使得自"五四"以来我国散文中的理性精神十分薄弱。尽管80年代中期，也有一些散文家力图对历史和生命进行思考，但因知识或思想认识的局限，这些带有理性特征的散文总的来说还不尽如人意，更缺乏世界优秀散文中的那种理性力量。而现在，余秋雨等人的散文，却把这种理性精神的立足点上升到20世纪现代人文的哲学高度。比如余秋雨，他的散文不是没有抒情的成分，也不是舍弃叙事与描写，不过构成他散文的重要部件，却是他的独到的文化眼光和理性议论。他从从容容、有条不紊地介绍他所经历的名胜古迹特别是书院、藏书阁一类的文化重镇，分析其历史背景，考证其文化源流、描述活跃于其中的人事，还时不时结合个人对历史的感受和理解，穿插进一些富于情趣又体现了作家的人格色彩的议论，于是，透过那些独到的议论、深邃的剖析和自省，读者不仅感受到中国文化的韧性和苦难历程、中国文化人的悲剧性命运，不仅感觉到作家本人对中国文化的挚爱、不倦的求索和求索中的苦涩而又不乏悲怆的心境，同时也体验到一种理性的力量、理性的美。

韩少功的散文也体现出了一种理性精神。不过韩少功的散文比余秋雨的散文少了一些文化考证而多了人间情怀，少了一些"学术气息"而多了一些智慧和思辨（尽管余先生的散文也写得十分智慧机敏）。韩少功没有像余秋雨那样有计划有步骤地去写一批方阵齐整的文化散文（这体现了余先生的文化策略和眼光），他的散文没有山水、风光、古塔、名窟、庙宇、藏书阁等文化的凝结物作背景，也没有时不时进行"历史的回溯"，他更感兴趣的是"现在进行时"，是作为一个当代人不得不痛切思考的一些精神现象。因此，在《灵魂的声音》中，他尖锐地批评当今文坛的"无魂"现象，指出"今天小说的难点

中国当代文学史资料丛书

是真情实感问题，是小说能否重新获得灵魂的问题"。在《个狗主义》里，他分析了个人主义在中国的退化和危机，对"不把别人当人，也不把自己当人"的"个狗主义"进行了冷峻的描状和嘲讽，同时表达了对于"精神重建"的渴望。特别在《夜行者梦语》《性而上的迷失》《佛魔一念间》这三篇迄今为止韩少功写得最出色的长篇随笔中，他对于"后现代"，对当代人在性问题上的种种迷误的剖析和批判，对佛与魔的要义的阐述和佛与魔的区分，可说入木三分，令人叹服。这几篇随笔都写得相当大气，既有独到的见解，较大的思想容量，而且随处透出一种理性的精神，一种智慧和思辨色彩。韩少功的独特之处在于：他一般来说很少就事论事，他总能超越日常的生活和一般化的见识，对其笔下的人事物理进行理性的"聚焦"。于是，他的随笔便摆脱了平庸，便不同于那些形而下，那种满足于写点个人的小感觉、小情绪的随笔，也不同于那种无论写什么问题，最后总要归结坐实到某个"政治情绪"的随笔。这是一个方面，另一方面，韩少功的散文虽然在本质上是理性的，但他总能将理性融入感性。在《夜行者梦语》里，他在讨论了人类与生俱来的弱点、概念的多重含义、虚无的本质之后，接下来写道：

> 萨特们的世界已经够破碎的了，然而像一面镜子，还能将焦灼成像。而当今的世界则像超级商场里影像各异，色彩纷呈的一大片电视墙，脑无暇思，什么也看不清，一切都被愉悦地洗成空白。

散文的理性离不开智慧，离不开恰到好处的比喻和形象化描绘，散文唯有将理性与感性交融，才有可能获得一种较高的境界——理趣。我们看到，韩少功的许多散文，都是富于"理趣"和情调的。它们往往在理性的议论之中，夹杂着幽默的比喻和意象性呈现。反之，在一些感情的描写中，则常有一些发人深思的议论。总之，他的理性是他的人格和智慧的自然洋溢，而非博学的刻意炫耀。他的议论虽然一波三折，条理井然，却不是余秋雨式的气势流畅，议论纵横，而是以适度的幽默调侃，以静思独语见长。至于张承志、周涛等人的随笔，尽管感情张力饱满，高扬着英雄主义的激情和阳刚之气，但另一方面，他们的散文又不乏凝重深沉的理性思考，正是这种感性和理性的内在冲突，构成了他们散文独特的艺术风采。

理性精神的弘扬，不仅把当代散文推上一个新的台阶，而且使当代散文与世界优秀散文接上了轨。因为世界的优秀散文，不管是倾向于说理议论的《论说文》（培根）、《随笔集》（蒙田）、《思想录》（帕斯卡），还是倾向于抒情描述的《忏悔录》（卢梭）、《瓦尔登湖》（梭罗）、《战地随笔》（斯坦贝克），他们的一个重要传统或特色，就是重视理性。他们关注时代、思考人生、探索历史，纵横捭阖，议论风生，分析独到。因此，欧洲的散文曾开启了一代文风，推动了历史的前进。今天，我们要把散文提高到当代世界的散文杰作之列，其中很主要的一点，就是要开阔视域，借鉴西方散文的优秀传统，发扬其理性精神，这是我们的散文回避窄小和平庸的最有效途径。

文体创新：叙述的新意向和新困惑

90年代的散文，除了量的普遍增长和内容更加厚重外，更引起我兴趣的，应是文体的创新。文体不应当仅仅理解为文学的体裁。文体的内涵是丰富的。按照别林斯基的说法，文体，是才能本身，思想的浮雕性，它表现着整个的人。也就是说，文体是作家主体人格与精神，亦是作家把握生活的方式。但在我看来，文体更是叙述的方式，是语言的表达与呈现。因此在这一节，我想着重谈谈近年散文的叙述方式。

叙述的问题，原属小说诗学的范畴，过去的散文家们对此并不太在意，但近年来，随着一批小说家的加盟，由于他们以小说家的眼光对散文这种古老的文体做了新的透视，同时由于任何使用别种文体的叙事经验和写作技巧对散文进行改造组合，于是，散文便在这种嫁接中不知不觉地发生了变化：叙述已摆脱了封闭性、同一性的模式，而语言也变得越来越富于弹性。这一切都显示出散文艺术形式的开放性。

在中国散文叙述形式变革的大合唱中，韩少功散文的叙述特点是冷静、节制、机智和幽默，既避免了过于浓烈的感情宣泄，又保留着良苦用心，却使转折过渡连缀绵密、自然简洁。韩少功显然没有玩弄太多的花招，比如叙述人称的转换，"显作者"和"隐作者"的分离或重叠之类。他只是根据内容表达和文思发展的需要，自自然然、轻轻松松地道来，你却感到了一种无法抗拒的叙述的魅力。这种深刻其内，潇洒其外，以幽默机智的笔调开掘严肃的主题，用灵动活泼的线条捕捉凝重的感受，而在解构文化时喜用"片断体"，同时集描述、议论、评判、欣赏于一身的叙述方式，显示出韩少功开放的散文观和藏而不露的纯熟叙述技巧，而这种高超的叙述才能，在他的《灵魂的声音》《夜行者梦语》《性而上的迷失》等散文中表现得特别突出。

余秋雨的散文，在叙述上也颇有讲究。他似乎特别注重叙述的视点或叫视角。在《这里真安静》里，他首先以"这安静"为叙述的中心和线索，而后确立了三个叙述视点：一是"纳骨一万余体"的日本侵略者的坟墓，这些侵略者生前凶恶残暴，死后仍然等级森严。二是可怜的日本妓女，她们不远千里到南洋谋生，战时成为军妓，而死后连个真实名字也不敢留下。这些被故乡的亲人们遗忘了的妓女的坟墓，与那些耀武扬威写满了军衔的军人坟墓形成了鲜明对照。第三个叙述视点是一个日本文人——二叶亭四迷的坟墓。这个现实主义文学家在这块拥挤的墓地上显得那么寂寞和孤单，他的出现为《这里真安静》的叙述语调提供了一种陌生化的间离效果，就像军乐和艳曲的旋涡中，突然冒出来一个不和谐的低沉颤音，《这里真安静》正是通过残暴的军士、可怜的女性、寂寞的文人这个三相结构"隐匿于闹市，沉淀成宁静"的现实，让"民族、历史的大课题，既在这里定格，又在这里混沌"，让那些"甜酸苦辣的滋味，弥漫于树丛，弥漫于草丛"。自然，作者的本意，更是为了让读者看到"一个一度把亚洲搅得晕晕乎乎的民族，将自己的媚艳和残暴挥洒到如此遥远的地方，然后又在这里划下一个悲剧句号"。整篇散文的叙述视点独特，叙述摇曳多姿而又条理井然，同时又充满着人性的理解与同情，实在是不可多得的一篇佳作。再如西湖，有关她的文章已经写得太多了，要写出新意谈何容易。但余秋雨的《西湖梦》仍然不同凡响，原因在于他不是一般化地去赞美西湖，而是在叙述中始终和西湖保持着一定的距离感，作者既描绘了西湖的象征性和抽象性，又通过对西湖历史的回溯性叙述表现了极复杂的中国文化人格，同时还穿插进西湖名妓苏小小的故事，描述了与正统的人格结构相对峙的另一种人格结构——一种来自民间的野泼泼的人格结构，这就显示出余秋雨的高明。

叙述在中年作家这里已成为一种策略，成为一种普遍的艺术自觉，那么在青年散文家那里又如何呢？我们看到，在更年轻的探索者那里，叙述更成为散文的"文体革命"的新动向。举例说，以斯妤、程黛眉、叶梦、韩少蕙、赵玫为代表的不少散文，借鉴了小说的"意识流"叙述方式。她们的叙述不再按时间空间、事件发展的逻辑顺序，而是让时间交错，过去现在与未来重叠，现实、幻觉、描写与议论杂糅。她们的散文表面看来是杂乱的、不规则的，有的甚至是分裂和对峙的。然而，这种混乱正好表现了一种蓬勃生机，一种内在的洒脱和自由，这何尝不是当代散文的进步？至于被收进《上升》这本散文选的"新生代"的散文，他们有的游戏典故，淡化叙述和现实；有的倾向于"现象学还原"；有的醉心于"主体"隐退的"零度抒情"，更有的像玩积木那样创造叙述的迷宫……所有这些，喜耶？忧耶？我们只能拭目以待。

文体创新：富于现代感和弹性的散文语言

文体创新的另一方面的内容，在我看来是语言的现代感和弹性，这是比叙述方式更为重要的主体革命，也是90年代散文领域升起的新的美学原则。可是在此之前，人们谈论新时期的散文语言，总是情不自禁地赞扬孙犁的简约、汪曾祺的淡雅、贾平凹的清奇。我在一篇文章中，⑥也极力推崇贾平凹语言的精彩和灵气，认为他是新时期最为杰出的文体家。现在看来，这个评价不一定准确。因为孙、江、贾几位，虽然散文文体意识的觉醒较早，但他们基本上是在传统文化，在晚明小品笔记的基础上来创设他们的散文语言，来完成他们各自的文体涅槃。他们在推动散文的文体革命的过程中功不可没，然而他们的散文观念毕竟落后于时代，因此，当韩少功们异军突起的时候，汪曾祺们对于当代散文的重要性也就逐渐被削弱了。

韩少功们对于当代散文的意义，在于确立了一种真正属于现代的"写作姿态"，刷新了当代散文的语言，提供了一种不同于传统的"美文"的审美信息。在韩少功们看来，散文的语言不是一般修辞学上的语言，即不是以准确、生动、形象为特征的"美文"，而是主客体互相渗透，即此即彼，既是内容，也是形式；既是文学，也是生活的语言，是一种不仅包括了作家的才华、智慧、思想、人格等因素在文字表达中形成的风格，而且蕴含着耐人寻味的韵味情趣、色彩，乃至幽默调侃的语言。而在这面呼啦飘扬着的语言旗帜上，更加触目映进读者眼帘的是两个大字：个性。

为了更加真切地感觉这种富于现代色彩和弹性，同时又极富个性化的散文语言，最有效的办法，自然是看看原作：

中国当代文学史资料丛书

技术主义竞赛的归宿是技术虚无主义。用倚疯作邪，胡说八道，信口开河来欺世，往往是技术主义葬礼上的热闹，是很不怎么难的事。聪明的造句技术员们突然藐视文体藐视叙述模式藐视包括自己昨天所为的一切技术，但他们除了给纯技术批评家包销一点点次等的新谈资外，不会比华丽的陈词滥调更多说一点什么。

——韩少功《灵魂的声音》

一些中国学子夹着一两本哲学，积极争当"现代派"，从某种意义上来说，差不多就是穷人想有点富人的忧愁，要发点富人脾气，差不多就是把富人的减肥药当成了穷人的救命粮。

——韩少功《夜行者梦语》

冷静、简洁、准确、老练，词与词、句与句之间表现出理性的张力。在机智、幽默和调侃中渗进反讽意味；信手拈来的一些口语、大白话，配之以极富表现力的动词和形容词，这就使得语言张弛有致，富于生活情趣。至于采撷丰满的比喻或意象来阐释理论问题，把别的专业的术语移用到文学中，以增加幽默调侃的效果，这是韩少功的拿手好戏。余秋雨的散文语言，比韩少功的要铺张一些，华丽一些，感情外溢一些，好比说在《莫高窟》中，他关于"色流"从北魏流到宋朝的几段描写，可称为雄文劲采，痛快淋漓，不仅气韵流畅，且想象瑰丽，简直就是一幅幅工笔画。有时，他的语言又富于变化：

它是一种狂欢，一种释放。在它的怀抱里神人交融、时空飞腾，于是，它让人走进神话，走进寓言，走进宇宙意识的霓虹。在这里，狂欢是天然秩序，释放是天赋人格，艺术的天国是自由的殿堂。

——余秋雨《莫高窟》

排比的句式形成了一种磅礴气势，而"狂欢""释放""艺术"等词的巧妙运用，则使余秋雨的散文语言富于变化，灵动摇曳。有时，他的行文相当机智，这是一种只有上海人才有的聪明。而在《这里真安静》《华语情结》等文中，他的许多用词又体现出惊人的细腻和准确。

张承志是当代散文史上的一个"特异"。他孤傲而偏激，剽悍而决绝。他藐视世俗，藐视传统和权威，同时又富于使命感和责任感。他总是在思考各种大命题，思考他的同胞血亲们的命运，思考着怎样活得崇高活得完美及战胜污脏。这种"精神的圣战"，决定了他的文风绝不雷同于别人：

英雄的道路如今荒芜了。无论是在散发着恶臭的蝴蝶迷们的路边小聚落点，还是在满目灼伤铁黑千里的青格勒河，哪怕在忧伤而美丽的黑泥巴草原的夏夜里，如今你不可仿效，如今你找不到那些骄子的踪迹了。

——张承志《荒芜英雄路》

这样的恐怖在清醒中会纯洁，会渐渐坚硬起来。一个伊斯兰的男子，其实他心中的洁癖就是他的宿命：在野草最终无法和野草区别，就像于阗的璞玉无法和石头区别一样，在那一天——当先生反复盼望的地火奔突，烧尽一切野草乔木的时候，伊斯兰的男子留下的只是几个字：只承认不在的芳草。

——张承志《芳草野草》

张承志的文字没有任何雕琢，也没有太多的机智幽默。他的长处在于他的赤子血性，在于他的崇高凝重。读张承志的散文，我们可以感到他写作时的神情：咬紧牙关、神经绷紧。这种写作态度使他的每个字都绷得紧紧的。这样的语言当然很有力度，但这样的语言也有缺点，这就是读者在阅读时有一种沉重感、压抑感。的确，读张承志的作品，不是一件轻松的事情。

而史铁生呢？他显然又不同于上述几位。他躺在轮椅上，望着窗外的天空，于是他的语言多了一些冥想静思，显得柔韧而绵长：

要是有些事我没说，地坛，你定以为是我忘了，我什么也没忘，但是有些事只适合收藏。不能说，也不能想，却不能忘。它们不能变成语言，它们无法变成语言，一旦变成语言就不是它们了。它们是一片朦胧的温馨与寂寥，是一片成熟的希望与绝望，它们的领地只有两处：心与坟墓。比如说邮票，有些是用于寄信的，有些仅仅是为了收藏。

——史铁生《我与地坛》

无须多举例，我们也可看到，90年代的散文，在语言上的确比以往前进了一大步：语言不像过去那样直白清浅，而是越来越丰富和富于弹性了。

　　语言是一种哲学，也是一种人生状态。读着上述作家的散文随笔，我们深深感到了这一点。他们努力将哲学的思辨、生活的状态和对文学以及人类的思考化为感知中的散文语言，并让语言在流浪中寻求美好和真实的对话，于是，他们的散文达到了词与物的融合，思想与表达的一致，人本与文本的统一，内容与形式的合一。

繁荣中的苍白与虚浮

　　散文在90年代获得了丰收，形成了建国后前所未有的繁荣局面。这已经是不争的事实。问题是，现在还不是盲目乐观的时候。在肯定90年代散文的同时，我们还要看到散文繁荣的背后，的确存在着某种"苍白"和"虚浮"现象。

　　其一是媚俗。时下的不少散文特别是随笔，说到底是商品经济的产物，通俗文化的变种。这些随笔主要发表在"周末版"或娱乐性报刊上，它们以消遣为目的，以大众需要为取向，什么话题最轻松，或者说读者喜欢什么，这些随笔作者便马上制造什么，而不考虑散文还有批评社会、匡时救弊、净化情操、提高人生境界的功能。由于这些随笔自觉或不自觉降低了格调，这样一来，流俗、甜腻腻的散文有之；虚情假意、自我标榜的散文有之；程式化拙劣模仿甚至抄袭的散文有之……至于各出版社竞相出版各种各样的"爱情""人生"之类的选本，同样是文学走向商品化、世俗化和功利化的反映。这种表面的"热闹"，丝毫不能给当代散文带来任何荣耀。相反，这种热闹正好反映了当前散文的某种虚浮和畸形。当然，散文随笔的膨胀也有合理的一面，它可以满足相当一部分读者的消闲的需要。但我们有理由要求散文去写真实人生，表现作家心中的真情实感；有理由要求散文以丰厚的内容，以较高的格调，提高读者尤其是文化水准不高的读者的精神境界和审美层次。

　　其二，思想苍白。90年代散文的另一个弊病，是不少散文内容屑碎思想苍白，无话找话，有话也多是废话。这种情况在一些"名家"那里最常见。由于这些名家一专多能，有的甚至一人要应付七八个专栏，于是便粗制滥造，勉强成篇。把诸如作者约稿、出国访问、看电视、与儿子游戏、与妻子散步，乃至家中的小猫小狗之类的东西统统塞给读者。而且写得那样拙劣，没有一点随笔应有的机智和幽默，这就难怪许多读者不买账甚至反感了。正是有感于此，我们对韩少功、史铁生等严肃认真，不以量多而以质胜的作家天然地怀着一种敬意，而对那些粗制滥造随笔的"名家"，我们禁不住要说一句："请珍惜自己的名声！"

90年代的散文，完全有可能与世界的优秀散文对话。问题是我们的散文是否真诚，是否敢于拒绝媚俗，是否有自己独立的个性，是否敢于直面时代直面人生，关注社会重大问题，并给予理性的思考和良心的呼唤，是否在艺术上达到最大限度的创造，达到心灵自由的境界，如果我们的散文做到了这些，那么，可以预言，90年代的散文将是中国当代文学的又一个高峰——一个与小说、诗歌的高峰相比而毫不逊色的高峰。而如果达到了这样的高峰，即便90年代的散文衰落了，被别的文体取代了（这是不可避免的），我们这些从事散文研究和写作散文的人也会含笑与其告别，而后人谈到这个时代的散文，也会表现出足够的敬意。

1994年9月4日至11日写毕于海师怡园

注释：

①需要说明两点：一、在本文中，找所指的散文应包括随笔在内；二、我的观察对象，主要是那些严肃思考生活，在艺术上又属上乘之作，消遣性的随笔不在我的评论之列。

②《上海文学》1991年第8期。

③《美文》1993年第5期。

④见《斯好散文精选》。

⑤见《史铁生散文·小说选》，中国社会科学出版社1993年版。

⑥《当代》1991年第4期。

⑦《收获》1993年第1期。

⑧见《散文繁荣：喜耶？忧耶？》，《文艺评论》1994年第2期。

⑨《论新时期散文的艺术发展》，见评论集《文学的星河时代》第77页。

原载《文艺评论》1995年第2期

学者散文的命脉

——从余秋雨的散文说开去

李咏吟

在现当代文学史上，有一个奇特的现象，即大多数学者一面从事科学研究，一面从事文学创作。就其创作成就而言，散文创作最为突出。在现当代散文的多元格局中，学者的散文似乎显得清丽、典雅、厚重、精粹。尤其是遣词造句、立意谋篇、行文节奏极得古典散文真传。无论是题材、神韵、思想、言语，还是社会心态、生命体验、文化判断，都极具个性，显示出独有的艺术光芒。这些学者散文作家，我们可以列出一长串名单：鲁迅、周作人、废名、郑振铎、朱自清、林语堂、胡适、梁实秋……他们的散文创作代表了"五四"散文的最高成就。当代学者散文的复兴，在很大程度上可以视作是对"五四"散文的再接受和再评判。这种接受意向很能说明学者散文的独特魅力。这种学者散文在当代散文创作中也占有很大优势。且不说钱锺书、冯友兰、李泽厚、王元化、费孝通、张中行的散文艺术所引起的轰动，单说余秋雨的散文接受盛况就足以证明：学者散文在当代仍具有极大魅力。余秋雨相继推出了《文化苦旅》《文明的碎片》和《山居笔记》等散文集，以他那独有的散文个性征服了不同读者。正当余秋雨的散文如日中天之际，他突然宣布不再写散文。这种现实矛盾至少说明了两个方面的问题：（一）学者散文具有独特的审美价值；（二）学者散文埋伏着潜在的危机，这种危机，从"五四"散文接受的日趋平静这一事实也可看出。本文试图从余秋雨散文创作入手，分析学者散文的美学精神和思想危机。

功夫的极致：情理合一

西方人所称赏的中国功夫似乎专指武术。在我看来，中国功夫至少有三：武术、戏曲、诗文。中国文化的一个独有特质便是对功夫的强调。所谓"只要功夫深，铁杵能够磨成绣花针"，即是对功夫的高度礼赞。哲学感悟讲究体验功夫，"工夫所至，即是本体"。哲学家通过修炼、静坐、默想于心，获得神秘体验，达到对生命本体的领悟。武侠者讲究武功，夏练三伏，冬练数九，只有这样，功夫才能出神入化，臻于自由之境。平时功夫，必然表现在创造性活动之中。没有平时功夫，是无法取得真正成功的。戏曲与武术相似，更讲究功夫，台上一声唱，台下百日功。中国人所崇拜的就是功夫。就诗文而言，虽然也强调"清水出芙蓉，天然去雕饰"，但平淡即功夫，返璞归真即功夫。铅华褪尽是真纯。"宝剑锋从磨砺出，梅花香自苦寒来"，莫不强调功夫。古人写诗作文，喜欢出口成章，即兴发挥，倘若没有平时功夫，是不能臻于这种极境的。我们往往在迷信天才之时，而忽略了这种平时功夫。本世纪中叶，我们在向往共产主义明天时，一切向苏联看齐，诗文成了某种政治意识的图解，全民齐动员，人人作诗写文章。这种实用功利型应用写作，恰好忽略了中国功夫。一时间，中国功夫被批判，被否定，被打入冷宫。事实已经证明，忽视中国功夫，中国人便处于无根状态之中。80年代以来，中国文化复兴。中国人开始重提"中国功夫"。就学术而言，那种帽子、棍子、痞子"五子登科"的时代结束了。学术的评判标准重新恢复到对"功夫"的强调。如今，大凡读起某人之学问，喜欢用功夫来判断。如果赞扬某人的文章"功夫"深，那便是对其学问之最高评价。我们知道，讲究功夫，实质上是对学术规范和文化规范的强调。只有借助功夫，才能真正实现严格的规范。这种规范是枷锁，是戴着脚镣跳舞。没有功夫，不花功夫，是无法掌握这种规范，是无法登堂入室的。当代学者对功夫的强调，是中国学术文化得以发展的根本前提。学者散文之所以优于作家、记者的散文，就在于他们对功夫的重视，对功夫的强调。那么学者散文的功夫，体现在哪些方面呢？我认为，传统散文创作观念中的炼字、炼句、炼意、结构、立主脑、密针线等审美观念即是对散文功夫的体验。"吟安一个字，撚断数茎须"，大约是他们的真实处境。但古人创作不但求死功夫，而且求活功夫。"无法之法，乃为至法"，散文写作重视"活法"，反对"死法"。所谓"功夫在诗外",即是对性灵、对生活的强调。正因为学者散文强调功夫,因而学者散文达到了情理合一的极致。

余秋雨的散文获得巨大成功决不是偶然的。他的学旅生涯遵循严格的科班道路。也许与他对中国功夫的重视有关。他毕业于上海戏剧学院。他虽不是学习表演和导演专业,但他对中国功夫之感受一定十分强烈。唱腔和舞台功夫,要日日练,天天耍。舞步,手势,体态,生、旦、净、末、丑各种角色的艺术形式规定,都必须下苦功夫练习。他之偏重并转向戏曲理论研究,也极重功夫。一部《戏剧理论史稿》,涉及东西文化,既要有历史的视野,又要灵心的发现;既要读各种原典,又要有心灵的体悟。《戏剧理论史稿》对经典的阐释和戏剧的理解正包含了这样的功夫。就《戏剧理论史稿》而言,余秋雨既能入乎其内,又能出乎其外。他能用散文般流利的语言叙述艰涩的理论问题,使深奥的理论中包含着情感色彩。情与理统一了起来。理中有情,情中有理,情理合一。这是一种严格的功夫训练。他的《戏剧审美心理学》和《艺术创造工程》,都很重视这种情理合一的思想语言功夫。原本枯燥的理论获得了诗意的体现。如果说以情理分离作为理论的一种标尺,余秋雨宁可牺牲论理的逻辑而偏向于情的抒发。因此,他的理论著作,在思想上并无多少特别的创新。原本枯燥的学说,他能诗意地叙述,让人喜欢读,喜欢看,而不是敬而远之。可以说,他的艺术理论著作完全可以看作枯燥学说的诗意范本。他重视以自己的体验去丰富和充实原典的精神内涵。这样,他把原本抽象的道理说得浅易明白。这与当代青年学者力求把问题弄得玄之又玄,无法解读,故作神秘的倾向大不相同。这是四五十年代成长起来的一代学者的真正作风。这种作风是对"五四"学术传统的真正继承。李泽厚和冯友兰的哲学、美学著作之所以为人称赏,也在于他们的论述既有深邃的思想,又有诗意的叙述。言而无文则行之不远。《美的历程》《走我自己的路》《三松堂自序》《中国哲学史新编》,其论述格外灵动而且富有诗意。费孝通的人类学著作,王元化的评论和文论,朱光潜的美学著述,宗白华的《美学散步》,都极其重视这种学术传统。余秋雨的学术著作是这种学术传统的一种合法传承。论述语言诗意化、灵动活泼,思想当然易于接受,理与情融合统一,理便获得了诗性表现。同样,把这种学理的功夫用在散文之中,情中寓理,于是,散文也就格外深情活泼起来。余秋雨的《文化苦旅》《文明的碎片》《山居笔记》正是体现了这种情中寓理,情理合一的功夫。

　　情理合一，乃学者散文的本色。正如"功夫在诗外"的审美判断那样，学者散文的功夫亦在散文之外，但又在散文之中。这种功夫表现为：（一）语言功夫；（二）历史功夫；（三）思想功夫。学者散文很重视语言功夫。古人创作散文，特别强调语言锤炼功夫。他们喜欢高声朗诵，字约意丰，强调语句之间的抑扬顿挫，铿锵悦耳；强调语言的声音美、意象美和句法美。现代学者散文虽然少有人高声吟诵，但在创作过程中，静观默察、沉吟玩味、锤词炼句是常事。语言功夫是学者散文的第一位因素。学者散文少有冗词赘句，也少有随心所欲之句。学者散文语言有一种凝练之美，简约之美，深思言情之美。中国古典散文语言的独特韵律获得了伸展。灵性的发挥，心志之纯一，抒情之律动，结构之绵密，达到了一种极致。其次是思想功夫。一般说来，作家、记者的散文不在乎老庄孔孟学说、程朱陆王心学，也不在乎柏拉图、卢梭、康德、胡塞尔、尼采、海德格尔哲学，他们的散文写作源于一种本真的生命体验。而学者散文则不同，他们极重视思想功夫，虽不能语语有典故，但学者散文的确以思想为根基。余秋雨的散文既有古代中国哲学的忧患传统，又有西方自由主义哲学的浪漫和神秘。散文没有思想，就没有灵魂。人们向来认为散文是抒情的艺术。但是，情为何物？情是一种最普遍最独特的精神心理。人的意志、思想、欲望、行为都可以表现为情感。情是人类最基本最本原的心理体验。它是一种意绪，一种判断，一种感觉，一种状态。所有的精神特性都可以表现和引发具体的情感。散文中所表达的思想就寄寓在这种抒情中。没有纯粹的抒情。抒情必然和思想联系在一起。第三是历史功夫。作家和记者散文一般重视当下状态的体验、观察、感受、记忆，少有怀古忧今的兴致。学者则不同，往往置身于某地，便被此时此地的历史所牵引。学者散文好写名胜古迹，好发思古之幽情，即源于这种历史兴致。怀古伤今，谈古论今。身处此时此地，体验此情此景，心游历史时空，与古人对话，与精灵交语，从而背负起沉重的历史感。由眼前情景牵连历史时空。历史获得了当代性阐释，历史事件获得了当代性评判。"一切历史都是当代史。"当代史又获得了一种历史沟通，当代文化又获得了一种历史解释。在历史与现实之间，学者散文沉浸在这种历史感叹之中。于是，义理、考据、辞章自然被视为中国散文的功夫准则。

　　余秋雨的散文充分体现了这三种功夫的统一。他的散文语言，是情理合一的典范。在他的诗性叙述中，叙事语法被一种理主宰着，浸满了一种历史的思考和感叹。从用词而言，极重视语词的诗性质地。这种语言不追求那种水一样的清澈，而追寻一种潮样的愤激和诗意。生命的体验和感悟在一种哲理的语词中栖身。浑厚质朴，没有惊天动地的狂吼，也没有少年般的纯真，而是一种忠厚而又睿智的抒发。思想虽不尖锐，但语言叙述极端灵性。每当我想摘录其中的语词、语句甚至段落来说明论点时，我深深感到余秋雨的语言都是那么质朴典雅。我们找不到那种鲁迅式的呐喊和愤激。也就是说，余秋雨散文中找不出极为亮堂的语句。但他的语言又不能删除，每一个句子又是那绵密，那么深情。即使是极平淡之事，也被他的诗性句子改造得不寻常。这就是一种功夫。这种功夫决定了余秋雨散文语言的平均值极高。但他的散文语言的最大值与最小值差又极小。这就是一种典范式学者语言。韵味无穷，而又不走极端。端庄妩媚，而又无斗士气概。这是一种雅，一种秀，一种美，一种深厚。余秋雨的散文在历史上尤见功夫。他的《文化苦旅》，在我看来，大约是余秋雨在读书论理之中引发出的对祖国河山的一种向往。他是先有对历史地理之真情，然后再去进行苦旅的。这种苦旅不是盲目的，而是为了印证作者对历史的实地考察兴趣。他读史书，思史事，旅古迹，怀古情。先有对历史的一味深情和无穷兴味再有登高望远，凭吊古迹，发思古之幽情的动人诗章。余秋雨散文中所表现的历史苍茫感，对历史古迹和历史人物的身世忧患感源于一种生命的感喟。生命是如此博大，生命又是如此多艰；生命是如此轰轰烈烈，生命又是如此寂寞难耐。余秋雨的散文有一种穿不透生命秘密的茫然感，又有一种看透生命的虚无感。人生在世，不免向往轰轰烈烈，但回头反观历史，一切皆枉然。微小的生命可能留下深刻的启示，伟大的生命也可能留下不尽的遗憾。历史活在今天，今天承传着历史。生命等待启示，历史正在诉说。余秋雨的散文设置了这样一种生命的历史空间。余秋雨散文的思想不偏不倚，严格说来属于一种儒家思想。儒家精神使他游离于有为与无为之间，使他徘徊于忧患与归隐之间，但他踟蹰于宿命与反抗之间。总而言之，学者功夫使余秋雨散文具有了别一种格局。而这种特殊性，正是学者散文的命脉。从"五四"到当代，学者散文的踪迹正是在这条线上若有若无，似隐似现，或生审美之情或生茫然之感叹。

学者的使命：探寻真理

情理合一，使学者散文臻于功夫的极致。这种散文功夫，使学者散文意境深邃，气势雄浑，格调高雅。既有韵外之致，又有言外之意，那种独有的文化意识、历史意识、忧患意识、灵心慧悟、情理交融使学者散文具有了一种特别的启示性意义。为什么学者散文不是流于感性生活的抒发和时代精神的激扬，而是偏于理性生活的慧悟和个人生活情趣的自赏呢？这一问题必然牵涉到学者的使命。学者之成为学者，就在于学者比其他人有着更切实的历史意识、文化意识和民族意识。学者之所以选择一种孤独而寂寞的书斋生活，与这诸种意识很有关系。我们知道，学者之称，源于职业划分。每一职业都有其本身的使命。完成本原之使命，才算尽职。不同职业之间构成一种文化学社会学的互补结构。社会之成为社会，正是由不同职业所构成。既然每一职业都有其使命，那么学者的使命是什么呢？中国古代学者对自身的使命有其特殊的认识。早在先秦时代，学者以探求治国平天下之大道理为己任。老子的《道德经》所探寻的正是天道与人道。"大道"是先秦学者所捍卫的思想目标。"道可道，非常道"，所以，他们对真理的探究也就永无止境。无论是老子、庄子、孔子、孟子、荀子，他们所提供的都是安身立命之大道理。这"大道"是一种智慧的启示。在学者那里，是探究真理与修心养性的生命之道。在常人那里，是治国、修身、齐家的行为准则。所谓仁、义、礼、智、信都获得确定性规范。先秦诸子思想间的激烈冲突，正体现了他们对生存之道与生命大道的不同探究。这种多元的价值取向，正是先秦学术自由学术繁荣的一大标志。先秦学者实现了自我使命，他们的心智果实成为中华民族的慧悟源泉。秦始皇焚书坑儒，扼杀并限制了学者的自由使命。思想讨论趋于封闭，礼法刑的结合，使学者不敢担当自身的使命，因此秦汉学术之际，思想趋向保守和神秘，董仲舒废黜百家，独尊儒术，这种政治思想策略极大地限制了学术的自由，于是，学者的使命就变得迷失。不求思想，而求字句之学，这是汉代语言学兴盛之根源。魏晋之交，思想虽处于大变动、大动荡的时代，但中国学者的使命似乎已定于一端，即"达则兼济天下，穷则独善其身"。这种生存策略，说明学者进退有道。事实上也是如此，那些成为官方哲学家的学者主张仁、义，强调性、情，主张天理人伦，而那些民间思想家则强调得乐醉生。那些身处忧患之际的思想家则忧国忧民，伤古悲今。于是，学者的使命似乎发生了分化。一种学者关心国计民生，如王安石、苏轼、朱熹、王阳明、王夫之、黄宗羲，一种学者则关心纯粹学问，以学问娱情，以学问娱生，为学问而学问。乾嘉学派使这种纯粹学术臻于极致。中国学者本有的使命似乎被颠倒，仿佛愈是远离政治，才愈是学者的使命。中国学者这种软弱倾向，表现为学术使命的不彻底性和分离性。于是，才有"百无一用是书生"之感叹。近代以降，一大批学者重新关心国计民生，探究治国平天下之大道理。谭嗣同、康有为、梁启超、严复、鲁迅、章太炎、熊十力、梁漱溟、冯友兰、牟宗三、徐复观乃至胡适等力图重振中国学术雄风。"五四"时代终于酿成中国学术的又一繁荣期。大批进步学者重新担当起救国救民之重任。于是，学者之使命在西风东渐形势下重新得以重视。我以为当代学术的歧途，在于对学者的使命之忽视。真正的学者必须担当起学者的使命。费希特指出："学者阶层的真正使命：高度注视人类一般的实际发展进程，并经常促进这种发展进程。"① "学者的使命主要是为社会服务，因为他是学者，所以他比任何一个阶层都更能真正通过社会而存在，为社会而存在。" "我的使命就是论证真理；我的生命和我的命运微不足道，但我的生命影响却无限伟大。" "我是真理的献身者，我为它服务，我必须为它承担一切，敢说敢作，忍受痛苦。" "要是我为真理而受到迫害，遭到仇视；要是我为真理而死于职守，我这样做又有什么特别的呢？我所做的不应当是我完全应当做的吗？"② 这种对学者的使命的理解，我以为出自一种健全的精神。学者应忠于这种健全的精神。当代学术之世界化，我们理当对学者的使命有新的理解。在我看来，学者的使命首先在于探究真理。在真理面前人人平等。因而，当代学者对真理的探求应有一种求真求实的精神，来不得半点的虚伪和弄虚作假。这需要付出学者的全部心血和精力。学者的使命其次在于服务社会。学者掌握了一门知识，不是作为自身谋生发财的捷径，而是为了服务于社会。这种使命，在当代有一种颠倒趋势，于是，学者的使命沦丧。学者的知识，不是学者耀武扬威、实行学阀统治的资本，而应是探寻真理、启蒙真理的工具。如果这种使命沦丧，学者就有可能发生根本的异化。学者应服务于社会，服务于人类，推动民族和国家的进步。一旦学者放弃自我的使命，便可能沦为帮闲乃至法西斯的工具。对于人文学者来说，探索真理，不仅为了启蒙，而且为了审美。不仅为了自由社会的建立，而且为了建立一种健全的精神、人格和灵魂。

因而，人文学者必须领悟到生命的真谛，呼唤良知、自由和现代美学精神。

余秋雨的散文显然出自担当一种学者的使命的自觉。对于文史学者来说，不可能提供一种富国富民的经济战略，不可能提供一种治国治民的法律对策，也不可能提供一种抵御列强的政治战略。但文史学者又有其特殊优势，它可以通过忧患意识、生命慧悟、历史沉思而强化和唤醒一种民族意识、自由意识和团结意识。这种呼唤，这种启蒙正是人文学者所应担当的使命。对于文艺美学工作者来说，给人们提供审美的精神食粮，传播美的自由意识，呼唤道德理想主义精神，抒发生命深处的潜意识力量，正是文艺美学工作者本有的使命。余秋雨除了在《戏剧理论史稿》《戏剧审美心理学》和《艺术创造工程》中传播审美意识、文化意识和自由意识之外，他还通过抒情散文来唤醒人们的生命意识、历史忧患意识和民族意识。余秋雨自觉地担当起学者的使命。这种思古之幽情特别表现在他的一系列怀古伤今的散文之中。他的《道士塔》《莫高窟》有对民族屈辱历史的感叹，有对愚昧的中国道士乃至一切卖国者的批判，有对中国古代灿烂文化被毁的悲哀。对于王圆箓这个"敦煌石窟的罪人"，余秋雨进行了痛苦的反思。他由一个人想到一个民族，把这种人视为"一个巨大的民族悲剧"。那里，一个古老民族的伤口在滴血。"对着惨白的墙壁，惨白的怪像。"余秋雨的脑中是"一片惨白"。"我好恨。"一段历史，便动情地再现于余秋雨笔下，引发了对民族文化的感叹和对古代中国官僚的沉重批判。与此同时，余秋雨对莫高窟的灿烂艺术，又有着深致的抒情，"它们为观看者而存在，它们期待着仰望的人群"。于是，他眼前出现了两个长廊——"艺术的长廊和观看者的心灵长廊"，出现了两个景深——"历史的景深和民族心理的景深"。正因为如此，余秋雨才有一种警醒："我们，是飞天的后人。"情感的抑扬、低落、升华，在余秋雨的散文中此起彼伏，显示出中国学者奇特的文化心态和生存心态。正因为如此，他才感到"文人的魔力，竟能把偌大的一个世界的生僻角落，变成人人心中的故乡"。余秋雨不看北方高山大河，而专拣历史名胜。虽未脱中国文人之俗步，但毕竟体现了当代学者的一许纯情和执着。所以，他到了"柳侯祠"，发抒出下列感叹："唯有这里，文采华章才从朝报奏折中抽出，重新凝入心灵，并蔚成方圆。""世代文人，由此而增添一成傲气，三分自信。"余秋雨的心灵在历史长河中徜徉，遇英雄如遇故交知己，遇失落文人则体会其伤心履历，把伤心之泪托付古人。例如在《都江堰》中，他忽发奇想："实实在在为民造福的人升格为神。神的世界也就会变得通情达理，平适可亲。"必须承认，余秋雨对贬官文化和贬官文人之诗词的体悟有其独特之处。"贬官失了宠，到了外头，这里走走，那里看看，只好与山水亲热"，写出了古代中国文人学者之可怜心态。中国古代文人学者少有真正人格独立自由反抗彻底的人。余秋雨对这些没落文人的逸闻趣事之称赏，真是别有一番滋味在心头。因此，当我们体味到"天底下的名山名水大多是文人鼓吹出来的"，我们也不必对文人的没落过于凄凉。因为底层的真实仍被掩盖。是啊，"请从精致入微的笔墨趣味中再往前迈一步吧，人民和历史最终接受的，是坦诚而透彻的生命"。他的《白发苏州》和《寂寞天柱山》，仍是基于这种怀古伤今的感叹。文人的命运多艰，文人的生命可悲怜。他们那点闲情逸致无法掩饰一种学者文化的透骨的悲冷而少有那种"地火在地下远行"的决裂。《风雨天一阁》把中国学者的悲悯和藏书的意义作了极致的发挥和赞美。但余秋雨似乎还未究尽这种藏书的负面本性。余秋雨的怀古散文，较少赋予某种历史空间以当代意识，而更多的是倾注一种历史意识。余秋雨的散文倘若没有历史事件的撑持，便失去了依靠。访古，寻古，探古，是余秋雨散文的命脉，他提供了一种自然空间所无法承载的历史空间。"秀丽山水间散落着才子，隐士，埋葬着身前的孤傲和身后的空名。天大的才华和郁愤，最后都化作供后人游玩的景点。""景点，景点，总是景点。"就这样，余秋雨从西南写到东南，从远古写到当代，从家乡、上海写到海外，每到一地，他有游兴，亦有文兴。他托身历史，寻找撑持，抒发内感。余秋雨的视野在历史空间和现代空间中寻找。他力图在历史空间寻找一个当代空间，但最终总是在当代空间中看到一个历史空间。余秋雨的全部精神意绪在这种历史村落、文人墨客、弱女怪才、莫名悲哀、莫名感叹中流转。我再一次体悟到了余秋雨的语言功夫，句法功夫，结构功夫和立意功夫。然而，在这种功夫之外，我似乎隐隐地发现了点什么。那就是，余秋雨时刻面对着历史的生命，他与真实的生命还"隔着三层"。历史空间、个人情感空间，易于形成一种封闭的空间，一种确定的有限性空间。而艺术作品应该提供的不仅是历史空间，而且也应是当代空间，是一种不确定性的无限的空间。自古文人喜欢怀古抒情。峻青、秦牧喜欢怀古抒情，余秋雨亦喜欢怀古抒情。余秋雨真正担当起了学者的使命否？他担当着，但又似乎缺乏决裂的勇气。

激情的衰退：凤凰涅槃

学者散文的潜在危机，源于中庸之道，源于知行不一。必须承认，学者的灵魂是孤寂而痛苦的。与作家、记者不同，学者必须死守书斋，只能偶尔检阅人间春色。知识的探求当然少不了田野作业，万里考古，但最根本的方式还得守住实验室和书斋。思想可以在火热的生命战场得以锻炼，但更本原的方式，还是出自一种心灵的体验和生命的体验。中国哲人历来强调，思想"惟于静中得之"。学者们爬梳古籍，辨别真伪，选材立论，来不得一点苟且。也因此，学者的生命空间也受到限制，一地，一校，一舍，几个密友，一群学生，一堆杂书，打发着学者的生活。正因为这种空间生命的逼窄，因而他们的视野总是投向历史。不担当历史，人会变得浅薄；担当历史，人又会变得持重。这是一种无法克服的矛盾。在历史与现实之间，学者们由青春激越到老当益壮，思想逐渐变得稳健，趋于坚信"中庸之道"。因为过激行为，在历史中并未有好的结果；保守行为，也并未使人们忘根忘本。因而，学者愈是深入历史，愈是感到历史的惊人相似；愈是洞悉历史，愈是惊奇于历史的伟大；愈是批判历史，愈是感到历史的循环往复和生命轮回；于是，只好担当历史的宿命，认同学者的生存策略。激情的衰退，使学者趋于中庸之道；学者固守中庸之道，使艺术趋于死亡。学者虽在形式上臻于极致，但因思想保守又易于趋向死亡。学者散文的死亡，与这种潜在的思想危机有关。这是中国文人、学者、史官所无法走出的一个怪圈。

由于激情的衰退，现代学者散文的分化之途有三：一是趋于火热的现实斗争生活，二是趋于历史的凭吊和自然的踪迹，三是趋于个人闲适生活的孤情雅趣。这三种分化之途，丰富了现代学者散文的视野。我认为，鲁迅散文属第一种。无论是《朝花夕拾》，还是《野草》，无论是《热风》还是《且介亭杂文》，横亘其中的是一个不屈的精魂，充实着中华民族的硬骨头精神。谈古论今，借古讽今，是鲁迅散文之一途。对个人生命历史的记忆，对青年烈士的记忆和歌颂，都洋溢着一种无比的激情。这种散文有着真性情，真精神，有着一种满腔的赤诚。鲁迅散文代表着现代散文的最高品格。这种散文精神，在张承志的散文艺术中得到了真正的体现。张承志的散文的忧患精神源于生命本身。人行天地之间，出入高山大河之中，往来于底层民众之间，自然有壮烈的生命激情和无法抑制的冲动。这是一种青春的力量，放射着当代散文最奇美有力的光辉和强力意志。文人雅士之散文最易趋向于第二条途径，即追寻自然的遗迹，走向历史的凭吊。这在现当代学者散文中也放射出奇美的光彩。中华民族独有的灵性、智慧与和谐精神，充实着这种散文的内在精神。有人把这种散文视为消解亚细亚痛苦的典型模式，在我看来，这种消解是必要的，它平衡着我们的内心的痛苦，抚慰着我们内心的精神创伤，呼唤着我们心灵独有的情感力量和道德力量。我曾在《名士散文的风度与气质》中作过深入分析，在此不拟多谈。这种名士散文，实质上是学者散文的一种。他们热爱山水自然，纵情山光水色，郁达夫、徐志摩、朱自清、俞平伯、废名、沈从文都为它写出了许多奇美诗章。我们虽然从这些山水散文中体会不到神的恩典，但无处不充满神性和自由精神，这是道家的自然和佛家的自然，亦是儒家的自然。"山川大地，无处不佛"，这种佛性和神性源于一种生命深处的自由精神。现当代学者，把最深邃的感情，都献给了这奇美的山水。这种山水抒情，曾在峻青笔下焕发过奇光异彩。与这种自然抒情相对应的，便是历史抒情。他们登高眺远，怀古伤今，"念天地之悠悠，独怆然而涕下"。那种强烈的生命意识融于历史意识之中。如果说，斗士散文，诸如鲁迅、张承志的散文给予人们一种奋进的力量，那么，名士散文则给予人们以自由的启迪和情感的抚慰。"是真名士自风流。"名士风流，源于真性情，源于妙赏；源于慧心，源于生命自由，源于放达和乐观。这种散文也代表一种积极的中国文化精神。学者散文的第三条途径则在于对个人闲情逸致的风流自赏。这类散文提供了一种生活风范。这种生活方式，乃是许多人所向往的极境。林语堂的幽默，梁实秋的萧心，徐志摩的醉情，都极为令人欣赏。他们的生活代表了闲适优雅之生活方式。从某种意义上说，这是学者安逸生活之极境。这种散文，在过去和现在极有市场。沈复的《浮生六记》，李渔《闲情偶寄》，便是实例。现当代学者沉醉于表现这个甜蜜生活方式和闲情雅致的并不少，他们事实上为当代生活提供了一种贵族生活范本，名士生活范本。琴棋书画，美女侠情，鸟兽虫鱼，一枝一叶皆关情。在和平安逸举世狂欢的时代，这种生活实在是一种美的自由之境。但在一个多灾多难、贫富悬殊的时代，这种散文不免令人妒嫉和艳羡。谁不希望暖室生香，谁不希望娇女伴郎。但这只是个人生活的一种理想。如果学者散文仅仅满足于描写这些，那就不可避免地使人产生一种甜得发腻的感觉。一旦这类散文主宰着我们时代，我们的时代就充满危险。我们必须承认，散文应当多元化。多种格调，多种情趣，多种光芒，多种生命方式，共同建构我们的生命空间，满足人们广泛而又多重的需要。但是，散文必须以激情主导，而不能以幽情为主导，否则，我们的阴性文化必然压倒阳性文化。中国文化的慧命和生命大气魄和豪杰精神便会受到影响。我们的中国精神不是一种甜腻的精神，而是一种雄健有力，具有阳刚崇高之美的精神。因而，愈是在柔情似水的散文占主导的时代，我们愈应呼唤豪杰散文和英雄散文。

在我看来，余秋雨终止散文写作，应该视作一个明智之举。因为一旦作家的激情衰退，才情抒发便会产生障碍。正如余秋雨所言："在创作的实际过程中，永远需要轻快灵活，进退自如，左右逢源，纵横捭阖的心态。""要从容不迫地把握住自己心灵的音量，调停有度地发挥好自己的创造力。""要如此，就必须减轻心灵的外部负载。"③他在此基础上进而指出："艺术家本身要早于他人，构建健全的自由心境，奔向审美式人生。""他在社会实践中长期谛视和品察客观必然性，终于获得了对它们的超越和战胜，于是，他要寻求一种审美方式，寻求一种心理适应，来作为这种超越和战胜的确证。"④对此，可以视作余秋雨对写作心境和写作意义的诗性阐释。我觉得，余秋雨散文的终笔，既出于一种写作的自觉，也出于一种自我超越的需要。我不敢相信，在外界的诱惑下，余秋雨不会再写散文。个人的意志有时是有限的。在宣布封笔后又重操笔杆的作家不在少数。因此，我更愿意把这种封笔，视作余秋雨超越自我的一种必要休息。我相信，写作会累，写作会使人厌倦，写作会使人发生变异。写作，必须要有激情，要有大精神，大气力，大气概。古人讲究才气、养气与文气之间的真正贯通。我也坚信生命之气与散文之气的内在转换和沟通。没有大气力和真精神，没有强力意志和写作激情，最好放弃写作。因为一顺百顺，一通百通。气流行于天地之间，散播于字里行间，气中有傲骨，气中有节操，气中有雄力，气中有灵魂。从某种意义上说，余秋雨无法克服学者的习性，因为这种习性是长期养成的。喜静，好沉思，喜孤独，好美情。这种习性使学者无法真正投身于动荡而又剧烈的现实生活和底层民众之间。仅仅获取一些书面信息进行散文创作是不够的。创作的原生态信息储蓄在民间。只有敢于冒险的散文作家，才能获得这种野蛮、粗犷而又沉雄博大的力量。学者生活使余秋雨养成了某种安闲、快适和放纵，他深得生活之道。他不会放弃这种优雅的生活而陷入生命的动荡之中，这就决定他不可能有深邃的激情和悲旷的抒情力量。真正的文学，是站着的文学，是雄壮的文学，是豪杰的文学。只有具备豪杰精神，才有大文学、大作品降临于世。余秋雨深知他散文的个性，也深知他的散文所形成的定势。这就是余秋雨散文的风格。形成一种风格，是作家的幸运；而构成一种风格形态的定式，又是作家无法超越的悲哀。长期陷于一种重复之中，我们无法表达那种创作的悲哀。余秋雨散文的风格可以概括如下：（一）追寻散文的历史理性和生命力量。他的散文大都有一个历史事件作为背景。这一历史事件本身构成他对生命进行反省的材料，因而，他那本原的生命体验，被一种历史精神体验所遮。由于作家自身的生命体验被遮蔽，我们看不到那真烈性情的生命本身，而是被一个活的生命对历史生命的悲悯所隔断。因此，怀古抒情，固然有力量，但本原的生命体验，自我生命的原始的感受更为重要。鲁迅先生在感叹历史生命的同时，从不遗忘原始的本原的生命感受。于是，余秋雨散文的视域有了一种局限性。（二）追寻一种情理合一的雅致语言。这种语言骈散相间，极具抒情魅力。语言在抒情中融注着历史理性，在历史叙述中也透露着生命的哲理。但这种偏向于抒情的语言在很大程度上易于陷入一种"空洞的抒情"。从现代语言哲学的观点来看，这种抒情，我们只能听到琴弦的颤动，而听不出生命的声音和意义。原本明快而又深邃尖锐有力的思想，因为这种空洞的抒情，而削弱了思想的意义。因而，在典雅的背后，余秋雨已意识到"思想的危机"。许多哲学家的文学话语可能没有余秋雨灵动，但其思想意义的锋芒，直指人心。这种风格更能大快人心，催人奋进。例如李泽厚的《走我自己的路》，其中的一些散文，语言并不优美，但李泽厚散文的思想锋芒活灵活现，放射出奇美光彩。李泽厚这种散文风格颇得鲁迅散文的风神，经久耐读。（三）追寻一种思想的审美和谐和生命的感悟。正如我在前文所述，余秋雨的散文很有儒家情怀，忧国忧民。学者散文易于和谐。和谐典雅的思想的演绎，往往要减弱作品的容量。每个学者都会经常感到自身的思想危机。哲学家时刻置身于这种思想搏斗之中。而我们的作家通常远离这种思想搏斗，远离思想战场，一味图解和演绎经典的思想命题。这就使我们的散文缺乏某种穿透力和思想的敏锐性。学者散文不仅要提供一种生命空间，一个意境，一种情绪，学者散文还必须提供新鲜的思想。这是学者散文得以新生的契机。因此，在理伤情时，我主张情理合一，在情伤理时，我仍主张情理合一，这是一个模糊而永远变动的审美尺度。因此，我相信，余秋雨的暂时搁笔，可以视作一种休息。这种休养生息，如果能滋生出大气力，大激情，强力意志和豪杰精神，引发心灵的动荡和翻腾，我相信，余秋雨会再创新生命的神奇。传说凤凰在烈火中新生，当代学者散文应从此获得一种得救的启示。

1995年元月于杭大

注释：

①②《论学者的使命　人的使命》，第40、45页，商务印书馆1984。
③④《艺术创造工程》，第47页、第283页，上海文艺出版社1987。

原载《当代作家评论》1995年第2期

论余秋雨散文的文化取向

冷成金

在经历了历史的狂热与骚乱之后，人们终于想起要以淡雅沉静的态度来静观和体味人生，以求得生命的喘息。于是，梁实秋、林语堂、冰心等人的散文被人们重新发现，出版界也投其所好，把这些人的散文冠之以"淡泊人生""雅致人生"等名目制成各种"选本"重复出版，使之在相当长的时间内成为读书界的热点。然而，人们很快就发现，这些散文只能暂时舒解人们过于紧张和干枯的神经，对于消除人们内心深处的焦灼、烦躁和空虚感，却较少补益。现实的历史处境告诉我们，真正属于我们这个时代的散文，必然出自作为学者或是思想家的当代散文家之手，余秋雨文化散文的出现，可谓为当代散文提供了一种范例。

一、 "吞吐着一个精神道场" ——对当代散文的超越

余秋雨在《藏书忧》中描写一位文人在书房中的感受时说："有时，窗外朔风呼啸，暴雨如注，我便拉上窗帘，坐拥书城，享受人生的大安详，是的，有时我确实想到了古代的隐士和老僧，在石窟和禅房中吞吐着一个精神道场。"的确，余秋雨的"文化苦旅""山居笔记"等系列文化散文，正像一位祈盼悟道的苦行僧或是一位背负沉重使命的山居隐士的心灵轨迹，这位"老僧"或是"隐士"，在踏遍了荒漠和闹市，追问了往古和现实之后，建立起了一座丰富深邃、宁静淡远又透出无限生机的"精神道场"。由此，余秋雨的散文对当代散文进行了一次重要的超越。

在传统中国，散文本来是这样一种文体：写风花雪月而轻歌慢吟就必然要

失去散文的品格，写百年大计而亢辞雄辩往往会被摧折，与诗词、戏剧、小说等艺术门类相较，中国散文就是在这种两难的选择中走过了几千年的历程。如果从这一意义上讲，余秋雨的散文是带着历史的悲情乃至慷慨赴义的情怀而选择了后者的。因为他的散文要以其羸弱的身躯承担起在"可爱"的传统中寻找"可信"的未来，并因此来塑造民族文化人格的历史重任。

余秋雨的散文所要探讨的问题，也正是从晚清以来仁人志士所倾力追询的问题。从提倡"中体西用"说的晚清洋务派，到活跃在当今海外的"现代新儒家"，都以强烈的民族责任感和深刻有力的思想、行动，希图使民族的优良传统得到创造，现代转化。其中的许多人，甚至以生命为代价来索问这条途径是否可以通行，在颐和园投湖自杀的一代宗师王国维先生就是极好的例证。王国维有感于现实的黑暗，到中国传统文化和西方哲学中去寻找光明，他所追求的理想与晚清的现状发生了不可调和的矛盾，因此发出"哲学上之说，大都可爱者不可信，可信者不可爱""知其可信而不能爱，觉其可爱而不可信""余知其真理而又爱其谬误"①等一连串的慨叹。他所爱的是叔本华、尼采所代表的唯意志论、超人哲学以及与之相关的中国文化传统，而他所信的，则是属于科学之真的杜威等人所代表的实用主义或实证主义思想，这些是与中国传统相拒斥的，是可以变为现实的可信的理论，但又不可爱。在"可爱"与"可信"相悖的矛盾心态下，他不喜欢辛亥革命以后的共和体制，认为那是政治和文化的大堕落。对于王国维的自杀，过去很多人认为是罗振玉利用了他，现在，罗振玉的孙子把他给罗振玉的书信全部公布出来，这些材料无可辩驳地证明，王国维不是因为个人原因而自杀，而是完全以清朝遗老自居，始终保持着文化上的清醒，他的以身"殉国"，是一种自觉的理性选择。王国维在博览了中西文化之后只发现了民族文化传统的"可爱"之处，并未找到其"可信"之点，于是，王国维以自己的生命塑造了一个崇高的悲剧形象。然而，"可爱"之中必然蕴含着"可信"，余秋雨的散文以对传统文化的深情眷恋为基调，又以冷峻的理性为主导，对传统文化内在的生命力进行了苦心孤诣的梳理和显扬，并以富有感召力的形式，令人信服地宣示："可爱"的文化传统中蕴含着具有无限生命力的"可信"的合理因素，未来的民族文化之树，必然也只能植根于民族的文化传统之中。其实，余秋雨的宣示已获得了热烈的反响，在商品文化肆无忌惮地泛滥的今天，余秋雨的十分严肃的文化散文却能够以不可阻挡之势大行于天下，这多少能够说明民族的"人心所向"，也预示着重新检讨民族文化传统、重塑民族文化人格的百年祈盼并非没有实现的可能。

余秋雨的散文以其吞吐千年、汇聚古今的气概营造了一座艺与思的"精神道场"，清楚地显示出其对当代散文的超越步履。在当代文学史上，相对于其他文体，散文艺术特质的失落是最为严重的。五六十年代的散文多是对政治观念的附会图解，对现实生活谄媚般地廉价歌颂，70年代末、80年代初的散文是被泪水和谴责浸泡的散文，把罪责全部推诿给别人和历史，虽比五六十年代的散文多了几分真诚，但在回避自省方面却是一脉相承的。80年代初过后，人们急于补回失去的生活，大约怀着阿Q在梦中索取革命报酬的念头，在散文中表现"生活"，表现"自我"，其结果多是使"生活"丧失，"自我"沉落。余秋雨的散文则不同，它在百年乃至千年的文化走向上立定，重拾困扰着四五代人的重大课题，避开庸俗社会学、政治学的羁绊，直指民族心灵的深处，以"为天地立心，为生民立命，为往圣继绝学，为万世开太平"②的姿态指向未来。

余秋雨散文对当代散文的超越，不仅表现在思想文化境界上，还表现在强烈的主体意识方面。余秋雨的散文之所以有很强的感召力，其根本原因就在于作家把自己鲜活的文化生命融入了笔端，而这个具体的文化生命又是由深厚而沉重的现实历史积淀而成的。现实历史的重压，使作家的文化生命如"万斛源泉，不择地而出"③，于是，一处处人文景观便成了历史的浓缩，再由历史显现出文化，最终由文化而透显出民族的存在状态。就这样，余秋雨的散文终于摆脱了以往40年散文的樊篱，从"小体会""小摆设""小哲理"等小家子气的审美规范中走出来，树立起了一座真正高大独立的主体形象。主体意识的强化确实需要一个艰苦的修炼过程，余秋雨散文中鲜明的主体意识固然来自作家渊博的文史知识和良好的文学天赋，但如果只靠这些，也只能写出掉书袋式的怀古悼亡之作，决不会将一座"精神道场"弥漫于天地之间。因此，真正纯净的主体意识，需要对历史的洞察，对现实的忧患，对未来的执着，对人生的定力以及对整个人类文化的感悟，借用先贤的话说，就是要摆脱"小人儒"而达到"君子儒"的境界。余秋雨的散文对俗常生活乃至社会政治层面上的东西已无所关注，而是从更高的层次上对现实历史进行着极其深切的眷顾，其中的欢愉、忧思、欣慰、苦恼都与历史、现实和未来紧密契合，与当前处境中的高尚与卑微、深刻与虚浮息息相关，由此而构成了散文的多维结构立体化的主体意识，这种主体意识以其丰富、高大和纯净的特质把当代散文推向了一个新的里程。

余秋雨散文还是对中国传统散文优秀传统的创造性的继承。传统散文与传统诗、词、小说、戏曲相比，有着更为明确的"载道"使命，不论是载"道德"之"道"还是载"政统"之"道"，抑或是载文化生命乃至宇宙意识之"道"，只有载"道"，只有关涉严肃乃至重大的主题，才能进入散文的正统。事实上，在中国几千年的历史上，真正以文学的形式来传"道"、布"道"的，恐怕还当数散文。每一次文化形态乃至政治形态发生的巨大变革都可以在散文中找到明晰完备的踪迹，更有甚者，有许多次文化和政治变革是由散文这种文学形式作为先行者和主力军推动进行的。当然，近年来学术界对"文以载道"的文学观念多有批判，认为这影响了文学的自觉、艺术的独立，但根据中国的历史"国情"，"文以载道"的文学观念除了产生了一些僵硬死板的教化性作品外，毫无疑问是一种优良的传统，如果没有这种"文统"对现实"政统"的矫正，中国恐怕还要增加许多灾难，所以，"文统"与"政统"经常处于对立乃至冲突的状态。许多"载道"的优秀散文，虽能传之后世，但在当时却是被压抑乃至摧折的。其实"载道"散文一开始就意识到了自己的悲剧定位，但还是义无反顾地走到了今天，宁愿做历史的殉难者，而不愿失去散文的真正品格，做供人玩弄的角色。余秋雨的散文，正是继承了这种"载道"的优良传统，取传统散文文体之神而赋以现代散文文体之形，既对传统散文进行了创造性的转换，又对当代散文进行了突破，在文学文体学上也有着价值和意义。

事实上，余秋雨的散文在致力于从"可爱"的传统中寻找现实的"可信"因素的过程中，其散文本身的确立，就已经说明找到并成功地实践了许多"可信"的合理因素，而这些成功，都是建立在对传统文人及传统文化理性分析的基础之上的。

二、"苦苦企盼""自身健全"——对文化人格的探询

在散文集《文化苦旅》的自序中，作者重提了那个千古一贯而又常提常新的课题："如果精神和体魄总是矛盾，深邃和青春总是无缘，学识和游戏总是对立，那么，何时才能问津人类自古至今一直苦苦企盼的自身健全？"这显然是一个具有人类文化普遍性的问题，余秋雨正是希图通过对中国传统文化人格的寻绎，从中获得有益的启迪，不仅在人类文化意义上，更重要的是在现实文化人格的选择和塑造上，有助于我们走出当前迷乱的窘境。

在余秋雨看来，中国传统文化人格的集中体现是传统文人的品格，而传统文人的品格则是一个极其复杂的集结，在这个集结中，传统文人首先是作为统治集团所操纵的棋盘中的一枚棋子出现的。《十万进士》令人信服地揭示出科举时代文人的既定命运，但更为重要的是，造就附庸人格并不是科举制度的实质，科举制度的深层文化内涵是要把时代的文化理想、道德理想、政治乃至经济方面的理想提升到具体的政治实践之中，因此，科举制度的文化本质是要求士子与统治者以"道"相合。正是因为有了这一本质，科举制度才能除了附带造就了一大批趋附于"政统"的平庸官僚之外，更造就了一批以"道统"自任的文化名人，如《柳侯祠》中的柳宗元，《洞庭一角》中的范仲淹，《西湖梦》和《苏东坡突围》中的白居易和苏东坡，以及《十万进士》中特意列出的那些人。关于这一点，明代的吕坤说得十分清楚："天地间惟理与势为最尊。虽然，理又尊之尊也。庙堂之上言理，则天子不得以势相夺。即夺焉，而理则常伸于天下万世。故势者，帝王之权也；理者，圣人之权也。帝王无圣人之理则其权有时而屈。然则理也者，又势之所恃以为存亡者也。以莫大之权，无潜窃之禁，以儒者之所不辞，而敢于任斯道之南面也。"④因此，传统文人一旦不能与统治者以"道"相合，就往往成为统治者的"弃子"，由"弃子"而产生了中国独特的贬官文化。贬官文化是"道"的一种特殊的表现形态，也是中国传统文人品格的最好的表现形式，传统文人的文化生命因贬官而受到了猛烈的挤压，由挤压而得到了生命的激扬，在被贬的处境中，传统文人才能摆脱喧嚣与虚浮的生命状态，才能"有足够的时间与自然相晤，与自我对话"。以探讨生命的底蕴。余秋雨以深沉的理性之光照见了传统文人由入仕而致平庸的无奈与悲哀，照见了官格与文格的严重背离，同时也以无限的深情歌颂了那些因

遭贬而创造出丰富的精神价值的文化名人。

余秋雨把身在仕途的传统文人划作两类，一是甘于平庸的"无生命的棋子"，一是到处遭受撞击的有生命的"弃子"，中国文人的绝大部分价值是集中在后者身上的。中国文人一开始就管恺撒的事，由于文人所负载的"道统"永远超于现实之前，文人就总是时时面临着被统治者抛弃的命运，也正是因为不断被抛弃，才显示出文人的社会价值和生命的意义。孟子斥责公孙衍、张仪为"以顺为正，妾妇之道"⑤，这用来斥责那些甘为附庸的官僚是十分恰当的，而遭贬的文人，则是以"道"为正，正是因为有了这种绵绵不绝的正道直行，中华民族才得以不断开化和延续至今。余秋雨希望撷取其内在的精核，以矫正当前遍地流行的"曲学阿世"的"自弃"之风。事实上，这正是十分需要的，也可能是行之有效的。也许，余秋雨先生本人就已经在"可爱"的贬官文化传统中获取了滋养。不是吗？在这极其困难的时期，余秋雨先生还是守住了文人的最后一道防线，未有"自弃"之举，并以生命之旅的方式进行了一次文化苦旅，而《家住龙华》一篇更是道出了当代文人的普遍窘境，因此，在某种意义上说，余秋雨的散文也许就是当代的"贬官文化"。

传统文人的历史文化处境不外乎"出处辞受"四字，因此，隐逸人格也就成为余秋雨散文所探讨的重要内容，其中，《沙漠隐泉》《庐山》《江南小镇》《寂寞天柱山》《藏书忧》等篇什都塑造了高标出世的隐逸形象或是表现了浓厚隐逸倾向。正如海外的一位著名文化史家所说，中国现代知识分子除了信仰观念与传统文人不同之外，其文人的性格并没有发生革命性的变化。因此，儒家"为己之学"的指引，道家释家寻求生命独立之精神的感召，仍然以一种文化原型的方式在对现代知识分子发生着潜在而又巨大的影响。中国传统文人的品格只有在出、处、辞、受的巨大张力中才显示出其高大纯净、闪烁夺目的光辉，而余秋雨万里独行、苦修苦旅的重要目的之一就是要为自己卜居一个归隐之所，这正象征着中国现代知识分子构建高大纯净品格的祈求，也显示出其内在驱动力的来源。在现代社会中，知识日趋重要，权威日趋多元，政治权威的功用会逐渐缩小，知识分子的作用将越来越大，因此，寻找知识分子品格的坐标、构建良好的现代品格就显得迫切而重要。余秋雨的探询，实在是一种可贵的努力。

在"苦旅"的历程中，余秋雨也发现了传统文人在品格上的严重缺陷。

《酒公墓》是现当代散文中难得的佳作，足可与鲁迅先生的《孔乙己》先后辉映，其主人公张先生是一位经过洋包装的孔乙己，他一直停留在孔乙己的时代，虽留洋受训，却并未转换传统文人的品格。这位状元公的后代，一直没有觉醒，一生都是一枚"无生命的棋子"。可见，即使学到现代知识，如果没有高大的品格和觉醒的意识，也只能如"酒公"张先生一样可怜可悲。《家住龙华》一篇很短，但因放在系列散文中成为链条中的一扣而陡然增加了分量。我们除了替其中的知识分子掬一捧同情之泪以外，还要思考其悲剧的外在和内在的原因：像传统文人一样，过多的"原罪意识"，过多的单向的奉献，过分地追崇"孔颜乐处"，看似强大崇高，实则是懦弱与自壮的表现。正如《笔墨祭》中所说："本该健全而响亮的文化人格越来越趋向于群体性的互渗和耗散。"传统文人一直是强固的道德传统的代表，但知识一直未与道德取得平衡，知识一直未能成为一个自足的领域。大哲学家戴震讲得极为清楚，道德如果失去了知识的支撑和限定，就会走入歧途，所以，传统文人尽管经过苦行苦修并不一定能得到建立高大品格的可靠保证。余秋雨散文对传统文人的所有叹惋几乎都与此有关，这也正是对"可爱"的传统进行创造性的转化时所必须加倍注意的地方。

在漫长的文化苦旅之中，余秋雨找到了"响亮而健全"的人格，如苏东坡、柳宗元、朱熹、李冰乃至朱耷、徐渭等人，但同时他又发现，完美意义上的"自身健全"是无法获得的，这不仅是因为知识的深邃与躯体的快逸永远处于互为"异化"的状态之中，更重要的是任何历史现实和现实历史中的人格都必然带有一定的局限。例如，余秋雨要卜居归隐，但不论做归隐于"江南小镇""白发苏州"的闹市之隐，还是做归隐于"天柱山""庐山乡"的山野之隐，在当前的处境中，都不能算是十分健全的人格。然而，当余秋雨带着这种无可选择的清醒的悲剧意识转回现实中时，中国现代知识分子的人格也许正在趋于"自身的健全"。

三、"张罗一个""美的祭奠"——对传统文化的汰选

在《笔墨祭》中，作者明晰地表述了他的观点："健全的人生须不断立美逐丑，然而，有时我们还不得不告别一些美，张罗一个酸楚的祭奠。世间最让

人消受不住的，就是对美的祭奠。"余秋雨散文抱着"对美的祭奠"的态度，以冷峻的理性精神对传统文化进行汰选，既能对"可爱"的东西忍痛割爱，又在"可爱"的传统中找到了现实存在的"可信"依据。

民族文化伟力的精髓在于她的凝聚力，余秋雨的散文处处显示着对这种凝聚力的追询。《乡关何处》一篇从古人充满宇宙意识的超验之问起笔，落脚在散文的抒情主体对故乡——人生归途的探询，以吞古纳今之势、领殊启一之方对民族的"故乡情结"进行了一次充满感情的梳理，但这民族的"乡关"既不在哪一座名山大川，更不在哪一座城镇宫殿，而是落在了以河姆渡人、王阳明、朱舜水、黄宗羲为代表的中国文化中。在王阳明那里，中国文化已汇聚成了伦理本体型的文化，事实上，余秋雨散文中的王维、柳宗元、苏东坡、朱熹等文化名人和哲学巨子以及古往今来的芸芸众生都在为这一伦理本体而毕生修炼，人的价值与意义完全被限定在社会的伦理关系之中，只有无限地自我提升，才能被伦理本体所接纳。因此，人生于天地之间，实质上是被伦理本体放逐和遗弃，只有经过伦理价值的自觉，人才能找到自己的精神家园。然而，这种自觉又是漫无极限的，人们很难获得进入伦理本体的可靠保证，因此，人们总是处于一种无家可归的空荡荡的感觉之中，"乡关何处"之问便由此产生。余秋雨散文中所举出的那些文化名人，无一不是因对伦理本体的激扬追寻而名垂史册，但又无一人敢于宣布自己已完全进入了伦理本体，正是这种人人欲进而又始终无法完全进入所形成的无限巨大的张力使我们的民族汇拢到一起，争相从中寻求人生的价值和意义，使每一个人都离不开那个既遥远又切近、既身在其中而又无法完全进入的"乡关"。《笔墨祭》《风雨天一阁》《千年庭院》及大部分篇什都明确地涵示出这一观念，使人在深深的感唱之余找到了无数文人乃至整个民族历经苦旅而不消散的坚强支点。

对于中国文化的复杂性、包容性、多样性，余秋雨散文也给予了极大的关注。《千年庭院》与《庐山》《狼山脚下》《寂寞天柱山》等众多的篇什一起汇成了这样一个命题：在传统中国，真正富有活力的文化尤其是真正的学术往往是非官方性的。中国的学术文化，似乎总是在轮回中发展：富有生命力的学术文化产生于官方以外，官方先是压抑摧残，继而认识到其"实用价值"，便取来为己所用，但不久便使其僵化乃至断气，只好再由其他非官方的学术文化补充养分甚至取而代之。中国文化的这种运作机理给传统文人以中国式的悲剧定位，朱熹及其学生之死便是典型的证明；但这也正给传统文人提供了内在的驱动力和广阔的历史舞台，并由此建构起他们真正的文人品格。余秋雨散文通过对朱熹类型的传统文人的赞扬，肯定了这一具有人类普遍意义的文化运作机理的合理成分，并进而为困窘的现代文人寻找心理支点。《上海人》可谓是一篇奇文，她以典型的散文特质容载了丰富深邃的学术思想，且以一种终极设定的气魄为上海文化寻找现实和未来的不可替代的位置。这篇散文不仅让现实的上海人立定了走向未来的信心，还使我们坚信，传统文化并不像某些人断言的那样是一个单一封闭的系统，而是包含着丰富的多元因子，完全可以从中开出新的传统。

《抱愧山西》所涉及的一类内容在我所见到的余秋雨散文中虽仅此一篇，但已足以构成一个独立的方面。该文不仅说明余秋雨散文已质询到文化传统中最为隐秘、深邃和理说不清的地方，并对以往所谓的定论给予了有力的撼动。尤其从政治、社会、文化诸角度对晋商的兴盛和败落的多种原因进行了梳理，使人不禁要与韦伯的《新教伦理与资本主义精神》以及余英时的《中国近世宗教伦理与商人精神》等世界名著相比照。其实，这篇短短的散文能够让人联想起学术名著，并不是因为散文中包含着可与学术名著相比肩的学术观点，而主要是由于散文的开拓之功、品位的提升及其独特的感染力使人由衷地感动。《抱愧山西》一文第一次以散文的形式寻绎中国的商业传统，虽还不够深厚，但其令人折服的说理和火一般的热情还是让人相信：只要有较为合适的社会政治气候，中国的文化传统中完全可以开出一股蓬勃强劲的现代商业精神。再加上《都江堰》等篇什，余秋雨散文就形成了在文化传统中察访实业精神的一面。

余秋雨散文毫不避讳对传统文化的深情眷恋，以完全开放的态度，彻底敞开自己的情怀，把对优秀传统的眷恋抒写个痛快淋漓。《笔墨祭》是一篇不可多得的好文章，作者借祭奠毛笔文化而对传统文化的表现方式进行了吟咏。毛笔书法是一种超纯超净的心灵外化形式，天地之间恐怕再也找不出比毛笔书法更能够直接而又真纯地与人的生命沟通对话的艺术形式了，毛笔文化的失落，无疑使人类文明失去了一块芳草地。《夜雨诗意》所表现的是作者对传统感受方式的体味，这篇充满灵性和诗意的散文袒露了最符合人类本性的审美情趣，认为那些标榜现代意识的批评家"不愿看到人类行旅上的永久性泥泞，只希望获得一点儿成果性的安慰。无论在生命意识还是审美意识上，他们都是弱者"。《江南小镇》则表现了对传统生活方式的无限向往，认为隐居江南小镇，"几乎已成为一种人生范式"，而"小桥流水，莼鲈之思，都是一种人生哲学的生态意象"。在这里，由于余秋雨的取向是为了对现实的"异化"进行矫正，所以在对传统的表现方式、感受方式和生活方式进行"美的祭奠"时就显得健康、新鲜而富有生机和活力。

在如此"可爱"的传统之中检寻如此之多的"可信"之处，但冷峻的理性告诉作者，传统文化的整体性的暗昧色彩是阻障民族进步的重要因素，于是，余秋雨把中国文化的进程比作"夜航船"。在《夜航船》中，余秋雨说中国传统文人"谈知识，无关眼下；谈历史，拒绝反思。十年寒窗，竟在谈笑争胜间消耗。……"。在《笔墨祭》中也指出传统文化人格总是趁向互渗与耗散，在《庐山》等篇中同样认识到传统文人的个人道德提升往往使文化陷入了整体的不道德。其实，这不仅是传统文人的品格，更是传统文化的品格，余秋雨散文始终贯穿着这种警惕的意识，以免陷入感性的盲目。在《夜航船》的结尾，余秋雨虽然在他的整个文化散文中对西方文化表现出审慎的缄默，但还是在此处把张岱百科全书式的《夜航船》和产生于同一时代的法国狄德罗的百科全书作了比较，这一比较是极具象征意味的，象征着对文化传统进行汰选的开放情怀。

余秋雨散文通过对传统文化的探索而建立了当代散文的重镇，这既与时代的选择有关，也与他的文化态度有关。他在某种场合曾明确地表示了他的四个文化态度：一、以人类历史为价值坐标去对待各种文化现象；二、关注处于隐蔽状态的文化；三、诚实的理性；四、关注群体人格。[6]这种文化态度使他的散文有了充沛的人文意识和启蒙意识。价值选择的开放性生发出真正的人文意识，而理性的运用则必致启蒙。正如康德在《对问题的回答：何谓启蒙》一文所说："运用你自己的理智，这就是启蒙的座右铭。"更为重要的是，余秋雨散文对文化传统的理性反思是一种最为符合启蒙精神的自我启蒙，而不是用别的文化系统来强行冲击传统文化系统的非己启蒙。这，也许只是在我们已经付出和正在付出惨重的代价时所得到的一点微薄的补偿。

余秋雨的确是一位诗人，读其散文，正如吟啸陈子昂的《登幽州台歌》，使我们思接古往今来和上下四方，使我们深刻地意识到，个人的文化追求可能已经绝望，但文化的整体和谐、天道的运行规律仍然值得深深的信赖。这是余秋雨散文的历史的悲剧意识，也是从古至今所有清醒文人的历史的悲剧意识，只有负载着这种悲剧意识，民族文化才能循序前行。

注释：

①《王国维遗书·静安文集绪编》第5册，第23页。

②张载：《西铭》。

③苏轼：《文说》。

④吕坤：《呻吟语》卷一。

⑤《孟子·滕文公上》。

⑥见《文论报》1995年第2期。

原载《中国人民大学学报》1995年第3期

文化散文研究资料

过于随意的历史读解

——我看余秋雨的两篇散文

古　耜

在余秋雨先生相当走俏的系列散文中，《一个王朝的背影》和《抱愧山西》堪称是"俏"而又"俏"的两篇。自它们问世迄今，国内至少有五六家颇有影响的选刊加以转载或摘登；至于学者、作家、评论家的引证、论析与赞赏，委实到了举不胜举的程度，且兴致之浓、评价之高，均属近年来文坛鲜见。不仅如此，这两篇作品似乎也很得作家自己的偏爱——先是一一收入主题散文集《文明的碎片》，后复双双选进散文自选集《秋雨散文》，并被排在全书的前列。而后者安排作品顺序的依据，据说是作家自己对作品钟爱的程度，这就是说，排在全书最前面的作品，也恰恰就是作家本人最喜欢的篇章。《一个王朝的背影》和《抱愧山西》既然出现在全书之首，那么，它们理所当然地应该是作家的心爱之制和得意之作。

平心而论，从这几年散文发展的宏观态势和流行意趣来看，《一个王朝的背影》和《抱愧山西》作为艺术文本，确实不乏属于自己的优长和创造。譬如：它们把审美的目光对准了幽远而驳杂的中国历史，竭力让普通读者远不是那么熟悉的历史时代、历史人物、历史事件乃至历史场景、历史细节，伴随着某些鲜见史料的展示，共同构成自身的主要表现对象。这便为题材至今尚有狭小之嫌的当代散文，开辟了新的艺术空间。它们表现历史并不满足于对现成结论的形象图解与演绎，而是善于启动作家的主体思考来驾驭和阐发史实，力求透过纷繁复杂的历史表象，得出独特而新奇的观点与结论，这便使当代散文始终薄弱的思辨力量获得张扬。它们的艺术构思多有一个明晰的聚光点，但笔力又总是尽量向阔大的历史时空辐射、发散，于是，一派收得拢而又放得开的文章风度遂油然而生。加之在具体叙述过程中，它们自觉坚持激情与想象浸入历史，让历史凭借激情与想象而复活，这就给从整体来讲显得过于规规矩矩的当代散文，平添了一种灵动美与磅礴美……毋庸置疑，所有这些都是值得当代散文界予以充分关注和认真借鉴的。从这一意义上讲，《一个王朝的背影》和《抱愧山西》，被选家、评家乃至作家自己所看重，自有它一定的艺术必然性。

　　然而，我们也必须正视这样一个问题：一篇散文，特别是一篇哲理性、思辨性极强，旨在审美叙述中揭示隐蔽的文化内涵与历史真谛的学术性散文，仅有题材的拓展性，思考的独立性和表现的新颖性，是否就足够，是否就可以理所当然地称之为真正的优秀作品？对此，我的看法是否定的。因为大量的艺术实践告诉我们：在散文创作过程中，新的题材的出现，只是从"写什么"的角度，为好作品的产生提供了某种得天独厚的可能性，而要让这种可能性变为现实性，还最终取决于作家在"怎么写"层面的切实进取与根本突破，缺少了后者，任何题材上的优势，都只能因无所附着而徒生遗憾。同样，独立思考的坚持，也只是在思维方式的意义上，为好作品的问世创造了某种潜在的有利条件，而这种潜在的有利条件，能否在作品中真正大放光彩，尽展斑斓，还要看它所运载的作家的思想、观念与识见，是不是确实具备了科学的内质和真理的品格，如果不具备这一点，那么，即使是再大胆再奇特的思考，均无异于痴人说梦或哗众取宠。至于成功的艺术表现，虽然不乏相对独立的审美意义，但毕竟更多属于作品的形式因素，它只有同作品科学进步思想观点和精神意涵珠联璧合、相得益彰时，才有可能实现自身的根本价值。否则，仍难免花拳绣腿，华而不实之嫌。总之，在我看来：一篇真正无愧于优秀称谓的学术性、文化性散文，除了在题材选择、思维方式、艺术表现诸方面，均应当独具风采、超越寻常外，还必须有一种更为本质、更为内在、更为关键的审美特征，这就是，让整个艺术文体始终贯串着、呈现着体现了客观真理性、历史科学性与时代先进性的思想观念与精神流程，从而蒸腾起启悟心智、昭引认知的强大的理性力量。这是优秀文化学术性散文之所以优秀的根本所在，也是一切散文不朽之作的灵魂与神魄。如果以上论述并无悖谬，并且可以作为一种标准、一种尺度，用来衡量、检视《一个王朝的背影》和《抱愧山西》的话，那么，我不得不坦率地说一句：这两篇赢得了多方面称许的散文，实在算不上什么出色之制和优秀之作，更遑论进入"经典"和"不朽"之列。因为，它们那貌似新颖别致，且不乏语言特色的叙述所含括、所张扬的，实际上是一些经不起认真考究和严肃推理的观点与说法，其中有的甚至是完全错误的历史判断，这无疑从终极意义上限制了作品的质量，影响了作品的价值。

现在，我们不妨具体探视一下《一个王朝的背影》和《抱愧山西》的症结所在。

首先，这两篇散文在评价有关历史现象时，自觉或不自觉地流露出唯心主义和机械唯物主义的观念缺憾。以《一个王朝的背影》为例，它从清代皇家园林——承德避暑山庄写起，在历史风云的铺展和文化意涵的发掘中，梳理和把脉清王朝由勃发到委顿的命运轨迹，其字里行间明显渗透着一种为清王朝"鸣冤"和"正名"的情绪与意向，并不时跳出"清朝的历史是中国历史的一部分""清代还是很可看看的"的提示。从历史评价允许有个人创见的角度讲，这原本无可挑剔，只是按照一般的思辨逻辑，此种创见是必须伴之以充分依据的。而《一个王朝的背影》所提供的为清王朝"正名"的依据，既不是当时社会的经济状况，也不是那个时代的政治形势，而是与其相关，但又最终不同的清代皇帝，特别是康熙大帝个人的"生命力和人格"，他的雄才大略和文治武功；同时，还有作为避暑山庄和康熙大帝之对比物、反衬物的窳败的万历深宫和许多"无赖儿郎"状的明朝皇帝。这就进入了观念的误区。粗通一点历史唯物主义常识的同志大约都懂得：衡量一个历史王朝乃至一种社会制度的优劣高下，并由此选择我们对它的评价与态度，其科学的标准和最终的尺度，绝不是这个王朝、这个社会最高统治者一己人格、道德、胆识、才智的可褒与可贬，而是这位最高统治者所赖以生存的社会经济基础的先进或滞后，强固或腐朽。换句更为直白也更为透辟的话说，一个历史王朝或一种社会制度，如果经济形态是悖逆历史潮流、妨碍生产发展的，那么，其最高统治者个人资质再英明、再超凡，亦无法从根本上改变自身尴尬而可悲的处境；相反，这个王朝、这种经济形态是顺应了历史前进方向的，那么，即使最高统治者不怎么励精图治，光彩照人，甚至有几分小丑无赖状，亦难以最终消解该王朝或社会固有的历史进步意义。正是从上述基本支点出发，我们不能一味贬抑朱明王朝和明代社会，因为恰恰是在它们留驻中国的二百几十年间，代表当时先进生产力的资本主义经济因素获得了长足发展，以致有效地加速了落后的封建社会经济基础

中国当代文学史资料丛书

的崩溃。同样是从上述基本支点出发，我们亦很难违心地推崇和赞许爱新觉罗氏王朝和清代社会，因为正是这个王朝和社会，施出"扬州十日"和"嘉定屠城"的残暴，把一种带有奴隶制特征的落后的生产关系，强加于具备了相对先进生产力的中原大地，从而导致中国正常的社会进程一下子延缓了几百年，由此拉开了民族与世界各国在经济实力上的距离。显而易见，这里所有的结论都建立在唯物史观的坚实基础之上；而《一个王朝的背影》仅凭康熙皇帝个人的才能与政绩便企图重新评价清王朝的思路，则无疑在某种程度上，表现出了唯心主义的倾向。

不妨再看《抱愧山西》，它的历史观的倾斜属于另一种性质。这篇作品由作家的山西之行切入，通过历史的搜寻与审视，发掘出山西商业曾经有过的辉煌，以及同这种辉煌紧密联系的晋人特有的商业人格，这些都是大致不错的。然而，在谈到山西商人于近代的整体败落时，作品把主要原因归咎于社会历史方面，认为"是上个世纪中叶以来连续不断的激进主义的暴力冲撞，一次次阻断了中国经济自然演进的路程，最终摧毁了山西商人"；并由此进一步写道："人民的生话本能、生存本能、经济本能是极其强大的……一切社会改革的举动，都以保护而不是破坏这种本能为好，否则社会改革的终极目的又是什么呢？可惜慷慨激昂的政治家们常常忘记了这一点，离开了世俗寻常的生态秩序，只追求法兰西革命式的激动人心。在激动人心的呼喊中，人民的经济生活形成和社会生存方式是否真正进步，却很少有人问津。"这就是说，在作家眼里，历史上山西商业的最终败落，完全是因近代革命爆发而导致的一场悲剧；类似的悲剧在漫长的社会进程中，具有相当的普遍性与重要性，其要害在于离开了社会世俗的经济秩序和民众日常的生活形态，而奢求革命的轰轰烈烈，或者说是只求革命的轰轰烈烈，而不顾这种轰轰烈烈对社会经济秩序和人民生存本能的破坏与伤害。这样一种观点，如果说是针对十年"文革"中极左思潮的泛滥而发，自然堪称切中肯綮；但是，用之于批评包括太平天国、辛亥革命在内的近代革命运动，则分明是鲁莽而发、大谬不然了。众所周知，在中外历史上，任何一次或一种暴力革命，都难免给当时的经济秩序、生活形态造成或大或小的破坏或伤害。但是，对于那个时代宏观的经济发展来说，这种破坏或伤害却又因革命性质的差异而包含了全然不同的实际意义。具体而言，大凡脱离特定社会历史条件、无视经济生产发展规律、凭着某种主观愿望而掀起的一厢情愿的所谓"革命"，其对经济和生产的破坏与伤害，是真正的破坏与伤害；相反，那种由社会生产力与生产关系、经济基础与上层建筑不可调和的矛盾所引发的，代表了历史的必然性和前进性的革命，其随之而来的暂时的经济损失与生产停滞，则只能是社会冲破束缚、变革图强所必须付出的、无法回避的代价，它最终的结果，是换来更大规模的生产发展和更高层次的经济繁荣。以上是马克思主义辩证唯物主义历史观阐明的关于政治与经济、革命与生产之关系的科学坐标。从这样的科学坐标出发，我们来审视太平天国和辛亥革命，便不能不承认：它们属于后者，属于推动社会发展和历史进步的暴力行为。关于这两场革命的必然性和必要性，我们无须做更多的理论引证，只要客观地回顾一下近代中国用屈辱和血泪写成的历史景观，便可以不言而喻。当然，这两场革命所具有的经济解放意义，在当时因革命本身的初级性、幼稚性和不彻底性，而未能及时地、迅速地从效果下反映出来，它直到新中国成立后的一段时间，才首次获得了物质的实证。至于后来我国的经济没能持续发展，不曾出现预想中应有的飞跃，相反几度走上了弯路，这是当代人令人扼腕的失误，其板子似乎打不到洪秀全和孙中山身上。正因为如此，我认为《抱愧山西》以山西商业在动荡中败落为事实依据，不加分析地埋怨和责备近代革命，是相当主观、相当随意的，它在貌似雄辩的议论中，不知不觉地陷入了机械唯物论的泥淖，其结论自然无法服人。

其次，这两篇散文在分析论证有关问题，进而确立自己的历史观点时，常常流露出以偏概全的逻辑错误和"六经注我"的浮躁学风。譬如：《一个王朝的背影》一文，为了使自己为清王朝"正名"的观点更具有说服力，便在正面阐述理由的同时，以扶误和拨正的口吻，引发了一个历史话题："在我们中国，许多情绪化的社会评判规范，虽然堂而皇之地传达久远，却包容着极大的不公正。我们缺少人类普遍意义上的价值启蒙，因此这些情绪化的社会评判规范大多是从封建正统观念逐渐引申出来的，带有很多盲目性。先是姓氏正统论……由姓氏正统论扩而大之，就是民族正统论。"一言以蔽之，在作家看来，今天许多人之所以"对清代总有一种复杂的情感阻隔"，盖因为一种包含了"极大不公正"和"很多盲目性"的"民族正统论"在作怪——满人不应当入主中原。我觉得，这是一种将局部事实扩大化、膨胀化了的说法。事实上，纵观中国的历史，"大汉族主义"的情绪和眼光，虽然的确左右过某些偏狭短视者的是非判断，但是，它从来不曾作为汉民族观照历史、臧否人物、指导实践的权威圭臬，更没有能够上升为现代人评价过往、褒贬社会、抑扬时代的规范坐标。关于这一点，我们姑且不论汉唐时期朝廷重臣中有多少位系"胡人"身份，也不说"和亲"之举中包含了几多民族平等与团结的意味，而只要体味一下华夏文史长廊里作为鲜卑族的唐太宗和作为蒙古族的成吉思汗的光彩鲜亮的形象，便不难感受到汉民族在整体上并不封闭、傲慢与独裁；相反，它极具开放性和兼容性，是一个善于容纳和融合各兄弟民族精英的集体。唯其如此，我认为：《一个王朝的背影》将民族正统论的责难加在近现代的汉民族身上，如果不是"只见树木，不见森林"的以偏概全，那么便是扭曲史实、肢解现象的为"我"所用。作为一种民族精神现象的描述，它是经不起认真检验和深入探究的。

同样的毛病也出现在《抱愧山西》中。这篇作品为了强化近代革命破坏了社会经济自然进程的核心观点，不惜用酣畅淋漓的笔墨，展示了山西商业由盛而衰的全过程。如此描述，乍一看来貌似有理，但细一琢磨，依然是典型的以偏概全的主观臆断和惊人的只取所需的"历史注我"。不知作者可曾想到：上一世纪乃至更早些的山西，虽然确曾有过因商贾发达而导致的经济繁荣，但是，这种商业经济的繁荣，毕竟只是一种地域景观，而不是普遍现象；况且无论就其赖以运作的经营机制看，抑或就其作为归宿的利润消费言，均属于传统的商品流通在封建经济母体之内自然而然的循序渐进。它既不意味着山西一地生产水平和经济形态的本质飞跃，更不能说明当时整个中国尖锐的社会矛盾和严重的利益冲突已不复存在。正因为如此，面对这种繁荣，我们可以祈祝它的进一步发展，但是，却没有理由因此而否定由更为普遍、更为深广的社会龃龉所催发的一系列暴力革命的合理性与必然性，否则，我们将无法令人信服地把中国近代历史说清楚。

最后，这两篇散文在史料运用和一些具体问题的评价上，亦表现出明显的盲目性和随意性。如《一个王朝的背影》在赞许康熙大帝个人的生命力时，信手拈来了一段主人公记录自己狩猎成绩的文学。我们没有理由怀疑这段文学作为"御笔"的真实性，但是，它的字里行间无疑包含着康熙自我吹嘘的成分，因为"朕于一日内射兔三百一十八只"云云，不仅超出了人体能力的极限，而且违背了生态环境的真实。作家将这样的记述作为立论的依据，其观点是很难让头脑清醒者心悦诚服的。又如，仍是这篇作品在写到康熙皇帝基于修补长城既无军事意义，又劳民伤财的考虑而反对此举时，禁不住大加称赏，写道："我对埋在我们民族心底的'长城情结'一直不敢恭维，读了康熙这段话，简直是找到了一个远年的知音。"这里，我不得不坦率地说一句：作者同康熙实在是谬称"知音"了。因为虽然同样是由长城引出的话题，但康熙的"长城意识"同国人的"长城情结"并不是一码事。前者不同意修长城，是从经世致用的角度权衡得出的一种旨在节省财力、休养生息、讲究御边实效的朝政方略；后者崇仰长城、热爱长城是从心灵与情感的港湾出发，表达对民族伟力、华夏文明的认同感与归宿感。前者不涉及对长城的精神的、文化的评价，后者不包含对长城的功利的、实用的思考。作者将它们混为一谈，并通过扬前者而抑后者，显然缺乏逻辑上的同一性与严密性，因而既难以自圆其说，更无法以理服人。我觉得，在长城评价问题上，王蒙先生有一段话似可抄给作者参考："如果探讨中国落后的原因，大可不必把长城拽过来抹黑。长城如果有罪过，也早就超出了追诉期而应该享受'大赦'了。长城的价值在于它又长又险又古又美。长城的价值在于它使海外游子梦寐难忘……我们对待长城的态度可以超脱一点，否则就会走上'彻底砸烂'、'破四旧'的结论上去。用单一的思潮，其实是只侧重其经世致用即功利方面的标准来衡量一切，如衡量长城是否具有民主科学人权精神这种贫乏性和偏狭性恰恰是中国传统文化的弱点之一。在批评传统文化的时候。我希望我们不要带着偏狭的胎记去批评古人的偏狭。"（《且说长城与龙的评议》）

类似的粗疏悖误之处，在《抱愧山西》中亦不乏其例。如该篇在充分肯定山西农民以"走西口"的方式而自救谋生时写道："他们不甘受苦，却又毫无政权欲望；他们感觉到了拥挤，却又不愿意倾轧乡亲同胞；他们不相信不劳而获，却又不愿将一生的汗水都向一块狭小的泥土上灌浇。"这种脱离具体的社会条件和历史背景，而将逃荒出走与揭竿起义、以农为本与为贾经商完全割裂开来、对立起来，并有绝对地扬此抑彼的意向，便很有可商榷和挑剔之处。只是限于文章的篇幅，同时也考虑到这并非什么复杂的理论问题，个中是非读者稍加分辨，自可胸中有数，所以，笔者在这里就不再一一胪陈拙见了。

综上所述，不难断言：《一个王朝的背影》和《抱愧山西》对中国历史进行了相当随意的解读和颇为主观的褒贬。如果质之以历史的本真，它们当中的许多观点都是站不住脚的。然而，这样两篇历史观明显有误的作品，却赢得了极为普遍的喝彩声，这是否说明我们的读书界、评论界乃至艺术传媒，在文学接受过程中，出现了某种价值失衡与理性盲点呢？我认为，这是很值得文坛予以深省的问题。

原载《理论与创作》1995年第4期

文化散文研究资料

读《文化苦旅》偶记

胡晓明

余秋雨先生无疑是善读书,又善游山水的人。他能从书中见到活的山水楼台、活的历史人物;又能从山水楼台历史人物之中,见到一部部的活的书。秋雨先生无疑又是"能感之"兼"能写之"的人。无数的人文胜地,我们一般都去过,许多文史典故,我们大都也知道,可是我们却还未能如秋雨先生那样胸藏丘壑,兴寄烟霞,横七纵八,拈来皆成妙文。尤为难能而可贵的是,他这样地将自家真实生命敞开来,去贴近文化的大生命,去倾听历史或沉重或细微的足音。唯其如此他笔下的草木山川、庙宇楼台、飞鸿雪泥,总是关情,与人呼吸相通,远胜于那些味同嚼蜡、质木无文、描眉毛画眼睛的文化史著作。从这个意义上,我们可以并不夸张地说,讲中国文化,需要有秋雨先生的这一支笔。他令人耳目一新地探入了中国文化的底处。这样的书,不是太多,而是太少。

然而,我读了秋雨先生的《文化苦旅》,在欣赏击节之余,又常感不满足、常有这样那样的遗憾。这或许是苛求、多事。但细细一想,既然秋雨先生自觉、认真地将其作品作为学术性的散文来写,认真的读者也应该而且可以从学术的角度来接受;既然我们也习惯于将《文化苦旅》一类作品视为对中国文化的一种描述、一种阐释,我们也就应该已获得了从这个层面作一点学术批评的权利。目的与秋雨先生一样——探究怎样写好学术性散文这种新文体,以及提供另一种对于中国文化的理解与态度的可能性。这种探究,以及可能性,原是不必强加给作者的,但对于读者,以及对于理解中国文化这码事,多一种声音,却自然是有益的事情。

一

学术散文，必然要求它的作者兼有"虚而灵"的诗人气质与"滞而实"的学者风度。秋雨先生虽然也同许多诗人一样，穿行往来于咸阳古道、阳关雨雪、苏州小巷、三峡猿鸣，但是他毕竟是从书斋的深处走出来的，他身上有着浓厚的书卷气息。正如他在《自序》中所说的："我发现我特别想去的地方，总是古代文化和文人留下较深的脚印的所在，说明我心中的山水并不完全是自然山水而是一种'人文山水'。"既然作者已在《自序》中一再提醒我们注意这一点，一再提到"中国历史文化的悠久魅力"、古代文化的"较深脚印"、"封存久远的文化内涵"等，那么，我们就首先可以从知识的、书本的角度，看一看作者是否真正感受足了、点破了、揭开了、写透了那具有"悠久魅力"的"文化内涵"。

先说《都江堰》这一篇。开篇第一句话说："我以为，中国历史上最激动人心的工程不是长城，而是都江堰。"作为全文的主旨，这是一句颇具见识的判断。因为有了都江堰，才有了天府之国；而天府之国每每在关键的时候，又为我们民族提供着庇护与濡养。因此，确有理由说，都江堰"永久性地灌溉了中华民族"。这个结论下得极大气。但是可惜的是，这篇写都江堰的文章，却与这个结论并不相匹配，而显示了秋雨先生知识结构上的虚欠。第一，蜀守李冰主持都江堰的创建工程，这是一个相当传统的说法。较新的研究成果表明，都江堰的主体工程并非李冰任蜀守时期全部完成的，应早于李冰280年，即工程始建于2500年前。倘若秋雨先生吸收了这一史学界的新成果，他应该抓住（像《风雨天一阁》那样）这是世界上唯一的使用了2500年历史的水利工程这一奇迹，来做文章，可惜他痛失交臂。不从世界史看问题，都江堰分量轻了，作者的视野也小了。其次，这篇文章，只字不提地形地貌，不免使一般读者对于都江堰缺少了一种重要的俯视视角。我们看岷江，乃长江所有支流中流量最大的一条江。大流量从数百公里崇山峻岭之中奔腾而下，简直就是一头巨兽，从海拔数千米的山地，在今都江堰地区进入海拔只有几百米的成都平原，后果不堪设想，——却被都江堰轻轻收拾，切割成两条江，其中一条通过宝瓶口乖乖进入成都。这么好的一个描写，实实在在的描写，我为秋雨先生的错失而拍案叹惜。

第三，我们不能苛求一个散文家对于一处世界文明奇迹有面面俱到的描写。但是，既然提到了她的"伟大"，作者对于都江堰的第二大功能即运输，却只字不提，不能不令人惊讶。司马迁关于可以"行舟"城内的亲身观察，杜甫"门泊东吴万里船"的热切期盼，以及马可·波罗有关"通海大船，往来上下游"的记载，这是一个多么值得大大发挥的角度！秋雨先生的心目中的都江堰却只有一个单一的防洪用途，未免太小看都江堰了。

第四，结尾说："有了一个李冰，神话走向实际，幽深的精神天国一下子贴近了大地，贴近了苍生。"我们真的不知道这里讲的是哪一国的神话？倘若是中国的，稍具文学常识者皆知，那远古的神话，所谓与苍生与大地的距离，其实并不是那么太遥远的。

类似如此由于知识结构的问题而来的缺陷，还有一些。譬如《风雨天一阁》中写道："在清代以前，大多构不成整体文化意义上的藏书规格。"我不知道，这里的"文化意义"与"藏书规格"的真实含义是什么？如果是指诸如收集、编校、目录、流通、体制、职官、机构等，那么这里的判断显然错了；如果不是，则令人费解。于是"历史只能把藏书的事业托付给一些非常特殊的人物"，这也显然违反了中国图书事业史的真相，稍阅诸如《汉书·艺文志》《隋书·经籍志》等书，则不会下笔如此轻率。最奇怪的是《白发苏州》，既然专节已写到了马医科巷，便已超出了一般旅游观光心态，眼光不俗。但是，却又何以只字不提"春在堂"？俞曲园的"花落春犹在"诗，何等为人传诵，稍悉民国掌故者，几无人不晓。又何以不提曲园老人最著名的"病中呓语"？在二三十年代，恰因为"病中呓语"预见了三十年之后那个时代的事情，而成为知识界纷纷言说、"惊以为奇"的话题，因此才有陈寅恪先生在《清华周刊》上的那篇《俞曲园先生病中呓语跋》文。须知，我们可以想象：在"白发苏州"的深处，有着一个白发苍苍的老者，为白发苍苍的中国文化算了一个耐人寻味的"命"，——你就是打起灯笼，又到哪里去找如此的写学术散文的极佳素材？

二

由一般的知识结构再进一层，便是中国文化素养上的问题了。这构成好的学术性散文的一个重要品质。学养的深浅，不仅是文章等意义上的文野雅俗之异、金石丝竹与鸦鸣牛喘之分，更可看出作者其人对于文化心灵是没有真的感应，对于文化理想有没有真实的提倡，对于文化意识有没有真正的显豁，同时，也可以看出作者其人的人文境界。《风雨天一阁》是一篇写得不错的文字。作者是宁波人，对于乡邦文胜，写来亲切异常，踏实可靠，他的笔下有真情实感，有文采，他抓住了一个极好的题材，即天一阁乃当今中国唯一的一座保存完好的藏书楼，发挥得淋漓尽致，请读他的感叹：

> 让博大的中国留下一座藏书楼，一座，只是一座！上天，可怜可怜中国和中国文化吧。

但是这篇交章的缺点是，夸大了天一阁的文化象征意义，于是掩盖了其负面意义。我们从一个比较真实的角度去看，天一阁的缺点是很明显的。第一，天一阁不对社会开放，封闭文化资源，乃是一种古董文物化石陈列式的文化心态。从这一角度说，天一阁远不如同时的汲古阁。汲古阁主人毛晋"招延海内名士校书"，极看重书籍的流通，以至"毛氏之书走天下"，如《十三经》《十七史》《六十种曲》《六十家训》《津逮秘书》等，沾溉后人大矣。今天"毛边"纸，即由毛氏而得名。一个读中国文史的读书人，不一定要知道天一阁主人范钦，却不能不知道汲古阁主人毛晋。第二，中国真正第一流的藏书家，有一优良传统，即不仅庋藏，而且必有功于书籍的整理。而天一阁主人却无与于此列。对中国文史有了解的读书人，范钦的名字远不如黄丕烈（百宋一廛楼主人）、鲍廷博（知不足斋主人）、朱彝尊（曝书亭主人）、卢文弨（抱经堂主人），因为这些人在版本、目录、校勘、辨伪、辑佚、考订等方面，为中国古籍的刮垢磨光，增添了新生命新价值。我们并不能要求作者在写天一阁的同时，也写这样一批人，可是，秋雨先生文中一段鲜明的对比文字，读来却实在令人难以首肯：

文化散文研究资料

他们的名字可以写出长长一串，但他们的藏书却早已流失得一本不剩了。那么，这些名字也就组合成了一种没有成果的努力，一种似乎实现过而最终还是未能实现的悲剧性愿望。

这不仅是与中国历史的真相全然不符，而且，显得真正的读书人的趣味不够纯正。不能说他只是一种观光心态、旅游心态，但再回过头去读"一座，只是一座"的感叹，我们说，秋雨先生以此"一座"来象征中国文化的文化渴求，他的感情用得似乎太多了，不免令人觉得他的"苦"，有时"苦"得并不是地方；中国文化的深心苦志，似乎他还不大能够感觉到。秋雨先生可能会这样说，我这里是用的比兴的写法。但是，从文体上说，这篇文字分明是详细铺陈的"赋"体。或用现代语言学理论说，其语言能指的本身，早已大大强于所指，上引作者自己使用的比较论断，即其显证。因而，招来语言能指层面的关注、细审，就再自然不过了。

《狼山脚下》从骆宾王的"楼观沧海日，门对浙江潮"，写到千年之后张謇在狼山办纱厂、办轮埠公司，表达中国文人对于大海的企盼何等地艰难。这原是个不错的题旨。但是他将其中并不简单的原因，大而化之归之于中国文人的所谓"科举人格"，这就未免失之于肤浅。科举制度（尤其是中国与外国文化遭遇的后期），确有其落后与腐朽的一面。但如果要顺着这篇文章的自身脉络，说到中国传统文人建功立业的人格，以及实现这种人格的可能性，恰恰应归因于科举制度的创立。这是非常重大的文化创举。它改变了门阀士族的政治垄断，标志着我国历史上前所未有的政治权利开放。广大社会下层的士子，不凭借家庭出身或经济势力，只凭个人的才学，就可以通过科举考试，参与政治、投身社会。张謇的身上，恰恰深印着这样一种长期的历史范导中所形成的人格烙印。再说，从世界史的角度去看，以文官考试的方法录用政府官员，专家研究表明，确实是由中国传入英国，再传入欧洲大陆，传入美国。只要肯说一句公道话，这应是中国文化对于世界文化的一项贡献。而秋雨先生所谓对于科举"咒之恨之"的人，确有，最典型者如唐末奸雄朱全忠的重要谋士李振，乃一不第进士，痛恨进士出身的官员，遂怂恿朱全忠将唐宰相裴枢等三十余人为"清流"的朝臣，一夕尽杀之，投尸于黄河浊流之中，史称"白马之祸"。这不但不能由科举本身来负责，反而应成为科举文化与流氓文化相对立的最触目惊心的例证。

三

《阳关雪》写道：

> 王维实在是温厚到了极点。对于这么一个阳关，他的笔底仍然不露凌厉惊骇之色，而只是缠绵淡雅地写道："劝君更进一杯酒，西出阳关无故人。"他瞟了一眼渭城客舍窗外青青的柳色，看了看友人已打点好的行囊，微笑着举起了酒壶。……

秋雨先生接下去写，这便是唐人风范："目光那么平静，神采那么自信。""这种恬然的自信只属于那些真正从中世纪的梦魇中苏醒、对前路挺有把握的艺术家们。"其实，秋雨先生似乎没有真的懂得这首小诗。第一，他不懂得这首诗所包含的中国文化中的一种人性精神：又温厚又豪爽、又缠绵又质朴，以及重感情、讲义气。第二，他不懂得"西出阳关"四字所含有的文化意识：尽管唐代中国的边界早已越过了葱岭，但在一般人的心目中，出了阳关就算到了塞外，再往西，作为一个民族所生活的文化环境就全变了。因而，阳关不仅是塞外与中原的分界，更是中华文化与异族文化的分界。沈德潜说，"阳关在中国之外，安西更在阳关之外"，正是此意。因而，"故人"有文化的根的意味。异质文化的漂泊之苦与民族文化的亲和之力，乃此一帧小诗所富含的文化意蕴。这跟"恬然的自信""中世纪的梦魇"云云，不是那么太相干的。第三，他发挥说，王维以后，"阳关坍弛了，坍弛在一个民族的精神疆域中"，"历史老人颤巍巍地重又迈向三皇五帝的宗谱"。秋雨先生不晓得阳关的荒芜很大程度上是与安史之乱后中国与西亚的联系被割断，于是中国变得更加内向有关，是外族的枪杆子打倒了本土的笔杆子的一个很显然的例证。这个很好的学术性散文题目，她的丰厚的涵蕴，很可惜地流失了。

更为令人深感可惜的是《莫高窟》这样一个辉煌的题目。竟难以令人原谅地写得如此简单，令人难以原谅地存在着重大的遗漏，——只字不提莫高窟作为中西方文化交汇之重镇这一史实。这样一来，其后果便是一篇学术性散文中出现较为严重的学养性贫血。譬如：为什么克孜尔壁画中那些全裸体的天人、伎乐和菩萨，而在莫高窟里就全都穿上了裙子，只半裸其上身？为什么到了唐代有"宫娃如菩萨"这一重要现象？在印度本土本来并不飞的"飞天"，如何到了这里却飘动着长长的衣袖，极舒展地向那天边飞去？而那观世音、那供养人的俗世化、那吴带当风的游丝般的线条等等，应含有多少中华文化对于西域文明的突破性创造及其深厚底蕴。汤因比曾对池田大作说："我愿生在公元一世纪时佛教已传入时的新疆。"一个对西方文化有着深刻了解，对人类命运有着深切关怀的史家，为什么要说这一番话？这里面该有多少值得开掘一番的文化思想金矿。文中却充塞着诸如"一群活得很自在的人发出的生命信号""生生不息、吐纳百代的独特禀赋""走进宇宙意识的霓虹"之类肤泛的形容。在秋雨先生看来，那些飞天，只是"显得有些浪费"；那些吴带当风，只是"绘画技法"，而那些观音、那些菩萨，"如果仅仅为了历史和文化，那么它至多只能成为厚厚著述中的插图"。这显然表明了秋雨先生"历史文化"意识的相当薄弱。同样的问题也出现在《夜航船》这一篇中。他有一段看似具有世界眼光的文化史平行比较：

> 仍然想起了张岱。他的惊人的博学使他以一人之力编出了一部百科全书式的《夜航船》，在他死后24年，远在千里之外的法国诞生了狄德罗，另一部百科全书将在这个人手上编成。这部百科全书，不是谈资的聚合，而是一种启蒙和挺进。从此，法国精神的航船最终摆脱了封建社会的黑夜，进入了一条新的河道。

如果换一个真正的世界史角度（即影响比较）去看文化史怎样？如果你具有一种纵贯的历史文化意识，你会不会还这样写？德国学者利温尚（Adolf Reichwein）所著《十八世纪中国与欧洲文化的接触》一书中写道："这时初次传来孔子著作和中国经书的译本；人们很诧异地发现，名字已经传诵于当时贾人海客之中的两千年前的孔子，具有同样方式的同样思想，进行同样的奋斗。……因此孔子成了十八世纪启明思想的保护神，……十八世纪的整个前半叶，孔子……成为欧洲兴趣的中心。"英国学者李约瑟在《四海之内——东方和西方的对话》一书中写道："在十八世纪，百科全书派学者认真研究了耶稣会教士所译中国经典著作的拉丁文本，发现了几百年来中国的儒学家灌输了一种没有超现实主义因素的道德观，发现皮拉基亚斯的人性本善的观点（这是一切进步的社会哲学所必须具备的观点）在中国一向是奉为正统，而不是目为异端的。正是这些发现为法国革命开辟了道路。"由此可见，秋雨先生所说的"夜航船"，其"发动机"与燃料，很大程度上是中国制造的。你又怎么可以无视这一事实？这种重"天马行空"式的平行比较而不重脚踏实地式的影响比较的观念，当然不止是这本书特有的毛病，而是现代学人的通病。病根乃在于不读书之过。秋雨先生或以为我这样是在"掉书袋子"，但是，如果学养不在这些地方起到支援作用，或为了行文的"潇洒"而放弃给中国文化说一句公道话，那么，我们还怎么可能有真正意义上的"学术性散文"呢？章学诚所说的"高明"与"沉潜"的双美，熊十力所说的"征实"与"凌空"的统一，以及"根柢无易其固，裁断必出于己"，依然是写好学术性散文的宝箴。

四

接下来要谈的几篇，或许已超出"怎样写好学术性散文"这一范围，而更多的是"怎样理解中国文化的真实价值"。现代人正是在这种地方，要理解中国文化，犹如翻过刀锋一样的困难。在《西湖梦》一文里，写了苏堤、白堤。"不知旁人如何，就我而论，游西湖最畅心意的，乃是在微雨的日子，独个儿漫步于苏堤。"这一感觉，写得真好。但是且慢，接下来的一段文字："我们看到的，是中国历代文化良心所能作的社会实绩的极致。尽管美丽，也就是这么两条长堤而已。"——我们不得不怀疑刚才那句话还是不是同一个作者写的，以及我们因此而引发的美好回忆，是不是受到了一次嘲弄？看来秋雨先生并不真的看得起苏堤，于是很自然也就更加看不起孤山边上，那梅妻鹤子的林和靖。他这样议论：

> 这种自卫和自慰，是中国知识分子的机智，也是中国知识分子的狡黠。不能把志向实现于社会，便躲进了一个自然小天地自娱自耗。……结果，群体性的文化人格日趋黯淡。春去秋来，梅凋鹤老，文化成了一种无目的的浪费，封闭式的道德完善导向了总体上的不道德。文明的突进，

也因此被取消，剩下一堆梅瓣、鹤羽，像书签一般，夹在民族精神的史册上。

显然，苏堤也不过只是小小书签一帧而已了。我们不禁仔细想一想，中国古代知识分子究竟可以做多大的事情？如果让苏东坡当了宰相，究竟会给中国历史带来多大的改变？一条当时治国安邦的大策略，与一条绵延百代的苏堤，究竟哪一个更重要、更为永恒？与这样的议论相呼应的，是将毛笔文化视为"千年文人的如许无奈"的《笔墨祭》。这篇文章的结尾部分写道：

> 过于迷恋承袭，过于消磨时间，过于注重形式，过于讲究细节，毛笔文化的这些特征，正恰是中国传统文人群体人格的映照，在总体上，它应该淡隐了。……有时我们还不得不告别一些美、张罗一个酸楚的祭奠。

读到这里，我们不禁深深地叹一口气：秋雨先生原是这样一个也很功利的人。如此，怎么能够有对于中国文化心灵的一份真了解？限于篇幅，也限于这种事情上的见仁见智，这里只能提出一些问题：第一，究竟是政治高于文化，还是文化高于政治？政治的"共时性"，能否取消文化的"历时性"？第二，艺术有没有目的？无目的的目的是否是"浪费"？是否属于应该加以"淡化"的"文化人格"？西方人的交响乐，也同样地重承袭、重形式、费时间、重细节，为什么他们没有自轻自贱其"交响乐人格"，为什么没有也同样"张罗一个酸楚的祭奠"？第三，照秋雨先生的逻辑：倘若"从西湖出发的游客"，大多成为鲁迅先生笔下"衣衫破碎""脚下淌血"的"过客"；倘若那"廊柱上龙飞凤舞的楹联"，全体代之以战斗的"传世的檄文"，那么，这个世界会不会变得过于张牙舞爪，变得更加可怕？第四，社会总体上的不道德，是否应由儒家和道家中的贞道之士或独行之士来承担？如何理解《后汉书·独行传》中的人物？如何理解萧统《陶渊明集序》中所说的"有能读渊明之文者，驰竟之情遣，鄙吝之意祛，贪夫可以廉，懦夫可以立"？如何理解王船山《读通鉴论》中，那样看重管宁，将汉末三国之天下，公然视为"非刘、孙、曹氏之能持，而宁持之也"？

奇怪的是，在《柳侯祠》中，他又嘲讽了一心想做大事、向往政治中心的柳宗元，说他没有"生命实体"，没有"个体灵魂"。他忘记了，他在责怪中国的隐士人格时，曾经把那些非常富有生命与个体灵魂的梅瓣、鹤羽，只贬谪为一些发黄的民族精神书册中的"书签"；而在为柳宗元贬到柳州，"营筑了一个可人的小天地"而欣幸时，他又忘记了，他曾将这种天地说成是"有浓重霉味"的"宽大的地窖"。秋雨先生对于中国知识人的理解，太随意了。《自序》说得好：如果"学识和游戏总是对立，那么何时才能问津人类自古至今一直苦苦企盼的自身健全"？但是，在一些重要的关头，我们不能老是"戏说"中国文化吧？——我们更需要对于文化心灵有真正点醒的，对于文化意识有真正显豁的，对于文化生命有真正慧命相接的，对于文化方向与理想有真正洞察与抉择的情文并茂的著述。余秋雨先生近年的一些文字，已明显较《苦旅》有进境。于是这样的要求，也许不算是我们对于当今中国的学术文化界过于奢求的期盼。

原载《文艺理论研究》1996年第1期

文化散文研究资料

怀君子之志　为学者之文

——李元洛散文论

龙长吟

文学创作与评论研究虽然是文学的两个轮子，可它们常常在同一个作家笔下滚动。搞创作的人转而写评论，少有框框，生动活泼，要言不烦，直捣神髓；搞评论研究的转向创作，大都视野宽，起点高，作品严肃而纯正。有的干脆就是将评论研究与创作穿插进行的。研究与评论一身而二任，古今中外不乏其人，现在，湖南的李元洛也进入了这一行列。他向来以诗评家之名行于世，可是在研究诗学的同时，心有旁属，常念念于散文。自1979年以来出版了十本诗评与诗论著作之后，1994年开始，正式移情散文创作，先后在新加坡、菲律宾、中国台湾和中国大陆共发表了百十篇散文，且有不少载于报刊的显著位置；最近，又将其辑成散文集《凤凰游》《一勺灵泉》《吹箫说剑》，相继在大陆和台湾推出。在此，我就其散文略作评说。

"人文风景"——李元洛散文的主要材料

散文的材料是所有文体中最不受限制的。大到国家兴亡、民族苦难，小到一星烟火、一丝冥想，雅到琴棋书画，俗到吃喝拉撒，都可以堂而皇之地进入散文的殿堂。近年来，商潮勃兴，小报丛生，散文走红。在以往按表达手段分成叙事散文、抒情散文、议论散文的基础上，以散文的题材和内容分类，文学评论家又标举出生活散文和学者散文。生活散文着重表现个人生活中的细故微澜、身边琐事，显现生活的情趣和乐趣；学者散文以文化、学识为主要材料，或针砭时世，或传达理性，或表达个人的情怀与志趣。如果说抒情散文主情，议论散文主理，生活散文主趣的话，那么学者散文则重在抒写境界与情怀。虽然任何一篇散文都离不开情、理、智、趣、境、文诸项，但学者散文则相当讲究材料的文化档次，更注重情怀与境界，追求散文的思想、学识、情志与文采。改革开放搞活了经济，也带来了文化交往的频繁和学术界的活跃。或因山水之邀，或应友朋之请，或得文化交往之利，或趁学术会议之便，李元洛先后游历了新加坡、菲律宾和包括台湾、香港在内的国内许多名山大川，风景胜地，湖南省内有名的和实至而名未归的自然风景区，也有不少他留下的脚印。他的散文大都为游历之作或忧时感世之篇。其一写台湾、香港、新加坡的旅行，兴趣不在山水而在人物与友情；其二写省内之旅，所到之处多为尚未被开发、知名度不怎么高的景区与景点，为文之旨也不在推介新的旅游风景区，而在赞美山河、欣赏自然美的同时批评现代城市文明中的庸俗面，表现出对城市文明的某种程度的厌倦；其三述说自身经历及与亲人、老师、友朋之间的关系，亲情、师情、友情溢于言表；其四忧时感世而作，虽散见于各篇之中，但也有集中批评不良社会风气的，如《方城之战新说》等；其五为记述国内名胜古迹访游盛况与观感，显示出中国传统知识分子的气节与情怀。所到之处，多为文化之旅，行万里路，如读万卷书。名山大川、文化圣地的文化积累和文化遗存大大地开阔了作者的视野、襟抱，也充实了散文的内容，提高了散文的思想境界，升华了散文的内在精神。李元洛的记游之作与刘鹗的《老残游记》完全不同。《老残游记》虽也涉及民风民俗，但着重写所到之处的山川形胜，以奇为美，具有地理学和民俗学的重大意义；李元洛的兴趣不在山水风光，而在人文风景，它所具有的是文化学，特别是人文文化方面的意义。李元洛笔下的人文风景，由两部分构成：一是名胜古迹的历史沿革，名人题咏，诗、词、联、赋、文、典故。虽写境外之旅的散文，也多处涉及或引用古今诗文，《来自远方的好音》一文引述人文风景的篇幅几占三分之二，这类材料的组接和集纳，使作品内容丰厚，富有知识性和较深厚的历史文化色彩，而且较好地表达了作者的思想和情志。第二类人文风景是由作者自身的文化活动构建的。作者的文学友人，也多为名人或新秀。他们毕生与文学结伴，文化档次较高。这类人文风景至少告诉我们：在物欲日旺、世风日下的年头，还有一大批精神自守的文学艺术家在建造和守卫着人类的精神文明，他们用可贵的操守和创造性的精神劳动，像蜜蜂酿蜜一样，辛勤地酿造着人们所需要的精神食粮。

学者情怀——李元洛散文的境界

"怀古壮士志，忧时君子心。"李元洛的散文少思古之幽情，常着眼于现实，对世俗庸风怀着鄙薄与忧思，一派君子之心，满腔学者情怀。所谓学者情怀，就是尊师重傅、推重斯文、清贫自守、忧国爱民的情怀。作者既饱受中国传统文化的涵泳，又深得现代思想观念之熏陶，他的性格情怀不同于古代山林知识分子的孤傲与清高，也没有那种不明世情、不懂社会的十足书生气。他尊师重傅——"文革"中，回长沙一师拜会胸挂黑牌在走廊上扫地的赵老师，趋步而前，恭恭敬敬地鞠躬口称"老师"，以弟子之礼和师生之情温暖老师冰冷的心。他推重斯文——首为重书。宋人韩驹说："惟书有真乐，意味久犹在。"《书架、书角、书屋》一文如实记录了他大半生乐在书中的情景。"爱乌及屋"，他由爱书而尊重那些传播文化的书店和书店经营者，称台湾三民书局的文化大楼为"琅嬛福地"，赞美那些在人欲物欲横流的商业社会中仍坚持书香事业的出版家为造福众生的人。在"万般皆上品，唯有读书低"的时候，他常作书店之游，心中洋溢的仍是永恒的书香。他乐与高雅的文友相交，谈文说艺，放言古今中外，不亦乐乎。"秀才人情纸半张"，他很看重朋友们的纸上人情。他曾专门写了《信笔说"信"》《托"线"之福》两篇散文。西人称信为"温柔的艺术"，他以突发的奇想表达对书信的推重："假如我拥有李白书信的手迹，那怕只有一封，即使有人用一座银行来和我交换，恐怕我也不会出手。"

他甘于知识分子的清贫，常以诗文自娱，以精神的丰富自乐。当今虽然钱潮澎湃，物欲高涨，但他说："艺术无价，灵魂无市，心内怀一方净土，手中握一管彩笔，纸上挥一派烟霞，这难得的清雅与精神的丰富未始不富甲王侯，笑傲大款？"他写散文，是因为文字可以挽留体验过的美的事物和美的感情，留下生活中和生命中稍纵即逝的雪泥鸿爪，又有一番为逻辑思维所难有的审美创造的愉悦。清风出袖，明月入怀，娱己而可娱人，何其快哉！他不因时风流俗而乱其心志，他的心灵不只是贮满了诗词文赋等文化材料，而且常忧时愤俗，君子之心溢于言表。散文主情，但不排斥"理"。我国先秦诸子散文大都负担着建造思想、宣传政见的重任。现代散文中不乏理性色彩的篇章。人称大散文的余秋雨的《文化苦旅》，就是这类作品。散文说理，无须严密的逻辑论证，它托以物，假以事，寄以情，即将"理"物化、外化、体验化、趣味化，辅以语气的生动和气势，讲究理趣和理直而气壮。李元洛的散文也是主"理"的，但不是向抽象的哲理掘进，也不是向具体的事理发展，更不是向自我主体开拓，而是着眼于涤荡社会现实中的污泥浊水。他的每一篇散文，或顺手牵羊，或有意引申，或旁敲侧击，对社会风气和学风中的不良倾向和不良现象进行抨击。对于全国一年用于吃喝旅游的公款，远远超过全国的教育经费的现状，对于"从政之路红彤彤，经商之路金灿灿，从教之路黑沉沉"的俗谚口碑，对于"风声雨声读书声不吭一声，家事国事天下事关我屁事"的当代知识分子的麻木心态，作者心存极大的忧虑。游岳麓山禹王碑时，他向同行者发问："人间仍然常常水灾为患，当今之世，更是钱潮动地，欲浪拍天，人欲与物欲一起横流，谁是当代治水的大禹呢？"这个问题，大得像历史，严肃得胜过宗教，除了空山鸟鸣，谁能作答呢？可贵的是，作者并不只是责人而不责己，他和他的朋友在瞻仰民族英烈、志士先贤和他们的遗迹时，一方面有一种精神人格上深刻的领悟和沟通。有一种心忧天下的灵魂的隔代呼应和遥相传感，但另一方面又生出愧对历史人杰的愧疚感，觉得我们生活得是多么地委琐！以至常默然心祭，久久不能释怀。

李元洛的散文明显地透露出一种仁者胸怀。仁者胸怀虽不是学者所必有或专有，但作为人文学者的他，大半生研究中国传统文化，中国传统文化的核心"仁"，长期熏陶着他的心灵。故这种仁者胸怀既来自先天，也来自后天的学问修养。作者云："杜甫'堂前扑枣任西邻，无食无儿一妇人'的菩萨心肠，李白'安能摧眉折腰事权贵，使我不得开心颜'的白眼王侯的气概，陆游、辛弃疾'王师北定中原日，家祭无忘告乃翁'、'醉里挑灯看剑，梦回吹角连营'的英雄气盛，李后主、李清照'问君能有几多愁，恰似一江春水向东流'、'帘卷西风，人比黄花瘦'的儿女情长，都令我幼小的心灵心向往之。"作者后来既未从军，也不从政，英风胜概的一面未得发展，大半辈子从教从文，受中国传统文化的熏陶，处事克己重人兼中庸，而仁自至。仁爱之心，慈善之心，怜悯之心，如影之随形。这在写妻子、老师、母亲等带自传色彩的散文中，人间真情、仁者胸襟尤见其自然真切。

散文的灵魂即作者的精神人格。最动人的散文是挺直的风骨所撑起的一片天宇，是高尚的人格所进发出来的一股精神力量。从血管里流出来的都是血，从水管里流出来的都是水；从学者情怀中流溢出来的文字既充满激情，也充满着理性的尊严和人格魅力。

文化情结——李元洛散文的精神

从诗评家转向写散文，其取材就离不了诗、书、文、画和历史上的文化名人、民族英烈、志士仁人，以及与此相关的文化圣地；当代文化名人，也是他吟唱书写的对象。庄周、屈原、杜甫、朱熹、岳飞、谭嗣同以及他们的历史遗迹；长城、洞庭、赤壁、南岳、芷江、凤凰、桃花源、台湾的日月潭乃至不少文朋诗友……都活跃在他的散文里。他去朝山海关，不是为了凭吊古战场，而是为了重温"山海关抗战"那一章血泪交迸的痛史。他去游凤凰城，其意不在城内外的许多古迹，而是因为那里是文化名人沈从文和黄永玉的家乡。文化情结，是李元洛创作散文的内在动力，也是他散文的内在精神。

道德、艺术和科学，是人类文化的三大支柱，也是人类文化的基本精神。中国传统文化中，由庄周代表的道家、孔子代表的儒家和后来传入的佛教组成主流文化，其基本精神就是道德向"善"，艺术崇"雅"，科学求"真"，一切追求自然、和谐与中庸。李元洛的绝大多数散文，几乎都可以在真、善、雅、自然、和谐与中庸上找到自己的思想落点。或者说，复兴民族雅文化，强化道德意识，净化社会风气和人类的生存环境，建立自然和谐的人际关系，是他散文创作的动力，也是贯穿他全部散文的四大主题。

从某种角度说，李元洛散文中存在着现代俗文化与古代雅文化的对立。大概是出于对雅文化的推崇，他对现代俗文化似有些许排斥心理。在《读杜甫》《崩霆琴》等文中都提到舞厅、卡拉OK，几乎都略有微词。而散文中引述的历史故实，凡属肯定的，也多属雅。《"盗亦有道"的联想》，连续引用了两个强盗重诗文的故事。一是唐代诗人李涉遇盗，听说是李博士，盗首客气地请求题诗；二是群盗窜入清代藏书家刘源之宅，见刘爱书如命，肃然起敬，对其秋毫无犯。古代强盗尚且知道尊重文化，尊重文化人，何况今人，何况肉食者？

作者并不是为文化而文化，也不是为雅而雅。他推崇雅文化，落脚点就在于批评人心不古，世风沦落，从而强化人们的道德意识，净化当代社会某些庸俗甚至污浊的风气。文化是全人类智慧的结晶。因需求对象的不同而有雅俗之分。适应较高精神层次需要的为雅文化，满足欲望要求的为俗文化。动物纯粹只有欲望，而人是精神的动物，人除了动物式的欲望之外，还有精神的需求。凡智者都重视书香与诗香对社会大众心理的潜移默化作用，都承认知识和精神产品在社会与众生心目中的地位。如果一味引诱欲望，刺激欲望，满足欲望，一切唯欲望是举，欲望满足率成了价值判断唯一的或终极的标准，那还成何世界呢？难怪作者忧心忡忡："今天，历史的积弊未除，现实的祸患旋至，过度的物欲化、功利化使不少人人格蜕化，道德沦丧，文化失落，精神低下，一言以蔽之，整个民族的精神素质下降，社会风气和国民心态出现严重的危机。"作者提倡雅文化，无疑是给世人奉上一碗消解不良欲望，充实精神，解除心态危机的"健心汤"。他那胸中的正气和深沉的忧患意识，使其呼唤精神人格的散文，本身就具有较高的文化品格。不过，在批判文化堕落的时候，还是需要科学的分析和细致的区分。庸俗不可有，世俗不可提倡，但能给大众生活带来快乐而又无伤大雅的东西，虽也叫作"俗文化"，却是需要的。雅，导致洁、导致纯、导致清，但不能太过，水至清则无鱼，人只有精神没有物质也不能生活。其实，谁又能完全只是呼吸纯粹的氧气呢？当然，作者复兴雅文化的愿望也并非反对健康的现代生活方式；只因管理不善，城市生活中负面的东西登堂入室，堂而皇之，这就不能不使作者像许多人一样，对现代都市文明产生某种厌倦与警惕。

《礼记·王制》云："广谷大川异制，民生其间者异俗。"这说明地理环境对人的心性和社会风气存在一定的影响。出于对人类的生存环境的终极关怀，作者在《八月洞庭秋》《雪峰灵泉》《古樟二重奏》等篇中，反复强调，青山大地和森林，是自然赐予人类的乳汁，现代都市文明的繁荣，一定要警惕以自然美的破坏和丧失为代价。"忧也是歌谣，乐也是歌谣……"作者以笔以口，对人们无知地破坏人赖以生存的自然环境抒发了自己深深的忧虑。

人生活在世界上，需要好的自然环境，更需要好的社会环境，需要建立和谐的、良好的人际关系。唐代安史之乱时，社会的大环境不好，但民间古风犹存，人情淳厚，友谊真挚，社会小环境还是不错的。可是，当今之世，社会的商业化功利化和生活节奏的加快，使人际关系越来越疏离，人情日趋冷漠虚伪，那种真正肝胆相照的高情胜谊已经不可多得了。对此，作者显出极大的惋惜与明显的不安。在《一勺灵泉》中，李元洛大发感慨："人情关系淡化，人常常像一桶一引即爆的炸药，稍有冲突即可恶语相向，大打出手。更不要说在现代文明社会里，处处可见的贪污、盗窃、抢劫、卖淫等等不文明的社会邪恶。人啊人！人既有善良、向上、创造的一面，也有以自我为中心的贪婪利己的特征。"进而呼吁："对自然环境固然需要尊重和保护，人与人之间也要互重、互爱、互信、互利，建立我为人人，人人为我的和谐的新秩序。"作者对年长他三十多岁的老诗人臧克家，赠他条幅时以"诗友"相称的事实，无比珍惜；对臧老"平生风义兼师友"的长者风范，贤者风范，更是无限地敬重和景仰。

才情学问——李元洛散文的艺术包装

李元洛很有才。他主张散文除有思想、有情怀、有学问和个人性之外，还应该有才气，有文采。他的才气从他小学四年级写的一首律诗《破庙》中可见一斑："碧苔围宝座，佛面绕蛛丝，鼠咬禅房角，蝉鸣高树枝。"他以后的诗评诗论，一律写得丰厚华美而波俏，旁征博引，的确伏案功深。他的散文仍然保持了这方面的优点，充分发挥出他熟知中国古典诗词的长处，诗词学问成了他散文最主要的艺术包装。故他的散文文采焕焕，学有功底，很得文化人特别是学子们的喜欢，是名副其实的学者散文。

李元洛的散文大量地引述了诗词，特别是古典诗词的材料，《海上生明月》《来自远方的好音》《信笔说"信"》《佚名之憾》《客舍并州》《怅望千秋一洒泪》《万里长城万里长》等篇的引述尤见其多。其中有的引述非常精辟，非常必要。引臧克家老人绝句："自沫朝辉意蓊茏，休凭白发便呼翁。狂来欲碎玻璃镜，还我青春火样红。"显现了臧老童心勃发的精神风貌，并以末句为题，标举了全文的灵魂。有的引述几乎集结了某一问题或某一方面的古典诗词，把知识性、思想性、文学性、趣味性、学术性糅合在一起，廓大了读者的眼界，无疑是一种享受。《信笔说"信"》几乎可以看成"中国书信史简编"。学者情怀与学者习性，使他好些散文有着明显的学术色彩。写杜甫，涉及《登岳阳楼》时，他说："那是一首极具沉郁顿挫的艺术个性而又表现了对宇宙苍生的终极关怀的诗篇，显示了一种深邃博大的精神范式与文学范式，它为大历767年冬末的风雪压卷，为诗人自己的作品压卷，也提前为整个唐代诗歌压卷。"就有很深的学术论断色彩。一般来说，其学术性与文学性是结合得比较好的。文化材料与个人感悟，历史掌故与现实体验互相映照，情、景、事、理，融于一体；容量和密度使他的散文并不单调。

但是，学者的思维与作家的思维在特点与方式上毕竟有些不同。学者求实求是，语言表达力求准确明快，重在发现；作家意在形似与神似之间，笔下之境，亦真亦幻，重在创造。换言之，一个用逻辑思维，一个用形象思维，尽管两种思维都落脚于真实地认识世界和表现世界，乃至改造世界，但两种表达方式的差异决定了学者的思维对于创作，会呈现出某种局限。李元洛学者思维的特点较显豁。他十岁所题《破庙》一诗，的确难得，但基本上是写实的，如他父亲当时所批评的，"围"字太呆板，"绕"字太人工气，"咬"字太生硬，用词也实。这求实求是的思维特征，对散文创作所需要的"空灵"难免有所扼制。这在他散文创作的初期并未完全改变。与王开林"春泛南洞庭"，他吟有题兜率寺的联语："揖石轩轩窗揖千山碧翠，兜率寺寺门兜万顷汪洋。"对仗工整，"千山""万顷"也颇得气势之雄，但还是失之于"实"。开林将其改成"千环"与"一捧"，成为"揖石轩轩窗揖千环碧翠，兜率寺寺门兜一捧汪洋"，千山环水，门内看湖，联语兼得灵动之妙。散文与诗歌一样，才气之外，还得仰仗灵气。作者写山水之胜的散文妙语迭出，巧思时来，有些篇章却少了一点机趣。《白马山游记》在几个文人走走停停、看看说说间，若多一点联想与想象，穿插一点草中的兔，天空的鹰，林中猛兽，它们甚至与平日罕至的人发生点若即若离的关系，文章岂不更有天机野趣？也许，我这样要求，反把作者散文的个性冲淡了，但尽可能地减少语言包装中的学术遗风仍有必要。如："然而，如果说中国古代诗歌的天空屈原、李白、杜甫这三颗星最为灿烂，那么，是幸还是不幸，是必然还是巧合……"四十几个字中，连词和判断系词就有七个之多，显然是学术论文的余韵遗风了。李元洛由诗转入散文，语言自然很见功力。语言作为思想的载体和抒情状物的工具，对于文学，简直太重要了。元洛从来十分注重语言的锤炼。他的词汇阵容很庞大，随手拈来都是成语典故、名家成句，平添文采；他常把名词、形容词动词化，现代派的修辞方法更拓宽了他的文思，有时，句中连用几个排比而不带标点，增强了文章的气韵，显得很气派，很生动，很丰腴。当然，如果引用太多，会喧宾夺主，有淹没自己思想的危险。"纸上得来"与"心中涌出"相得益彰，是他散文艺术表达上的独特个性，这一个性还在完善与发展之中。

当前的散文界的确很热闹。披沙拣金，涤除那些伪作、劣作和过分稚嫩之作，我们欣喜地看到许多严肃的散文家，正用自己的心智建造着当代散文的殿堂。有表现生命意识的散文，有表现文化意识的散文，有表达终极关怀的散文，有探索人生意义和价值的散文，有抒发个人情怀的散文，有寻找精神家园的散文，还有消闲解闷的休闲散文。李元洛的散文从人文的角度入手，复兴雅文化，正风气，纯风俗，内含传统的道德意识和现代人类意识，从材料到思想指归到艺术都有着自己的特色。这是很可宝贵的。但是，时代呼唤思想，呼唤思想家，当代散文缺乏振聋发聩之作，还不能担负起铸造思想的使命。李元洛的散文也不例外。廓清风气需要政治力量，也需要思想的力量，谁能担负起制造思想养料，提供思想武装的重任呢？

李元洛由诗论研究转向散文创作的时候，"白发的叛军已经开始攻城"，但秋日胜过春朝，金秋的丰收在等待着他。写作生命的第二个青春期的大躁动，必将生产出更多更好的散文精品！

原载《理论与创作》1996年第3期

"散文热"与"大散文"

80年代中期以后，曾经激起过阵阵轰动效应的诗歌、小说、戏剧相对沉寂下来，一直无声无息地与之同步发展的散文忽然脱颖而出，独领风骚，不仅许多已在诗歌、小说、戏剧、理论，甚至管理、科技等领域奠定地位的主体趋向散文创作，而且许多名不见经传的、各行各业的普通人物也纷纷涉笔散文，加之各种大众传播媒介如报纸、非纯文学杂志等出于版幅需求的推波助澜，从而使散文热成为本世纪末中国文坛一大景观。然而，作者、作品众多，堪称大作、力作者较少，间或有一些"最强音"（丹纳语）喊出，旋即被淹没在一片大众化喧嚣之中。对此已有不少评论家、作家表示忧虑，开始关注散文的"热"与"冷"，并提出"走向大散文""散文精品化"等主张。笔者同意上述论者的识见，这里拟就这股"散文热"来龙去脉的梳理，谈谈我们对这股"散文热"的认识，以及对建构大散文的几种理解。

一、散文热中的散文观

散文是什么？从极其宽泛的意义上看，散文应该是人类情感表达的一种形式。然而，仅就中国而言，不同历史时期人们出于不同的功利要求，赋予它的理解是各不相同的。在古代，人们强调"载道"与"言志"，因而散文要么"代圣人立言"，要么表达个人的志向、情怀。表面看来这里似乎存在着一个分野：前者侧重群体意识，后者侧重个体性灵。其实，在古典主体那里，即便是极其个性化的言志抒怀，亦非现代意义上的张扬个性，并没有摆脱儒道互补的心理结构或"达则兼济天下，穷则独善其身"这一理论构架。鲁迅曾一针见

文化散文研究资料

血地指出唐人小品是"一塌糊涂的泥塘里的光彩和锋芒",而明末小品也"有不平、有讥讽、有攻击、有破坏"。(《小品文的危机》)所以这些古典主体的所谓言志,谈微知著,指向的依然是封建意识形态的大道理、大情感,是别一种形式的"载道"。在现代,腥风血雨与启蒙救亡的现实决定了散文曾经一度成为"匕首""投枪",成为民族斗争与呐喊的武器,其所取得的成就甚至在"小说戏曲和诗歌之上"。这以后就来了"小摆设"(鲁迅语)。值得注意的是,"小摆设"也是一种散文观,是将散文作为逃避现实、愉情适性、显示风雅的一种生存与写作策略。周作人的闲适文体与梁实秋的雅舍系列即是这类散文的典范。建国初17年,政治压倒一切,散文亦随之变为"文学的轻骑兵",即强调散文应迅速及时地报道各条战线涌现的新人新事。显然散文的功能某种程度上已等同于新闻报道,沦为时代精神的"传声筒"。这类散文的主体自我常处于贬抑状态,突出的是一种既定的集体意识。1976年,10年"文革"结束后,散文一方面曾沿着17年所形成的传统作短暂滑行,如1976—1979年间的散文,从冰心《永远活在我们心中的周总理》、巴金《望着总理的遗像》、刘白羽《巍巍太行山》、顾寄南《黄桥烧饼》、毛岸育和邵华《我们爱韶山的红杜鹃》到峻青《哭卢芒》、丁宁《幽燕诗魂》、巴金《怀念萧珊》、楼适夷《痛悼傅雷》、何为《园林城中一个小庭园》等,其描述对象基本上集中在老一辈革命家与知识分子两类人身上,注重的是一种外在现实报道与群体情感表露;但在另一方面,一批富有革新精神的主体,逐渐将视角集中到个体内宇宙,侧重自我表现与心灵剖析,产生出一批浸润着主体独立思考、多元价值取向的佳作,被誉为"一部讲真话大书"的巴金《随想录》可谓此阶段散文观念悄然嬗变的重要标志。

如果说迄今为止散文领域的创作主体基本上还是以职业文人为主,那么从80年代初始,散文主体构成渐趋复杂。其中有纯粹职业散文家如刘白羽、赵丽宏等,有从小说、诗歌、理论等转过来的作家、学者如刘心武、张承志、余秋雨等,有政府官员、科技工作者偶一为之,如惠裕宇(江苏省原省长)、杨振宁,此外则是一大批原本属于读者阶层或受众对象的普通职业者如工人、机关职员、士兵、中小学教师、青年学生等大规模介入,从而使原本难于宏观把握的散文园地更加良莠难辨,闹热繁杂。

应当肯定,社会各阶层尤其是原本不善于表达自己的阶层的广泛参与,显示的是本世纪末中华民族素质的普遍提高，是一个社会个性解放、人本意识普遍觉醒的重要表征。问题的关键不在这里，而在于这股散文热传达的是一种什么样的散文观念？

考察近年来的散文文本，我们发现这批文本在基本上回避社会集体意识，突出主体自我的前提下，艺术焦点主要集中在：一、述说个人志趣。如谈吸烟、饮茶、喝酒、养花、买书、旅游、下棋、收藏，谈起居习惯、穿着打扮等，其中不乏精品，如陆文夫《酒话》、汪曾祺《故乡的食物》等。但绝大部分属于缺乏个性力度的平庸之作，或模仿明人小品，周作人、梁实秋等名士、绅士或文人所确立的灰色话语系统的描述。二、袒露心灵秘密。如果说述说个人旨趣与传统散文主体在这方面的经营大致相似，全方位、大面积地进入当代主体心灵、披露其内在的种种或强烈或细微的反应，则是当今散文创作整体上与以往文本的相异点。其中有中老年作家回首当年，展示心路历程的，如孙犁《青春余梦》与李天芳《打碗碗花》，前者带着老年的淡淡忧伤追忆了自己作为一个平凡的乡村知识分子融入时代大潮的心理变迁，同样的表述在萧乾、柯灵、汪曾祺等老作家那里亦时有所见；后者讲述的是新中国头脑单纯的青年如何一次次突破僵化的教条走向个体的自觉与智慧的成熟。有中青年作家抒写置身于当代现实所体验的种种痛苦、烦恼、愤怒与欢乐的，如田野《离合悲欢的三天》、斯妤《冥想黄昏》、韩小慈《有话对你说》、王英琦《河，就是海？》等。这些文本都显示了作者要把个体经验向社会群体倾诉的渴望，以及寻求对话的焦灼。此外，则是一大批主体身处社会转型期在科技成就与商品经济大潮双重夹击下的若干点滴感受。无论电脑、电话走进家庭，抑或人到中年重学外语、生活琐事中碰到麻烦某一陌生人援手相助等，均会在主体意识屏幕上留下印痕且行之成文。今天充斥在各类报纸杂志上的大都是这类东西，因缺乏深层次掘进与概括而显得浅薄与零乱，从而流为某种心理新闻，即可以与同时刊载的各类社会新闻作同类观，构成当代大众传播之中的一种方式或一个侧面。三、展示人生轨迹。如果说袒露心灵秘密侧重关注的是当代主体内心世界，描摹、追踪个体参与社会实践所划下的道道轨迹所构成的人间万象及其所蕴蓄的种种况味，则是当代散文另一重要趋向。譬如杨绛《干校六记》、丁玲《牛棚小品》、苏叶《总是难忘》、朱晒之《童心的谜》、赵翼如《男人的感情》、蒋丽萍《奶奶的小把戏》等，其记人叙事无论写自我或写与自我有过实际或精神交往的他人，传达的均是主体在人生途中的雪泥鸿爪。基于此，有些论者将这股"散文热"索性界定为"人生热"（参见佘树森《中国当代散文研究》，第93页）。平心而论，此表述已相当接近当代散文观念之内核，但仍显粗疏，如将上述三方面内容综合起来考察并作进一步概括，关于这股散文热所传达的散文观念的定位问题将更为全面、明晰。笔者认为，就现阶段参与并推动"散文热"的绝大部分散文实践而言，散文是对个体生命形态的一种实拟。

之所以强调"个体生命形态"，是针对以前散文注重载道传统、突出群体生命形态与集体意识而言；之所以强调是一种实拟，是与小说相较而言。近年来随着小说散文化与散文小说化，散文与小说的界限越来越不明朗，理论界对此又一直未有明确而完善的论证，这就使许多作品如萧红《呼兰河传》、鲁迅《社戏》、孙犁《悼亡妇》、莫应丰《我的小鸟儿死了》等作品的归属问题一直游离不定。本文坚持，无论散文与小说如何靠拢，它们之间仍存在着最后一道不可逾越的分界线，即：散文是对生命形态的实拟。而小说是对群体或个体生命形态的虚拟。前者是对生活原生态的直接截取；后者则是对生活本体的提炼、整合直至上升为某种虚构世界。前者所反映内容可与生活本体一一对应、指证，但又非流水账，其文本意义的获得取决于主体截取、选择现实表象时所取眼光、角度、方式以及主体现有的人文准备；后者则是主体对生活客体的一次超越或起飞，其所虚构世界应比实际生活更高更强烈。在某种意义上小说作者即是其虚构世界的领主，必须为其笔下世界重新安排社会与价值秩序，并站在一个更高视点从其所表现对象中寻绎出某种历史或美学的逻辑与发展态势，因而总是具有某种超前意识。明了并承认这种分析，有关散文创作与理论中的若干问题也就获得了全新的阐释，即：

第一，散文尤其是状写生命形态（包括群体与个体）的散文不应虚构，任何虚构都将导致对现实表象的曲解或对生命形态的矫饰。60年代盛极一时的杨朔散文在今天遭到冷遇与怀疑，显然与作家无视"三年灾害"的严峻现实，一味以所谓诗情画意为现实涂脂抹粉有关。至于当代一些散文大谈与某名家或某伟人（特别是已故的）交往，有意掩盖真相，将一些普通琐事刻意放大甚至张冠李戴，无中觅有，挟名家、伟人以自重，一经戳穿则必将招致读者讥笑。通俗地说在散文中虚构事实就如同在生活中伪造学历、伪造家庭背景或个人简历一样令人反感。

第二，小说家转写散文某种程度上是一种倒退，暴露的是小说家失却了宏观把握现实的能力，无力从现实起飞，无力承担指引未来的责任，从想象的王国退归生活的常态。其散文最初还可看作是理解其小说创作的背景资料，间或有可观之处，到后来则每况愈下，甚至不及普通人的率性之作、挚情之作。

第三，当然，从小说转向散文亦有成功的典范，如孙犁与汪曾祺。这说明，由小说转向散文的作家，以及所谓纯粹的职业散文家，如果思想没有到达某种磅礴恢宏的境界，始终囿于单一的散文实践而缺乏其他各类丰富多彩的人生实践的支撑，其作品必然苍白乏味。当今不少报纸杂志的专栏作家们连篇累牍端出来的毫无营养的文化快餐，大多属于此类。

第四，散文已逐渐成为一种大众化文体。在文化垄断时代，散文一直是官方或精英阶层的话语专利，当今社会随着人文素质普遍提高与人本意识普遍增长，每一主体都有述说自我的可能，而每一主体都可能有一段欲说不能的人生，因此每一主体其实都是潜在的散文作者。值得注意的是，当代大众话语与精英阶层相比，往往具有滞后性，缺乏精英阶层的思想高度、开拓勇气与艺术探索的自觉，其精神特质较多地是此前精英或官方意识的重复或模仿，甚至更多地与中国文学传统中肤浅的，满足于感官刺激的乐感文化、颓废文化相通。如前所述，这股大众化散文无论言志抒怀、写景状物、记人叙事，所传达的倾向，基本上与明人小品，周作人、梁实秋所确立的名士、绅士式话语系统相似。1994年张承志、张炜等人提出"抵抗投降"，某种程度上针砭的正是这股浪潮的灰色与无序。

第五，当前这股散文热或人生热说穿了是一种隐私热。所谓述说人生在许多主体那里述说的其实是自己或与自己有关的他人的隐私。散文在这里沦为隐私文学，读者大众对它的热情，实质是一种窥探他人隐私的热情，其性质有如在街头充当看客，看他人打架骂街，不过在这儿充当的是一种较为高级的精神看客罢了。所以，切不可因散文创作与接受主体的人气充足而窃喜，而应保持相当的警惕。

二、两个难度与两种可能

　　一方面，散文热作为一种存在不可否定，从走向看显然不会消失，只会蔚然壮大。但在另一方面，散文创作不应仅仅停留在现有水平，必须有所突破。出路在哪里？在于目前理论界对"大散文""散文精品意识"的呼唤。如何才能走向大散文？要回答这个问题，首先必须弄清当前散文写作中存在的两个难度。这就是：一、与古典散文、17年散文相比，当代散文失却了那种整一的哲学背景。封建中国以儒教立国，建国17年尊崇马列。此两种学说作为一种国家哲学成为这两种社会形态的主流思想背景，因而置身于这两种社会的主体，无论传播者或接受者其内在精神特质、心理结构与经验基础，均具有相似性，这就使得作家个体与社会群体的沟通与对话相对便捷、容易。从80年代开始，随着多元化价值探索的展开，那种整一的哲学桥梁断了，各种话语的杂多与势均力敌使得若干主体的声音明显减弱，再难激起全社会广泛的共鸣。二、社会结构与社会分工的复杂与纤细，决定了当代主体往往囿于社会既定的阶层、位置，各人头上一方天，从而导致视野的狭窄与视点的低姿态，其最终结果必然是当代主体的人格全面地趋向委琐、渺小。由这类主体所演绎的情感、思绪，其美学容量必然大打折扣。

　　能否逾越这些障碍创造出真正的散文精品，答案是肯定的。从理论上看，至少存在着这样两种可能：首先，客观的可能。检视散文历史，我们发现，一部分散文精品并非出于方家之手，而是出自一些小人物或非职业文人。换言之，其作品价值并不取决于作者主体，而取决于该主体实践在某一特定时空与社会实践发生了某种重大的、对历史进程起着重要推进或反动作用的交叉。林觉民、吉胡洪霞、陶斯亮都不是散文家，然而其散文《与妻书》《吉鸿昌将军》《一封终于发出的信》由于所记述内容牵涉到某一重要历史人物或历史事件，因此这样的作品一篇就足以进入文学史，甚至足以抵得上某些纯粹散文家的全部作品。不过，这种个人实践与社会历史重大事件重叠的机遇往往可遇不可求，并且不等于一旦重合就能成为杰作，这里强调的仅仅是一种精品化可能。其次，主观的可能。早在80年代初王蒙就曾提出一个颇有道理的主张，即要求作家学者化（见《王蒙选集》第4卷，百花文艺出版社1985年版）。当时理论界有过一些讨论，在基本上肯定王蒙此主张的同时，承认学者化作家是众多作家类型之中的一种。今天看来，作家学者化不仅仅是对某一类作家的要求，而应是对全体作家的诉求。这是由当代工业化、信息化社会性质所决定的。换言之，现代化社会进程已毫不留情地向社会全体成员提出了更高的素质要求，如同科技、教育、管理、金融等领域以至各类现代化产业要求从业人员必须经过职业培训方可上岗一样，当代创作主体亦必须经过职业化的人文训练，在基本掌握现有人文遗产及现有文化状况的前提下，方能站在一个更高层面取舍、整合笔下对象。如果说在农业或手工业社会个别未经职业培训的个体有可能在文本操作时无意识地、偶然地闯进精品行列，在现代化社会，一个缺乏文化准备的主体企图碰上这种侥幸的可能性微乎其微。所以，外在客观条件所决定的主体渺小性或许无法避免，但通过作家学者化，主体应当能克服这种渺小性或局限性，扩充自身的人格辐重，推出富有力度的文本。当代少数老年散文家如冰心、孙犁、萧乾、柯灵、汪曾祺等人的创作超迈流俗，卓然成家，几乎立即能从大众话语的嘈杂中把他们的作品辨别出来并能认出他们各自的特色，无疑是与这些主体深厚的学养分不开的。

三、余秋雨、贾平凹、三毛的启示

上述关于建构大散文的可能性寻绎还只是一种理论假设。事实上在当前散文实践中，相当一批严肃主体均显示了一定深度的精品自觉与探索。这里之所以特别挑出余秋雨、贾平凹、三毛三位作个案分析的对象，是因为其创作不仅有效地越过了上述两个共同的写作难度，而且确立了富有个人色彩的文本权威。总结、整理其各自的探索与成绩，可以为当代散文寻求走向大散文的途径带来有益的启迪。

先看三毛。三毛的成功来自其有意识地创造自己的阅历。她捆起一卷行囊从台北那个小阁楼走出，投入到广大陌生的外部世界，踏遍千山万水，体验各种自找的人生酸甜苦辣。她所创造的那种浪漫传奇的经历，可以说是当今社会被社会分工牢牢束缚在某一固定人生位置上的一般人所无法企及的，她所划下的那道人生轨迹远远超越了社会群体在庸常人生中的庸常经历，上升为某种形而上的、具有象征意味的人生范式，成为社会群体心底某种共同的梦想，从而才在现代人心灵深处激起那么大的反响与回应——近来有人指责三毛在作品中伪造经历，倘若伪造一事属实，其作品的散文资格必将可疑。但这与我们的上述论述并不矛盾，恰恰证明三毛成也萧何，败也萧何，成功是来自她所创造的那种浪漫人生，失败则是在于她所创造的人生阅历中掺杂了某种虚假。

再说贾平凹。贾平凹的散文从题材上看可分三大系列：自叙系列、城市系列、商州系列。坦率地说，其自叙系列与其他小说家散文一样，可以帮助我们了解一个小说家的写作背景、精神状态，仅仅具有史料与资料的价值；其城市系列流露的是一个农裔城籍散文家对城市的些许感触，与其他同类题材散文相比，并没有显露自己的特色。真正值得称道的是他的商州系列以及在此系列中对一种"大家乡"的发现。质言之，作者在这批作品中刻意营造了一种"大家乡"氛围，以及有意识地表达了为这个"大家乡"写作的使命感。鲁迅先生说过，越是地方性的东西也就越有民族性、世界性。此话不假，但是长期以来我们在写作时，往往习惯于将家乡理解为某一个乡、某一个镇，充其量是某一个县城或城市。这种做法在相对封闭、静止的小农经济社会是可行的，现代文明突飞猛进，各地的风俗习惯迅速解体，重新整合甚至趋于同化，身处当代再拘泥于某一个乡、镇或县城来描述地方性，显然远远不够。而贾平凹正是摆脱了这种狭隘的故乡观念，把描写的范围扩大到陕西关中、商州这个大背景层次，从而极大地拓展了"我"与"故乡"的内涵与外延。"我"不再是传统意义上的家乡的儿子，"我"已上升为某块文化土壤所生成的文化符号，而家乡也不再是传统意义上生我养我的母亲，而是一个具有相当文化意蕴、独特美学风格的丰厚而广阔的生存空间。如果把目光扩展开去，不难看出，古今中外有不少作家的成功得之于这种"大家乡"的发现。如美国作家福克纳笔下的南方社会，中国作家沈从文笔下的湘西、老舍笔下的北京、萧红笔下的东北，等等。只不过这种地方色彩一直被研究者视作作品艺术特色中的一种，未能受到足够的重视。

关于余秋雨，评论界从多方面作过肯定性解析。近来也陆续出现一些批评文字，或从其笔下史实的一些瑕疵入手，或苛求其观点不新或错误，看似颇有道理，其实不通。一来钱锺书先生曾经指出，名著诸如《红楼梦》、《荡寇志》、《镜花缘》、莎士比亚戏剧等均有失误，一部作品如能将瑕疵减少到零当然更好，但如果这部作品的主体站住了，有些小误又何足为怪！（参见《扬子晚报》1996年8月4日）；二来人的理智与感情常常矛盾，理智知道怎样做，感情却偏要另外做，因而文学中的情感思维常可允许为一种错误思维，只要能传达出最佳效果，虽错亦动人。用学术理性对待文学创作，必然差之毫厘失之千里。无可讳言，迄今为止关于余秋雨的种种评说，无论肯定者的溢美抑或是否定者的指责，均没有触及这位作家文本成就的真正内蕴。全面地探讨余秋雨对当代散文美学的贡献非这篇短文所能及，这里要指出的是，作为一种大散文，余氏文本表露了这样两个重要特征：一是散文不再是对个体或群体生命形态的简单描述，而是个体、群体、历史以至文化生存形态的变错辉映与完善叠合；二是作者以一个文化学者对理论研究、艺术鉴赏与创作的浸淫与修为，到达感性王国与理性王国可以自由切入与转换的境界，正是在这里，余秋雨与许多纯感性或纯理性的作家区别开来。

原载《当代文坛》1998年第1期

作为文体的散文：灵魂的彰显与照亮

——兼论史铁生、余秋雨的散文

李林荣

一

同许多理论体系内部的基本概念一样，"文体"作为一个术语，在其专属的文体学范畴，没有统一明确的定义①，然而，在关涉个案研究的著述里，它却得到了相当普遍的运用。这表明："文体"的意义具有多元多维杂化并存的特殊形态。②使用"文体"这一概念之前，首先应当选择一个确定的维度，然后在这一维度上寻求生成"文体"意义的本质关系，把握到一定维度一定关系，也就获得了"文体"的实在意义。

在原初维度上，"文体"生成于作为言说主体的人与作为言说对象的存在之间的关系，它的意义是：人面向存在的言说方式。在此意义上，"文体"即成为指证并讲述文学的元符号。③

具体而言，"文体"以双层嵌套的球状形态浸泡于存在的海洋，它的外层是由零散自在的口头话语组成的言语系统，它的内核是由模式化的话语（包括一部分口语和全部书面语）组成的语言系统。④语言系统由文学和反文学两个对等元组成。言语系统具有非文学性质，它与语言系统中的反文学一起构成非文学文体。非文学文体与文学的本质区别在于言说方式遵循的原则不同。文学是以想象力为原则的言说。非文学则是以实用性为原则的言说。这里所说的想象力含有通常的心理学意义⑤，除此之外，应当特别凸现：它是打破物理时空秩序，超逸于理性思维和逻辑关系之外的精神活动能力。与此相对，实用性原则是完全符合物理时空秩序以及理性思维和生活逻辑的。

在文学内部的不同体裁中，想象力有不同的表现。在小说中，想象力表现为对人物、事件的虚构。在诗歌中，想象力表现为对意象的提炼和还原。到了散文中，想象力表现为对现实人事的勾连、讲述和理解、体悟。⑥

想象力在散文中的实现，关键有赖于元讲述的运用。⑦散文与非散文体裁（小说、戏剧、诗歌）的根本差异在于它无法利用虚设情境的手段来创造表达空间。这迫使散文只能借助元讲述的方式促成作者的位格分裂，一个位格讲述，另一个位格被讲述。⑧由此产生了衡量散文写作水准的第一尺度：元讲述意识是否自觉。

位格分裂给作者带来的被讲述对象仅仅是言说对象的居所，这个居所承纳的实体随时代、地域和个人的不同而不同。以一个系统而存在的当代散文，实际上包容着丰富的历史性内涵。即使是在考察"走向未来"之类的前瞻性问题时，历史因素的规定作用也是不容回避的，否则，任何前瞻都将沦为空想。

当代散文的历史背景是一个纵深度达2500年，幅员频仍盈缩于整个东亚大陆，充满文化对撞与融合记录的巨大时空隧道。在此，只能以极其简略的方式对言说对象的变迁做一概括。

我国文学的历史可以按语言形式分为文言优势时期和白话优势时期两个阶段。⑨文言优势时期始于殷周终于明清。白话优势时期继之而起，延续至今。在时间长度上二者相差悬殊，在文体价值上却是均等的。前已述及，文学的本质意义是：人在想象力支持下面向存在的言说方式。因着"存在"内涵的不同，这一言说方式又呈现出三种变态：1. 人对现实存在进行言说；2. 人对反现实存在进行言说；3. 人对灵魂进行言说。第一种形态的言说遵循现实有用原则更甚于想象力原则。换言之，想象力在这种言说中是为现实有用原则服务的。这种掺杂有显著非文学因素的言说，通常与人类文学能力的萌芽和成长过程相伴随。在我国文学的文言优势时期，这种形态的言说一直发挥着主导作用。无论是反映社会现实，还是描写自然现实，都一律统束于社会政治或个人感官的现世功利原则之下。⑩第二种形态的言说遵循情感有用为主、想象力为辅的原则，想象力在这种言说中是为情感有用原则服务的。虽然情感并非人性的标记，但与现实相比，它还是向人性跨近了一大步，所以第二种形态的言说显示了一定的进步性。它肇因于人对支配现实生活秩序的文化范式的集体性不满情绪。作为言说对象的反现实存在正是这种特定情绪的对应物。如果承认心理状态也是一种"现实"，那么，这种反现实存在可以表述为"心理现实"。与此相应，第一种言说对象则称为"物质现实"，包括具有物质形态的社会现实和自然现实两方面。由上述可知，第二种形态的言说在社会文化范式趋于解体的时代容易发挥主导作用。在我国文学的白话优势时期，特别是"五四"前后20年和最近20年，这种形态的言说的主导地位得以确立。前面提出白话优势时期和文言优势时期在文体价值上均等的原因正在于此。

面临物质现实和心理现实两种历史性的言说对象，为了赢得更自由更广阔的想象力表达空间，当代散文应当优先选择后者。但这样的选择其实还是权宜之计。因为文学的本质——想象力——不仅生长于真实性的土壤里，而且翱翔于真实性的背景中。唯其如此，想象才能成为它自身。这也就是说，作为文学本质的想象力是建立在真实性基础上的。

保持情绪真实是一切文学体裁的共性。[11]情绪是文学文体存留真实性的唯一空间。对于虚构人事的小说、戏剧和还原意象的诗歌，持守情绪真实的文体要求和放飞想象力的本质属性不会构成太大矛盾。然而对于散文，这两个方面却导致了最严重的困难。正是这个潜在的困难逼赶着散文趋近心理现实而远离物质现实。在这样的境地中，言说不可见之心理现实的散文如何确证自身的真实性？又如何在真实性基础上实现想象？设若这两个问题不能解决，那么散文作为纯文学体裁的身份就有理由被取消，散文据以为自有的各种审美功能就完全可以归并入非散文体裁，作为艺术创造门类的散文将失去存在的必要性。关于这两个可怕的问题，详细的应答留待下一节展开，在这里仅指出它们与前面提及的第三种形态的言说，即人面向灵魂的言说相干。

到此为止，衡量散文写作水准的另外三个尺度即便于出示：

第二尺度，对物质现实（社会现实和自然现实）与心理现实两种言说对象的选择倾向；

第三尺度，面向选定的言说对象，是否充分发挥了与相应于言说对象的有用原则匹配的想象；

第四尺度，对散文写作深层困难——想象力和真实性的冲突——的觉察能力和解决意向是否显明。

这里提出的三个尺度，与前已述及的第一尺度，即"元讲述意识是否自觉"，整合为一个建构于原初维度的文体生成过程之上的指标系统。维系于这一系统，"作为文体的散文"一语，包括以下三层含义：

1. 首先，散文作为文学文体，是主体（人）遵循想象力原则，面向对象（存在）的言说方式。作为言说对象的"存在"，迄今为止，具有物质现实和心理现实两种历史形态。

2. 其次，散文作为一种特定的文学体裁，以保持被讲述人事真实的个性与非散文体裁相区别，同时又与非散文体裁分享情绪真实的共性。

3. 当前境遇中的散文，受制于文体格局传统的约束，一方面必须选择心理现实作为言说对象，以期拓展自身独特的表达空间；一方面又必须确保并深化真实性与想象力相互生发的关系，从而坚持散文的纯文学品格和创造性艺术的路线。当前，心理现实处于失范无据状态。这使散文面临着丧失文学本质的巨大危险。

上面所述，乃是以下各节论述所依托的基本立场和理论出发点。

二

从精神能力的发展看来，作为集团的社会人群和作为单体的个人，都必须经历从本体论到认识论，再到语言哲学的路程。[12]这一序列与人从言说现实转向言说反现实，进而转向言说灵魂的演变轨迹是相对应的。更准确地说，正是人的精神能力的发展引导着人的言说转型。正因此，有关言说转型的各种问题只有置入精神能力发展序列中才能得以彻底解决。

我国文学从文言优势时期走向白话优势时期的历史，投影于人的精神能力层面，即显现出如下两项结论：

1. 在文言优势时期，面向现实进行言说之所以被人选择为主导性言说形态，是因为这一时期人在精神层面仅仅达到追问本体的水平，简单地说，就是不断提出并回答"是什么"的问题。在此水平上，人只能把大部分精神集聚于现实关系。顺应于此，一方面，现实有用原则自然地被树立为文学的最高准则；另一方面，写实手法（包括"记"和"议"两个方面）在文学创作中得到了极大的丰富和发展。[13]很显然，这两方面在本质上都是为支持现实社会文化范本而存在的。[14]

2. 在白话优势时期，面向反现实进行言说被人选择为主导性言说形态，根因于人对本体问题虚妄性的自觉意识。围绕"是什么"的不断提问和回答，随着人类社会文化范式的更迭逐渐显露出悖谬、空无的本相。承着因发现这种本相而产生的对认识过程本身的疑虑和反思，"为什么"的问题，即认识论，取代了探询"是什么"的本体论，成为人类精神能力新的应对中心。认识论中心化标志着人类精神能力的阶段性跃升。人的精神观照焦点因之从外在于人的现实关系迁移到人自身对现实关系的心理反应。第一节中，这种心理反应被称为"心理现实"。其中，最复杂微妙且最具活力的情感以反现实的面貌应运而出，占取了主导性言说对象的位置。现实有用原则随之即变换为情感有用原则，表情手法在文学创作中运用日趋受到重视，并最终争得胜过写实手法的发展机遇。[15]

就本质而言，作为"反现实存在"被言说的情感主要体现着个人对现实的社会文化范式的反动。但因为个人形式的反动具有不可消弭的无序性和无指向性，所以它不能与自身境遇达成合谋。在此潜伏着人对认识论虚幻悖谬本相的觉察契机。

如果说从本体论到认识论和从言说现实到言说反现实这双重同步的转换表明：以情感标记人性比以现实关系标记人性更少局限，那么，文学在言说反现实时遭遇的困境则要求人必须寻求超情感存在作为人性更可靠的标记。第一节提出的两个悬而未决的问题证实这一要求对当前的散文写作尤为紧迫。

情感是人类精神活动三种形式（情、知、意）之一——情——的一个组成部分。[16]相对于理性范畴的知、意，非理性范畴的情感具有一定程度的调谐理性结构和更新知、意元素的作用。[17]但这种作用是很有限的：它能够遏止或疏导散文写作追求理性的潮流，却无法为在言说现实关系的方向上走到穷途末路的散文写作开拓或指示新的表达空间。精神失据导致的无定型、无秩序、无结构、无指向特质，消解了情感重组理性范畴和现实关系从而建构新的表达空间的能力。

因此可以断定：第一节提出的"两个可怕的问题"在现实和反现实两个层面上均是无解的。唯有托靠于执行情知意三种功能的主体——灵魂，才能应答这两个有关散文写作深层困难的问题。

灵魂，是人性的终极标记，它维系于终极精神实体的围浸[18]，以受蔽、彰

中国当代文学史资料丛书

显、照亮三种样相恒久地存在[19]，却永远不可被人定义。人只能以象征和绝对对话两种方式的言说与灵魂关联[20]。这种情状正是人的精神能力提升到语言哲学层面的必然表现，在其深层潜伏着针对言说符号系统本身即语言的两个问题："说什么"和"怎样说"。与达到语言哲学的精神能力水平相当的言说必须面向灵魂。

现实存在和反现实存在都是灵魂的受蔽样相。言说现实和反现实都是人与灵魂受蔽样相的交涉。因而，这两种言说都不可避免地偏离并歪曲着人性的实质。作为人性终极标记，灵魂持有确证心理现实、物质现实以及理性和非理性范围的真实性的独一权柄。在灵魂层面上，想象力的本质——人以世俗个体位格向终极精神实在的皈依——得以完全显明。这也就是说，在本质意义上，想象力是以经灵魂确证的真实性为基础[21]，以终极精神实体为目标归宿的。文学创作过程的实质即呈现为：于面对不可言说的警醒和沉默中，倾听出自终极精神实体的神性启示，并通过有限而世俗的象征方式予以发表。

文学自言说现实进入言说反现实，再往前走，即必然到达言说灵魂。只有在这时，想象力原则在文学创作中才能被彻底纯粹地确立为唯一依据。面向灵魂的言说敞开于终极精神实在之中，因而是无限的。这使它秉有解决文学在言说现实与反现实对象时所遭逢的一切根据困难的特权。与它适应的创作手法只能是以世俗存在为代码，以神性实在为本体的象征。[22]

非散文体裁承袭着历史性的表达模式[23]，在面向灵魂展开的言说行为方面拥有的自由度远远小于散文。这意味着：抵达言说灵魂阶段之后，散文较之于非散文的小说、诗歌、戏剧乃至非文学的论文都具有无与伦比的体裁优势和开阔前景。

为了更细致地考察散文写作文体向度上的特质，那些具有多种体裁写作成就的作家是值得格外关注的。这方面，80年代中后期以来，周涛、张承志、史铁生、余秋雨四人的表现相当活跃。他们都是从非散文体裁的写作转入散文写作的。在文学创作维度上，周涛和张承志分别从事诗歌和专事小说迁至专事散文，史铁生先始于小说后变为小说与散文并行，而余秋雨则以非文学的学术论著写作者的身份介入散文创作。作为一个外在的共同性，他们都已经奉献了对当前社会人文心理具有特出影响的散文力作——周涛的《游牧长城》、张承志的《心灵史》、史铁生的《我与地坛》、余秋雨的《文化苦旅》。这些作品的问世，在90年代第一个五年的文坛上，曾是多么激动人心的事件。多少当时坚守于长期沉寂的散文领域里痴情不改的人们曾从这些事件中领受了巨大的鼓舞。文坛以外，又有多少对文学，特别是对散文丧失了最后一点热情和信心的社会公众从阅读这些作品的体验中获取了极其宝贵而又瞬息不再的心灵光芒和精神热量。

如今，遽变的社会境遇和文坛风云似乎已将这些时隔不久的事件阻断得很遥远。然而，面对在艺术创造的路途上依然踯躅难行的散文，因着对散文创作现状的考察，这些事件不能不又一次在我们的思虑中变得鲜明切近。在90年代的背景里，周涛、张承志、史铁生、余秋雨的散文创作是否已到达了言说灵魂的层面？对这个问题的回答将引领人们对当前散文创作整体状态作出深度评析。

限于篇幅，在此仅给出对史铁生和余秋雨散文的评析。周涛、张承志的散文将以比较的方式在另外的机会里进行讨论。

三

体裁位移通常表征着作家对文学本质的体认随其整体人格精神向度的变化发生了深层嬗变。但这远不能仅由个别作品的出现予以印证。即使是像《游牧长城》《心灵史》《我与地坛》和《文化苦旅》这样在接受意义上可以充当它们各自的作者进入散文写作腹地标志的作品，也不例外。因此，分析和判断必须在相对完整的作品系统上展开。㉔

而面向灵魂的言说事实上也并不是一条简单的刻度线。不管是多么优秀的作家，既无法凭借一日之功达到它，也不可能像短跑运动员一样在一瞬间实现对它的冲刺式超越或突破。㉕

与灵魂的彰显和照亮两种样相对应，面向灵魂的言说包括属魂和属灵两个不同质的层次。㉖

"什么是魂？魂就是灵与人的体相遇时所产生的人位，是人的自觉。"㉗更进一步讲，魂就是人在懵懂中应终极精神实体的召唤而自觉为人以后赢得的主体位格。在这一位格上，超然面对现实存在（社会和自然）与反现实存在（心理）的主体身份可以完全地凸现。人成为君临一切的"主人"角色。在魂的支配下，人在自身意识里能够攀上足以俯瞰从本土到异域，从人生到社会，从历史到未来，从情绪到文化等扩张于整个世俗目力可见的时空限界内一切存在的高度。凭据这种高度的言说即属魂层次的言说。它并非面向孤立的现实或反现实存在，而是面向现实和反现实的整合形态。因而属魂的文学创作不是立足于单一的情感、智慧或意志立场的表达，而是立足于超乎情、知、意单项的主体化自我人格（即魂）立场，面向浑融状态的存在进行的表达。

在一度杂语喧哗的人文境遇因突发性打击而骤然寂灭的八、九十年代之交，余秋雨的《文化苦旅》以鲜明的属魂特征在很大程度上愈合了社会公众因主体意识受挫而造成个体人格低迷的精神创伤，因此，获得了迅速广泛的认同。

然而，在当时以至今天，《文化苦旅》的独特价值被一种肤浅普遍的目光认定为对长期隐蔽的文化历史进行了前所未有的探险和昭示。[28]这种肤浅的指认使余秋雨散文自面世初起即被动地陷入与文化历史钩沉考证相关的类学术论文评价网络。学术论文在文体上归属于语言系统中与文学对等的另一元——反文学。如果反文学体裁评价因素趁着偶然契机介入了文学范围，那么，对作家作品的评论或捧之上天或按之入地，都将成为与文学无干系的事件。余秋雨散文面世之初即被类学术论文评价网络所笼罩，这注定了它终必被这种评价网络先扬后弃的命运。[29]

对余秋雨散文的议论最早约始于1989年[30]，但时至今日，作为文学文体意义的评论和研究还远未开端。八年来，人们对余秋雨散文的文学文体价值基本上是盲目无知的。

余秋雨散文的文体价值主要体现在对属魂言说方式的确立。

从我国散文近五十年的发展路线来看，总体而言，前四十多年一直处于面向灵魂受蔽样相（现实和反现实）言说的状态。不能说这四十多年里不曾出现过企图突破这种状态限界的作家作品个案，但这种个案根本没有引发任何程度的全局性改观却是显然可以断定的。相继崛起于70年代末和80年代中后期的反思散文、女性散文和新潮散文实际上是对旧有言说状态空间的穷尽，尽管在表层展示了一些新姿势，在本质上却仍没有实现言说方式的整体性跃进[31]。除了现实的社会、自然，就是反现实的心理，散文仿佛被送进了四壁封闭的囚笼，不睁眼打量现实的墙，就闭眼观照反现实的情，别无他途可求。抱怨散文在艺术上徘徊不前的人大都把罪责仅仅归于散文作者表现技法的匮乏。这种误症误导的议论进一步束缚了散文的手脚。

要实现言说方式的递进，散文的基本手段只有一个，即利用元讲述。《文化苦旅》证实了余秋雨强烈的元讲述自觉意识和比较自如的元讲述能力。这种能力在《山居笔记》中得到了存续。作为以专栏形式首发于纯文学期刊的系列作品，《文化苦旅》和《山居笔记》中的绝大多数篇什具有类同的外部特征[32]，例如：在标题中出示指涉历史的符码，在行文中隐伏作者的游踪，通过由今寻古和由古映今的视角互换连缀文路，在结尾部分以简洁的点染造成当代人物形象（常是作者自己）浮现于前而历史背景衬于后的情境，如同影视摄录中以长镜头拉开收缩全景。这一方面体现着余秋雨对散文写作传统形式的继承，另一方面反映出一定程度的模式化迹象。这种忽隐忽显的模式构成了余秋雨散文赖以实行元讲述的框架。

余秋雨散文的元讲述策略可概括为如下三条：1. 利用时间、空间、认知水准三维坐标把"自我"投影于历史、地域、文化三个平面，得到三个位格；2. 以此三个位格分别讲述义化—地域、历史—文化、地域—历史三种关系；3. 借助情、知、意三种方式，使上述三种讲述互相包嵌并不断转换。当写作主体与知性信息间距离近时，讲述较多地表现学者型特征。反之，非学者型特征在讲述中表现得较为突出。据此，可把余秋雨散文分为以下三类：

1. 以学者型位格做元讲述，以非学者型位格做第一层次讲述，如《道士塔》《莫高窟》《柳侯祠》《白莲洞》《都江堰》《庐山》《青云谱随想》《白发苏州》《江南小镇》《寂寞天柱山》《风雨天一阁》《西湖梦》《狼山脚下》《上海人》《夜航船》《笔墨祭》《家住龙华》《这里真安静》，以及《山居笔记》中除《乡关何处》以外的篇章。

2. 以非学者型位格做元讲述，以学者型位格做第一层次讲述，如《阳关雪》《沙原隐泉》《三峡》《洞庭一角》《贵池傩》《牌坊》《庙宇》《吴江船》《酒公墓》《老屋窗口》《乡关何处》。

3. 没有实现元讲述，如《五城记》《信客》《废墟》《夜雨诗意》《藏书忧》《腊梅》《三十年的重量》《漂泊者们》《华语情结》。

最后一类落于窠臼，对余秋雨散文独特的文体价值不具有代表性。

在前两类篇什中，想象力对以历史、文化、地域形态存在的人、事、物施加了全面深入的作用。这是余秋雨散文在文体维度上到达属魂层次的根本征象。[33]也恰在于此，想象力侵越了反文学文体的疆界。面向历史、文化、地域形态的言说，是反文学文体的功能。反文学文体有拒斥想象力的本性。而余秋雨散文却在一定程度上对反文学文体的言说对象施行了想象力支配下的言说。在余秋雨散文中，这只是作为确立写作主体属魂立场的手段出现的，但这已招致了来自文学和学术两个方面的严厉批评。③④

不过，令人遗憾的是，许多文学方面的批评实际上却是在按着非文学标准指责余秋雨散文史料运用和知性判断的疏误错谬。这种情况既导因于评论者文体意识的淡漠含混，也与余秋雨散文本身有关。依照第一节提出的第三尺度，余秋雨散文作为以魂为对象的言说，应使想象力有用于兼容并超越情、知、意的魂的表现。从上列第一、第二类篇章的整体营构看来，余秋雨散文确已达及这一水准。然而在具体行文中，凭借想象力对以历史、文化、地域形态存在的人、事、物过于坐实，甚至勉力补足细节的句段时有出现。这不能不说是对读者单纯的知见期待和情感期待的显然诱发。既如此，那么，单纯用学术标尺考证事实和单纯从情感层次上追寻来龙去脉的评论就不能被视为毫无缘由的苛责。

余秋雨散文虽然确立了属魂层次的言说，但没有克服散文写作的深层困难——想象力和真实性之间的冲突。

在余秋雨散文中，真实性被自觉不自觉地挪移到反文学文体的言说对象上。虽然在这一真实性上的确飞升起了近五十年散文发展图景里少有的想象力，但归根到底，对想象力如此的运用，并非散文艺术的本性所求。

90年代以来以"老生代"面貌展露于文坛的所谓"学者散文"总体而言存在与余秋雨散文相似的文体偏失倾向。在任何健全文明的社会里，学者作为特定的群体理应享有精神层面上比较高尚的地位，但是，面临以言说灵魂为终极向度的散文，连学者这种高尚的身份标码都必须彻底丢弃。因为任何现实社会形态的人身符号在真正的艺术创造中都只能蜕化为遮掩灵魂的面具。

在职业作家史铁生的散文作品系统中，文体偏失具有更为隐蔽的表现形式。与余秋雨散文主要向知见和情感两方面倾斜的情况不同，史铁生散文主要是向意志和理念倾斜。这只是针对史铁生迄今为止所发表的近五十篇散文所作的笼统判断。从包括小说和散文两种体裁的整个作品系统来看③⑤，史铁生在文学创造上已进到属魂言说深层③⑥。他的小说作品对此的印证远比他的散文作品更强有力。③⑦

史铁生曾以小说家的口吻判断道："散文正以其内省的倾向和自由的天性侵犯着小说，二者之间的界线越来越模糊了。这是件好事，既不必保护散文的贞操，也用不着捍卫小说的领土完整，因为放浪的野合或痛苦的被侵犯之后，美丽而强健的杂种就要诞生了。这杂种势必要胜过它的父母。"[38]这似乎仅仅应该被当作对他的某些作品在体裁认定上曾陷于混乱的往事下意识的总结。[39]因为依照第一节所述，文学内部各体裁共同汇聚于想象力旗帜之下，它们的差异只在于对想象力运用方式的不同，所谓在创作中各体裁彼此越界的问题，实质上是一个伪问题。[40]脱离各体裁历史形成的想象力运用轨道向非文学文体倾逸才是容易发生于创作活动中的实在问题。这正是"文体偏失"一语的意义所指和当前文学创作的根患所在。史铁生以"内省"和"自由"指认散文的特征是比较准确的，只是有关"杂种"体裁的预言过于浪漫了。

和史铁生一样，很多活跃于当前文坛的小说家在创作以外的言论中对散文写作表述过直觉独到而充满分歧的看法，但在具体创作中他们对小说和散文的分野实际上把握得相当清晰，体裁认定的混乱主要应归咎于评论家文体理论背景的含糊以及独立发言的信心与能力不足。

文学各体裁的创作实践对推进作者的精神能力水准和与此相关的言说方式具有协同相通的作用。许多擅长小说创作的作家偶尔写就的散文篇章往往产生比一般散文作品更加深广持久的感染效应。不能简单地把这种现象归因为小说家故意在散文写作中标新立异的手法和读者喜新厌旧的阅读期待达成了合谋。作家跨体裁写作获得的接受效应通常显示着不同体裁在文体维度上发展水平的相对落差。如果说"小说家散文"比"散文家散文"更受欢迎，那么，这证明散文在言说方式的跃迁序列里已落在了小说后面。虽然就根本而言，正如第二节所述，在向灵魂逼近的深度和自由度极限方向，小说并不及散文。《我与地坛》即作为小说家的史铁生在散文方面展示其深度属魂言说能力的标志性作品。

根据一篇作品远不足以评价一个作家某种体裁的写作水平。然而作为"小说家散文"的一个成功特例，《我与地坛》没有理由被忽略。假若在余秋雨散文中，写作主体可比作一个正在戏剧排练场里发号施令的导演，在《我与地坛》里，史铁生就是排练散场后仍然安坐在角落默默回味的场记。《我与地坛》通篇保持第一层次讲述沉静淡远的语态。一切突兀的知见转折和激昂的情绪宣泄都被排除，一切戏剧性的内心冲突和外在场景都被最大限度地冲淡。[41]

沉静淡远是人从世俗出发趋近灵魂极重要而又极易被漠视的第一步。现实生活的历练和独特的精神遭际使史铁生获悉了这一宝贵体认。另一方面，先锋小说为有效地设置叙事圈套，对小说家调控作品整体讲述语态的能力提出很高要求。正是得力于厚实的小说创作经验并凭靠着自身的心灵基准，史铁生在《我与地坛》中表现了游刃有余的语态节制能力。与余秋雨散文相比，史铁生在《我与地坛》里对元讲述的运用方式显得更自然圆合，也更符合文学的本性。《我与地址》的讲述位格有三个：1.过去时态的"我"；2.精神世界里的"我"；3.写作现时的"我"。前两个位格执行元讲述，第三位格执行第一层次讲述。随着情、知、意浑融体围绕"地坛"虚实变奏的流淌，讲述关系平缓转换。作为深度属魂言说，《我与地坛》的意义指向已十分接近终极精神实体。与此相适宜，想象力在文中被施用于和灵魂彰显紧密相关的两个方面：1.对生存本质、精神困境及死亡诱迫深刻细腻的个人化体验；2.对天然景物变化及非人的其他生命个体的活动毫发入微、形神毕现的描写。这是人不凭借想象力无以尽表的两个方面。它们既是散文真实性最稳妥的基础，也是想象力最适当的作用对象。

　　这两个方面的真实性唯经终极精神实体才能被确保。被终极精神实体确保为真的言说必有人本初的想象力支撑。在世俗心灵基准上，它将显影为永远不衰、历久弥深的感动。作于八、九十年代之交的《我与地坛》自面世以来获得众多对文学本质和灵魂光明富有响应力的人们诚挚坚定的赞誉。⑩时间仍将不歇地验证这样的文学和人心。惜乎《我与地坛》只有一篇。在迄今所见的近五十篇史铁生散文里，《我与地坛》以外的篇什都存在不同程度的文体偏失。生存意志和理念演绎遮挡了灵魂。当下，史铁生的创作正沿小说、散文两翼持续前延。对这样勤奋虔信的作家，更多更优秀的作品是完全可以期许的。

注释：

①参阅《文体学辞典》（王守元、张德禄主编），山东教育出版社1996年1月版，第264—267页。

②以我国古典文论为例，"文体"一词兼有体性、体貌、体制三义，分别着重于作者—作品，语言形式—现实素材，现时创造倾向—历史性文章体例三种关系构成的三个相关维度。这里的"文体三义"及其对应的三种关系，可以用当代意义上的文艺心理学、狭义修辞学和体裁分类学来阐释。"文体三义"实际上分别指示了考察、评价

文学创作的三个相辅相成的向度。这三个向度同时存在，相互贯通而又对立，使"文体"的古典含义全满。关于"文体三义"，参阅《中华百科全书》，中国大百科全书出版社1982年9月首刊纪念版，第一册第414—415页。

③这包括两层意思：1."文体"是超文学、跨文学概念，不归属于文学范畴内部；2."文体"具有以第三者立场向文学以外的世界指证并讲述文学身份的资格。

④与索绪尔（Saussure）提出的语言——言语概念有所不同，这里主要受启于社会语言学新近扩大语言范畴的研究动向，从文体学的立场，将文学作品纳入语言系统，以便显明转型期文学蜕变与创新的动态特征。参阅《文体学辞典》，第311—315、350—352页。

⑤参阅《普通心理学》，李铮、张履祥主编，中国科学技术大学出版社1995年4月版，第163—171页；彭聃龄主编，北京师范大学出版社1988年10月版，第329—351页。

⑥⑪参见我的论文：《散文新状态——关于当前散文的六个问题》，《当代文坛》1997年1期，第六节。

⑦元讲述，即讲述的讲述，超讲述。参阅《文体学辞典》，第362—363页。

⑧对此认识不足的作者只能把散文当作忆旧文体或老年人的文体，他们只能被动地仰仗时空的力量来构撰散文。

⑨参阅柳无忌：《中国文学新论》，中国人民大学出版社1993年4月版，第1-6页。

⑩对于文言优势时期的文学作品，特别是散文，人们通常按照"义理""考据""辞章"三个指标来衡量其水准，其中"义理"是最重要的。"义理"不足的作品，如骈文、宫体诗、台阁体诗、八股文，总被置为下品。对于白话优势时期的文学作品，人们通常以诗意和情感的含量高低为最重要的指标来衡量其水准，如"五四"时期冰心、朱自清散文虽与时代主旋律的强音间隔较远，但事实上一直被奉为白话文学的经典性佳作。想象力在文言优势时期运用成功的标志是把本来对社会政治或感官无用的现实素材变形为有用的对象。例如自唐宋传奇到明清小说一直常用于叙事作品中的"大团圆结局"设置。想象力在白话优势时期运用成功的标志是把本来不具感染性的现实素材变形为足以煽情的对象。杨朔五、六十年代创作的一批被称为"模式化散文"的作品是一个反证。脱离开作品生成语境的评论很容易陷入莫衷一是的尴尬处境，例如关于《红楼梦》结局处理的争论，从文体角度看，主张大团圆结局的人站在第一种言说形态的立场上，主张幻灭结局的人则是站在第二种言说形态的立场上。

⑫参阅涂纪亮：《现代西方语言哲学比较研究》，中国社会科学出版社1996年3月版，第一章。

⑬先秦散文、两汉纪传、唐宋古文在我国文学中不争的经典地位正是由于它们在社会意义和艺术表达两面分别成功地实现了现实有用性的极大满足和写实手法的极大发展。

⑭在古典文论中这种性质被概括为"文以明道"或"文以载道"。

⑮参阅周作人：《中国新文学的源流》，第一、二讲关于"言志派"和"载道派"两种潮流的含义、成因及作用的论述，《论中国近世文学》，海南出版社1994年8月版。

⑯情知意中的"情"，除包括形态相对持久定型的情感，还有形态相对短促分散的情。

⑰参阅我在《散文：世纪末的瞩望》（《作家报》1995年8月5日）中的相关论述。

⑱⑳参阅［瑞士］H.奥特：《不可言说的言说》，三联书店1994年6月版，第18—29页，第30-59页。

⑲参阅［德］K.拉纳：《圣言的倾听者》，三联书店1994年6月版，第33—46、79—89页。

㉑不论真实性指示的是物质形态的存在，还是精神形态的存在。

㉒这种象征不同于言说现实与反现实的作品中介于世俗存在之间的交互指称的象征。

㉓例如：小说的叙事模式，戏剧的剧场表演模式，诗歌的格律模式。对非散文体裁表达模式的局限性和约束力极端敏感的张承志曾建议韩少功在其主编的《天涯》杂志上不要发表小说。参阅韩少功：《世界》（集），湖南文艺出版社1996年10月版，第183页。

㉔周涛、张承志、史铁生的散文创作大致上都起自80年代中期，余秋雨的散文创作则始于80年代末期。据我所见，目前周涛的散文积有约二百篇，张承志的散文积有约一百四十篇，史铁生的散文积有约四十篇，余秋雨的散文积有约五十篇。总合为以下论述的文本凭据。对周涛的散文，只着力给出了对《游牧长城》的解析，因为我曾在《游牧心态的裸露与隐匿》（《当代文坛》1995年6期）中对周涛1995年以前的散文创作进行过综论。

㉕声称自己已实现了这种超越或突破的做法只能证明自己仍然没有真正到达这种言说状态。

㉖关于"属魂"含义，可参阅谢有顺：《不信的世代与属魂人的境遇》，《作家》1996年1期。但这篇文章把属魂写作指认为对思想（智慧）、情感、意志三种立场的分别独占，是不确切的。把张承志归为"站在意志的立场上写作"的属魂作家，反映着论者认识上的偏狭和局限。

㉗引自谢有顺：《不信的世代与属魂人的境遇》，第1节。

㉘作者本人都受到了这种气势汹涌而又盛情难却的评价浪潮的牵引，自觉不自觉地把自己对文化、历史的理性思考与自己的散文创作联系在一起。许多访谈文章记录了这些言论，除《感觉余秋雨》（萧朴编，文汇出版社1996年版）一书中辑录的一部分外，《余秋雨在郑州的自白》（周岩森整理，《名人》1995年1期）一文极具代表性。

㉙事实上，到了1995年前后，从资料实证、学术观点等方面进行的激烈贬斥已经把先前几年里无限抬举余秋雨散文的声音彻底压灭了。1993—1996年，著文指斥余秋雨散文知识性错误的有朱国华、程念祺、胡晓明、高恒文、周泽雄、韩石山、熊玉鹏等人。参见《感觉余秋雨》，《街道》（1995年19期），《当代作家评论》（1996年1期）。由于近两年余秋雨已搁止散文写作，这些后起的否定性意见似乎成了余秋雨散文最终的定论。

㉚载于《鄂西大学学报》1989年2期的《〈文化苦旅〉笔谈》被认为是对余秋雨散文

最早的评论反应。参见罗姆：《感觉余秋雨·跋》，余秋雨：《文化苦旅·后记》（知识出版社1992年3月沪版）。

③反思散文、女性散文、新潮散文各自的代表作家分别有巴金、孙犁，唐敏、叶梦、曹明华、苏叶、斯妤、韩小蕙，王开林、元元、胡晓梦、冯秋子、苇岸。但巴金的《随想录》已表现了明显的属魂特征。

③《文化苦旅》单行本所收37篇散文绝大部分初载于《收获》杂志"文化苦旅"专栏，少量收自其他报刊。收入《山居笔记》单行本的11篇散文最初分12次载于《收获》杂志"山居笔记"专栏。

③与秦牧的《艺海拾贝》、翦伯赞的《内蒙访古》、碧野的《天山景物记》等散文不同，余秋雨散文讲古论今，引介知识，描写景物，不是单纯为了达到知见目的，而是为了超乎知见之上的主体人格的呈示。这种主体人格拥有对知识、历史、地方风物等方面非同寻常的洞察力。

③面对这些批评，余秋雨多次声明自己那些被人称为"散文"的文章原本就是"因为做不成学问而陆续写的"。参见《文明的碎片·题叙》（春风文艺出版社1994年5月版），《余秋雨在郑州的自白》。

③《史铁生文集》（中国社会科学出版社1995年6月版）收有史铁生1995年以前绝大部分的小说、散文作品。

③参阅史铁生：《随想与反省》《答自己问》《自言自语》，《好运设计》（集），春风文艺出版社1995年3月版，第5—66页。

③事实上，史铁生是近二十年中在创作上对小说文体各种可能性予以积极探索的先行者之一。到目前为止，国内评论界对这一点的认识还很不足。

③引自史铁生：《也谈"散文热"》，《好运设计》（集），第254页。

③例如他的成名作《我的遥远的清平湾》一向被误认为是小说，实际上这只是隐去人物、地点真名的散文。使他在散文方面赢得声名的《我与地坛》最初则莫名其妙地被当作短篇小说发表于《上海文学》1991年1期。

④体裁分界本质上是历史问题，不是现时问题，它由现时社会的整体人文条件所掌握。文学和非文学的分界与文学—社会整体系统相关，并非可由创作或理论在文学范畴内促成或改变的。对创作实践而言，体裁界划完全是一个伪问题。无论以哪一种生发于创作现实且表述明确的理论为检测标准，任何一篇作品的体裁归属都绝不可能被悬置半空而无法落实。

④例如第1节和6节中面对生死问题的思虑，第5节中弱智少女遭侮而后解脱的场景，实际上都是紧张激烈的，但文中的讲述却是从容淡泊的。

④例如韩少功和刘震云都曾对《我与地坛》给予了极高评价。

对于"大散文"和"文化散文"的思考

——夏坚勇《湮没的辉煌》读后

郭长德

1993年10月,《雨花》杂志在"大散文"栏目下开始陆续刊发夏坚勇"天低吴楚"系列散文;1996年,东方出版中心将其结集出版,称之为"系列文化散文",该书题名《湮没的辉煌》。

读完这本散文集,掩卷思考,我不得不又一次把目光停留在"大散文"和"文化散文"这一对概念上。如果说,艺术理论的构建理所当然地矗立在审美经验的基础之上,那么,新的概念的出现则是新的审美经验的结晶,它将可能成为新的艺术理论的逻辑起点。

据我的印象,"大散文"和"文化散文"的提法都是90年代以来开始出现的。

"大散文"的提出,似可以贾平凹及其主编的《美文》为代表。《美文》旗帜鲜明地把"大散文"作为办刊宗旨,并称之为当代散文领域里的一种"革命"。贾平凹在《美文三年·在编辑部会上的讲话》[1]中阐述了"大散文"提出的背景,那就是80年代末、90年代初散文日趋沉沦,路子越来越窄、格局越来越小,呈现出一种浮靡甜腻之风。几年后,国内散文虽然有了新的起色,甚至出现一种热闹现象,但仍严重存在着一种虚浮、琐碎、造作、甜腻的作品到处都是的现象。他提出,"大散文"在内容上求大气,求清正,求时代、社会、人生的意味,在形式上则求大而化之,求宽泛。

一年之后,贾平凹在《美文四年·编辑部午餐桌上的谈话》[2]里再次强调散文题材、体裁的扩展,并指出"大散文"最核心的是在内容上,而目前散文的最大危机是不接触现实,制造技巧,沦为平庸和浮华。因此,要继续反对琐碎、甜腻、精巧、俗气、虚假、无聊的倾向。

在关于"大散文"的讨论中，除发生了散文要不要"清理门户"等争执外，总体来看，对贾平凹的意见还是趋同的。

这样一来，我们可以明确看出，"大散文"的提出是对"小散文"的反拨，是对"软散文""快餐散文"等无"质"少"文"的散文铺天盖地而来的状况的强烈不满。

笔者以为，"小散文"的情形也是很复杂的，宜具体分析，不宜一概而论，此处不打算多谈。但有一点可以肯定，写小事情、小感伤、小悲哀、小欣喜、小向往，写家长里短、柴米油盐、小儿女情几乎是其共同特点，而由媚俗导致平庸是其主要危险。

于是，时代呼唤着"大散文"的出现。

几乎与此同时，散文界提出了"文化散文"的概念。其发端，应归于余秋雨同志发表于《收获》杂志上的"文化苦旅"和"山居笔记"系列散文的问世。这些文章先后由几家出版社结集出版并迅速形成"秋雨散文热"，余秋雨的名字因之蜚声中外。出版界、评论界和广大读者不约而同地把余秋雨的这些散文指称为"文化散文"。有意思的是，人们又同时称之为"学者散文""文化游记散文""大散文"。这至少说明，"大散文"与"文化散文"存在着共同点或相似之处。

什么是"文化散文"？专门性的阐释不多见，有位青年学者在他的《散文的走向》一文中曾作如是说，可以作为参考："学者写作散文随笔由来已久，但借散文表达对文化历史的沉思，时代社会的感喟，生活人生的情怀关注，是90年代逐渐生成的。至1995年，诸如赵园、蔡翔、朱学勤、陈平原、南帆、吴俊、李辉、孙绍振、潘旭澜、夏中义等等中青年学人纷纷跻身散文文坛。这类散文有其厚重的文化底蕴，刚劲的人生感悟，是称为'文化散文'。"③又说："1995年，继余秋雨之后，更多的中青年学人创作文化散文，一改此前散文阴柔、低回、轻浅、纤巧之风，于浓郁沉重之中，开拓了精神境界，张扬着人格力量。这不能不说是人文精神的回归、重振。"④接着，他又提到并分析了夏坚勇。我认为，这位青年学者对"文化散文"的把握大体上是准确的。余秋雨和夏坚勇，确是"文化散文"最具代表性的作家。

那么，"文化散文"与"大散文"之间究竟存在着怎样的联系呢？我们不妨看一看夏坚勇《湮没的辉煌》。

这本散文集里，除《母亲三章》这篇带有传记性的散文姑且置之不论外，其余14篇皆属"文化散文"。其中，又大部分是游记。但它又迥然不同于传统的游记散文。在结构上，它不以游踪、时空的变化为序，而是采取打破时空架构的灵活多变的全方位叙述视角。它不同于那种浮于表层的对自然的欣悦的释景式文字，对于自然人文景观的抒写，只是为了营造出作者与自然、历史、现实对话的语境，传达作者对生命的体验和对历史、人生的深刻感悟。在他那里，自然人文景观成为理性思考的依据和诱发点，文化反思又变成了一种令人战栗不已的感性体验。因此，我们有理由认为，这些散文与秋雨散文一样，在继承传统游记散文某些方面的同时又获得了重大突破。

自然人文山水本质上是历史的文化遗存。余秋雨说过"我觉得中国漫长的历史使它的山水都成了修炼久远的精灵"，"中国的文化人格史，主要散落在大量典籍间，但更深刻地沉淀在古人的活动环境中，沉淀在今人身上。因此，一旦今人与古人的活动环境相遇合，反思意识就被自然地撞击出来了"。⑤夏坚勇也表达了与余秋雨几乎相同的认识和感受："我从具像化的断壁残垣中，看到的往往是一个历史大时代，特别是这一历史大时代中文化精神的涌动和流变，……抚摸着古老民族胴体上的伤痕，我常常战栗不已，对文明的惋叹，对生命的珍爱，对自然山水中理性的探求，汇聚成一种冷冽的忧患意识，这大概就是历史的感悟吧。"⑥我们看到，在《湮没的辉煌》中记游只是一种文体形式，自然人文景观只是引发历史和文化感受的媒介。它们，本质上是"文化"的，题材，则是历史的。在这个意义上，可以称之为"文化游记散文"，也可以称之为"历史散文"。

《湮没的辉煌》14篇文化散文皆着笔于历史，涉及的重要史实举起大要者就有：江阴守城战、扬州十日、吴三桂降清、东林党人案、永贞革新、靖康之难、明末农民起义、北宋抗金斗争、南宋灭亡、辛亥革命、戊戌变法、洋务运动等等；涉及的历史人物，有大思想家、大学者、著名爱国将领、农民起义领袖、诗人、文学家、政治家、名医贤相、封建帝王、权奸佞臣、宠妃名妓、实业巨子等等，林林总总，不下百人。开卷展读，你会觉得穿越了历史时空，走进了长长的历史画廊。

在先秦散文中，历史散文是其重要的一脉。由于当时散文意义的宽泛，所谓历史散文实乃以记述史实为主的史学著作，但其文学的表现手法和生动的文采为后世叙事散文的发展提供了丰富的经验和养料。与之不同的是，《湮没的辉煌》中有《湮没的宫城》《百年孤独》等那样的巨型叙事，也有《驿站》《童谣》那样的集中于对某些历史文化现象的综述、分析与点评。作者并不在意于人物、故事的完整性，而是从文化批判的角度出发灵活地运用史料抵达哲理和反思。在这里，生命都流泻为气貌，气貌都包含着生命，在震撼人心灵的感官音响里释放着巨大的精神核能。它有时不惜大量插入野史笔记和民间传说，以便扩展文化思维的空间，更深入地探求中国民族精神的嬗变、传递的轨迹。它已超越了对历史事件、历史人物在彼时彼地的是非功过的评价，而试图"在自然、历史和人生的大坐标上寻找新的审美视点，也寻找张扬个体灵魂和反思民族精神的全新领地"⑦。这样看来，它不但较之先秦散文更具有散文的本体意义，而且对《阿房宫赋》《过秦论》一类的历史散文也实现了本质上的超越。

毋庸讳言，在传统的游记散文里也有一些凭吊历史、议论抒怀的杰作，然而，无论从题材、体裁上看，还是从作者的胸襟、视野、情感、气魄上看，《湮没的辉煌》都堪称重量级的。可以说，它着眼于历史，又超越了历史；它是散文，又超越了散文；它拓宽了散文的河床，扩大了散文的容量。

散文的内蕴、力度如何，题材不是决定的，但却是重要的。我们反对"题材决定论"，也反对"题材无差别论"。一个古老的有着灿烂文化和悠久历史的民族，它的经由千百年积累和积淀的历史与文化是一座永远开掘不尽的矿藏。历史牵涉到政治、经济、军事、文化、宗教、道德各个领域，有了这样的大题材，文章才可能有大开掘，才可能有大境界、大气魄、大分量。刘勰在《文心雕龙·物色》中说：

> 是以诗人感物，联类不穷；流连万象之机，沉吟视听之区。写气图貌，既随物以宛转；属采附声，亦与心而徘徊。

刘勰强调了创作活动中心与物之间的辩证关系。对此，王元化先生作了如下阐释：

刘勰提出"随物宛转，与心徘徊"的说法，一方面要求以物为主，以心服从物；另一方面又要求以心为主，用心去驾驭物。表面看来，这似乎是矛盾的。可是，实际上，它们却互相补充，相反而相成。……刘勰认为，作家的创作活动就在于把这两方面的矛盾统一起来，以物我对峙为起点，以物我交融为结果。⑧

物，是一种客观具体的存在；心，不能随心所欲地处置物。历史，拥有自身的真实、生命和"自尊"，也不能任人搓捏。但是，诚如《歌德谈话录》中所说："艺术家对于自然，有着双重的关系。他同时是她的主人和奴隶。"当艺术家以强悍的人格和艺术人格去拥抱对象、感受对象，对物的实在性作个性化的熔炼，向客观世界的普遍性意蕴掘进的时候，他便可能成为物的主人。对于散文家来说，历史题材便可能获得新的强大生命。这里需要强调的是，心与物的有效撞击，需要"两强相遇"。

"文化散文"，何以又被称作"学者散文"？从前面所列举的"文化散文"作者群的名单来看，他们无一不是当代的优秀学者。毫无疑问，对历史、文化、文明、文人命运的关怀沉思，要由品格、才情、学识、阅历、智慧为依托创造出阔大的情怀境界作承担。在诸多要素中，卓越的学识、深厚的阅历无疑是最基本的。夏坚勇是这群学者中的一个，他出身贫苦，受过磨难，目睹和身历了建国以来几乎全部的历史风云变幻；他酷爱文学、哲学、历史，受过高层次的学历教育，创作过多部小说、剧本并获大奖，有深厚的文化积累和艺术素养；面对滚滚而来的商品经济大潮及其带来的城市化、市俗化无孔不入的浸蚀和社会文化人格的委顿，他也必然由困惑、感喟、沉思而转入深刻的人文关怀。他们几乎不约而同地找到了一块共有的精神宿营地——散文，这些散文负载着中国当代知识界浓郁沉重的文化精神信息。于是，读者有理由把它们称之为"文化散文"，或曰"学者散文"。它们是"两强相遇"迸发出的一串串强烈耀眼的火花。

"文学即人学"，文学是对人生作总体研磨的结果。当那些有悟性的文人面对着自然人文景观的时候，便会感受到沉重的历史气压的全身性笼罩，一幅幅历史风景便会翩然而至，一种俯仰天地古今的内在冲动和对于历史人生的感悟便会随之产生。于是，灵感不期而至。此刻，自然、历史、人生相对应

文化散文研究资料

并形成三相交融。自然，让人生获得空间展现；历史，让人生获得空间度量；人生也就自然而然地趋向了哲理化。主体与客体，获得了双向提升。也只有在这时，自然山水被赋予了理性精神，历史被赋予了新的生命，散文家在神游八极、意气纵横、狂放和收敛皆游刃有余的状态下笔底生花，吞吐千年。在文化散文中，挟带着丰富文化意蕴的感性直觉获得了艺术化、生命化的造型，无论是叙述、描写，还是议论与抒情，都有一种诗性的流动。这正是我们阅读《湮没的辉煌》和秋雨散文的共同感受。

我们终于可以说，"文化散文"就是"大散文"，是当代散文中一支突起的新军。我想以夏坚勇对"大散文"的概括结束本文：

大散文千呼万唤的大境界，它既有纵横捭阖的宏观把握，又有情致深婉的微观体悟；它流溢着历史诗情的浓郁柔丽，又张扬着现代意识的飞天啸吟；它不动声色却拥有内里乾坤，波涛澎湃却不失持重骄矜；它天马行空般翱翔于无限的时空，回眸一顾却尽显生命的沉重。它既是散文，又超越了散文。⑨

注释：

①1996年第1期《美文》。
②1996年第9期《美文》。
③④1996年第6期《美文》。
⑤余秋雨《文明的碎片·关于散文》，春风文艺出版社，1994年版。
⑥⑦⑨夏坚勇《湮没的辉煌·自序》，东方出版中心，1997年版。
⑧王元化《文心雕龙创作论》，转引自余秋雨《艺术创造工程》第11—12页，上海文艺出版社，1987年版。

原载《淮南师专学报》1999年第4期

心灵之羽，在大东北的苍凉历史与文化中放飞

——评素素的"独语东北"系列散文

郝 雨

一直缠缠绵绵或者挥挥洒洒地写着"北方女孩"和"心灵羽毛"的那个原来的"北方女孩"素素，在废寝忘食情深意浓艰苦卓绝地写了二十几年的"素素心羽"之后，给越来越喜欢着她的人们留下了一册纯情洋溢的《北方女孩》和一册"全新感觉"的《素素心羽》，突然微笑着从唯美纯情这样的最适合女性作家施展的散文领地"转身离去"（见《素素心羽》自序），已经成长为大"女孩"的素素决心不再回头看自己的来路，1996年她毅然决然地请了半年创作假，背起简单的行囊，心甘情愿地将自己柔弱的身躯扔进大东北苍苍茫茫的山林和平原，也把自己的灵魂抛入茫茫苍苍的大东北的历史。她要让大东北的全部苍茫重塑一个素素，她要让自己的在大东北的风雪洗刷之后的心灵，重写一种面貌崭新的素素散文。回到她居住的城市之后她果然一气写下了近二十万字的大东北系列，她叫作"独语东北"。从目前已经发表的十几篇作品来看，如《煌煌祖宅》（《鸭绿江》1997年第9期）、《走近瑷珲》（《人民文学》1998年第2期）、《绝唱》（《中国作家》1998年第2期）、《黑颜色》（《十月》1998年第6期）、《空巢》（《萌芽》1998年第1期）、《笔直的阴影》（《北方文学》1999年第1期）、《火炕》（《美文》1999年第4期）等，我以为素素的确是成功了。虽然她仍然是以"素素心羽"去感受着大东北，虽然她也仍然是以明显的女性语态讲述着自己的感受，但是，这样的散文中铸进了大东北的魂魄、气度和风骨，素素与那个人们熟悉的"北方女孩"真的彻底告别了。

其实，我到现在内心中还依然存有一种顽固的偏见，我总是以一个男人的

心理觉得，像这么沉重的话题，像这么以散文的形式对大东北的漫漫历史和古老文化进行深层次的文学表现，应该由男性作家来承当，或者干脆说应该由贾平凹、余秋雨这样大手笔的男性作家来承当。然而，事实上素素已经让我匪夷所思了。就这么一位原本意义上的"女孩"型作家，却极其游刃有余地把大东北那么丰厚深邃的文化底蕴用她的女性话语轻松自如地表现出来。这不能不让我感到由衷的感慨和震惊。

大东北，也许它过于蛮荒、古老和雄悍，也许它过于神秘、傲慢和不可思议，我国文坛至今没有对它做出全方位的整体性的文化发掘和展现。虽然也有过"北大荒文学"以及郑万隆的"异乡异闻"系列等，也毕竟形不成很完整很丰满的"大东北文学"。其在整体上的成果和面貌，远远不及中国的西部文学或者"大西北文学"。我以为，素素的这个大东北散文系列，很可能成为中国"大东北文学"的核心性构成。当然，中国"大东北文学"的真正出世，还需要更加具有史诗品格的作品产生。但起码，素素是第一个有意识地自觉地创造"大东北文学"的作家。早在1992年，她就曾经写出过一篇散文，题目就叫《大东北》，她说："大东北是一种图腾，一种境界，也是一种精神。大东北十分的质感，十分的写意，雄壮得咄咄逼人。"她还深深地懂得："大东北有一脉相承的文化渊源，任百年又百年岁月流淌而过，灵魂不老，总是从原始的大兴安岭、黑龙江、长白山、辽河滚滚而来，凝成一道永恒的风景。"直到1996年她只身遍访大东北，就已经迈开了自觉创造"大东北文学"的第一步。

素素自然在实际的游历中更加感到了自己这种选择的英明。她在第一篇"独语东北"的散文中开篇就这样写道："真正地贴近了东北的山林和平原，才惊心地感到它的神秘和不可思议。一路走着，突然就能拣拾到某个民族扔在历史上的那些散乱的碎片，由那碎片，就可以拼出一个不完全是喜也不完全是悲而是悲喜交加的故事。"于是，就诞生了素素的充满历史文化意味的大东北散文。

在岁月的密林中穿行，素素首先走入历史的纵深。她看到了"那被匈奴追杀得无路可逃的鲜卑人，在大兴安岭密林深处自己舔干了自己的血迹……经过一代一代的跋涉，终于登上了中原的政治舞台。他们通过云冈石窟大佛的嘴角，流露了这个民族内心谁也猜不透的笑"。她看到了，那个在草原上长大的耶律阿保机——那个契丹人的太祖，率领的震撼整个北方的马队和他们建造的遍布北方的自成一体的辽塔。她也看到了：那古老的额尔古纳河边，那个总是眉头紧锁总想报杀父之仇的铁木真，后来"和他的子孙们挥舞着上帝之鞭，几乎踏平了亚欧大陆……"。而她更看到了，那个在商周时候就生存在大东北的游猎民族肃慎，以及这个民族历史上的"三次瀑布般的辉煌"……总之，这一切都使素素对大东北的历史文化有了更深刻的认识和了解。于是她深切地写道："原以为，黄河文化长江文化便覆盖了整个华夏。走过东北才知，如果以黄河为轴心，黑龙江与长江一样，是中原文明的另一翼。只是我们没有像对长江黄河那样，认真关注过它那曾经雄壮的飞翔。"这实在是对中华文明构成的一次重大的发现。

要问大东北的文化究竟有多深有多久有多古老，请看素素对一个辽西故事的探究吧，这个故事就是红山文化。原来："裸露的辽西却怀揣了一个旷世的秘密。本世纪七八十年代，考古学家在这里发现了一座女神庙遗址和积石冢群。在这些遗址和冢群下面，有美轮美奂的玉器，那玉器以它墨绿色的晶莹，雕刻出自己的光芒。红山文化宣布的是一个最新消息，辽河文明早于黄河文明，中华文明史由四千年改写成五千五百年。"

辽西古老的当然不仅仅在于她的时间意义上的历史的漫长，如果仅就历史的长度而言，素素说"辽西比我原初想象得更古老"。六亿年前这里就有了海洋中的生命，二亿年前这里是恐龙的家园，十万年前这里就有了人的足迹。而辽西更古老的还是她的艺术的创造，让素素更钟情于辽西的，就是那红山女神："她让我一下子望见了中华民族早期原始艺术的高峰，望见了原始宗教庄严而隆重的仪式，也让我第一次看到了五千五百年前的人们用黄土塑造的祖先形象。原来，辽西是因为有了她，而成了一条更大的河之源。"从红山女神的塑像上，素素对辽西乃至大东北有了更深刻独到的理解和发现，她说："辽西真的是母性的。只有母性，才会把那么久远的美丽完好地庇护到现在。只有辽西，才会哺育出这样一位妩媚鲜润的女神。在那之前，人们还在崇拜自然，突然间就崇拜了人自己，而且是崇拜自己所爱的女神。母性的辽西，赋予了它的子民先知般的智慧，让他们总是走在历史的前头，向世界发出文明的曙光。"这是素素这么一位女散文家对辽西文化的一种新的价值定位，也显然是对大东北文化的一种崭新的意义的发现。

素素的大东北散文，自然不仅仅是在寻找我们民族文化的源流，更多的是从众多的历史遗迹中看取我们历史的曲折与挫折。她也不仅仅是寻找我们民族文化的古老和辉煌，也常常在一些特定的遗迹中，感受我们曾经的耻辱和磨难。

作为天然性别区分的女散文作家，素素总是以女性特有的敏感和细腻，从一些历史文化遗迹中感受或发现某些超乎常人的极其深刻的艺术内涵和理性意义。如《走近瑷珲》，文章从思想内容到表现形式乃至文章篇幅都堪称一篇地地道道的大散文，且是表现一段沉重历史并揭示其中特殊文化内蕴的沉甸甸的大散文。作为天生的女性作家，素素内心深处的那种女性写作意识是极其突出的，所以，这篇我们可以称作大散文的《走近瑷珲》，也仍然是以一种非常明显的女性语态来传达一种独特的女性体验和女性心理的。正由于这种女性细腻而敏感的体验与瑷珲那样的极其沉重的历史关节的碰撞，才使这篇散文有着格外特殊的韵味和价值。

关于瑷珲，正如女作家在文中所言："这世界任何一个受过中等以上教育的人，都知道瑷珲。"然而，在我们很熟悉的这位女作家笔下，却为我们又展示了一个全新的瑷珲，或者更应该说又为我们揭示了瑷珲的更深一重的历史蕴含。作品开头的一段虽然可以看作只是一段普通的引子，但如仔细品味却也是意味深长的："我常常能想起走在瑷珲的那个中午，以及那个中午的心情。从来没有这么真切地体验过历史给予我的伤痛，因为从来也没有想过去承担那么沉重的历史。我始终觉得我是一个女人，我可以和它保持一点距离。而那个中午，我的心被我曾经敬而远之的历史烧成了一片焦土。"这段极其真挚而又坦诚的表白，一方面让我们隐隐感到了这些女性散文作家们以往那种较普遍的创作心态，一方面也实际上更让我们许多人从中照见了自己，那种和历史保持距离的心理也许是很多男人和女人都曾有过的。当作家用被瑷珲烧成一片焦土的心理感觉终于抹去了这样的距离之后，显然也就把读者与历史的距离大大拉近了。作家不仅以这种独特的女性感觉征服读者，而且更重要的还在于她能在行文中不断地超越女性感觉，冲破女性意识，从而站到全人类的思想认识高度，来更深透地把握瑷珲以及由瑷珲串联起来的漫漫历史，并进而从中提炼和抽取具有全人类参照价值的历史蕴含和思想意义。她说："瑷珲的悲哀，是中国的悲哀，也是人类的悲哀。因为这世界所发生的每一件事，都是人类共同书写的，它的过去和现在，人类都要共同面对。"这里没有呼天抢地的批判与指责，却有着女性固有的柔中的刚力与深沉。似乎于轻描淡写之中，瑷珲悲剧的意义便被提升了。

素素毕竟是一位女性散文作家，当然，我一再强调这样的称谓也许会让作家本人以及某些读者心里感到不怎么舒服，但是，也正由于这样的一种称谓，才能从根本上体现素素的独特。于是，当她进入大文化散文创作领域的时候，我们才不会仅仅看到那些"大男人散文"以及"老学者散文"的模仿或照搬。素素散文的基本语式仍然是女性的。而她正是以其女性独有的叙述方式和话语构造，把一段曾被男性不断讲述的历史做了全面翻新。而且，这其中也决不仅仅是女性感觉的细腻，其对宏大的历史过程以及细微历史掌故的通透把握与自如调度，让人简直很难看出作家原是应该惯于讲述家长里短的"小女人"。作家把瑷珲作为一个历史的凝聚点："它让我把目光投向了历史更深远的地方。我知道，那个地方不是很多人都能与我同行的。因为史书上并不认为瑷珲悲剧是在尼布楚的那个山坡种下的恶果。然而有那么一瞬间，我的思想流矢般的从瑷珲向遥远的尼布楚和并不遥远的卢沟桥飞去了。"这也许就是这位女性作家独有的思绪了。作家从康熙大帝追溯瑷珲悲剧的历史根源，从一次又一次中俄战争和国内的战乱中寻找历史的环节和脉络，并从那些愚昧的皇朝和卖国的奸佞寻找历史演变的契机，一场壮阔的历史大悲剧的里里外外和前前后后就被作家描摹和展示得清清朗朗，这的确是固守考据的史家和学者所难于做到的。

尤其是，素素的历史文化散文，也决不仅仅是平板机械地复述历史，然后空洞抽象地大发议论。素素散文以其女性叙述，把那些重大历史事件全都加以日常化和生活化，使读者完全是在审美过程中体验和感受那段壮阔的历史，并深入观照其中的文化内涵。那段历史以及由此延伸开去的历史都无疑是极其沉重的，然而作家讲述的语言却又故意运用得那么轻巧，如："在漠河北极村的黑龙江边，有人曾经指着对岸的山告诉我，山那边就是当年的雅克萨。遥望着它，我想起了第一个率领哥萨克闯进黑龙江的波雅科夫。他带着哥萨克匪徒一路屠杀，走得太远，走得粮尽食绝，居然吃了五十多个达斡尔人的尸体。这样一个恶魔，成了俄罗斯新土地的开发者，他的名字也成了黑龙江彼岸一个小镇的名字。而今在布拉戈维申斯克的广场上，我看见了他的塑像。他手中举着一张阿穆尔州地图，下面写着：阿州过去现在将来都是俄罗斯的。我曾经想，如果康熙能看见这一行字，他还会沾沾自喜于那个尼布楚么？"在这种看似轻巧随意的言辞中，不仅深藏暗现着历史的沉重，而且还时时流露出女性作家特有的机敏和睿智。如："最早走向海洋的是中国人，最早占领这个世界的是欧洲人。因为第一张远洋航海图是中国明朝一个叫郑和的人绘出的，第一个率船队远航重洋的人也是郑和。同样是航海，郑和只是代表中国皇帝去远方看望一下，只是想让那些被看望的国家心中要有大明王朝。……在郑和之后，从葡萄牙西班牙英国也出发了几只船队。他们不是去看望，而是去测量。不是去邀请，而是去占领。"至于对中国最终成为战败国，素素以其独特的语言方式议论道："封闭的中国人，不知道此刻的西方已经有资本主义这个奇怪的东西在萌芽在膨胀，不知道在西欧的海盗们扬帆驶向大洋的时候，那个曾经是远离中国的东欧民族也已沿着地球的北边，越过乌拉尔山脉，小心翼翼地走进亚洲大陆。而且也不知道他们只是把贝加尔湖当作一个宿营地，他们将不停地占领不停地向东，他们很快就将打碎你的小桥流水田园牧歌，打碎你的宁静，打碎你的古老而冗长的大国之梦。中国人太习惯以我为中心了，对这个已经开始动荡的世界，从精神到物质，全然没有准备。"

　　人类的全部历史过程，当然并不只是人类创造历史和改变历史的过程。或者改换一个角度来说，具体的人、个体的人，在人类的历史过程中，也不仅仅是历史的创造者、推动者或毁坏者，他不仅要为自己和自己同类的生存创造必需的精神文化和物质财富，从而实现人在社会和历史中的价值；而且每个人的一生，还要更多地承担个人命运的重负。作为文学，实际上应该更加关注的就是全部历史过程中的人的命运和遭遇。因而，素素的"大东北散文"，也就不仅仅在探究大东北的历史和文化，而且也常常进入到历史上的某个人的命运之中。《消失的女人》就是重新讲述了中国最后一个皇后婉容的悲惨命运的。婉容的命运具有太突出的典型性，婉容的身上，集聚了太多的人的命运的信息和密码。所以才让素素为她那么动情那么着意。婉容的一生的确是极为凄惨的，她先是疯了后来又死了。而她死了之后又至今没人知道她埋在哪里。在婉容生活过的城市素素回想着婉容的一生遭遇，心情久久不能平静："在延吉停留时，我的眼前却总有婉容的影子。中国有数百个皇后，她是最后一个皇后。读中国历代皇帝全传，再读中国历代皇后全书，几乎就读了中国封建社会通史，读了中国宫廷史。在中国的皇宫里……皇后就是那个一人之下万人之上的女人，就是那个统率六宫母仪天下的女人……婉容统率的只有一个比她更弱小的文绣。她眼看着大清王朝被席卷出北京，又眼看着满洲国倾倒于新京。当一切都进了地狱，她还跌跌撞撞地在老家的土地上流浪。所以我始终认为，婉容从来就没有真正当过皇后，皇后这个角色却让她失去了一个女人应有的快乐和幸福。"

　　大东北的文化中还有什么呢？自然少不了土匪。素素说"东北原本就没有士大夫文化，俗文化一直就是汪洋大海"。她还知道："在东北部那片山岭里，蝴蝶迷有许多个，座山雕也有许多个。座山雕是一个符号，一个代名词。在近代史上，他们盘踞了东北，让东北有了一个独特的盛产土匪的时代，土匪居然成了许多男人的人生理想和英雄情结。最多的时候，曾有几十万人加入此列……"大东北性格的雄悍，很大程度上有着这样的一种因素。对此，素素也从大文化视野上进行了极其深刻的思考和解释："一个土匪时代，绝不是偶然发生的，而是东北的宿命。东北太特殊了，既是日俄两强觊觎的肥肉，又是关内移民者谋生的沃土，这片原本属于游牧者和猎人的领地一下子变成了被外扰与内患挤逼的夹缝。移民者本是最有生命气息的人群，但移民者内心裹藏的那种绝望，又使他们最具破坏力。在他们还没有扔下手中的讨饭棍，生存状态还非常严峻时，做土匪便成了一种极端的人生选择。我发现，那些可以叫出名字的老牌土匪，没有一个不是闯关东的移民者或他们的后代。当我把他们置入移民文化的背景里，我的心便被触痛了。这其实是移民者共有的心态。我知道许多人和我一样，在回望那段历史那一群人的时候，有可能惶悚，却不会觉得陌生。东北从来就不是梦幻的，我们祖先也不是朝圣者，他们成群结队地来，就是死或者活。生的本能驱使着他们，东北于是被追逐和洗劫，喧哗和陷落。"（《黑颜色》）这样视野宏阔居高临下游刃有余地对土匪现象的理性把握，实在不是一个平凡的女子所能达到的境界。

　　当然，素素说到底是在写文学散文，而根本不是写历史教科书或文化学术论文。因而，文学性、艺术性、审美性还是她的这些大东北散文的生命。素素散文的艺术性和审美性，我以为主要体现在她的语言上。素素散文语言的调度和组构实在让人感到作家聪明灵透之致。她经常采用这样的多重语义和语法拼合的句式进行表述："大北风刮得你根本没办法说服自己站稳脚跟。""在远古，人们好不容易栽种了一块文化的绿茵，因为横冲直撞的一支马队，便尸陈遍野，血流成河，满眼又是荒凉，一切又要从头开始。由于屠杀，人类在黑暗中的爬行不知有多么漫长。"还有，"在鸭绿江边，在他们当年洗过衣裙的地方，我把汗湿的脚伸了进去"。素素散文景物描写的语言也从不落旧套，而是完全传达自己的独立感觉，并建立语言的特殊的组构方式。如："原以为，大兴安岭应该是触目惊心的那种挺拔。歌里也是这么唱的，但我似乎始终也没走到大兴安岭，因为始终也没看见那种逼人的高大。它一直就是一些岭，或者是一些山的连绵，络绎不绝层出不穷，以一种密不透风的郁闷阻挡着你的视线，羁绊着你的脚，让你山不转水也不转地安守本分，它的大，也是那块山地太大，颜色太深重，从地图上看，像一只雄鸡打架时凸起的颈骨，显出北方的坚硬和强壮。然而，那种婆婆妈妈式的纠缠，并没有挽留住那群躁动的灵魂，那种露骨的坚硬，却哺育出一支支膘肥体壮的马队。"（《痴迷的逃亡》）

素素散文中的主观情绪的投入也大大强化了其审美意味。其实素素散文的"散文"之魂，全在于作家的主观情绪在作品中的自始至终的充沛和洋溢。可以说，素素散文很少纯客观地向你讲述、描述或转述，而是在发自肺腑地向你倾诉。她把大东北最有文化意味和审美意味的对象首先摄入内心，然后再从心底向人们敞开她的大东北。如："盛夏的时候去辽西并不是有意，而是这个时候就走到了辽西。原以为冬天去辽西，辽西才像辽西。没想到夏天去辽西，辽西更像辽西。那庄稼太矮小了，遮不住辽西的山。那庄稼是季节安插在这里的过客，一场秋霜，它们就将踪影全无。绿色在这里显得刺眼，它的那种隔膜和匆忙，仿佛是故意来伤辽西的心。它使盛夏的辽西比冬季的辽西还苍凉。辽西的山并不高，但它们绝对是山，曲线优美，逶逶迤迤。偶尔地，也有高耸和挺拔。让我百思不得其解的是，不论它高或者低，它为什么那么光秃，石化铁化尸化一般，与阳光河流雨伞花裙近在咫尺地恍若隔世。那些没有生命的山，让你感觉辽西是赤裸着的，那些山是被榨干了乳汁的女人的胴体，她们疲惫地仰卧在辽西，死了仍然做辽西的母亲。"这里全都是素素眼中的辽西，心中的辽西，是注满了素素情绪情感和联想想象的有着形象与生命的辽西。素素的全部大东北散文，都是这样的充满生命活力和情感张力的文字。

我想我以这么一篇短小的文字根本无法将素素大东北散文的丰富与深邃全部说透。而且素素散文中的多重文化意蕴和审美意味也只能从其作品本身去实际地加以领略。那么，你不妨随着素素的散文，直接走进一次浩瀚神秘的大东北。

1999年6月4日于河北大学当春斋

原载《当代作家评论》1999年第6期

知识分子话语转换与余秋雨散文

王 尧

从《文化苦旅》到《霜冷长河》，书里书外的余秋雨成了八十年代末以来影响超越文学界的重要作家之一。余秋雨的散文以及关于余秋雨的种种议论，无疑成为一种需要解读的文学现象。在读完余秋雨的近著《霜冷长河》之后，我突出的感受是，"文化苦旅"式的散文写作已经式微。基于这样的判断，我以为作为散文家的余秋雨已经相当"完整"了。

在最初认识余秋雨散文创作的重要价值时，我和许多人一样发现了余秋雨散文的种种局限，但我始终认为，以"感觉余秋雨"的方式来阅读余秋雨显然是不够的；正像有些评论所提到的，余秋雨散文中的一些叙述与学术史、文化史不无出入，叙事方式过于小说化，铺陈甚至夸大其词以及始终陈述真理的导师心态与姿态（这样一种心态与姿态在《霜冷长河》的不少篇章中表现得特别明显），等等，发现和指出这些"弱项"是必需的，但是，如果拘泥于此就会遮蔽我们审视余秋雨的视野。因此，我们只有从文学史出发并充分顾及八九十年代的文化语境来论析余秋雨，才能寻找到一个从大处着眼的支点。在九十年代初撰写拙著《中国当代散文史》的过程中，我做的非常大的变动和选择之一，就是用专门的篇幅将余秋雨和他的《文化苦旅》置于当代散文的发展历程中加以研究和定位。对于一个处于"正在进行时"的作家做这样的处理可能不太符合一些"学术规范"，但我还是按照自己对散文艺术的理解去做了。依我当时的想法，完成了《文化苦旅》写作的余秋雨，其散文在"范式"与"意义"上已基本定型，此后他的创作会在一段时间内继续下去，但余秋雨散文的影响与争议仍然是以《文化苦旅》所显示的特征为焦点。在文化转型时期，特别是在我们所处的这个时代被称为"散文时代"时，仍然需要坚持的是：从当

文化散文研究资料

代散文发展历程出发并顾及八九十年代的文化语境来论析余秋雨。

可以这样说，余秋雨是在当代散文发生艰难蜕变的历程中脱颖而出的。如果说余秋雨创造了一种新的散文"范式"，那么这样一种"范式"也是之于散文的发展历程而言的。从八十年代到九十年代，就散文发展历程而言，对杨朔散文的重新评价与巴金《随想录》的出版，是两个重要的事件，促进了作家心灵的自由生长和个人话语权利的保障，使散文有可能成为知识分子心灵的最为自由与朴素的存在方式。八十年代对当代散文史的重新认识是从重新认识杨朔开始的。以杨朔的散文创作为代表的"杨朔模式"作为当代文学（主要是散文）发展中的一个重要环节，显然已具有"史"（不是狭义的论定作家成就高低、大小的"史"）的意义。在一个特定的政治文化环境中成长起来的"杨朔模式"，代表了文学抒情时代的一种成熟的抒情方式。"杨朔模式"影响所及，不可低估，像冰心、曹禺这样的大师都曾著文加以推崇。可以说，模仿杨朔散文一时几乎是一种文学"时尚"。余秋雨对杨朔的散文"也曾喜欢过，但年长之后就不喜欢了"①。在深刻的意义上说，对"杨朔模式"的怀疑和否定，是对一代作家心灵历程、美学理想、话语方式的一次清算，而透过杨朔模式我们所看到的是杨朔一代知识分子的心路历程。我们曾经从不同的角度评价巴金《随想录》的创作。人们甚至认为《随想录》是代表当代文学最高成就的散文作品。在我甚至觉得作这样的评价并不重要。《随想录》的最充分的意义，在于它是历史转折时期一代知识分子的心灵史，它在历史、现实、社会、人生、思想、感情、道德等不同侧面重新确立了知识分子的存在方式，随着巴金的"随想"，我们重新思考了知识分子在历史进程中的是非，重新思考了知识分子的良知、精神、责任、使命，重新思考了知识分子之于现代社会的意义。不管是从正面还是反面如果我们拘泥于文法、修辞什么的，那么也就没有找到解读《随想录》的最佳角度。在巴金对历史的反思中，我们还重新思考了生长的文化背景和作家在当时的心路。有意味的是，在新时期文学第十个年头出齐了《随想录》，也几乎就是在这个时候文学逐渐地从中心趋于边缘。在文学位移之中，巴金在《随想录》里郑重说到的文化良知、道德理想、人格操守等一时成为文学界乃至整个文化界议论的"关键词"。

在研究余秋雨时，我们常常忽略这样两个"文学事件"与余秋雨散文创作之间的潜在联系。事实上，余秋雨散文无论是在文化精神上，还是在文体上与此密切相连。在今天的视界中，我们更进一步意识到，在本质上，对"杨朔模式"的重新解读、巴金《随想录》的写作，是知识分子话语方式发生"革命"性转换的前奏，余秋雨散文的"范式"意义首先是体现了知识分子话语转换的要义。在余秋雨之前，散文在一段时期沉寂以至有人发出散文可能解体的感叹，其实这种危机并不是散文文体的危机，而是知识分子精神的危机，这样一种精神危机导致了散文作家的"失语"。这种危机和失语在文学界普遍存在着，但在散文领域表现得特别明显，这是因为散文相对于其他文体来说，是知识分子精神与情感最为自由与朴素的存在方式。由此我们不难理解职业散文家在八九十年代的没落。余秋雨散文之所以引起广泛的反响，就在于他以散文的方式完成了知识分子话语的转换，他重新确立了散文理解世界的方式，散文与读者的关系也就发生了比较大的调整。

这对余秋雨来说未必不是一个痛苦的过程，"文化苦旅"之所以苦，首先来自作者自身精神裂变的痛苦，没有这样一个痛苦的精神本源，余秋雨的散文将是苍白的；我以为到现在为止，余秋雨散文的得失都与此相关，至少在余秋雨的散文创作中我感受到，所有的文化关怀都与关怀者的精神状态与生命的原创力联系在一起。我们欣赏余秋雨的文化识见，同时也渴望那"沸沸扬扬的生命热源"，一旦失去这个热源，就可能失去精神的个性与深度，甚至会使所有的心灵倾诉都不无矫情。《文化苦旅》与《霜冷长河》正是这样两部可以在比较中见反差的书。

我不愿意含糊其词地表述我对余秋雨精神历程的描述，如果不能清晰地注意和把握余秋雨精神历程，我们也就不能真正认识余秋雨在八九十年代的重要。这里，我要提到余秋雨发表于1974年初的《胡适传》。《胡适传》写的是"五四"前后的胡适。第一章内容包括"挑灯看榜""来到'黄金世界'""首次'荣任'卖国贼""从'实用主义'到'文学改良'""在回国的海轮上"，第二章内容包括"教授生涯""风暴前夕""来不及了"，第三章内容包括"'问题与主义'""争夺《新青年》""惜别杜威""'实在忍不住了'""为皇上所化"等。由这些标题我们就大致可以知道这篇文章的色彩。在传记中，胡适赴美留学被看成"一个帝国主义者日夜期待的'人才'，跨出了第一步"。胡适在回国的海轮上作"见月思故乡"的《百字令》，结尾是："凭阑自语，吾乡真在何处？"对此作者分析道："就是说：故乡究竟在哪儿，在美国还是中国，他有点搞不清楚了。""胡适差点说出了'我不是中国人'这句话。"对胡适用文言文作《先母行述》，传记认为"闻着从这里散发出来的霉腐气息，人们研究可以预感到：从形式到内容，胡适都要算新文学运动的倒账了"。对1922年的胡适，传记的评价是："他似乎已经不是一个'提倡白话文'的'学者'、'教授'，而成了一个炙手可热的政客。为了替帝国主义服务、替北洋军阀打'强心针'，他几乎不加任何掩盖了，什么样露骨的论调都能发表，什么样反动的口号都能提出，什么样腐朽的力量都能勾结。"传记中的这些观点当然不为余秋雨一个人所独有，他只是在一种政治文化中写作：至少在《胡适传》的写作中余秋雨的笔调是娴熟的，这表明了这样一种政治文化对余秋雨曾经有过深刻的影响，而余秋雨和曾经有过类似经历的人又在不同程度上参与了这种政治文化的运作。同样值得注意的是，"历史叙事"加"文化分析"的这种"大散文"或"文化大散文"的写法，在这里已经初显端倪。

余秋雨自己结束了《胡适传》这样的政治式写作，他和他同时代的知识分子不仅有了写作的权利，而且有了自己的话语权。正是由于有了自己的话语权，知识分子才能在文化转型时期有效地确立自己的文化立场与方向。学术研究中的文化热，小说创作中的寻根热，都是知识分子表达自己文化感受的不同方式，并由此反映出知识分子文化姿态的差错。在八十年代"文化热"时，余秋雨主要的精力在研究戏剧，在我的印象中他在"文化热"中并无特别的建树，这正是余秋雨的沉潜期。当"文化热"喧嚣过后，余秋雨开始表达自己的"文化感受"。余秋雨说："我写那些文章，不能说完全没有考虑过文体，但主要是为了倾吐一种文化感受。这些年来，这种文化感受越来越强烈，如鬼使神差一般缠绕心头。"②

余秋雨想倾吐什么，又怎样倾吐，这些构成了余秋雨散文的基本品格，也决定了他散文的风格或者特色。对此，人们说了许多话，但讲得最到位的还是余秋雨自己。他说："每到一个地方，总有一种沉重的历史气压罩住我的全身，使我无端地感动，无端地唱，常常像傻瓜一样木然伫立着，一会儿满脑章句，一会儿满脑空白。我站在古人一定站过的那些方位上，用与先辈差不多的黑眼珠打量着很少会有变化的自然景观，静听着与千百年前没有丝毫差异的风声鸟声，心想，在我居留的大城市里有很多贮存古籍的图书馆，讲授古文化的大学，而中国文化的真实步履却落在这山重水复莽莽苍苍的大地上。大地默默无言，只要来一二个有悟性的文人一站立，它封存久远的文化内涵也就能哗的一声奔泻而出；文人本也萎靡柔弱，只要被这种奔泻所裹卷，倒也能吞吐千年。结果，就在这看似平常的伫立瞬间，人、历史、自然混沌地交融在一起了，于是有了写文章的冲动。"③这样，余秋雨散文的三个要素或内在结构就是：有悟性的文人，封存久远的历史文化内涵，人、历史、自然混沌地交融——从某种意义上说，由余秋雨开始形成的文化大散文在文体上的内在特征不外乎这三者。

也许就在这"伫立的瞬间"，余秋雨改变了以往散文抒情主人公"田园诗人"式的身份，并在这一过程中，突出了感性与知性的双重作用，施展了学人与才人的双重优势，以感性为情怀，以知性为学养，让意义浸润着灵性。因此，余秋雨散文最初和最基本的文化意义是将"自然山水"置于"人文山水"的层面上，从中探寻这个文人艰难跋涉的脚印，挖掘积淀千年的文化内涵。在特定的历史氛围和文化情景中，他长于解析文人与山水的会心处，并勾勒出与山水风物熔铸在一起的中国文明的历史与文人的命运，以自身的文化感受、生命体验与历史、自然对话，当他把历史的沧桑感、沉重感带给读者时，还传递了他自己精神苦旅的记录。

在后来的创作中，无论是作为"场景"还是作为"对象"，"自然"在余秋雨的笔下逐渐淡化，他更直接地与"历史"相往还，更集中地探询中国知识分子的精神世界，而他整个散文创作中最精彩的篇章往往也是对知识分子灵魂的解读，他要倾诉的"文化感受"其实也就是他对中国知识分子精神世界的理解。我愿意在这样的层面上把余秋雨的散文看成是"我们民族断残零落的精神史"。《文化苦旅》《文明的碎片》和《山居笔记》中的大部分文章都可以作如是观。从大处说，余秋雨散文的主题就是"文明"。他在《文明的碎片》的题叙中谈到文集的主题时说："主题就是文明，碎成了碎片而依然光亮的文明，让人神往又让人辛酸的文明。"在余秋雨看来，"文明是对琐碎实利的超越，是对各个自圆其说的角落的总体协调，是对人类之所以成为人类的基元性原则的普及，是对处于日常迷顿状态的人们的提醒"，而超越、协调、普及与提醒"非常容易被消解"，"消解文明的日常理由往往要比建立文明的理由充分"。这就是文明的悲剧，而悲剧的承受者则是文明的创造者和承传者。消解与建构是一种文明的冲突，在叙述这种冲突时，余秋雨散文深刻展示了一个贯穿他整个创作的主题：围困／突围成为知识分了生存的基本冲突。《苏东坡突围》揭示了围困／突围这一主题的全部的复杂性与深刻性，"文化群小""世俗机制"对文化良知与健全人格的"围困"始终和知识分子与文明的历史相伴随。

我们都注意到，余秋雨的散文关于"当下"的文字往往不及他那些写历史的篇章。他感触于现实，但大多落笔在历史，用余秋雨自己的话说，"把陈旧的故事迅速召来"。这是九十年代中国知识分子的微妙之处。余秋雨一旦对"现实"发言，往往只能止于"战略"，只能作一般的文化分析。九十年代末的余秋雨就常常处于这样的状态。

在苦旅式的路径中，余秋雨拓展了散文的审美空间，但他过于流连忘返。我们都知道，在一个不变的模式中，任何激情与理性都会疲倦。余秋雨有些疲倦了。我们也有些疲倦了。

注释：

①参见余秋雨《访谈录——关于散文》，《文明的碎片》，春风文艺出版社，1994年5月第1版，第275页。

②余秋雨：《文明的碎片·题叙》，春风文艺出版社，1994年5月第1版，第2页。

③余秋雨：《文化苦旅·自序》，知识出版社（沪），1992年3月第1版，第3页。

原载《当代作家评论》2000年第1期

文化苦旅：从"书斋"到"遗址"

——关于文学、文化及全球化的对话

余秋雨　王　尧

王尧：最近，我在思考、研究二十世纪中国文学与思想文化的一些问题时，颇有感慨。具体到"文革文学"的研究，还有这几年由你的创作引发的一些争议，我觉得有不少问题值得探讨。评论家与作家，研究者与被研究者之间的沟通显然是重要的，尽管彼此思考问题的角度不尽相同，甚至大相径庭，但应该有大致相同的规则与逻辑，否则很难对话。从研究的角度看，我觉得坚持历史原则，坚持学术立场是十分重要的，应当在学理层面上研究问题，这样，我们也许能尽量避免"文革"话语的潜在影响。

余秋雨：谢谢你在这些问题上所做出的一些研究。我想，从非常严肃的、学理的角度对当代文化作出判断，是现在特别需要做的事情。如果仅仅是对各种文学现象的及时的、零碎的、情绪化的带有炒作意义的反映的话，那么，我们的转型就会变得非常地混乱。我们都期待抵达良性的彼岸。此岸到彼岸难免风急浪高，但如果这个风急浪高超过一定的限度的话，我们能不能到达彼岸的问题就很大。所以，在此，我们就需要有非常冷静的头脑，公平的情怀来面对。我们需要渡口的思考者或者是船边的思考者，他讲的语言不一定很响亮，但同样可以引起别人的思考；还有是以公平、宁静的心态来思考学术问题，这个思考不一定是要讲谁的好话或是坏话。我经常遇到这种情景，如果感觉到对我说的好话也带有某种炒作性的话，我心里就非常不舒服；有时候听到非常严厉的批评，但批评者如果是从严肃的、学理的逻辑出发的，我就非常地尊敬，和这个人就一定能够对话，而且他所产生的一些疑问，我一两句话就可以说明白。所以，我们要求的不是好话或是坏话，而是一种学理的态度。

王尧：这样我们就有了对话的前提。在我的印象中，你好像只是在访谈时零星地说过一些关于散文创作的话，似乎没有作过整体的论述。这也很有趣，一些学者从事创作后还常常保持学者的惯性，对自己正在实践的文体喜欢作理论上的阐释；或者，一些作家在创作上有了成绩以后，也喜欢写些理论文章。从研究的角度看，创作者的创作谈或别的什么论述，对研究者有参考价值。我也重视作家的创作谈什么的，因为它能提供解读文本的一种角度；但在通常情况下我对这些东西又保持着警惕性，因为"说的"与"做的"往往是有区别的。

余秋雨：在散文创作问题上，我只是一个参与者，往往缺少发言权。一个人一旦投入一件事，他的思维方式、他的行为就使他失去了公平评判的可能性，所以，我当时曾经有过这样的一个说法，我进入哪一个领域的实践时，我就放弃哪一个领域的评论权。我过去有一段时间一直对戏剧有评论，戏剧界也非常重视我的评论，但是如果实实在在地作为一个戏剧的顾问策划，或者编剧的话，这一行的评论权我就放弃了。这不是避嫌，因为我是在创作，创作必须进入自己的角色，因而也就有了一种片面，这种片面使我失去了公平地鸟瞰整个戏剧的资格。现在正好相反，有的人却认为你参与了才有资格说，其实这是不一样的。这是我的切身体会，所以对散文的批判、鸟瞰，包括我自己的散文作出了什么，有什么进退得失，肯定是批评家的理解要远远地超出我本人的理解，这就是所谓的旁观者清，这个旁观者是以客观的、整体的、冷静的心态来思索的。

王尧：我理解你的这一立场，但我还是想听听您对"文化大散文"的看法。《文化苦旅》在《收获》上连载，以及知识出版社（沪）初版《文化苦旅》时，好像还没有"文化大散文"的提法。但这时候，批评界已出现文化散文（也有人表述为"学者散文"）之类的说法，后来出版社出版第二版《文化苦旅》的时候加了"文化大散文"的字样，"文化大散文"的提出当然首先是对一种创作现象或者一种文体的回应，出版社也有策划的意图。"文化大散文"是在散文创作处于危机的背景下出现的，而且确实出现了一些新的品格，我最初持肯定的、赞赏的态度。但这几年，我对"文化大散文"创作中的一些现象是不赞同的，在一次研讨会上，我对"文化大散文"的模式化倾向、对作家作学者状考古状的角色提出了批评。一些作家不是由独特的生命体验，而是由常识、通识进入历史。应当说，"文化大散文"的危机已经暴露出来。这两年我对散文创作关注的热情有所减弱，读得比较多的是一些思想文化随笔、学术随笔。

余秋雨：我想，中国一大半的评论是围绕着"概念"在转，人们的所作所为往往是为一个概念在论证。这个概念一旦成立，它的内涵和外延有大量的不确定性，因此，争论就开始了，争论是面对着这个概念的框架，而这个概念本身不是一个实体。它是企图对一个实体进行概括的。譬如中国式的荒诞派，荒诞派有没有可能成为中国戏剧的一种，中国有没有可能出现荒诞派，什么是荒诞派，等等，一连串的概念就出来了。所以我对"文化大散文"的争论也有类似的想法，散文研究成就高的人一定不会站在这个概念里面。这可以一下子就判断出一个人的功力。因为设定一个概念，再来争这个概念，是低的层次，是幼稚的。所以我也就不再讨论"文化大散文"是什么、文化是什么。何谓"文化大散文"？散文本身是文化的一部分，哪一篇散文是非文化的？譬如印在我书上的"文化大散文"的字样，出版家也没有和我商量过，我也不知道，后来看到书才知道。如果对中国文化作宏观的、历史的评价的文章才叫文化大散文的话，《文化苦旅》显然就不是，因为其中约有三分之一是我对早年的故乡的回忆，这完全没有什么文化思考。再譬如我在养病的时候对一枝梅花的想法，这完全没有文化思考。因此，"文化大散文"这个概念加给一本书是不符合的，加给其中的几篇似乎还可以，因此，有这个范畴就比较累。

王尧：对你的散文，我有一些基本的想法。在以前的一些文章中我曾提到。我觉得：第一点，近百年的散文史，后半段逐渐开始萎缩，原先多元的格局开始消失，到六十、七十年代开始形成占主要地位的"杨朔模式"。我觉得你的散文的出现，基本上打破了这种格局，而且文体上也有了突破，这是从文学史的角度来讲。第二点，从八十年代到九十年代知识分子话语发生转换，经历了思想解放这个发展过程以后，八十年代以后的知识分子开始获得自己的话语权，散文成为知识分子的一种存在方式。无疑，散文是个体性的，又是精神性的，它最贴近作家的心性因而也是朴素的，因此，我曾经提出一个命题，散文是知识分子精神与情感最为自由与朴素的存在方式。散文话语的转换就是转换到这样一种存在方式上来，知识分子用自己的话语来表达对人生、对历史、对社会、对文化的体悟。

余秋雨：我非常喜欢你刚才讲的"知识分子话语转化"这个概念，它不牵涉到评价高低的问题，而牵涉到我们亲身经历的历史。我们这一代人经历过欢天喜地或者很多灾难的童年和青年时代，我们自己也领受过一些灾难。到后来改革开放的年代，我们看到了好多毛病，也看到了人类学整体上的好多坐标，这时，我们的脑子里出现了自我的精神话语，就是自己给自己对话，而且，每天都在做。这个对吗？那个对吗？那个对吗？这个对吗？如果说我们在以前的年代只知道听老师的话，听领导的话，跟着做，只产生小小的怀疑，而且这小小的怀疑还不成气候，现在终于到了一个可以天天与自己精神对话的时代。就我个人来说，"文革"结束以后，有很长一段时间，我住在上海东北郊的一个非常小的十三平方米的小房子里面，房子虽然非常小，但里面堆满了从亚里士多德到康德、黑格尔等人的书。那些日子里翻着这些书，设想着小窗外面的天地、外面的世界，逐步逐步地洗刷我们过去的无知，这个过程是自我的精神话语系统中的深刻对话，每天晚上都在进行。我曾经有过一篇文章，我说我有那么一段时间天天晚上都工作到凌晨四点，看书、做读书笔记，我觉得每天都在与世界上最重要的灵魂对话，它们就是亚里士多德、黑格尔等人的灵魂。对话的结果，从第一成果来说，我的那些读书笔记变成了学术成果；从第二成果来说，无法在学术领域里写出的东西，由于我的精神话语还不断地进行，那就流露在我的散文里面。我的精神对话，一种是我晚上在小房间里进行的。另一种就是我把这个过程用学术研究的方式强化系统化。这样一来，这种话语权就比较强悍了。我认为，多少年来的学术阅读，使我的话语基本上完成了精神转换的过程。所以我用自己的笔写散文的时候，我好像重新去了很多的学校。你刚才讲的知识分子话语的转换，我想不仅我个人这样，很多知识分子都做了。很多很多盏晚上不灭的灯，很多很多张在小路上徘徊的脸，很多苦恼、很多疑问、很多告别、很多结束、很多狂喜组合在一起，在短短几年里面最后终于出现了一种新的精神状态，这种新的精神状态觉得可以与别人交流，可以带动其他人一起来迎接我们民族的新时代，所以就迫不及待地显露出来了。当时，好多同龄人的著作都有这种精神状态，只不过我用散文的方式把这种精神状态明确地表露出来了。所以这种话语转换，是群体性的。我很赞成你的这种说法。我只是要补充这一点，这个话语的转换是全民性质的、是民族精神的常态恢复。这也为类似的文章找到了以前很难有的、广泛的接受面。这也应该归功于我们这个话语转换的时代，是这个时代所造成的，而不是某一个个人完成这种话语的转换。

王尧：在民族大背景下思考这样的问题拓展了散文的文体功能。我感觉到你在写作中是有明确的选择的，这种选择不仅重新确立了散文文体的不可替代性，而且扩大了知识分子思想的共鸣圈。这可以从你的作品在大陆和华文圈的影响看出。你的作品盗版都那么多。

余秋雨：这些年在学术研究和创作中，我选择了自己写作的方位。我们完全可以控诉我们所经历过的时代，如果我当初的写作用这种控诉的方式来写的话，今天一些人对我的态度就不会有了，但当时我采用了另一种方式。自从我看了从古希腊、古印度以来的所有人类文明史后，我觉得应该从更高的方位来看待中华文明的尊严和它的失落。中华文明遇到了两难，这两难就是"历史意志"和"文化伦理"。

王尧："历史意志"与"文化伦理"的冲突构成了你创作的基本框架，是你的散文一以贯之的"知性"。我以为，当你在心灵深处深刻感受到这种冲突，并为之痛苦时，你的散文就"出彩"了，就有动人心魄的力量。反过来，就比较牵强，现在不少人的散文特别是往"文化大散文"上靠的散文就有这样的毛病。痛苦是产生的，不是附会的。

余秋雨：就"历史意志"来说，总是有一个马鞭催着我们往前走，不管要付出什么样的道德代价都要向前走，但还有"文化伦理"，很多文明古国必定有很多稳定的东西，它的尊严、它的稳定、它的令人不可侵犯的传统，这两者老是矛盾。"历史意志"往前走了以后，我们中华文明往往失落了很多，如果"文化伦理"讲得过多的话，我们的步伐就显得很慢，步伐一慢，就成为一个不发展的尊严，而不发展的尊严往往不称为尊严，这就是中华文明本性的矛盾，可能其他文明也遇到过这种情况。所以，我的《文化苦旅》的"苦"字就"苦"在这里。不是我走路苦，而是这种苦。

王尧：这是一种大痛苦。

余秋雨：我选择了这样一种方位来谈，实际上触及当时很多有文化思考的读者的隐隐约约的共同思考。我们在讲要保护文化资源的时候，必须要想到我们要大幅度地往前走，什么也不顾地往前走，走了一阵以后，发现我们不能什么也不顾，毕竟有许多文明的沉积。这样我们就一定会思考，这种思考就造成全民心底的隐隐约约的群体的体察，轻轻地挖掘，就会"哗"的一下，造成对话的气场，也就是某种对话的可能。这是我们大陆的人和海外的华人都要看这种文章的重要原因，不是看语言。我的语言也并不漂亮，只是干净而已，关键是找到了大家都在思考的问题。海外华人，他们的文化祖宗还是中华文明，他们也会遇到这样的问题。中华文明遇到过许多的灾难，灾难以后又能够昂起头来慢慢地往前走。

王尧：我想，这大概是你的散文的影响超越文体范围的原因。中华文明为什么老是遇到灾难？它的自尊是什么？但为什么它的自尊总是和它的灾难连在一起？在中华民族开始新的复兴时，一个人在思考这样一些问题，自然会引起大家的共鸣。

余秋雨：我是从具体的文化人个人的角度来表达这样的思考。这样的思考获得了感性的认识，与读者沟通也不觉得抽象，也不觉得玄虚，他会觉得有脚可以踩的地盘，所以可以接受，我觉得这完全是特殊的社会转型期的民族学会思考以后的结果，其实和个人的本体和写作能力的关系不是非常大。

王尧：我非常赞同你的看法，你所说的实际上涉及散文写作的一些关键问题。散文写作实际上不是技巧的问题，它涉及知识分子的胸襟、学养、思想以及面对整个世界、反省自身的精神状态。我一直觉得，在散文中起作用的是学养而不是学问，是作为精神资源的思想文化背景的支撑，而不是某种文化观的阐释。从某种意义上说，散文创作的突破不是一个纯粹的艺术问题。你的整个创作，有一个非常突出的东西，如果有"文化大散文"的话，这应该是它最主要的特征：你自己的情怀、文化观、价值判断，在人类文明史和精神史的坐标上，追问中华文明发展的问题。你的散文常常出现一些重大的思想文化命题和宏大的叙事，当然，这常常是以个案为基础的。我认为这就是你的散文有厚重感的重要原因，也是使你的文章超越散文的范围的主要原因。这里，我想用文章来表述你的散文和散文之外的作品。

余秋雨：这是我多年来从事学术研究和学术著作的结果。如果我没有进入这种学术研究和著作的过程，我也会有技术上的解放，也会写一手非常通顺的文章，也可能有的文字还比较美丽，因为我的生命是比较趋向于个性的，但总会缺少一个东西，缺少一种厚实的方位。厚实的方位是整体的方位而不是学问的方位，它是学问堆累起来的一种高度。学问本身进入散文不是目的，但可以

中国当代文学史资料丛书

产生一种高度，这种高度是散文所需要的，这种高度的出现其实是许多苦活组成的。我当时是非常非常地庆幸，我在那段时间里作出了一个有意识的判断：我在五年时间里不在报纸上写文章，尽管稿约很多，不参加一切的座谈会，也不参加一切社会活动，除了教书之外，就是把人类文明史上的那些大师们的思想整体上梳理一遍。这对我来说有一定的难度，难度就是当时翻译的材料很少，我能阅读英文，但能力不高，要翻着字典一点一点地读。那些本来是希腊文、意大利文的翻译成英文后就比较浅显了。现在的学者用不着这样了，可以通过其他更有效的方式来阅读，但当时对我来说却是一个非常好的苦学的机会。翻译的过程使我对他们的思想、逻辑的认识程度要比现在深入得多。我感兴趣的是哲学背景和思维背景。我对中国的、印度的、日本的亚洲东方的国家也进行了梳理，加上西方，我一共梳理了十四个国家两千多年的人类文明，这种梳理不仅仅是看，而且是写。与过去相比，我就获得了一个新的高度，在对一种社会现象或是毛病及时的反省时，我总会在一个人类文明史的高度上解释它的得失利弊。当时年纪轻，记忆比较好。我总想这种情景如果亚里士多德、雨果、狄德罗、黑格尔等人遇到的话，他们会怎么说。在这样的高度上来写，人家就会觉得与经典性的散文或者个体传记的散文不一样，因为我在写的时候尽量不掉书袋，不去卖弄。我的散文里，也有些引用，但你很少知道我在那些地方下了苦功。因此，我很庆幸当时好多年的苦学。在生命最不安分的年龄的所作所为使我受益匪浅，包括现在的《千年一叹》的全部的基础都在里面。

王尧：我觉得这个非常重要。我一直强调一个作家需要由文化背景和学养来支撑，所以我非常反对散文作家职业化的做法，一旦散文写作职业化，就很成问题。这种支撑实际上是写作者的一种精神高度。有这样的高度，写作的自信、力度就来了，而现在相反的是，有了"文化大散文"以后，许多作家虽然很刻苦、很用功，但倒过来了，用散文的方式做学问状、做考古状，这是不成功的。

余秋雨：这一点你讲得一针见血。我的《文化苦旅》出版不久后，引起了比较大的反响。《解放日报》的记者在采访我的时候，我当时就讲到，大家都误会了一点，以为学者散文、文化散文要有许多史料，做学术研究状。如果要写散文的话，他主要展现的一定是才情和灵气，那么他的散文写得不太好的几篇就是因为掉到学术里了。所以，我在答《解放日报》记者问的时候，就讲了这么一段话。越到后来，越是觉得如果我可以用学术方式来表达的话，我一定不用散文方式。这里有一个非常重要的区别。学术方式往往是表达一些结论性的东西，但有很多文化问题是很难找到结论的，这其中又有一小部分牵动着我们的感情，这就比较适合写散文，写的时候又要有所变化。我并不赞成由于散文容易畅销，就把自己完全可以用学术方式来表现的问题变成散文。这样的话，既让学术贬值，也让散文贬值。我有一些文章可能由于我要透露一个问题，往往写成文章而不是散文。譬如我关于"小人"的文章，对"科举"的考察，肯定不是学术论文，也肯定不是严格意义上的散文。这是文章，比较宽松一点，我的一些文章，有时就是一篇社会评论，就是一个随感，这些很难说都是散文，大范围的散文也可以说。所以讲成文章就比较好，不要去把散文无限地扩大化，把什么东西都说成散文。分类学总是随着文化的步伐前进的，不要给分类学家添很多麻烦。要有起码的疆界，但任何写作者不要为疆界活着。当时我有一种预感，所以就以一种景点为依托，避免程序化的方式。开始的时候，我以多年的精神对话和我的学术写作作为我拓展散文领域的准备，但我很快地找到了一个更重要的基座，这就是精神的文化考察。因为，这一点可以避免学究气的、书斋式的文化方式，现在这方面我越来越强化。如果在《文化苦旅》中可以找到景点式的写作的话，我在《山居笔记》中则是考虑中国文化还有哪些问题没有解决，就去有意识地考察，到东北、到黄州等地。至于《千年一叹》，不完全是为了写散文，而是让我的文化思考进入到一个新的层面上，用生命的历险做基座，与以前用学术研究做基座相比就改变了，这对过于学究化的散文同行也可以做些参考，还是要寻找新的方位。这个身份不是我故意转换的，我觉得散文作者仅有一个基座不好，应该有其他的基座，或者是教师，或者是旅行者，或者是行政管理者，都可以。有一段时间，我看到李政道等人的文章也是非常地好。看到这类文章，我就怀疑，散文创作一旦专业化就完了。所以现在，我就称自己是文化旅行者。

王尧：这样我们就提到你的千禧之旅和欧洲之旅。我们知道，过去我们许多文人和学者都是旅行家，你这样一种身份的重新确立是非常有意思的。这种身份会不会带来这样几个变化：第一，会不会有了重新认识人类文明的新角度？第二，会不会对你的写作方式带来变化？

余秋雨：你提的问题非常好。第一个是对文明的重新思考，我们过去都

中国
当代
文学史
资料丛书

是文本思考，这有它的局限。文本的来源往往是第三手、第四手、第五手观察的结果。我们一到现场以后，有一些事情正在发生，有一些事情发生过了。即使发生过了，它也留下了遗迹。你到了遗址比不到遗址要好得多，遗址也有价值，它留下了大量的信息。我们过去的文本太片面或是太错误。因此，我非常希望多去走一走，用生命和身心去交往，是一种神秘的过程。只有当一种文化对自己生命全方位笼罩的时候，我们才能深刻了解这种文化是什么，这在文本里边是找不到的，我会永远地坚持这个立场。我努力地写我看到的东西。

王尧：我想，你的《文化苦旅》其实就是由"书斋"转向"大地"的一个结果。我记得《文化苦旅》的序，曾经描述过人、历史、自然混沌地交融在一起的感觉，当时你着力想开启的是"封存久远的文化内涵"。但《千年一叹》的写作又由"大地"转到"遗址"，写作的方式也发生了变化。

余秋雨：写作方式发生变化是肯定的。《文化苦旅》中的不少散文在当时都写于甘肃的许多小旅馆，但那种感觉很好，和以前坐在我的书斋里写文章不一样了。写《山居笔记》的时候，我到了资料最完全的、最丰富的地方。写作需要开阔的视野，要了解大陆学者、台湾学者、海外学者对历史事件的理解，但大陆学者很难了解到海外学者的观点，海外学者也是同样如此。因此，最佳的汇集点是香港，所以我利用我在香港中文大学做客座教授的机会，终于找到了我的资料库。当时住在一个在山边上的教师宿舍里，所以就叫《山居笔记》。《千年一叹》写作方式的变化就更大了，既兴奋又劳累。每天走十几个小时，容易碰到危险的车路，回到一灾难重重的宾馆，或者是一险情重重的宾馆，所有的伙伴都睡觉了，而我在写，因为当天就要传送出去，好多报纸都在连载。又不能买书，不但无法找到，找到也读不懂。因此，对你的感受能力、表达能力和承受劳累的能力都是一种考验。从香港凤凰卫视可以看到，有时我是坐在旅馆门口的石阶上写的，有时是在吉普车的车座上写的。但我明确表示所写的散文不修改，这种考验我觉得很好，可以刷掉故意的文笔，夸张的修饰。我过去的散文中，如果还有做学问、做文章的痕迹的话，《千年一叹》连做的可能都没有了，因为没有时间，没有机会。这种改变了的写作方式，我相信读者能够理解。其实我个人觉得这样的价值就更高了，是现场写出来的，犹如船长的航海日记，价值肯定是高的。读者还是接受了这种写作状态的变换。当然，肯定有好多地方都搞错了，但搞错了也有研究的价值。十九世纪法国的

文化散文研究资料

旅行者到非洲去，所留下的文章中也有好多搞错的地方，搞错的地方也值得研究啊。为什么一个中国文化人面对那些地区，他就错了呢？他的错来自何方？是他错了，还是整个中国文化界都受影响？

王尧：从你千禧之旅开始，各界就议论纷纷，不知道你是如何面对这些议论的。

余秋雨：我要补充的第三点就是，由于这样的旅行写作，心态也发生了很好的变化，我看到了那么多的灿烂的文明，又看到了那么多伤心的遗迹。某种意义上来说自己的气量变得更大了，历史的沧桑感在心中变得更有感受了。有了新的巨大的感受能力，对我们文明的脆弱、对于时间的磨砺、对空间的磨砺，对人世的沧桑，甚至于对于那些一时的热点都有一种居高临下的感觉。这次回来，出乎意料地在报刊上出现了许多评论我的文章，我的好多朋友都担心我会受不了，但一见到我就非常惊讶，你怎么那么开心、愉快？后来，我在一所大学里作了一次汇报性的演讲，两个老教授上来跟我讲，没想到你的心理空间那么大，你当然不会在乎这一切。心理空间不一定要非常大，只要把任何事看成很琐碎的就行了。埃及文明已经成为一片废墟，波斯文明已经很难找到了，个人的遭遇在巨大的文明面前显得多么地微不足道。心里面有那样一片废墟的沉重感，很多沉重加在一起结果是轻松。我们卸除了好多个人的精神压力，因为那么多的文明的成分还不大于你个人的精神压力吗？所有的麻烦事都是在小空间里做，在大文明中一切都是小芝麻。所以心胸就特别地开阔，沉重就转化为轻松。这种轻松是生命的一种豁达。

王尧：这里实际上涉及一个问题，你的这样一种方式的转化以及你的心态的变化，反映了在文化转型期，知识分子如何思想、如何写作、如何生存的问题。事实上，今天的知识分子不可避免地面临着选择。我印象中，你曾经说过你想努力做到的是：疏离固有的行政社团系列，坚持作为一个自然文化人的独立思考；疏离固有的文化自闭自享的循环圈，争取在更大接受群体中的文化有效性；疏离固有的专业定位，关注多方的文化建设和积累。现在看来，你坚持这样做了。

余秋雨：按照我的想法，知识分子首先应当讲文化生态的问题，也就是生存方式。如果说我们这二十年来开始遇到的是观念方面的改变，接下来是方法论的改变，那么现在是生态观念的改变。一个是在思维层面上，二是出于责任感把自己的生活热情调动起来。这种责任感显得非常重要时，容易把自己已有的思维方式、已有的研究成果都看得非常重要，在时代迅速发展过程中，思想和其他成果在某种程度上就成为凝固体。另外一种方向是认为自己不重要，因此，一下子就丧失了自己的责任感。生活的热情和文化创作的热情都没有了。经过自己反复的思考，我结合自己很长时间的领导工作，比较能够把握住自己的行为方位。这个行为方位就是，不管你写过多少学术著作，不管你得到过多少学术荣誉，也不管你曾经是什么级别的干部，这些都不重要，而应从零开始，应像小学生一样去探询。我觉得文化人有没有可能超脱以前所规定的体制运作方式来创作，这一点很重要。我不喜欢这样一种方式，就是一定要根据领导体制的某种意图来写作。但好多文化人都形成了这样的思维，写戏剧、写电视剧、写文章等都在猜测领导的意图，希望获得领导的支持，在很多很多会议上，给领导提意见说领导对我们不关心，很多的座谈会上，每一次提出的意见总是认为领导对自己的关注不够，这就是非常典型的体制内的思维，这对领导也产生了巨大的压力，是我所不喜欢的。还有一种生活方式是我的写作是自己给自己出题目、自己定稿，不允许别人的意志出现其中，就是个人精神思考的自由，所以我要对我自己的文章负责、对自己的思维负责，这是写作的尊严、生命的尊严。由于这样的方位，有些事情我们就可以公平的判断，哪怕是对体制也是如此。我不喜欢在体制内拼命地捞好处，但在开会时又说体制的缺点。

王尧：现在，对你批评得比较多的意见是针对你与媒体的关系。在今天这样一个社会里面，知识分子拒绝媒体是很愚蠢的。问题是，媒体有自己的运作规律，而知识分子有自己的存在方式，两者一致时还好办，有冲突时就难办了。知识分子要介入媒体，当媒体为了自己的东西在牺牲知识分子的时候，我认为知识分子会有拒绝和改变媒体的某种方式。

余秋雨：有一种问题必须讨论，那就是文化人与传媒的关系。传媒与学者的思维和生存方式产生某种矛盾的时候，先不要作出简单的判断，什么是传媒时代的思维，不要作出简单的判断。传媒思维也在探究，都还没有成形。中国的传媒在某种意义上说，还没有形成很强悍的力量，它也没有凝固，学者的思维也没有凝固，所以不存在着这两种思维的对峙，都是在一个体制下的两方面，不要把它们对立起来。但是，区别是要有的。现在的学者有权利也有能力对部分传媒进行领导，我的很多学生在传媒界是领导，他们本来毕业于高校，本来就受到我的思想影响，这当然也与传媒发生了联系。有些学生的文化品位就非常高，拍的电视剧就非常地好，这确实是在改造或提高某种传媒的时候，同时也在改造或提高自己。所以，对我们来说，传媒不仅仅是被领导者，在一定程度上我们也是传媒的被领导者。传媒使我们更关心国计民生，传媒使我们更了解现代节奏，使我们更用直观的方式来面对广阔的世界，传媒又提醒我们用更有效的文化方式来影响很多很多的社会格局。

王尧：二十世纪中国知识分子与传媒的关系问题很值得研究，从传媒的角度切入，我们对思想史、文化史和文学史都会有些新的认识。

余秋雨：问题就是，我们从十九世纪以来，中国的知识分子一直想唤醒民众，十九世纪的晚期，曾经出现过的有关中国文化的思考，都达到了应有的高度。他们在当时得出了与我们今天相距不远的结论，但却比我们早了一百多年，但他们的遗憾是他们高雅的思想、聪明的判断很少被人接受，文化界就不多，更不用说是民众。正因为这样，所以"五四"新文化运动中的一批人愿意把自己的作品发表在普及性很大的报纸上，甚至有的人原来还是学者的身份，改变自己的文体方式去写小说、散文，也就是说写接受面大得多的文体。

王尧：在"五四"以前，梁启超的名字就是和"新民体"联系在一起的。还有鲁迅。

余秋雨：譬如说鲁迅，如果我们光凭他在日本写的《文化偏至论》和《摩罗诗力说》这些东西，也可以说是一个不错的学者，更何况他还有《中国小说史略》这样的作品。但是，当他在三十八岁不小的年纪开始写白话小说的时候，他已经表现出一种文化追求，就更有现代气息，如在北京《晨报》副刊上发表的许多文章。但北京《晨报》副刊的水平和《阿Q正传》是非常不相称的，《阿Q正传》是举世名作。这就是媒体的效应，所以像鲁迅这样的一代人也是用尽可能的传播广的媒体。如果用"桐城派"的要求来对照鲁迅的话，鲁迅一无是处。"桐城派"认为好好的一个学者为什么写现代白话文，而且变化也太大了，居然写小说，又发表在《晨报》的副刊上，罪莫大矣。我觉得，如果现在我们在媒体上来批评文化人对媒体的接受，是一件非常奇怪的事情。但问题是这样的，媒体现在处于无序的状态，往往会引起正当的、正常的或正派的文化人的不满。我们也遇到过这样情况，经常受到媒体恶毒的伤害，到处是越来越激烈、越来越荒唐的炒作。有时候，一个城市两三家报纸互相对骂。中

中国当代文学史资料丛书

国人的特点就是讲你学术上的不好，一定要牵涉到人格，真是血淋淋的人格地狱。大家都在互相攻击，是非常恐怖的事。在这种情况下面，更是不能采取回避媒体的方式。我非常希望正派的文化人、正派的媒体文化人，能够做更多的事情，使中国的媒体更加正派。活跃和正派是不矛盾的，不是说活跃了就邪恶了，正派一定是枯燥。所以，我希望一些文化人认真地研究一些问题，文化到底用什么样的方式使我们的媒体基本有序。另外就是，在非常自由的情况下，如何使媒体能够反映人类的基本道义，没有基本道义，人类将不成为人类。又如何来谈体现媒体的新原则？这样的理性也很重要。无论是秩序问题、道义问题，还是理性原则问题都是文化避不开的问题。媒体亟待着秩序的援助、道义的援助和理性的援助，这些援助是媒体所迫不及待的，表面上似乎不在乎，实际上却是如此。我们在这个方面有责任。我非常希望很多的有良知的正派文化人能够进入媒体，而且在媒体里扩大文明的区域和力量，对刚才所说的这些命题进行认真的研究。

王尧：显然，人们对文化转型期的许多问题有不同的认识，我们需要面对而且超越转型期的一些问题。刚开始我们就提到过转型这样一个问题。应当说，无论是知识分子，还是市民社会都处于市场经济条件下的文化转型期，特别是进入九十年代以后，随着市场经济的推进，文化转型这个概念的使用频率是越来越高。传统与现代、中与西等问题再次成为关注的热点。你以前的散文和其他著述，对这些问题有种种表述，对传统文化，对文化良知、文化人格的思考没有间断过。我感到你对文化转型问题是有自己的基本理解的。

余秋雨：文化转型，我觉得是全方位的概念，不要简单地理解成一种改朝换代式的替代，不是革命的方式。某种意义上转型有可能更适合优秀传统文化，就像建筑一样，古典的反而保存了，我们要转的是那种不伦不类的建筑。我们的文化发展的历程是历史造成的，我们没有理由在一般意义上去责怪前人，它成为一种事实以后，我们应该面对、应该承认。我们几十年以来的文化运作方式和文化生存方式是有很多毛病的，这个毛病就是：第一，非常不适合优秀的传统文化的生存；第二，非常不适合新兴的文化的进入和创造；第三，非常不适合广大民众对文化的渴求。面对着这样的一种局限，如果说我们还是按照原来的体制、文化的格局继续运作下去的话，一定会产生很多弊病，不管是文化的领导部门、文化的参与者，包括文化人在内，都有可能变得非常狼狈。不仅自己狼狈，而且可能使历史欠债。这个问题以前似乎说不明白，如果我们回头来看看生产机制、经济机制的转型的话，就明白了。我现在在上海，如果上海十年前的工业运作机制还保存的话，那上海就完全是一个可笑的上海了。

在世界性的转型、发展过程中，最慢的是文化。因为它没有急不可待的紧迫性。由于文化与历史有关，有一种用昔日的庄严来掩盖现实体制问题的弊病。我们现在说文化状态不太好是指现在的文化运作机制不合理，好多东西搞在一起就掩盖起来了。社会改革家忙于经济改革的第一线和社会发展的第一线，他不可能来放弃这两件事，文化机制的改革显得特别地缓慢。社会改革的起点是从"文革"当中的整体上不重视知识分子和文化，转到重视知识分子和文化，一重视以后就使文化人和知识分子忘记了自己应该发生的变革。好多知识分子还在不断地呼唤领导重视知识分子，而你本身也需要转型，他们以为新的时代的到来就是重视知识分子罢了。众多原因使文化转型非常地难。这一点我觉得比较麻烦，也是这些年来我比较苦恼的问题。文化转型是慢的，这是第一问题，第二问题是我们的文化转型非常容易引起一个误解，就是丢弃以前的文化。实际上，文化不但不能丢弃，反而要更好地保护文化，保存传统文化。文化转型很慢，有些地方也有倒退，改革开放初期有些已经明确的问题现在又有一点倒退了。改革开放初期，文化多元论的提倡是比较有力度的，反对文化专制、反对一统论。但现在文化界有些文化批评的立足点是一元的，我在好多年轻的批评者的文笔中看到了专制论的阴影。为什么文章只能按照你想的那么写？散文领域不小，文章领域就更广泛了。还有一个就是要不断地为文化增添新东西，不仅仅停留在保存上。什么叫创造，什么叫新的东西，对创作者初始形态的某种幼稚要原谅，对创造者的个性品格要宽容，这在八十年代里就是如此了。现在就是这样，你这样不行，他那样不行。谁代表方向？这东西一定不行。为什么不行？观念中如果多元论的观点都没有的话，其他任何东西都谈不上了。文化转型成果包括文化人的生态变化，可以是文化人，某种意义上也可以不是文化人，连文化人的边界都可以跨越。文化人不但可以成为阅读万卷诗书的人，也可以成为管理者、外交家，都可以。文化人也可以成为企业家，而且还可以写自己的文章。这就是说生态发生了很大的变化。他可以离开体制，和领导者平起平坐地对话。生态的变化最后的最好结果就是在人们最广泛接受的文化项目里面，有好多高贵的灵魂参与，而这些高贵的灵魂也开始变得通俗，高贵和通俗完全接纳。社会的发展是知识与财富接壤，使文化的品位和生活的格调提高，不再仅仅苦苦做故乡里的破残的旧梦，偶尔做做也可以，但不再是思维的中心点。它们快速地运转，快速地更换，甚至于可以在传媒之间、信息之间游刃有余，一定有这样的文化转型和生态转型。跟不上的人肯定很多，他们也心平气和，决不在乎比自己走得快或慢的人，这是多元生态。平平静静地各自做着自己的创造，不再互相攻讦，小心翼翼地又非常敏感地发现着一片新的可以创造的天地。这种文化生态之间可以直接来来往往，不仅关心文化的生态，而且人类的环保、世界和平等什么都关心，这种生态有包容性和多方位生发性。任何文化转型时期都出现过这种生态，文艺复兴时期、法国大革命时期等都是这样，包括中国早期的春秋战国时期、魏晋时期等。生态要是不转型，观念和方法就失去转型的最后依据。

王尧：在谈到九十年代文化转型的时候，从知识分子角度讲我们较多地关注思想文化领域，但有另外一个深刻的变化，随着文化转型，我们日常生活的变化非常大。有人提出，知识分子应当介入日常生活并提升日常生活的意义，我是赞成的。怎么可能放弃世俗生活呢。

余秋雨：在中国城市里的人们绝大多数解决了温饱问题，以前特别敏感的生态问题已经不再敏感了，出现了我们过去认为奢侈的问题，现在平常化了。一定程度上，住房的解决，交通的便利，生活的无忧，出现了物质生活的无忧状态。在可以想象的年代里，我们还可以保持住这种无忧的状态、和平的状态，这样，我们面对着兵荒马乱的中国历史就感觉到非常的欣慰，这对民生是比较好的事情。但在这个变化过程当中，人们有了新的基础、新的攀比、新的追求和新的令人厌烦的精神状态。这很容易让我们去缅怀过去清贫年代的生活，但要记住清贫时代也是以不应该有的代价为代价的，这种缅怀当中带有很多的幻想成分，尽管我们做了很多幻想的梦，做了很多的省略号，我们留下了它清纯的一面，丢弃了它不必要的磨损。我们现在的文化人生活在各种物质的世界上，要做的一件事情就是，我觉得是康德讲过的一句话，世界上最难的事就是在日常生活中进入理念。由日常生活中的普遍意义，进入形而上的思考，也是非常重要的，并落实到日常生活当中，对日常生活中的得失弊病做出理性判断，这是最难的。也就是在文化转型时期，有没有更多的文化人快速地到位，对现在的日常生活作出我们应该有的理性判断。也有可能这种日常生活的理性可以加固这种转型的完成。加固就是在日常生活中加固，什么东西应当落实在日常生活当中。譬如，"五四"的白话文运动到了小学生的课本都是白话文的时候，这就加固了。探索日常生活中的点点滴滴，做出认识。我们的文化学者，要是能够对日常生活中的点滴做出对比，来加固我们现代化的进程和文化转型的成果就好了。像交通观念、时间观念等，从普及小的东西开始，让世人理解。

王尧： 从八十年代开始，可以看到一个本质的现象，整个中国无论是文学还是文化建设，世界性的因素在增加，进而引起"全球化"问题的讨论。今天我们讨论中国的许多问题，包括经济问题、跨国资本问题、文化问题等显然是在全球化的语境下来认识的。无论是在书斋还是在文化遗址，你肯定感受到了中国文化与西方文化的差异，它们之间的碰撞、对话等。在全球化的语境下，你是如何理解全球化对中国文化的冲击？怎样重新认识中国文明？

余秋雨： 全球化给中国文明所带来的结果是利大于弊。因为中华文明好多价值系统构成的时间太长，空间太局限，全球化可以有效地突破中华文明这方面的缺点。中华文明缺少人类整体关怀和终极关怀的命题，我们的认识也不够强盛，这种不够强盛不能完全说是它的缺点，也有它的优点。但是它整体上缺少关怀全人类的生存状态和精神，所以中华文明可以以全人类为坐标、全世界为坐标，重新寻找自己的生命活力和对传统的选择。这样的做法有可能在部分的操作者那里把中华文化的传统形态也一并丢弃掉了，这就非常不好，这就是弊。我们有没有可能在全球化的背景下，来坚持民族文化的多样性。全球化是观念，不是说我们的形态是全球化了，不是文化形态都要全球化。文化形态必须要坚持多样性，中华文化在全球化的文化中，显然是一个了不得的存在，所以，我们要按照全球化的战略目标，重新选择超越别人的、别人不可替代的人类精神的东西，把它保留下来。我相信，越是全球化，中华文明越会保存得好。因为有选择。而最麻烦的是不加选择地说好、好、好。下一代面对前人的重担，不知道什么是好，不知道如何选择。所以，要淘汰，其标准是国际坐标，我们要寻找那种只有我们有别人没有，而且是美好的符合人类进程的坐标，经过这种选择以后，才会留下好的精神遗产。这两天，关于人类学的会议在北京召开，会上提出这样的一个观念：要呼唤各民族的多样性。在全人类越来越走向"地球村"的时候，更要呼唤各民族的多样性。电脑文明以及很多新的文明普及以后，对传统文化的选择机制有很大的增加。选择机制增加以后，传统文化传播下去的可能也大大地增加，譬如网络。

王尧：如果换一种文化背景、换一个角度，又会怎样看待这个问题？

余秋雨：在美国有一本书总结二十世纪的各个领域的和世界各国的文化。这本书出现了一个非常奇怪的现象，对二十世纪的中国文化评价不高。这一点也可以理解成西方世界对中国的不了解。后来余英时教授写了一个感想，他赞成这样的判断，认为二十世纪中国文化的成果不大。一时引起好多人的争论，大家都觉得这个问题值得讨论。我们在进行自己民族文化应有的选择的时候，我们否定前人、否定他人太多。否定太多，导致根基变小。白先勇先生说过一件事，他在香港突然看到一座非常好的中国传统建筑，一问是日本人设计的，他感到非常痛苦。白先勇先生就做了好多的对比，发现我们对自己的文化和文化世界抛弃太多，仇恨太多，结果根基失落。其实我们的时间不多了，中华文化如果在新的全球化过程中，能够获得自己的复兴的话，中华文化将会保存自己的尊严。所以，我就强调了白先勇先生的这个想法，这个想法不是一个科学的时间表，它是一个华语世界的极其热爱中华文化的游子的期待。这种游子的期待中也包含了某种判断。大陆、台湾、香港与澳门经济和社会发展的前途，是我们值得重视的期盼。

（对话由谷鹏整理，谨致谢意！）

原载《当代作家评论》2000年第5期

文化散文研究资料

中国当代散文五十年文化思考

李运抟

一、大一统文化规范中的散文创作

建国后至新时期以前，长达近30年的大陆散文创作和整个大陆文学一样，基本是在封闭的文化环境和政治化的文化氛围中，按照一体化的文化思想发展着。在这种大一统文化规范下，篇幅通常短小的散文创作也和精练的诗歌一样，积极参与了对新生活的歌功颂德的大合唱。当时最活跃的"散文歌手"杨朔曾这样说过："我喜欢散文，还有更重要的原因。散文常常能从生活的激流里抓取一个人物一种思想，一个有意义的生活片段，迅速反映出这个时代的侧影。"[1]"反映时代"，在杨朔散文的表现，几乎就是不停地歌颂被新时代所提倡和规范的事物和现象。哪怕在50年代末60年代初中国因天灾人祸而陷于最困难的岁月时，杨朔散文还是一如既往唱着甜美的赞歌。几乎看不出对社会的任何忧虑和焦急。杨朔散文，完全可以说是当时大一统文化规范中散文创作的一个特别具有代表性的缩影。

这里有必要说说其时对散文文体的理解。

众所周知，广义散文是与诗歌、小说、戏剧并列的一种文学体裁。既如此，凡无法归入后三者的文学作品，便往往一股脑儿归入"散文"了。因此从文体构成看，散文是个最庞大也最杂乱的文体家族。有教材在介绍建国初期的散文时就说："本时期的散文创作，不仅题材广泛，而且形式多样。除了通讯、报告、特写大量涌现以外，游记、小品、随笔、传记文学和杂文等等，也都不同程度地发挥了它们的作用，其中不少篇章和专集，受到广大读者的欢迎。"[2]于是，不管是朝鲜战地的新闻通讯还是极度抒情的《香山红叶》（杨朔），无论是十多万字的人物传记如《把一切献给党》（吴运铎）和《高玉宝》（高玉宝），还是几千字的《第二次考试》（何为），或每篇几百字的杂文如邓拓的《燕山夜话》，便统统都是散文家族成员了。这种泛散文观，很长时间都是种权威划分法。

由于文体"杂烩"情况，为了将地道散文与其他"亚散文"如杂文、随笔、特写和报告文学等区别开来，便又有广义散文和狭义散文的分类法。所谓广义散文，也就是指包括杂文、随笔、特写、报告文学甚至通讯等在内的散文大家族。所谓狭义散文，主要指文学性质或文学审美性特别突出的艺术散文和抒情散文。概而言之，也就是将散文正宗主要归结为抒情性"艺术散文"。具体些说，即指那些在语言、修辞手法、描写方式、文体结构等方面更具文学性的散文，也即是集结了多种文学手段，美感突出而富有形象性、情感性和想象性的一类散文。尽管如此，落到实处的划归却还是不太容易。确定狭义和广义，确实有点像美国著名比较文学专家韦勒克所说的："我们还必须认识到艺术与非艺术、文学与非文学的语言用法之间的区别是流动性的，没有绝对的界线。美学作用可以推展到种类变化多样的应用文字和日常言辞上。如果将所有的宣传艺术或教喻诗和讽刺诗都排斥于文学之外，那是一种狭隘的文学观念。我们还必须承认有些文学，诸如杂文、传记等类过渡的形式和某些更多运用修辞手段的文字也是文学。"[3]艺术散文与非艺术散文之间就常见这种"流动"。但必须承认，广义与狭义的划分毕竟提出了一个划分散文的相对原则。

由此来看，广义散文有些文体就具有比较突出的新闻性、政论性和宣传性。而这点很重要。如果说建国后的广义散文和狭义散文都明显受到大一统文化规范的制约与影响，那么从文化的时代性和社会性来说，广义散文无疑更能在实用方面强化这些文化功能。

大一统文化规范对大陆当代散文创作的制约，主要体现在文化思想和文化观念方面。我们可以从当时散文创作的总体观念和行文模式两个方面来总结：

创作观念上，当时的散文创作有统一的文化思想背景和文化要求。主要表现在：追求"文化的政治化"或者说"政治化的文化"。即从既定的政治意识、政治要求和时代规范出发，以这种政治化的文化思想和文化风尚来指导创作并进行抒情写意。其时"颂歌散文"和"政治散文"的流行，就是这种"政治文化"及其一体化的文化思想大力推行的结果。

这里不妨引述著名散文家秦牧的一段话。我以为它对于"政治文化"是种很典型的解释。这段话出自秦牧题为《核心》的一篇创作谈中。所谓"核心"，是指文学创作的指导思想。文学需要什么的"核心"呢？秦牧说："我们的时代，是社会主义要战胜资本主义，无产阶级要消灭一切剥削阶级和产生它的土壤的时代。我们文学艺术工作者，必须不断提高我们的政治思想觉悟，不断提高我们对马克思主义的学习水平，为共产主义的新生事物鸣锣开道，鞭挞、清除一切剥削阶级的腐朽事物。只有不断提高思想水平，才能坚持文艺为人民服务，为社会主义服务的方向，真正使我们的文艺成为整个无产阶级革命事业的齿轮和螺丝钉。"[4] 作家的意图暂且不论，关键是让人不能不产生这样几种感觉：一是太空洞，像喊口号似的；二是套式化，这样的话语无论是放在"17年时期"还是"文革"中，显然都可以畅通无阻；三是将文艺视为"齿轮和螺丝钉"，完全是"文艺为政治服务"这种工具论的翻版。《核心》这段政治报告似的"豪言壮语"所显示的思维，正是建国后曾长期左右包括散文创作在内的文学创作的思维模式。秦牧是很有才华的当代散文名家。其《社稷坛抒情》《古战场春晓》《土地》《中国人的足迹》《天坛幻想录》《访蒙古古都遗迹》等散文名篇，文化色彩都很浓。但上述那种定式化思维，显然常常约束了他的情思。可以确认，正是这种思维模式曾长期指导着我们的散文创作，并构成一体化的思想规范。如此，那些介于文学与新闻之间的报告文学、通讯和特写，包括本应是"匕首与投枪"的杂文，很多都成了唯命是从、唯上而是的政治工具和异口同声的"文化宣传"。而抒情性艺术散文，不少作品也是异口同声的"政治文化"的歌唱。只不过更甜美悦耳或者说更"艺术化"一些。

如果说大一统文化肯定排斥文化的多元化，那么它也很容易发展成文化专制主义。这从"文革"中的一些"文字狱"现象便能得到证明。比如"文革"前，像邓拓的《燕山夜话》以及他与吴晗、廖沫沙合写的《三家村杂记》，虽然对社会问题有些批评，总体则是为新中国唱赞歌的"主旋律"作品。但"文革"的文化专制连这一点批评也不放过。几位作者不幸在"文革"开始就为此遭劫。邓拓含冤自杀前在遗书中曾这样写道："我不认为自己是'混进党内，伪装积极，骗取了党和人民的信任'。我认为自己一直是在党的领导下，为革命事业而不顾一切地在努力奋斗。"[5] 这真是此言诚哉而悲哉。由此可见，如果说大一统文化规范易于压抑和禁锢文化的多元和活跃，那么当它发展成文化专制主义时，则就是顺则昌逆则亡的文化统治了。

从行文看，大一统文化规范不仅造成了散文创作的观念僵化和思维模式化，导致了思想一体化和思维一致化，而且带来了散文创作的行文模式化，形成了规范而流行的八股文式的文本模式。比如很长一段时间，我们非常强调散文的这种"模式作法"：如何"开门见山"，怎样"结尾升华"，中间又如何"制造高潮"，基本形成了块状模式。以抒情散文为例，模式化更见完备精美。这就是主题先行、贯穿抒情、文笔优美、结构精致、首尾呼应，最后"升华主题"的新八股式作法。像杨朔的《荔枝蜜》《茶花赋》《香山红叶》《雪浪花》之类，即后来人们常说的"杨朔模式"，便是最典范的样本。这种散文的行文模式追溯起来，艺术方面确实多少受到了朱自清等的现代"白话美文"的影响。如朱自清的《背影》和《荷塘月色》等作品，就一直受到中国当代散文家们的推崇和模仿。但问题是：且不说模仿总是模仿，当模仿是在大一统的文化思想规范下进行的模仿，想到的只是如何"为政治服务"，如何为"步调一致"的文化观念服务，这种模仿就很容易造成只得皮毛不见神韵的写作了，就很难写出朱自清那种发自内心的真情实感。

二、"大散文"：文化的定位

80年代后期至90年代，出现了"大散文"的说法，现今已成为一个流行的散文概念。但它不是指广义的散文，而是一种有特定内涵的特指。

那么，"大散文"和广义散文有没有什么关联或者说类似处呢？

我以为类似就体现在文体的包容性上。"大散文"关于散文品种的划分既不细致也有些泛化。人们所说的"大散文"，除了狭义散文，就还包括了杂文、随笔、游记、短篇的回忆录甚至文化评论和社会评说等。即或狭义散文其实也不"狭"。比如有人将散文分为生活散文、智慧散文和文化散文，或分成世俗散文、智性散文、知识散文和文化散文，包容就不小。事实上上述分类多少带有"削足适履"的机械。比如"生活散文"就没有"智慧"或不见"文化"？而"文化散文"难道不是"智慧"的表达？"智慧散文"也可能写的就是生活琐碎，是由此而见智慧与理性。台湾作家余光中的划分有些意思。他把中国当代散文分为四种，即学者的散文、花花公子的散文、浣衣妇的散文和现代散文。[6]他对此各有解释，不乏独到也很有趣。但也是相对的划定。而他对"反映一个有深厚的文化背景的心灵"的"学者散文"的分析，对"华而不实的纸花"般的"花花公子散文"的讥讽，对只求"踏踏实实刻刻板板地走路"的"浣衣妇散文"的解释，其实也涉及对"大散文"的看法。总之，从包揽的散文类型较杂来看，"大散文"与广义散文确有相似处。但这只是问题的一个方面。另一个事实是：随着散文创作的发展，散文家族中的文体分化日渐明显，不同散文文体也日趋成熟。就中国当代散文发展到今天来看，文体分化已显而易见。如：通讯和特写基本上已归为新闻；报告文学已独成一体；回忆录和传记也已自成体系；杂文则早已自成一家；文艺随笔的自我特点亦越来越明显。

由此可见，尽管文体有些泛化，"大散文"却是不同于广义散文。这种不同不是文体包容、形式层面或技术处理的问题，而是文化的思想、思考、视野和情趣方面的差异。"大散文"文体的无法细化，恰恰是因为文化思想、文化内涵、文化视野等的"大"，明显存在于不同散文体中。换句话说，"大散文"的"大"，并非散文文体分化之后一种再度兼容的简单复归，而是相对中国当代散文创作以往文化状态的巨大变异而言。

"大散文"的界定目前仍见仁见智。如果说应该把握其本质，那么我以为从文化角度切入最为适合。因为包括"文化散文"在内的"大散文"，其"大"，事实上是种文化品性，即主要指文化视野、文化内涵和文化思想的"大"。可以说：出现于80年代后期的"大散文"，主要是一种文化的定位。区别了"大散文"与广义散文的不同，确认了"大散文"是文化性质的"大"，我们再来看这种文化之"大"究竟有哪些具体内容。

不妨略为描述一下新时期散文创作的发展情形：

新时期初始几年，大陆散文创作尽管未能像小说、诗歌那么引人瞩目，但还是出现了复苏景观。诸如《我爱韶山的红杜鹃》（毛岸青、邵华）、《一封终于发出的信》（陶斯亮）、《望着总理的遗像》和《怀念萧珊》（巴金）、《痛悼傅雷》（楼适夷）、《干校六记》（杨绛）、《牛棚小品》（丁玲）等，其时都颇有影响。1981年由三联书店出版的《傅雷家书》（傅敏编），更是传诵一时的散文名作。倘若包括当时还未从散文家族中独立出来的报告文学，有影响的作品就更多。应说明的是，巴金1978年底开始动笔的《随想录》，由于起先是在香港报纸发表，大陆读者便不太了解。因此，直到1986年由人民文学出版社结集全部推出后才为大陆读者熟悉的这部"人生的大书"，客观上应放在80年代中期的散文格局里来看。

初期复苏虽有波澜也有亮色，但也有明显不足。最大不足就是没有给中国当代散文带来多少文化意识的变化，文化观念方面没有提供几乎任何新的东西。照说，刚刚结束十年"文革"，最需要的就是文化的清理和反思。也有，但非常表层远非深入。根本性的文化症结还未触及。有些作品的文化意识其实还相当地陈旧落后。

从80年代后期一直持续到整个90年代的"散文热"，中国当代散文创作与散文出版才真正出现了又一次高潮。而这次散文高潮除了其他收获，最醒目的成绩就是文化意识的觉醒和文化观念的变革与拓展，表现出了建国以来散文创作在文化方面从未有过的新姿亮色，从而有着非同寻常的文化意义。而"大散文"说法也正是在这个时候出现。很明显，它不但和新的文化姿态和文化表现有密切关系，事实上也就是依靠文化内涵来支撑的。

不难发现，这次散文高潮与建国初期第一次散文高潮和60年代初第二次散文高潮相较，无论题材还是意趣，也无论思想还是手法，抑或是观念与视野，都远要丰富多彩、开阔宽广得多。建国后第一次散文高潮，基本上以"通讯化散文"为主，如有抗美援朝战地通讯、新中国经济建设的通讯和报告、歌颂"社会主义新人"的通讯和特写等。60年代初第二次以抒情散文为主的散文高潮，则绝大多数作品都是文化大一统思想规范下的甜美的社会主义颂歌。两次高潮都形成了明确的散文范式。而新时期初始阶段的散文复苏，又只不过是"拨乱反正"的产物，大多作品的思维方式还是表现为对以往大一统文化思想规范的回归和继续。那些实际上思维陈旧老调重弹的新作姑且不论，就以传诵一时的《傅雷家书》为例，未能免俗处也不少。教诲孩子固然显示出傅雷为人的正直忠厚，对专门艺术问题的感觉也显示了傅雷深厚的艺术素养，但对当时中国的现实情况尤其已经出现的文化专制现象，傅雷却显得有些天真、迂腐甚至是愚忠。当他后来不得不以悲剧形式结束自己的生命时，可能才是一种绝望的彻悟。由于《傅雷家书》写作时处于特殊的政治文化环境加上傅聪私自离国的原因，我们不能责怪傅雷先生。但却不能避讳《傅雷家书》的缺憾。更不能忽视新时期初期散文普遍存在的局限和肤浅。

80年代后期的持续性散文高潮则与以往迥然不同。除了百花齐放百家争鸣成为可能，如前所说关键在于它表现了文化的新姿亮色。这种文化新状态，主要就集中体现在"大散文"身上。换句话说，"大散文"应该是一种文化的定位，文化新状态可见于以下几个方面：

从时代背景看，"大散文"所处的是一个非常特别的文化时代：反思传统文化，解剖现实文化，比较中西文化，张扬多元文化，寻找新的文化精神，进行新的文化启蒙，构成了这个时代的文化特点和文化大观。

从"大散文"作品来看，无论新作旧著（"大散文"所指并非专言新作，很多还属"重放的鲜花"），绝大多数都具有浓郁的文化色彩和突出的文化意味。它们或是直接取材于文化题目，对中国传统文化结构和现实文化景观进行反思与解剖。或是以新的文化观念和文化尺度，对历史和现实的社会现象进行透视和分析。或是以宽阔的文化视野和文化比较，检测本土文化或重新审视闭关锁国时代的文化现象。

从"大散文"的写作者来说，他们本身就多是文化的探索者和评说者，大多都具有较深厚的文化素养和较强烈的文化意识，大多可谓是社会的"文化精英"。

"大散文"的文化特征不是凭空想象，而是对其时在大陆散文市场陆续出现的许多新旧散文作品的感受与概括。言其文化特征，就先要看这些特征来自哪些作品。概而言之，这类都明显异于那种文化一统化散文而被言为"大"者的散文，主要来自以下三个方面：

一是当时大陆作家的新创作。如重在历史反思和文化观照的巴金的《随想录》、余秋雨的《文化苦旅》和贾平凹写商州地域文化的系列散文；如上海远东出版社推出的"火凤凰文库"（包括巴金、贾植芳、于光远、蓝翎、朱正、李辉和王晓明的共6本散文集）这类较典型的学者散文；如邵燕祥、公刘、牧惠等侧重解剖现实矛盾的批判性社会杂文；以及李辉关于周扬、丁玲、沈从文、萧乾、胡风等文化名人的文化色彩极浓的特写与专访。如此等等，都表现出了与以往散文很不相同的文化态度、思想观念、思维方式和行文风格。

二是80年代中期开始在大陆陆续出版而今仍然畅销的台港尤其台湾作家的散文。如柏杨、李敖、龙应台、三毛、余光中、董桥等人的作品。我以为，这是中国当代"大散文"创作中特别值得注意的中坚创作和重要构成。因为在文化观念上，尤其是在对现实文化的丑陋景观和社会弊病的批判上，这些作品给"大散文"注入了充满活力的变革意识。台港作家尤其是台湾作家的散文和杂文，六七十年代的创作早就与大陆同时期的散文创作有极大区别。只不过由于当时对垒森严而无法交流。

三是回顾文学史、文化史而重拾老人旧文所牵引出来的"老人散文热"。如蔡元培、胡适、周作人、林语堂、梁实秋、俞平伯、苏雪林、郁达夫、沈从文、钱锺书、张爱玲等的散文，一个时期以来不仅纷出且十分引人注目。这些可谓"枯木逢春"的"老人散文"大多有两个特点：一是作者多是大陆解放后便被冷落或排斥的人物；二是其散文作品文化品位都很高，在中国现代文学史和文化史上都产生过重要影响。像林语堂最早出版于1935年的《中国人》（又名《吾国吾民》），当时在海内外就享有盛誉。80年代后期在大陆重出后，影响也极大。林的《中国人》，现在看来其实也是一本非常典型的"文化散文"著作，充分体现了作者"两脚踏东西文化，一心评宇宙文章"的写作思维和文化比较意识。

主要就是上述三者的合成，汇聚成了"大散文"的波澜壮阔。不管构成怎么多样，有一点明确无疑，这就是只要能称为"大散文"的作品，则肯定摆脱了建国后形成的那种正统的颂歌型散文创作模式，尤其是矫揉造作和含义肤浅的抒情散文模式。

从众多"大散文"作品的文化表现来看，则主要有如下五个特征：

其一，创作观念上具有强著的文化意识。这种主要显示在文化方面的强著，是"大散文"不同于建国以来正统散文的最明显之处。"大散文"的"大"，相当程度正是表现在文化观念和文化意识上的突破与冲越，表现在对封建主义文化的批判和对传统文化的反思上。由此而来，反思历史、直面现实、不避尴尬、敢写矛盾、心怀忧患等，便成为"大散文"鲜明的思想品格和文化态度。如林语堂的《中国人》，巴金的《随想录》等。

其二，侧重思考严肃的文化内容并且有较大的文化包容量。由上述创作观念所致，"大散文"的取材便侧重于严肃的也往往是重大的文化性社会现象和历史问题。它们思考的不是风花雪月、小桥流水、莺歌燕舞或春愁秋怨之类的东西。如果写歌舞升平、万众欢腾、战鼓咚咚红旗飘之类的大喜大庆事儿，那也是作为反证的文化景观来剖析。可以这样说："大散文"的取材一般不"个人化"，而是社会化和文化化，追求的是"为社会代言"和"为文化代言"。即或落于小处细部，也多是小中见大，能折射和映照出有关历史变迁、社会变化、时代风云、文化走向甚至人类命运等大景观。文化包容量通常较大。与此同时，其实也就显示了"大散文"往往需要开阔的文化视野。

其三，思想的独立性和思考的深刻性。即"大散文"提倡独立的思想和深层的思考，希望这种思想和思考能够穿透事物的内部联系和现象的本质。自然而然，"大散文"的写作就反对人云亦云随声附和，当然更与奴颜婢膝的奉迎格格不入。

其四，情感的真诚无欺。文贵真情，这是老生常谈了。但鉴于以往散文创作矫揉造作的存在，以及如巴金在《随想录》中曾多次批评的空洞、虚假的"豪言壮语"现象的大泛滥，即使是老调重弹也必须。事实上，很多"大散文"作品也正是以真诚无欺的情感表现打动了读者，并使其成为"大散文"的特色之一。这种真诚，又特别表现在作者的自我解剖方面。如巴金老人的自我忏悔，如龙应台的反思自我。

其五，文体的自由活脱。内容与形式的关系，其实不便机械分离，只能相对而言。由于上述变化，"大散文"的文体结构和写作艺术等形式方面的东西，当然也有明显变化。如果说各人还是各有风格，各人还是有各人的艺术追求，那么从总体上来看，主要变化就是文体走向了自由活脱不拘一格，不再存在章法写法上的统一规范和新八股式的要求。可以说，"大散文"创作本身就意味着写法的各显神通并鼓励创造精神。

上述互为关联的五个特征，具体作品的表达当然有差异。这里只是就总体情况而言。必须说明的是，说到"大散文"的特征，鲁迅先生的散文和杂文毫无疑问该是一面旗帜。但我之所以没有提及鲁迅，是由于在作为"大散文"构成之一的"老人散文热"中，人们注意的多是曾被我们冷落或曲解的老人作品，这里是根据具体情况来说"大散文"。无须赘言，鲁迅的杂文创作肯定是"大散文"中最出色的一种代表。

三、"文化散文"及其文化观念的比较

这部分专门谈谈"文化散文"。因为作为散文家族中也是"大散文"中最具有文化意味和文化气息的品种，它是一种非常特殊的"大散文"，特殊得完全可以单独看待。换句话说，谈论"大散文"的文化品性，独树一帜的文化散文必须给予格外重视。

在近年有关散文的研究中，我们可以看到一种情况，即"文化散文"和"大散文"的概念混用。混用的原因是视两者为同一，也就是认为"文化散文"就是"大散文"，反之亦然，两者是一个意思。这当然不对。文化散文显然不能包容大散文。但这也确实反映了文化散文在人们心目中的独特地位。

另外，对"文化散文"的重视，也利于观照"大散文"中不同文体和不同类型的散文的各自特点。前面说到，"大散文"包括的文体较杂也较广，而我们言其"大"，主要是从文化思想、文化内涵和文化价值等来确认。但这也带来一个问题：如果将凡有别于我们建国以后形成的大一统散文模式和规范化艺术散文者都归入"大散文"，显然不仅太笼统，而且容易忽视不同散文品种实际上的不同文化特征。比如说，巴金的《随想录》和余秋雨的《文化苦旅》都是"大散文"无疑，但它们显然有诸多不同。虽然两者都涉及大量文化现象，都谈了许多文化问题，但人们通常还是以为前者是"社会散文"而后者才是"文化散文"。又如台湾作家柏杨、李敖、龙应台、余光中、三毛等，他们的杂文与散文的包容量往往丰富而文体表现也洒脱，文化意识也都可谓"大"，然而实际上也是各有千秋各具风格。如果说对"大散文"划分太细既不必要也不好划，那么同时也应顾及文章特征。讨论"大散文"，我以为对于特别明显地构成了自家特色而且能独当一面的"大散文"品种，以及特征非常重要的相关写作现象，应当分门别类予以更深入的单独研究。由此看来，对于已独树一帜的文化散文就应给予特别重视。说来，"大散文"概念的明确化，最初还是由"文化散文"牵动的。是"文化散文"的出现使人们找到了"大"的感觉。

不妨回顾一下"文化散文"出现的历史情形。

1992年初上海知识出版社推出了余秋雨的系列文化散文集《文化苦旅》，引起海内外广泛注目。之前，《文化苦旅》的大多篇什已在上海《收获》杂志以专栏形式陆续面世，影响已较大。不过远不及成书之后。出版仅三年时间，

该书就重印8次，印数高达26万册。这还不计盗版印数。此后还在继续增印。后来余文出版了另一本散文集《文明的碎片》，仍有"洛阳纸贵"的身价。由此竟出现了议论纷纷的"余秋雨现象"。时至今日，余的散文著作已成为盗版者最青睐的猎物之一，以至于需要"黑箱操作"才能避免几乎是与出版同步的盗版之灾。一种散文写作能如此洛阳纸贵，不能不是中国当代散文创作史上的一个奇观。

为何会这样呢？我们先来看余秋雨的一段自白：

"我发现自己特别想去的地方，总是古代文化和文人留下较深脚印的所在，说明我心底的山水并不完全是自然山水而是一种'人文山水'。这是中国历史文化的悠久魅力和它对我的长期熏染造成的……我站在古人一定站过的那些方位上，用与先辈差不多的黑眼珠打量着很少会有变化的自然景观，静听着与千百年前没有丝毫差异的风声鸟声，心想，在我居留的大城市里有很多贮存古籍的图书馆，讲授古文化的大学，而中国文化的真实步履却落在这山重水复、莽莽苍苍的大地上。大地默默无言，只要来一二个有悟性的文人一站立，它封存久远的文化内涵也就能哗的一声奔泻而出；文人也萎靡柔弱，只要被这种奔泻所裹卷，倒也能吞吐千年。"[7]

余秋雨散文当时的备受看重风行一时，毫无疑问与这种"文化"的明确标榜让人耳目一新有关。与此同时作为"文化散文"的支撑，余的优美文笔、浓郁抒情、丰富联想、知识评点等行文风格和文人气度方面的因素，当然也吸引了读者。尽管后来有青年学子对余秋雨文化散文的风格与学识予以了激烈批评，却似乎无伤大雅，没能怎么影响读者。由此可见，中国当代散文出现"文化散文"之说，基本上是从余秋雨始。或者说这种观念开始在大陆流行，是在余的散文出现以后才明确起来。

不过，如果对"文化散文"的理解宽松些，视野又不限于大陆，那么"文化散文"在当代创作的领先之誉，其实应归于台湾几位作家。因为像柏杨、李敖、龙应台的大散文，固然在写法上不如余秋雨散文那么文气典雅，但从取材、意指、内涵、观念等各方面都非常"文化化"来看，他们的散文与杂文其实都是较地道的"文化散文"。

比如，早《文化苦旅》好些年就出版的《丑陋的中国人》，就可以说是地道的"文化散文"。80年代中期湖南文艺出版社率先推出了该书的大陆版，选编者就曾认为："读罢该书，深觉其议论精警，忧国忧民。继承鲁迅先生'意思是在揭出病苦，引起疗救的注意'的正视现实的优良传统，集中力量发掘、展示和鞭挞了我们民族中的不少人两千多年来在封建文化和近一百年来在三座大山压迫下形成的种种'丑陋'的性格或心理状态。"[8]柏杨这本《丑陋的中国人》与余秋雨文化散文不同的是，它的战斗性批判性特别强。需要明确的是：我们就认可"文化散文"命题在中国当代散文界的明确化，是与余秋雨"文化散文"的有意为之和他在观念上的文化标榜分不开，但文化散文的蔚为大观风起云涌，则显然是群体所为。而特别值得注意的是，在对中国传统文化的反思中，在文化观念的变革与更新上，在文化批判的深刻和力度方面，余秋雨早期的文化散文是有相当局限的。不及大陆有的作家如巴金，尤其不及台湾几位以抨击传统封建主义文化而著名的散文家和杂文家如柏杨、李敖、龙应台。无疑，所谓"文化散文"应包含文化杂文。这倒不是由于杂文原在散文之内，而是对于写法自由的现代散文和现代杂文尤其是重在文化性的它们来说，其中间地带越来越模糊，两者间的游移性很大，往往交织难分。这也正是前面说过的"大散文"不便细化不好细分的原因。

对于"文化散文"来说，其所以被称为"文化散文"，决不仅仅在取材方面走了"文化旅程"，写了浸润着文化韵味的寺庙楼阁秋水长天，或文化名人的风流诗文逸事趣闻。秦砖汉瓦固然易于扬起文化的古老烟尘，唐朝的风宋代的雨固然易于激发人们的文化情怀，但审美主体若没有深层的文化意识、深刻的文化思考、透彻的文化理解和阔大的文化视野，以投注和激活安睡的"文化"，以连接和穿透古今的"文化"，那读者还真不如到历史博物馆去看看发绿的器物生锈的历史。显而易见，所谓"文化散文"，根本还是文化主体对文化客体的一种生命投注，其灵魂则是作者显示的文化态度与文化观念如何。这里面，就有保守与变革、陈腐与新生、落后与进步、愚昧与智慧的巨大差异。如果说"文化散文"的兴盛得于群体努力（确切说是得于"文化精英"的群体努力），那么由此表现的文化态度、文化观念和思想境界，也就有明显的不同。事实上，在我们所说"大散文"出现以前的中国当代散文创作中，取材于古代和近现代的文化历史、文化陈迹、文化人事的作品也很多，写具有很强文化性质的现实文化景观的作品也比比皆是，但具有文化穿透力者却不多，深刻的文化反思与文化批判很少。尤其是特立独行的文化思考更是凤毛麟角。从这些方面看，我们确实有些停滞不前。一个显而易见的事实是：建国以来很多年，我们大陆是再也没有产生像当年的鲁迅、李大钊、蔡元培、胡适、陈独秀、林语堂这类能深刻反思中国传统文化的大师级人物和杰出散文家了。个中原因的确值得我们认真思考。

谈起"文化散文"的文化观念和文化反思，不少作家作品都值得推崇。比如被称为"人生大书"的巴金《随想录》五卷，就谈了许多文化问题。它们虽未被称为"文化散文"，但其文化反思就较深刻。而柏杨专论中国"酱缸文化"的《丑陋的中国人》，李敖也是专论中国传统文化弊病的《传统下的独白》和《独白下的传统》，龙应台"烧了一把大火"的《野火集》以及她对"猪圈文化"的悲愤，在文化批判的深度和力度上，则更是非同寻常。不仅是胜过余秋雨、贾平凹等文人化的"文化散文"，大陆其他"文化散文"作家也难以相比。80年代中期，柏杨《丑陋的中国人》在大陆引起争论时，公刘发表了《丑陋的风波》[9]一文，其间有些看法是令人深思的。公刘认为《丑陋的中国人》肯定是"继承和发扬了鲁迅精神"，但为什么继承者和发扬者却在台湾而不在大陆？面对这个"虽然令人惊讶，令人愤愤不平同时令人惭愧，却又必须承认的客观事实"，公刘较深入地分析了原因，谈到了中国人的夜郎自大、天朝意识、报喜不报忧以及当代愚民政策等。以此来看我们为何会出现那么多只是一味盲目乐观、一味歌功颂德的肤浅散文，也就不言而喻了。我以为，余秋雨最初的"文化散文"，重古典主义而缺乏现代精神，多传统文人情怀而少现代知识分子的批判意识，多少也与这种文化背景和现实环境的制约有关。不过余秋雨后来的作品是有所改变了。李敖文化杂文的犀利众所周知。我们总觉得他有点"危言耸听"，但又不能不佩服其深刻。比如他在《快看〈独白下的传统〉》一文中就出语惊人："中国知识分子是中国最可耻的一个阶级。这个阶级夹在统治者和老百姓之间，上下其手。他们之中不是没有特立独行的好货，可是只占千万分之一，其他都是'小人儒'。庸德之行，庸言之谨，读书不化，守旧而顽固。"[9]这话大约会使中国很多知识分子不舒服。但平心静气想想，几千年来，中国知识分子难道不是有过太多次群体的悲哀与集体的失败么？矫枉过正，那"枉"却是存在的。这种"危言"，行文还是比较稳重的余秋雨大约难出。我决不是赞成大家都来"危言耸听"，但我们是不是又太四平八稳而太缺乏特立独行的思考呢？

四、散文与文化价值

本世纪30年代，鲁迅先生在他那篇著名的《小品文的危机》[10]中曾指出："而小品文的生存，也只仗着挣扎和战斗的。晋朝的清言，早和它的朝代一同消歇了。唐末诗风衰落，而小品放了光辉。但罗隐的《谗书》，几乎全部是抗争和愤激之谈；皮日休和陆龟蒙自以为隐士，别人也都称之为隐士，而看他们在《皮子文薮》和《笠泽丛书》中的小品文，并没有忘记天下，正是一塌糊涂的泥塘里的光彩和锋芒。明末的小品虽然比较的颓放，却并非全是吟风弄月，其中有不平，有讽刺，有攻击，有破坏。这种作风，也触着了满洲君臣的心病，费去许多助虐的武将的刀锋，帮闲的文臣的笔锋，直到乾隆年间，这才压制下去了。以后呢，就来了'小摆设'。'小摆设'当然不会有大发展。到五四运动的时候，才又来了一个展开，散文小品的成功，几乎在小说戏曲和诗歌之上。这之中，自然含着挣扎和战斗……"今天来读鲁迅先生的这种散文评介，其观念依然打动人激励人。鲁迅固然认为"生存的小品文，必须是匕首，是投枪，能和读者一同杀出一条生存的血路的东西"[11]，但先生也并不排斥散文的给人"愉快和休息"的功能。关键问题是，当社会需要"匕首"和"投枪"时，散文就必须是战斗的"小品文"，而决不能成为麻痹和愚弄读者的"小摆设"。至于帮凶助虐，那当然就是彻底的堕落了。

我以为，鲁迅这种强调社会性、批判性、战斗性和治世经用的散文观，仍然可以作为评测我们中国当代散文文化品性和文化价值的重要尺度。因为封建传统文化的稳定性和顽固性，对我们时代依旧影响很大危害不小。因为我们的社会，依旧存在不少需要彻底改变的文化弊端和社会矛盾。因为我们的国民，确实还有不少需要革除的"文化丑陋"。龙应台所说的需要拍案而起但"为什么不生气"的现象，仍然到处都有。而所有这些，却曾经在"小摆设"中视而不见甚至于粉饰起来，使肿瘤变得"艳若桃花"。如前所析，无论新旧"大散文"，很多正是对此进行了揭示与批判，正是意欲摆脱"小摆设"的甜腻、浅薄、封闭、虚空并打破一统思维的桎梏，它们的时代价值也正由此而鲜明显示。特别是那些文化观念力求变革而思想敢于突越的批判性"大散文"，它们以此来揭示历史的顽症、社会的弊病和批判现实的丑陋，更应该充分肯定。事实上，"大散文"在新时期的兴起及其文化观念的革故鼎新能受到众多读者的热烈欢迎，完全是时代需要的应运而生。

回顾中国当代散文五十年的文化历程和文化表现，从文化的大一统走向文化的自由思考，从"文化政治化"走向文化多元化，走了一条非常曲折的文化之路。但无论是大一统的散文，还是一般的"大散文"和独树一帜的"文化散文"，它们都是特殊时代和特殊环境中的文化产物。而对于新时期以后的散文创作和出版来说，那些表现了深刻的文化思考和勇敢的文化探索的散文作品，无论是过去的"老树"还是今天的"新花"，无论是大陆作家所写还是台湾作家所为，观念虽有不同，思考虽有深浅，水平虽有高低，风格虽有雅俗，但它们在中国当代散文发展史上，毫无疑问是带来了散文创作的新面貌。相较大一统的散文创作，它们无疑给当代读者提供了新的文化认知、新的文化视野和新的审美感受。就中国当代散文的创作与出版而言，"大散文"和独树一帜的"文化散文"，可以说推出了一个新的散文时代。

参考文献：

［1］杨朔. 海市小序［M］//杨朔代表作. 郑州：河南人民出版社，1986：171.

［2］王庆生. 中国当代文学（第1册）［M］. 上海：上海文艺出版社，1984：225.

［3］韦勒克·沃伦. 文学理论（中译本）［M］. 三联书店，1984：13.

［4］秦牧. 核心［M］//秦牧代表作. 郑州：河南人民出版社，1994：406.

［5］顾行，成美. 邓拓传［M］. 太原：山西教育出版社，1991：151.

［6］余光中. 听听那冷雨代序［M］//余光中散文精品选. 济南：山东文艺出版社，1994：3-8.

［7］余秋雨. 文化苦旅自序［M］. 上海：知识出版社，1992：3.

［8］严秀，牧惠. 湘版丑陋的中国人编后记［A］//看，这个丑陋的中国人—柏杨. 北京：中国电影出版社，1997：372-375.

［9］公刘. 丑陋的风波［J］. 新观察，1988，（17）.

［10］李敖. 独白下的传统［M］. 北京：人民文学出版社，1989：7.

［11］鲁迅. 小品文的危机［M］//鲁迅选集（第三卷）. 北京：人民文学出版社，1986：200-204.

原载《暨南学报（哲学社会科学）》2000年第5期

余秋雨：从审美到审智的"断桥"

——论余秋雨在中国当代散文史上的地位

孙绍振

忏悔名义下的野蛮

二十世纪九十年代的余秋雨在中国当代散文史上，可能是一大奇迹；在受到了海内外读者空前热烈的欢迎以后，不久就引发了规模巨大的围攻。近五六年来，《中华读书报》《文学自由谈》《南方周末》《文汇读书周报》，各种大学学报还有各种晚报，对于余秋雨展开了空前激烈而混乱的争论，其水平之低，除了历史上的大批判以外，可以说创造了文学批评的纪录，如今要将有关余秋雨争论的文章完全收集起来，作全面反思的参考似乎已经不可能。值得庆幸的是，从1996年开始就有有心人在收集有关争论文章，先后出版了《感觉余秋雨》（文汇出版社，1996年2月）、《余秋雨现象批判》（湖南人民出版社，1999年8月）、《秋风秋雨愁煞人》（中国文联出版社，2000年1月）、《世纪末之争的余秋雨：文化突围》（浙江文艺出版社，2000年5月）、《审判余秋雨》（四川文艺出版社，2000年6月），正是这些集子给人们提供了一份虽然并不完全，但大致还可以从中感受到争论各方的观念和情绪发展的过程的材料。

针对同一个作家居然在四五年内，出了五本评论集子，在当代中国作家中可能是绝无仅有的，这本身就是一个值得注意的现象，在这文学评论陷入商业化和庸俗化吹捧的时期，余秋雨现象中，必然有某种从美学和文学理论上来说相当深刻的东西。

争论涉及的内容相当广泛，其中有些属于局部性的，如对于深圳这样一个特殊地区文化特点问题，本文作为一篇文学评论，可以暂时不管。至于一些属于个人政治身份问题本来也可以超脱，但是，问题一度相当严重，闹得沸沸扬扬，成为全国读者的热门话题，似乎不能置之不理。说余秋雨是"文革余孽"，"四人帮文胆"，"四人帮""帐中主将"，"文革"时期上海市委写作班子"石一歌"成员，还写作了《走出彼得堡》等数十篇文章，为"四人帮"文化专制张目，等等。

余秋雨反复严正声明：这种说法没有事实根据。但是无济于事，这一切仍然被一些文章作为立论的前提，认定余秋雨为"文化杀手"。这些说法本已超越了文学评论的范畴，从性质上来说，属于政治上和法律上的问题，应该是党委会和法院的事，但是由于和余氏有无文化反思的道德和人格资质的前提联系在一起，人们就不能不分外关注。在报刊传媒大肆炒作之下，形成了一股"批余热"，其间，还出现了余开伟、余杰那样的逼迫余秋雨写"忏悔"文章的闹剧。但是上海《新民周报》《法制日报》《上海法制报》三位记者金仲伟、杨慧霞、王抗美的联合调查《余秋雨"文革问题"调查》一经发表，真相大白。当事人胡锡涛——上海写作组的正式成员——声明盛传为余秋雨所作的《评斯坦尼斯拉夫斯基体系》并非余秋雨所作，而是他本人的作品，而《走出彼得堡》则是另一位写作组成员之作。当年主持审查上海市委写作班子的负责人，深受过"四人帮"迫害的王素之将军，更是直截了当地声明余秋雨在"文革"中"没有问题，是清白的"。正是因为这样，他曾在清查后期设法把余秋雨调动到部队去工作，由于上海方面不放而未果。当年审查组后期负责人，审查报告的执笔者，夏其言先生不但断言余秋雨没有任何问题，甚至主张：对那些发表污蔑性言论的人，"余秋雨可以打官司"①。

谣言就是谣言，沸沸扬扬了好几年的"批余热"终于戛然而止。

其实，真正严肃地提高到理性的层次上去反思，"文革"开始时才二十岁的余秋雨即使在政治上犯过某些错误，也应该不妨碍对他的文学成就作出公平的判断，更不应该成为强迫忏悔的充分理由。不论是中国传统修身的内省（慎独），还是西方基督教的忏悔，都有两个前提：一、不是强制的，而是一种内在道德的自由和自觉；二、对于人格的充分宽容、尊重、保护和等待。在西方是神父对于忏悔者隐私的绝对保护，在中国是忠恕之道：君子之过，如日月之蚀。如果背离了这两点，忏悔这样神圣的名义就可能转化为文化专制的恐怖手段。红卫兵所滥用的强迫"认罪"就是强迫忏悔的一种历史形式。

我们终于有了充分的条件来反思，在对待余秋雨态度上在多大程度上暴露了我们文化人格潜在的阴暗成分。

如果拿余秋雨和浩然相比，问题就变得特别滑稽。

浩然明明在"文革"中做了相当多的不光彩的事，然而他就是公然宣言：不后悔，不忏悔。一些对于余秋雨义愤填膺的激烈人士，就是拿他无可奈何。然而对于余秋雨则恰恰相反，不管你如何反复声明毫无事实根据，反正是我行我素，而且纲上得越来越高。

这是不是欺软怕硬呢？

余秋雨和浩然究竟有什么不同呢？无非是浩然名声不够大，而余秋雨则是"文化明星"，炒作的价值，大大的有。不管结果如何，对于报刊的发行量和个人的知名度，不但绝对无害，反而有利。余秋雨现象闹成这个样子，弄到这种程度，完全是因为余秋雨如此大的名声是一块大肥肉，包含着极大的商业价值，不花什么力气就能参加全国性的名利大会餐。

光是冤枉人这一点，高唱忏悔意识的义士们，难道不应该拿出自己的道德理性的百分之一，来检验一下自身的人格面具下隐藏的东西吗？

当然，话说回来，余秋雨现象，从根本上来说，毕竟是一个文学现象，其主要方面，并不完全是一种道德现象。仅仅从道德视角去评述，是片面的。

这里有许多复杂的学术和艺术的专业问题。

审美价值和"硬伤"

在对余秋雨的批评中，最为引人注目的论题是他在学理上的"硬伤"。应该承认，在余秋雨散文中，学理上不是没有瑕疵的，只是这个问题，在报刊炒作的过程中往往是被夸大了。有些是批评者根本就没有看清原文导致的误解（如把余氏的"中国古代"错引成"中国文化"②），又如，一个批评家说，余秋雨在《阳关雪》中从中国西北的"坟堆"联想到艾略特的《荒原》，艾略特的原著中根本没有"坟堆"的意象，可见余秋雨根本没有读过原著。但是后来，更细心的读者，发现弄错了的不是余秋雨，而是批评家。有的则是一味危言耸听，误以为余秋雨不懂任何外文，就否定其所有研究西方戏剧美学著作的学术价值。③有的仅仅根据自己不同意"本体象征"这一本可争论的提法，就断言余秋雨的学术是"荒唐可笑"的。除了这些明显的误解和武断之外，余秋雨的散文中确也有些值得挑剔的地方，例如，关于天柱山有没有出版过独立的志书？安史之乱时期，李白是不是在天柱山隐居过？笼统地从俗将潜山、皖山、天柱山混称，是不是容易引起混淆？这些批评，对于余秋雨应该是有启发和帮助的。至于余氏散文中一些常识性的错误，例如，本是舜的妃子的娥皇、女英被误为舜的女儿，把钱玄同做的事，弄成刘半农的事，范仲淹在写《岳阳楼记》时，有没有身临其境？周庄沈万山的宅第究竟是他自己所建造的，还是他的孙辈造的？王维送别朋友时，手里握的是不是酒壶？（当时有没有酒壶？）王国维家里是不是可能藏有《四库全书》？金圣叹是因为哭明王朝而遭处死的吗？这本是不难避免的疏漏。余秋雨本该更谨慎一些，但却留下了某些不可讳言的遗憾。虽然修改起来并不会费太多的功夫，但是损失毕竟造成了。

这么多学者和批评家，为余秋雨的散文花了这么多心力和时间，从各方面进行挑剔，哪怕用词比较尖刻，秋雨先生实在应该正面表示衷心的谢忱，光是对于胡晓明先生一个人表示感谢，可能是不够的。

我想，当激烈的情绪过去以后，秋雨先生回忆起那些细心的挑剔家们的名字时将会引起亲切的怀恋。同样，那些曾经尖刻地挑剔过余秋雨的学者和批评家，在若干年后，站在当代散文历史的新高度回顾当年的言辞，我想也会引起某种亲切的微笑的。说到这里，我不得不复述一位批评家的说法：余秋雨的《遥远的绝响》中毛病如此之多，只要把鲁迅同样是论述魏晋人物的文章《魏晋风度及文章与药及酒之关系》比较一下，就知道文章的高下了。这位批评家行文时，如果重新仔细读过鲁迅的这篇文章，我相信他绝对不会轻率地提出这样的对比。鲁迅的文章虽然根据记录发表过一次，后来又经过鲁迅修改，重新发表，在引用文献上还是留下了不少的疏漏。例如，把曹操的"求贤令"说，只要是人才，就不管他是否"不仁不孝"，都可以起用，说成是"不忠不孝"（要知道，魏晋时代，当权者都是不忠的家伙，他们不敢提倡忠，只能提倡孝），杀嵇康的是司马昭，鲁迅误记为司马懿④。鲁迅文章中的疏漏和误记是常见的现象，只要查查《鲁迅全集》的注解，就不难知其大概。这一切都没有妨碍后世对于鲁迅的高度评价。然而，对于余秋雨却奉行着一条特别苛刻的准则：在他十多年的作品中，众多的批评家，通力合作，查出了几条"硬伤"，居然就得出了对于余秋雨学术和艺术成就全盘否定的结论。

本来"硬伤"是一种有关学术规范的通俗说法，强调的是，对任何学术资料细微末节的严密和准确。但是，细节比起整体来说，毕竟是局部，除了个别关乎整体生命者外，一般地说，细节毕竟是细节，对整体生命的影响是有限的。这本来是常识范围内的事情，但是，众口一词，往往形成一种话语权力，吹毛求疵，不及其余，只能导致理性的丧失，水平的降低，有些批评者口口声声责备余秋雨缺乏"学术理性"，而自己却用一种非理性的情绪化语言和逻辑进行文学评论，陷入了悖论而不自知，实在令人嗟叹。

滥情、抒情逻辑和"偏见"的关系

"批余热"中旋出来的"硬伤"风潮，虽然声势浩大，但是，毕竟是软弱的，广大读者有时也觉得有趣，总是并不认真对待，因而余秋雨的作品，还是十分畅销。但是，所有这一切不过是余秋雨现象的表层，许多批评家之所以对余秋雨这样怀着溢于言表的情绪，往往不在于余秋雨的为数不多的所谓"硬伤"，而是对于余秋雨所创造的散文风格的反感。最初提出异议的李书磊先生还比较理性，后来朱国华就略带一点情绪化，认为余秋雨的散文不过是"毫无新意的感伤情调"，他对于余秋雨散文中的诗化的成分难以接受。他反对感伤，是因为感伤缺乏现代理性，由于他尽可能地压抑着情绪，因而文章中多多少少还有一些中肯甚至于深刻的分析。⑤到了王强的文章中，诗性的感伤被称之为"伪浪漫主义"⑥，就只有情绪的发泄了：批余愈热，理性成分越是稀薄，有一篇《"文化苦旅"七气》，把《文化苦旅》归结为七种完全是否定性的性质：霸气、商贾气、小家气、八股气、童稚气、猥亵气、市井气，这是一篇基本不讲任何学理，轻浮而痞气的文章，居然发表在一家高等学校的学报上。⑦到了朱大可先生那里，更多是把余秋雨和妓女联系在一起，《文化苦旅》被比喻为"文化口红""文化避孕套"⑧。这自然是耸人听闻，有朱大可先生惯有的故作惊人之语的风格，但是，在这种惊人之语的背后，却有着相当严肃的学术和艺术观念的分歧。

许多批评余秋雨的作者个性不尽相同，观念也有出入，但是在一点上是相近，甚至是相同的，那就是对于散文中抒情成分的厌恶。不过朱国华把抒情委婉地称之为"感伤"，而王强先生称之为"伪浪漫主义"，而一般批评家则名之以"滥情"或者"矫情",而到了厌恶一切情感色彩的朱大可先生那里,则用了一个更为带情绪色彩的术语"煽情"。正是因为对于煽情、滥情、矫情、感伤的反感,才导致了一位批评家把余秋雨散文贬为"文化散文衰败的标本"⑨。到了《审判余秋雨》中,事情就更为严重,余秋雨不但要为自己的创作负责,而且犯下了"谋杀"当代散文的罪行:"装腔作势谋杀了散文的真实平易","余式矫情谋杀了散文的真诚与深刻"。⑩

但是所有的批评家们都无法阐明两个问题:第一,抒情到了什么程度,就变成了滥情和矫情;第二,余秋雨受到这样广泛的欢迎,是不是也意味着他为中国当代的抒情带来某些新的东西。忽略这样重大的理论问题的并非朱大可先生一个人,几乎所有的批评家,都没有对自己的大前提进行必要的理论免疫。

在这个关键问题上,我想理论和艺术感悟水平比较高的李书磊和朱国华先生,尤其是朱国华先生的一些分析是比较深刻的。朱先生在《别一种媚俗》中指出,《文化苦旅》并非只是滥情,其中还有其他的东西,他把余秋雨的散文归结为"故事+诗性语言+文化感叹"。而文化感叹中除了抒情成分以外,还有文化哲学,但是他对此并不看好。⑪

应该说,这是触及了要害的。在余秋雨所创造的艺术世界中,朱国华先生所说的故事,事实上是文化历史的阐释和批判,他所说的文化感叹,则是文化人格的建构和历史的批判。而所谓诗性语言,并不是游离的。不是和前二者相加,而是相乘,抒情、历史和文化智性三者组成统一的结构以后,就发生了重大的变化,抒情就带上了深邃的智性,就与虚假、肤浅而缺乏思想的滥情不可同日而语了。

抒情与矫情和滥情在根本上是不同的。文学作品的根本价值是与人的情感分不开的,审美在希腊文中原来就是相对于理性的感性(情感和感觉)的意思,文学艺术区别于科学理性的根本特点就是以情感为核心的包括感觉和深层的智性的心灵奇观。情感是一种黑暗的感觉,对于真诚情感的发现一如科学的发现一样难得,因而对于才气不足的作家来说,就有了一种偷懒的办法,刘勰在《文心雕龙》中早就警告过"为文而造情"的倾向,也就是虚假的倾向,所谓"矫情",也就是假情,从这个意义上说王强对所谓的"伪浪漫主义"的厌恶,不是没有理由的。所谓"激情"从根本上来说,也是假情,不过从形式上来说,它是以夸张、虚张声势为特点。滥情与抒情的根本区别还在于深层思想的有无,滥情者往往在感觉表层滑行，而杰出的抒情则表现出深刻的人格和哲理底蕴。

在反对矫情和滥情方面，我们和许多批评家们是一致的，但是问题在于，他们不但反对矫情和滥情，而且笼统地、豪迈地厌恶一切抒情，其理论纲领完全包含在朱大可先生的理论范畴"煽情"中。朱大可先生不想在这些问题上浪费宝贵的精力，给滥情和抒情进行明确的划分，只是用"煽情"一言以蔽之，表示他对抒情的鄙视。其他一些评论家没有朱大可先生这样大的理论原创的气魄，只能在具体论述的时候，对于余秋雨的一切抒情加以彻底的否定。幸亏这些评论家没有系统地评论中国当代散文，如果他们之中的任何一个，按否定余秋雨的高标准，系统地评论一下中国散文，有幸逃离横扫之列的，能有几个呢？不过，读者不用悲观，据韩石山先生的文章《散文的冷与热》，至少还有他的同乡散文家卫建民是好样的。⑫

当然，朱大可并不是等闲之辈，他之所以藐视余秋雨的抒情，是出于一种现代文学理念——文学发展到二十世纪末，浪漫主义和现实主义经典早已成为历史，而现代世界文学是冷峻的，超越情感的，在散文中还絮絮叨叨地抒情，简直是落伍得可笑。其他一些评论家，包括在理论上缺乏修养和准备的，全凭情绪起哄的，但是在文学趣味上，无疑和朱大可先生同调，一见余秋雨比较抒情的句子，就恼火起来。

问题在于，中国现代散文要达到和现代小说和诗歌同样超越抒情，上升到智性的水平，并不能凭空产生。直接废除抒情代之以纯粹智性话语吗？那就意味着彻底的"无情"，这样做难度太大，就连以智性见长的周国平先生，也不敢完全脱离情感的渲染，在这方面最为勇敢的南帆是完全拒绝了抒情，甚至也拒绝了幽默，的确他已经取得了成就，但是，他的逻辑中还是充满了情绪性，我把它叫作"亚审美逻辑"⑬。余秋雨的艺术个性显然和南帆相去甚远，但是在追求智性上是和南帆有共同之处的。余氏抒情的特点，就是与智性的深思沟通的。如果说以情感为主的文学作品，一般属于审美的范畴，南帆先生以冷峻见长，超越了情感和幽默的境界，但是又没有完全脱离情感逻辑的散文可以说接近了审智的境界的话，那么，余秋雨的抒情中渗透着智性的散文，只能说是从审美到审智的过渡桥梁。然而正当余秋雨力图把诗情和智性结合起来，从单纯的审美向审智建筑起一座桥梁的时候，他遭到了呵斥。

余秋雨在《废墟》中说："废墟有一种形式美，把拔离大地的美转化为皈附大地的美。再过多少年，它还会化为大地和泥土，完全融入大地。将融未融的阶段，便是废墟。母亲微笑着怂恿儿子们的创造，又微笑着收容儿子们的创造。"这里把现实中的丑，转化为它的对立面美，不正是把抒情转化为智性沉思的努力吗？可是批评家就义愤填膺地说："母亲和儿子的比附令人摸不着头脑：废墟是母亲的创造吗？那不是说废墟诞生了建筑？""哪里像一个教授的学术散文，说是一个中学生的小作文还差不多吧。"⑭

应该说，《废墟》并不是余秋雨最好的作品，但是即使这比较差的作品，也并不十分简单，正由于把废墟当作一种美，才含着哲学、宗教和神话的丰富内涵。出自泥土，归于泥土，这不仅仅是辩证法的转化，而且隐含着古希腊大力士安泰和大地之母力量源泉的暗喻，典故非常通俗，虽然并不需要读过《圣经》的人才能理解，但是绝对不是中学生就能写出来的。因为这里，有着把哲学、神话、宗教文化内涵进行变形、变质，转化为抒情的逻辑——超越于现实的实用理性和科学理性的陌生化的境界，用我国清代诗评家吴乔的话来说，就是"无理而妙"。这就进入了抒情的艺术感知变异和逻辑——变异的境界。

有一个相当深刻的问题是不可忽略的，这就是理性与情感的矛盾问题。具体来说，一旦抒情和哲理结合在一起，就从学术的境界进入了艺术的境界，这时，再单纯从学术理性来评价，就难免给人外行之感了。

一些徘徊在艺术境界以外的批评家，对于艺术的抒情的逻辑不同于理性逻辑的特殊性视而不见，就不能不闹一些笑话了。余秋雨在《都江堰》中说："我以为，中国历史上最激动人心的工程，不是长城，而是都江堰。"一些死心眼的先生就想不通了，怎么能这样说？他们的理性告诉他们，中国最伟大的工程只有一个标准答案，余秋雨没有权利违反这个标准答案。在《三峡》中，余秋雨又"自由化"起来，他竟然告诉一位外国朋友说，中国最值得去一下的地方，是三峡。那故宫、张家界、桂林怎么办？在《流放者的土地》中，他说："我敢断言，在漫长的封建社会中，最珍贵、最感人的友谊必定产生在朔北和南荒的流放地。"这种说法距离全面的要求更远，你把俞伯牙和钟子期往哪儿放？但是，除了死心眼的评论家，没有人发傻到要剥夺他心灵的自由。这些抒情话语之所以感人，就是因为它偏激得如此天真，又率性得如此可爱。而在我们的理性主义者眼中，却产生了"突兀之语何其多""语不惊人死不休""主观武断""片面"的感觉。⑮

习惯于理性思维的学者可能不太清楚，情感逻辑不同于理性逻辑的关键，就是它不像理性逻辑那样追求全面性，它常常绝对化，不讲一分为二，它的生命恰恰在于片面性、绝对化。爱之欲其生，恶之欲其死，月是故乡明，情人眼里出西施，这是情趣，也是理趣。你可以埋怨学者不全面，但是，如果你责备诗人、艺术家不全面，不客观就糊涂了。

大凡艺术家，有谁的想象不是超越客观和全面的？任何艺术作品中，如果没有一点主观、率性的武断，没有一点儿绝对化的任性，还可能有任何审美价值吗？鲁迅说："好诗到唐朝已经写完。"那么唐朝的诗要不要一分为二？宋朝以后的诗就没有好的啦？毛泽东认为，历史就是阶级斗争，一个阶级失败了，一个阶级胜利了，这就是几千年来的文明史。而美国国务卿艾奇逊却不懂，毛泽东在《唯心历史观的破产》中说："艾奇逊的历史知识等于零。还赶不上一个普通的人民解放军战士。"理性主义者可能又要苦恼了，人家艾奇逊很有学问，怎么可能历史知识是一片空白呢？应该改为"艾奇逊先生的关于阶级斗争的历史知识比较少"才全面一些。但是鲁迅和毛泽东的话却能把读者带入一种激情的诗性，情趣和理趣交融的精神境。不这样说，就一点气魄都没有了，普通读者读到这里，只觉得痛快，只有冬烘先生才觉得武断、片面。余秋雨为了表现对于海南文化的独特理解，把它归结为"母性文化"，用诗的想象对之加以美化，强调表现宋氏三姊妹的美："她们作为海南女性的目光，给森然的中国现代史带来了几分水气，几多温馨。"有些批评家，对这样普通的诗意的想象都要大惊小怪。这实在说明我们文学理论从理性反映论到审美价值论本以为早已完成了的过渡，在有些地方，还有着相当严重的空白。

钱锺书先生在他的散文集《写在人生边上》中的《一个偏见》中说：

> 偏见是思想的放假，这是没有思想的人的家常日用，而是有思想的人的星期日娱乐，假使我们不得怀挟偏见，随时随地都要讲公道正理，那就好像造屋只有客厅，没有卧室，又好比在浴室里照镜子，还要做出摄影机前的动人姿态。……人心位置，并不正中，……只有人生边上的随笔，热恋时的情书等等，那才是老老实实、痛痛快快的一偏之见。世界太广漠了；我们圆睁两眼的平视正见，视野还是偏狭得可怜，狗注意着肉骨头时，何尝顾到旁边还有狗呢？至于通常所谓偏见，只好比打靶的瞄准，用一只眼来看。但也有人以为这倒是瞄中事物红心的看法。⑯

钱锺书先生散文所蕴含的人生哲理，这里不可能细谈，光是散文，尤其是智性散文的艺术真谛，也够发人猛醒的了。老实说，要向任何一种学术理论（尤其是人文学科）要求绝对的"全面""客观"，从现代文化哲学、语言哲学上来说，已经不大可能。历史的发展不是直线的，往往是以片面的深刻的形式前进的。在散文中，包括学者散文中，如果真的有了某种高恒文先生所藐视的"片面的深刻"，就是很了不起的成就了。对于任何学过一点现代文化哲学的人来说，所谓一劳永逸的"全面真理"，其理论基础就是一片陈旧的废墟。

余秋雨反复声明过，他写的不是学术散文："我自认为写得比较好的几篇并没有太多的学术气息，而过于知识化的篇目或段落，常常文气滞塞，……艺术文化常常受到学术知识的吞食……"[17]神圣的文化知识、历史资料，为什么会使"文气滞塞"呢？就是因为，情感和理性是一对永恒的矛盾，超越形式逻辑和辩证法的情感和遵循形式逻辑和辩证法的理性不但属于两个范畴，而且属于两种不同的人生价值。确定性很强的文献和历史资料和作家假定性很强的想象发生冲突是正常的现象。散文艺术作为作家的不可重复的精神人格的艺术创造不能完全用学术理性来衡量，它有它自身的一套价值体系，那就是个人的生存状态，全部生命的感觉、情感和自由。

光有理性的人，是不完整的人，借用高恒文先生的话来说，是"片面"的，只有把它和生命体验的全部丰富性加起来才是比较全面的。这就是科学特别发达的美国教育要强调人文课程在大学教育中不可动摇的地位的一个原因，我国的教育正在克服文理绝对分家的局限，也正是这种规律在起作用。

余秋雨早在《文化苦旅》的《自序》中就说过，学术对于他生命的丰富是一种片面性的束缚："我们这些人，为什么稍做一点学问，就变得如此单调窘迫了呢？如果每宗学问的弘扬，都要以生命的枯萎为代价，那么世间的学问，又是为了什么呢？如果辉煌的知识文明总是给人们带来如此沉重的身心负担，那么再过几百年，人类不是就要被自己创造的精神成果压得喘不过气来了吗？"[18]他就是为了超越学术研究，才选择了文化散文，恢复全部生命感觉，也就是借助散文，找回超越理性的、感性的、内在的、丰富的自我。他曾经坦率地说过："我把想清楚了的问题交给课堂，把能够想清楚的问题交给研究，把想不清楚的问题交给散文。想不清楚，就动笔为文不是不负责的，而是肯定苦闷、彷徨、混沌、生涩、矛盾的精神地位和审美价值。"⑲理性的认识价值是要明确的科学的结论的，而没有结论的苦闷、彷徨是没有任何学术价值的；然而恰恰富有审美价值。学术和艺术两个领域都是属于生命不可缺少的部分，可是我们的评论家偏偏不买这个账，硬是以为只有他所热爱的那半个世界就是全部。因而对于他们不熟悉的以外的另一半世界，不是责备其滥情、矫情，就是藐视其缺乏"现代学术理性"。其实，只要抛开理论的偏见，稍稍认真读读余秋雨的散文文本，并不需要太强的艺术感受力，就可以感觉到余秋雨对中国当代散文的贡献。

在余秋雨出现在中国当代散文文坛上的前后，中国当代的散文正面临着一个发展高峰上的平顶。作家们早已从政治抒情的虚假颂歌中摆脱了出来，用巴金所说的"讲真话"来写散文，但是，讲真话只是一种社会的、政治的共同立场，还没有涉及艺术的追求。艺术是一种逼真的假定，脱离艺术特殊规范的"真话"可能变成大实话，不见得就是真理，也许是占主导地位的意识形态的流行话语，可能陷于流行的成见，余秋雨的目的是追求他个人的、更加自由的话语。真话不是放在盘子里可以任意取得的，对于个体来说，却是一种人格的提炼和创造。他一再宣言：把散文的写作当作是文化人格的深度建构和升华。应该补充的是，这不但是一个人格建构的过程，而且是一个个体话语的建构的过程。

这个过程并不如迷信讲真话的天真的理论家想象的那样轻松，要摆脱现成的话语的束缚是一场搏斗。不但要和现成的抒情、滥情、矫情的话语搏斗，而且要和自我对这些话语的幼稚的迷恋搏斗。在这种搏斗的过程中，余氏并不是无往而不胜的，有时流行的话语包括那些滥情的矫情的话语对他这样一个多情种子，也有魔鬼一样的诱惑力，有时在他写得非常精彩的时候，突然来了一段令人遗憾的滥情。虽然这种滥情很快就被他相当大气的智性所渗透而变得厚重，但是某种不舒服的感觉免不了要留在心头。艺术人格的建构同时又是个体话语的建构，比之单纯道德层面人格的建构要复杂得多，也艰难得多。这一点不但我们的一些自以为是的批评家忽略了，连余秋雨这样的艺术家本人也都忽略了。

一些批评家嗤之以鼻的某些滥情的例证，不是完全没有道理。在《道士塔》中，写到敦煌文物为西方人所劫掠时，他抑制不住心头的愤怒忍不住要呼喊起来："住手！"甚至在想象中要向出卖文物的王道士"跪下"；到天一阁去参观，想到历史上的学者要进入天一阁是难乎其难的，而他自己居然进去了，他就激动得"要举行一个狞厉的仪式"。诸如此类，不但是他对自己的情感失去控制，而且是话语的某种腐败，他忘记了用他得心应手的智性对情感保持适当的张力。除了这些局部的败笔以外，还可以找出整篇的弱笔，朱国华先生提到过《废墟》和《夜雨诗意》，据我看来，这还不完全，至少还可以列出以下篇目，如写一个女护士的《腊梅》、写骆宾王遗址的《狼山脚下》，还有一口气写了五座城市的《五城记》等等，这些作品失败的原因各有不同，但是就对于情感失去控制话语落入俗套来说，则是一样的。

值得庆幸的是，他对于自己的某种滥情和矫情，并不经常容情，随着创作经验的积累，理性的、冷峻的成分显著增加，出现了像《酒公墓》《信客》那样的冷峻叙述，而这恰恰是用了许多韩石山先生非常反感的"小说笔法"。在《历史的暗角》那样集中写他身受其害的"小人"主题时，他也大体上克制着自己的情绪，比较宁静，偶尔出现了一个有滥情、煽情之嫌的段落，在《山居笔记》中就毫不容情地删节掉了。[20]

不应忽略的是，余秋雨即使早期的散文中的抒情也常常是有节制的。比如在《吴江船》中写"文革"下乡劳动时期一个非常活跃的女同学横遭冤屈，投太湖自杀的场面：人被打捞了上来，人工呼吸，折腾了一番，毫无效果，"卫生员决定给心脏注射强心针，她的衣衫被撕开了，赤裸裸的仰卧在岸草之间，月光把她照得浑身银白，她真正成了太湖的女儿"。把女性同窗的死亡写得这样宁静，比之喧嚣一番，要深沉厚重得多了。也许把最后这一句"她真正成了太湖的女儿"删去更好。最好的是，写到末了，他离开这个太湖，在船上还打了一个瞌睡，最后是："就这样，我终于坐了一次夜航船。算来，也有二十年了。"把情绪放在无言的宁静中，比浪漫抒情更加耐人寻味。《信客》的结尾是，他默默无闻地死了，没有引起特别的关注，他那荒废的坟墓，人们也只是漫不经心地修了一下，并不是为了特别地纪念他。他写到悲剧性的事件时，往往节制着形容和渲染，用无声的空镜头，代替强烈的情绪的宣泄，在艺术上显得比那些呼天抢地的俗套话语要成熟得多。

人文意象和余秋雨式的话语重构

余秋雨的出现之所以引起如此的强烈的反响，就是因为他为中国当代散文开拓了一个新的艺术天地，提供了一种广阔的视野，从文化历史的画卷中展示

中国当代文学史资料丛书

文化人格的深度，开拓想象的新天地。要做到这一点，就必须挣脱流行的自然景观的赞叹的现成话语，更新话语的内涵。对于传统的抒情话语，余秋雨既是横空出世，又有一点眷恋徘徊。所幸的是，他的智性追求和他的诗情在话语的重构上取得了某种平衡。

诗情和智性的矛盾是永恒的，即使能够结合也难免抽象。他有意寻找古代文人曾经立足的地方，超越时空的界限进行文化反思，为可能陷于抽象的智性和可能流于肤浅的激情找到了潜在空间很大的载体，赋予哲理内涵。使二者能够血肉丰满地结合起来的是山水和人文。正是通过山水和人文，余秋雨实现了他的话语更新。

中国古典文论强调言与意的矛盾，意是灵魂，单纯的声音符号无法穷尽，言不尽意，言不及意，只可以意会，而不可言传。但是中国古典文论又强调"立象以尽意"，艺术的任务就是要通过有限的象来传达无限的意。象就是对于具体对象的艺术感觉。这就构成了所谓"意象"。意与象的化合，就使言不但感性化了，而且使言的内涵发生了自由的重构。余秋雨写得最好的散文，往往与自然景观和人文景观有关，就是因为自然景观和人文景观为他的意，也就是情绪和理性的灵魂提供了象，也为他的言提供了自由转换的天地。

余秋雨取材于文化圣地和旅游景点，本来是非常冒险的，不论是西湖，还是三峡，不管是敦煌，还是苏州，早已有许多散文大家留下了名篇，甚至经典名篇。余秋雨要在自然景观上与任何经典作话语的较量几乎是必败无疑。他说过，"过三峡，是寻找不得词汇的"。他的聪明就在于他只精选了有限的自然景观，结合与之相联系的人文景观，为他内在独特的意寻找到了独特的"象"，他的独特之处，还在于将此二者进行双向的相互阐释，这就使得现成的抒情话语在感性和智性在语义上发生了深度的变异。他就这样创造了一种"人文山水"。例如，对于三峡，只选择了李白的《下江陵》和川剧《刘备托孤》，而在三峡的自然景观中，也只选择了滔滔江流。继而对人文景观的性质作了对立统一的概括：白帝城本来只有两番神貌，两个主题，诗情和战火，对大自然的朝觐和对山河主宰权的争逐。接着就以这种人文景观的概括对自然景观进行阐释：三峡的"滔滔江流"就是这"两个主题在日夜争辩"。三峡江流的意象的功能就是使言（话语）在感性和智性上发生深化变异，余秋雨的语义就是这样衍生出来的。这不但是对于自然景观的重新阐释，而且是对于文化景观的崭新概括，更重要的是对于言、对于话语的内涵的更新。

在意象的表层是自然和人文历史的意味的更新，而内在的深层则是人文精神的深化。话语内涵的更新则充分表现了这种深化，这实际上也意味着生命的密码解读。充分感性的意象中深刻的哲理意味就是这样互动、生成和转化着的。

余秋雨借助历史文化意象的成就太大，以至于没有任何历史故实纯粹写自然景观的《沙原隐泉》几乎被所有的批评家忽略了。写的是登临鸣沙山和月牙泉的经历，登鸣沙山意味着生命的搏斗，全文集中写沙上"脚印"，这本是现成的话语，但是这个意象却不断推动话语内涵的重构："你越是发疯地快步，它越是温柔。"这还是生命话语的表层的，更进一步，生命密码就向哲理深化了：从台阶上去当然方便，但是却没有自己的"脚印"。待到登上所谓山顶，不过是刚能立足的狭地，不能横行，不能直走。君临万物的高度，到头来不过是自我嘲弄。最后是"人生真是艰难，不上高峰发现不了它，上了高峰又不能与它近乎，看来，注定要不断地上坡下坡、上坡下坡"。借助脚印这样的意象，感性的话语自然而然地衍生出某种形而上的生命的哲理。或许，余秋雨的感性、激情，某些批评家对之表示不满也不无道理，但是他的情感经过意象，和智性一起对现成话语进行了语义变异以后，就深邃了，这就为当代散文提供了一种崭新的情感和理性和智性交融的途径。

他的话语特点是文化诗性的，同时也是哲理诗性的。

话语的表层是文化的阐释，而在其深层，则是生命哲理的崭新概括。

可以毫不夸张地说，余秋雨创造了一系列他自己的话语。而这一切，正是情感和智性在文化历史的沉思的结晶。在余秋雨心目中有一种文化中心主义的诗学，文化就是生命，生命就是哲理的诗学。他的一切独创的话语实际上是以文化、个体生命为本体的话语。以文化个体生命价值为核心，他对文化话语进行了诗学的和哲理的阐释：飞瀑是湿淋淋的生命，连一座小山的起伏的弧线，是生命的曲线。不管是莫高窟的绘画，还是中国传统书法流派，不管多么丰富复杂，然而在他看来，都是活生生的生命的历史，笔墨间流露出人的温情和激情，线条象征着畅快飞速和柔美温和的运动，舒展和细密的笔触组成流利的交响，"这才是人，这才是生命"。生命的冲击是美的，但是更高的是做人的准则，也就是人格。教育是人格力量的灌注，很会做生意的山西人的最值得称道的是为中国商业文明增添了人格意义上的光彩，正是因为此，余秋雨那些最为独特的话语中，总能审美的激情和生命的哲学融化在历史和人文景观之中。

余秋雨的杰出之处就在于他用人格建构的话语重新阐释了自然山水。他抛开了传统丰厚的经典话语，超越了对于有形的自然景观的欣赏和玩味；选择了与自己灵魂相通的无形的历史文化景观，在相互阐释的过程中，"相互生成"了一套他个人的话语，以这样的话语来展示对于文化人格的追求、分析乃至批判。

激情和冷峻的张力

他写得最好的散文，不是那些放纵自己情感的篇章，而是把智性和情感，也就是在情感的审美中渗入智性的概括的篇章。在这方面余秋雨往往表现出气魄。他的心灵不屑于概括一种有限的场景，而常常是一个时代的文化性格（魏晋），乃至一个王朝（清王朝），一个地区（海南），几个朝代的文化遗址（敦煌）。如果他要写某种具体的风景，那他的构思也超越了现场的景致，像他写《庐山》《洞庭一角》和《西湖》一样，把千百年的宗教、文化的历史概括融入他的话语。再加上，他心灵的活跃，总是把诗的激情、文化历史的沉思和哲学的概括统一起来，或者升华为一种统一结构。其时间空间距离的跨度之广，思绪反差之强，歌颂与批判，赞美与追怀，智性的概括情感的渲染，历史的沉吟与个体经验的叙述，诸多意念纷至沓来，跌宕起伏，民俗和艺术经典的穿插，时间和空间的紧密的连贯和空白，意象远距离的呼应，使得他文章的结构繁复而多彩。当在多彩的结构中，三者统一协调的时候，他就写出了最好的作品，《一个王朝的背影》、《石筑的易经》（见《千年一叹》，作家出版社，第80页）、《这里真安静》、《江南小镇》、《风雨天一阁》、《千年庭院》、《抱愧山西》、《笔墨祭》、《流放者的土地》、《苏东坡突围》、《遥远的绝响》、《脆弱的都城》堪称杰作，绝对可以列入当代散文的经典。这是因为智性和诗情再加上哲理，三者不是相加，而是相乘，使得艺术感染力和思想的穿透得以互补。余秋雨用这三位一体的构思方法在《这儿真安静》中，写日本人留在新加坡的坟场。如果不是诗情、智性和历史的水乳交融，有谁能够想象，通过无名的妓女、战败的军人和偶然路过病死的文人，能够揭示出日本国民性的深层奥秘？思想的完整和艺术的完整，达到如此程度，真是有点让人惊叹了。

因此，他的文化散文不是传统的性灵小品，更不是"匕首和投枪"所暗示的轻型艺术话语，他的散文是货真价实的大散文话语，"五四"以来，中国现代散文除了屈指可数的篇章以外，还没有他这样的融思想、智慧、情感为一炉的大容量和大深度的话语。

思想的容量和深度越大，激情就越是受到抑制；成功与否取决于二者是否和谐。

激情和冷峻的和谐是他的课题，也是当代艺术的一个重大课题。

在其他艺术形式中，已经有了现代派乃至后现代派的超越情感的智性的层出不穷的旗号了，其流派更迭迅速，有把西方二百年文学流派史浓缩在二十之中之势。特别是诗歌，早在"五四"时期就有了象征派，三四十年代就有了现代派，而散文中的现代（派）艺术方法直到八九十年代，除了在台湾、香港有少数艺术家在探索以外，整个大陆还没有现代派散文的任何动静，相对于备受读者冷落的诗坛上那么多旗号来说，散文领域连个现代（派）的风声都没有，实在是咄咄怪事。

散文流派更迭的缓慢和不自觉，也许因为在当前的历史语境中，其社会职能和诗的个人化好像真的要分家，因而它的艺术革新也是世界性的迟缓。这就造成了朱大可们的急躁，也决定了余秋雨对于散文艺术更新缺乏流派自觉。

那些给他带来巨大声誉的最成功的散文，有一个共同的特点，那就是其构思不是像流行的散文那样，以单纯取胜，而是以大气魄取胜。他能把宏大甚至庞杂的历史和文化信息，用两种办法统一。第一，他能把看来是毫无联系的多元的故事、景物，联系成一个统一的整体。在外部形象来看，集中为某种诗的统一而单纯的"象"，或者用流行的术语说——"意象"，集中的意象把抽象的概括性化为可感性。在他以前没有什么人会想象出来，把清朝一代的历史集中在承德山庄的意象上："它像一张背椅，在这上面休息过一个疲惫的王朝。"《夜航船》所涉及的历史和民俗的头绪也相当纷纭，集中的意象是：夜航船上笃笃的声响，既使人失眠又使人梦想。第二，意象不过是外在形态，通过这外在形态，余秋雨对丰富历史自然信息用一种单纯的智性观念贯穿到底，并且层层深化。清王朝的统治者的文化人格，从雍容大度，强悍开明到懦弱狭隘，从汉族知识分子对于清王朝的拼死抵拒，到王国维作为汉族知识分子的"殉清"，在承德山庄和颐和园的意象有限对比中，他的观念一点也不受拘束，好像穿着紧身衣裤，仍然长袖善舞，他居然揭示出一种历史大变动时期，知识分子总是难以摆脱悲剧命运的规律："文化认同的滞后效应。"固守原本的文化本位，使得他们总是跟不上社会变动的形势。在他以前有谁能想象，不去渲染西湖风景，倒说西湖的水波中融入了道家、儒家、佛家的意识，西湖把深奥的教义和感官的享乐结合在一起，弄得中国历史上从西湖出发的看客比鲁迅笔下的"过客"要多得多。如此深厚的智性和他充满情感的话语结合起来，就给余秋雨的散文带来了一种特殊阅读效应：那就是既有审美的激情，又趋向于审智的冷峻。

如此深邃的思绪当然是带着冷峻色调的，这种冷峻和他的激情结合在一起，他就往往唱出了对于历史文化人物、对于文化遗产的颂歌和悲歌。从苏东坡的被文化群小的围困，到阮籍、嵇康的孤独，从名胜古迹凋敝到地区民俗的顽强，都是他的激动和沉思的对象。但是，光是这些也许还不能充分表现余秋雨的创造才华，他的杰出之处，就是在颂歌中，还伴随着文化人格的批判。

文化人格的批判当然是以冷峻为前提的，这和没有思想为特点的，只能在感官上滑行的滥情、矫情是不可同日而语的。然而朱国华先生却无视于此，说他的散文中有一种"遗老遗少式的吊古伤今，牧师布道时的悲天悯人，并且夹杂着旧式文人的似乎聊充排遣之用的故作通脱"（《别一种媚俗》）。在我看来，余秋雨什么都有，就是不会通脱。他写得最为精彩的常常并不是文人的"通脱"，而是文人在历史的悲剧中精神的升华。

他善于在悲剧中把冷峻和激情结合起来。在他的散文中，围绕着他文化人格建构的大主题，响彻着多重变奏，不管什么样的变奏，都有激情与冷峻的展开、呈示和对比。他反复展示着在历史文化的苦难中的人格的对峙；在苦难中的人格总是显出了品格的高贵和卑贱，高贵者往往不是一般政治的高贵，政治品格的高贵不是他的主题，他写到庐山的时候，懒得向庐山的政治遗址投去一瞥。在他笔下，卑贱者却常常是政治上的龌龊，但是，光是政治上的龌龊是太表面了，更为可怕的是：作为精神的退化。在《一个王朝的背影》中，好像破例写政治人格，然而他着眼的是，从一座皇家园林承德避暑山庄中概括出清王朝从兴旺发达到一败涂地的历程，而这个历程，不是政治的历程，而是文化人格衰败、退化的历程。他的目光更多地投向了政治上失意的落难者和那荒凉的土地，在《流放者的土地》中，他表现了苦难净化人的灵魂的信念，苦难升华为高贵是由于有了文化的寄托，这就显示了他心目中的文化至上主义。嵇康为文化贡献出生命是很平静的，使他不能"通脱"的是《广陵散》的失传。文化比之个体的生命重要得多。与之相对照的是，对文人在逍遥中的安逸，也就是传统文化中特有的"隐逸"范畴，他持批评的态度。对林和靖的西湖归隐，他这样分析：一方面是"自卫和自慰"，一方面则是"把消除志向当作志向"。"安贫乐道，成为中国文化人格结构的一部分，使得文化成了无目的的浪费。"说他伪浪漫主义是冤枉的，他的确有点浪漫，他的浪漫表现为一种超越现实幸福的精神美的追求，特别是苦难的美，在苦难中表现出来的文化品格的高贵。这种高贵，不仅仅是世俗意义上的高贵，而且是在生命哲学意义上的，形而上学的自由。苏东坡在那找不到慷慨陈词的目标，抓不住从容赴死的理由的环境里，孤独而悲凉，在政治实践上近乎绝望的逆境中，进行了自我解剖，文化人格重新获得，达到升华，他变得"成熟"，而这种"成熟"，正是余秋雨式的话语。

成熟意味着"达到了一种无须声张的厚实，一种洗刷了偏激的淡漠"。在余秋雨的话语中，这既是一种自由的境界，也是一种形而上的美的境界。这样的境界就是激情和冷峻的统一，统一到化合的程度，很难分出什么是激情，什么又是冷峻。以这样的方式，余秋雨的高贵的内涵也发生重构，那些文化水平很高的文人，流放到东北蛮荒之地经受了苦难，甚至饱受肉刑，"弄得组成人的一切器官和肌肤，都成了痛苦的由头"，然而就是这些人，从中国传统文化中得到生命的安慰。流放创造了一个精神世界，构成了一个文化群落，获得了灵魂的安定，从事着文化传播的事业。除了他谁曾经在散文中，作出这样话语重构："政治上的流放者，却变成了文化意义上的占领者。"正是文化意义上的高贵，使得那些在政治上本来完全对立的流放者，却因为诗歌，因为文化，超越了政治，而有了情感的交融。

激情和冷峻正是这样达到水乳交融的程度，这种交融并不是静态的，而是动态的。

作为一个艺术家，他有着情不自禁的浪漫的热情，有时，甚至有滥情之嫌，他一不小心，就让感情失去控制，被那些反对他的抓住把柄。然而他还有另外一面：作为一个理论家，他又有相当冷峻，在特殊情况下，甚至有可以称之为"残酷"的一面。他当然热爱他的家乡，在《乡关何处》中，他歌颂了他家乡悠久的文化传统，以河姆渡文化和远古的瓷器文明而自豪，然而，他并没有掩盖文明的反面的野蛮：就在河姆渡文化遗址上，又发现了当时煮食婴儿的器物。在《流放者的土地》中，他为文明的摧残变成了文明的创造而鼓舞，可是在《乡关何处》中又为文明可能产生于野蛮而感到悲哀，然而，这样的冷峻并不意味着悲观，不管文明伴随多少野蛮和苦难，他把宁静地面对苦难写得更具有诗意和哲理意味，对野蛮的极致又能反过来孕育高贵，更是感到欣慰。

这种高贵的文化品性有时并不集中在某个人物身上，而是表现在文化精神的传承的冷静分析上。作为一个戏剧理论家，他最为欣赏的是那些具有悲剧性的文化人物，因为悲剧的孤独和个体生命的强悍有着比之喜剧更为深邃的联系；在《青云谱随想》中，他表示特别喜欢疯疯癫癫的徐渭、石涛、朱耷等等，而不喜欢舒适得难以看出个体精神状况的唐朝画家周昉。《千年庭院》《风雨天一阁》之所以值得他大书特书，就是因为他从中看出了文化人格上的惊人的坚韧。

作为健全对照的是人格的堕落和腐败，除了在一些篇章里零碎写到的以外，也许由于深感小人对名人"起哄式的传扬"和"起哄式的贬损"，他专门为这些无人称的"小人"写了一章《历史的暗角》，这是中华文化人格中特有的范畴，"我们民族的暗疾"，光是一个费无忌这样的小人，就演绎出了小人的八大特点，四大类型，最为深刻的是：小人必须"把自身的人格结构踩得粉碎，获得一身轻松"，然后才能"不管干什么都不存在心理障碍"。在人格上他们是小人，而在耍阴谋方面是大师。这些在这些篇章中，余秋雨的愤世嫉俗一面显了出来，身受小人之害的余秋雨，在写《苏东坡突围》时，对于善于利用名人的小人，写得还比较克制，到了这里，就显得有点尖刻了。幸而由于他的发现来自冷峻的沉思，读者几乎没有过分注意到情感的泛溢。

当然，文化人格的腐败的关键还不在于这些小人，余秋雨还从体制上去挖掘根源。

《十万进士》正是在文化选择的机制上解剖了中国知识分子群体人格腐败的过程，科举选拔的过程，变成了恶性塑造的过程，群体人格的退化，就成为必然。

在这里思想是这样宁静，可能宁静到有点智性压倒了情感万分的程度，再加上史料的堆积，情采和睿智都受到了窒息。这就显出了余秋雨真正的局限，在一般情况下，审美的情感和审智的理性并不常常兼容，一旦睿智的成分超过了限度，散文的艺术世界就有可能为哲学理性所压倒的倾向。《废墟》和《霜冷长河》和《山居笔记》中一些着重谈思想的作品，在艺术上之所以显得逊色，就是因为太多的哲理，离开了感性的人文意象。

余秋雨从个人气质来说，属于情感型的，在他抒情有一种自发的倾向，而他所受的熏陶，又使他习惯于超越时间和空间，作理性的概括。在理性的修养方面，他不如周国平，但是才情方面他要比周国平高得多。但是要把诗情、智性和历史的信息和谐地结合成在一个升华了意象和深化了的话语中，难度是不言而喻的。整篇完全被动地写历史的情况，而窒息了诗情的，在学者散文中是并不罕见的，远的如周作人后期的散文，近的如潘旭澜的《太平杂说》。这种遗憾在余秋雨的散文中比较少见。进入纷纭的历史资料，而不为史料所役，还要用自由的想象和深邃的理性去驾驭它，是须要有真正的才气的。几乎写每一篇比较大的散文，余秋雨的才气，就受到一次考验，完全失败的比较罕见，但是局部陷入被动则不难发现，例如在《十万进士》中，有些介绍历史背景的文字，就暴露了余秋雨自己也都引以为戒的"滞塞"（《访谈录》，《文明的碎片》，春风文艺出版社，第273页）。许多不乏才华的作家，写大文化散文时，难免"滞塞"，据梁衡写辛弃疾的《把栏杆拍遍》之所以不大成功，就是因为客观的史料压倒了主体的情感。

就是三位一体，情感、智性、历史比较统一的作品，达到某种文化历史诗性的，其艺术的成就也是不平衡的。他好用一种统一的意象来囊括一个名胜古迹的众多不同时代、不同流派和历史文化。他追求不但在外部意象上，而且在内在的意蕴上，用一根思想的线索把纷纭的信息贯穿起来。有时，就不能不显得有点勉强，例如用"女性文明"和"回头一笑"，来笼括海南上千年的历史文化，是并不十分自然的。这也许就是他自己常常引以为戒的"搓捏"（《访谈录》，《文明的碎片》，春风文艺出版社，第274页），也就是牵强。

诗情和智性在历史中统一，三者的结合部、临界点是非常惊险的。如果说这三者之中，他最不能离开的是抒情，因为这是在他心灵里现成的。但是过分发达的情感因素，不免有失去控制的时候，这时他的审美追求就窒息了他的审智追求，这时就不但有一种滥情的苗头，派生出一种"滥智"的败笔，比如，出于对家乡的偏爱，他竟然把同乡张岱的《夜航船》和法国大革命时期狄德罗的《百科全书》相提并论，这就不是个体的诗性逻辑所能解释的了。而历史资料却是无限的，绝对不是现成的，对于每一个人物和景物来说，都是一个新的课题。他的文化意象成熟度，要达到话语深化的自由度，更是一种艰难的攀登。正是因为这样，他不能像朱大可先生他们期望的那样，放弃诗情，做一个以无情为特点的现代（派）散文家。

中国现代散文，从"五四"以来，主要靠三个要素，一是抒情（诗性），一是幽默，一是叙事（戏剧性的和冲淡的）。据周作人的研究，其渊源主要是中国的明人小品和英国的幽默散文。长期以来我们的散文就是这三种要素和两种渊源中发展，此外就是鲁迅的社会思想批评杂文，基本上是审智的，并不完全是审美的。值得注意的是，在五十年代以后的中国现代散文史上，诗性的抒情和智性的概括是分裂的。正是因为这样，我国现代艺术散文的思想容量非常有限；当代散文思想比之小说和诗歌相对贫弱是不争的事实。

余氏的散文，在这历史的难题面前应运而生。他在当代散文史上的功绩，就是从审美的此岸架设了一座通向审智的桥梁，但是这座桥是座断桥，他不可能放弃审美，去追随罗兰·巴尔特写作不动情感的被认为是后现代的"审智"散文，他连香港作家也斯先生那样的不动声色也做不到，他更不是南帆，他不可能撇开情趣，更无法把无情的理性变为艺术的可感性。因而他只能把现代派的散文，把南帆、也斯和罗兰·巴尔特当作彼岸美好的风景来观看，同时也为在气质和才华上能达到彼岸的勇士们提供已经达到河心的几座桥墩。

注释：

① 福州《海峡都市报》2000年8月23日第17版。

② 高恒文：《学者的架子》，《感觉余秋雨》，文汇出版社，1996年，第140页。《文学报》，第822期。

③ 李书磊《余秋雨评点》，《三联生活周刊》，1995年，第2期，又见《秋风秋雨愁煞人》，中国文联出版社，第82页。王强：《文化的悲哀：余秋雨的学问及文章》，《文学自由谈》，1996年第1期，又见《秋风秋雨愁煞人》，209页，原文是："单凭余秋雨不通外文，而又大谈西方戏剧理论这一点，笔者对余秋雨的治学态度及学问功底，就不敢恭维。"杨长勋《捏造和谩骂不是学术批评》，《文学自由谈》，1996年第2期。李庸：《余秋雨的两处"硬伤"》，《光明日报》，1995年5月3日，又见《秋风秋雨愁煞人》第84页。

④ 参阅《鲁迅全集》，人民文学出版社，第三卷，第524页，第533页之注释。

⑤⑪ 朱国华：《别一种媚俗》，《当代作家评论》1995年第2期，又见《秋风秋雨愁煞人》，中国文联出版社，98—102页。

⑥王强：《文化的悲哀》，《文学自由谈》，1996年第1期。

⑦一般地说，在讨论余秋雨散文的过程中，几家高校学报的文章比之报刊上的文章都比较富有学术气息，因而显示了较高的水平，唯一的例外，是《"文化苦旅"七气》，载《贵州教育学院学报》1998年第3期。

⑧《十作家批判书》，陕西师范大学出版社，1999年11月，第32页。

⑨汤溢泽：《〈文化苦旅〉：文化散文衰败的标本》，《秋风秋雨愁煞人》，中国文联出版社，第115页。

⑩《审判余秋雨》，四川文艺出版社，2000年6月，第47页、第65页。

⑫韩石山：《散文的冷与热》，《当代作家评论》，1996年第1期，又见《秋风秋雨愁煞人》，中国文联出版社，第253—262页。

⑬参阅孙绍振《审智散文中的亚审美逻辑》，《福建师范大学学报》，2000年第3期。

⑭《审判余秋雨》，四川文艺出版社，2000年6月，第56、57页。

⑮高恒文：《突兀之语何其多》，《余秋雨现象批判》，湖南人民出版社，1999年8月，第16页。其实高恒文先生还可以去看看余秋雨的《一个王朝的背影》，其中写到为什么对中国人心目中的长城情结持保留态度。又见《文明的碎片》第72页，或者《山居笔记》第52页。

⑯《写在人生边上》，有中国社会科学出版社版本，本人所用的是台湾辅新书局的《人兽鬼》1987年，第195页。

⑰《文明的碎片》，春风文艺出版社，1994年，第273页。

⑱《文化苦旅》，知识出版社，1992年，第2页。

⑲《山居笔记》，文汇出版社，1998年9月，第21页。

⑳删节掉的一段，在《历史的暗角》第三部分的第三自然段。"但是回避显然不是办法。既然历史上那么多的高贵的灵魂一直被这团阴影罩住，而欲哭无泪，既然我们民族无数百姓被这堆污秽毒害而造成的整体素质严重下降，既然中国在人文领域曾经有过的大量精雅构建都已被这搞脏或沉埋，既然我们好不容易重新唤起的慷慨情怀一次次被这股阴风吹散，既然我们不仅从史册上，而且还在大街和身边经常看到这类人的面影，既然过去和今天的许多是非曲直还一直被这个角落的嘈杂所扰乱，既然我们不管白天还是黑夜，只要一想起社会机体的这个部位就情绪沮丧，既然文明的力量在和这种势力的较量中常常成不了胜利者，既然直到下世纪我们社会发展的各个方面，还不能完全排除这样的暗礁，既然人们都遇到了这个梦魇，却缺少人来呼喊，既然几下说不定能把梦魇暂时驱除一下，既然暂时的驱除有助于增强人们与这团阴影抗衡的信心，那么，我们，为什么要回避呢？"

原载《当代作家评论》2000年第6期

圆形叙述的黄昏

——余秋雨论

敬文东

一、余秋雨现象素描

余秋雨的《文化苦旅》一经面世，即被许多人认为是文学界的盛事，一时间洛阳纸贵、好评如潮。[1]有人称他的散文为写作上的勇敢行径[1]，也有人说他的文章颇多创建[2]，还有人将余氏文笔当作"史论式大散文"[3]，另有人把他和畅销书作家金庸、高阳相提并论——采用的却又分明是赞美口吻。[2]到最后，余氏终于被看作二十世纪中国最后一位大师级散文作家，也就没有什么不可以理解了。

但是，好景不长，各种批评之声也很快跟踪而至。[4]在众多批评声音中，有人在专挑余秋雨文章中的"知识性硬伤"[5]，有人把他的成功归结为商业作秀[3]（P293-298）也有人认为余氏文章见识浅薄之极，说的都是些文化常识，完全不配在洋洋洒洒的文字中煞有介事、大动干戈[4]（P246-252）；还有人把他看作传统文化的琼瑶，在用琼瑶的煽情、矫情方式解释传统文化[5]（P91），更有人越出文学批评阵地，在敦促余秋雨为"文革"中充任"石一歌"的写手一事忏悔——既然你口口声声强调文化人格的健全，你的人格是否在朝着健康方向"生猛"下去，我们就有理由感兴趣了，[6]当然，也有人在为此辩护和说"公道话"……[7]

总之，在文坛只剩下无聊热闹和浅薄嘈杂的日子里，余秋雨无疑是一个神话。从文学写作学而不仅仅是文学社会学的意义上，余秋雨也为文学批评提供了一个较好范例。尽管上述种种言论都不无道理（纯粹的谩骂除外），但还是让我们把它放在胡塞尔意在"悬置"的那对耳朵状的括号里，等我们先从文本社会学角度进行一番检讨和打磨再说——无论如何，引起广泛、持久性争议的余秋雨，首要的公众身份还是作家嘛。

二、叙述模式分析

余秋雨的"文化散文"大致可以分为两类：以《道士塔》《莫高窟》《阳关雪》为起始，以《一个王朝的背影》《寂寞天柱山》《风雨天一阁》《洞庭一角》为代表的山水随笔；以《十万进士》《苏东坡突围》《历史的暗角》《笔墨祭》《遥远的绝响》为范式的文化随笔。现在已经有人开始抱怨余秋雨的山水随笔颇多程式化套路，他们认定，和时间稍微靠后一点被同一个人制造出来的文化随笔一样，他的山水随笔也几乎可以批量生产、按时订货与提货⑧，排除这种口气中过于浓烈的修辞含量，平心而论，并非全无道理——因为余秋雨的山水随笔（也包括文化随笔）在叙述上，的确有它较为固定的程式。⑨

《寂寞天柱山》通过散见在文中起过渡功能的以下句式，有如魔术大师一不小心竟然把后台的准备活动搬到了前台，余秋雨在一时大意之下，彻底亮出了他炮制山水随笔几乎全部叙述学底牌：1."……那么，且让我们上山"（第一节最后一句话）；2."我们是坐长途汽车进天柱山的……"（第二节第一句话）；3."……我在想……"（散见于第二、三节之间、之中）；4."我由此而不能不深深地叹息……"（第三节第一句话）。以上四个相连贯的程序，实际上已经不折不扣构成了余秋雨几乎全部山水随笔的叙述语法和文字配方。⑩

对这个模式有必要做一些简单诠释，因为对于它的"发明"者和使用者实在太重要了。很显然，在出发之前，余秋雨先生首先要对将去的地方（比如天柱山、洞庭湖、庐山），做一番远景式文化展望：那里有何历史遗迹？曾经有什么文化名人在此借宿过？他都想了些什么？他在那里的逗留和他的思想、著述有何联系？我又应该思考哪些具体的、令我揪心的文化问题呢？而这些饱含文化浓郁成分、被好事者推选出来充任"山水"的地方，无一例外，总能满足这位自称愿意像古人那样"观照"山水的现代人的文化癖好——这当然是任何一个旅游者出门前必备的指南和须知，只是余秋雨把它置换成了文化"预期"。而最终的结论当然是"且让我们上山"。毫无疑问，对此的陈述，最后总是构成了"秋雨牌"山水随笔的"起股"部分——"且让我们上山"就是通常情况下，被放置在"起股"部分尾巴上一份必需的总结。

有了上山（或去水）的目的，出发也就有了充足理由；接下来的叙述学任务，理所当然就是对迈步和动身的细致陈述——余先生就这样带着预先准备好的文化期待，"坐长途汽车（更多的时候是飞机或专车——引者注）上山"了。而"……我在想……"明显是一个承前启后的转折语。它的叙述学功能是：把"看"和"想"水到渠成地联结在一起——"看"到的是风景，是具体的有着浓厚文化含义的沙、石、雕像、庙宇、飞天壁画、沉淀了李白诗情的庐山瀑布、吕纯阳和范仲淹碧波千里的洞庭水、白乐天和苏东坡的西湖长堤，而"想"到的却是人文，是遭贬的文化大师柳宗元，是闲适然而焦心的张陶庵，是佯狂的徐青藤……最后理所当然、画龙点睛般被隆重推出来的，总是山水对应着的"文化人格"。"……我在想……"就这样使"边走边想"终于跃变为文本中的现实——那是有形的观看和行走与无声的思索相互扯动的现实，是动态的、依照叙述程序向前推进的文本空间中的现实；也最终为山水随笔对文化反省功能之达成起到了连接词和桥梁作用——它把余秋雨从自然山水摆渡到他要去的"人文山水"一边。人文山水也如其所愿来到了纸上，它具有W. 本雅明曾经大声称颂过的文字上的"直立性"。

作为对"边走边想"时还来不及想完全、想充分、想透彻，但又忍不住要将它的内容想个水落石出的补充部分，"我……叹息"句式对于山水随笔的最后完成、对"直立性"人文山水的彻底竣工，并非可有可无：毕竟"边走边想"存在着天然的局限性——你总要首先走进景物、看到景物，然后才能附在它身上大发文化联想吧。景物的微言大义、它负荷的文化忧思录对整座山（或整条水系）总是局部的；而余秋雨山水随笔的真正目的之一，却是要对他去的地方作整体性对应式思考，最后借此完成"健全文化人格"的构筑。如果在"边走边想"过程中，对某个具体景物感慨太多，肯定会犯下以偏概全的低级错误，也会患上艾柯所谓"过度阐释"的习惯性癔症。余秋雨深知这中间的危险，他在激发出并高度透支了"我……叹息"句式的叙述学活力后，有效减少了上述错误对对应式思考带来的可能性伤害。因此，"我……叹息"是山水随笔最后一道必不可少的叙述学程序，它补充了前三个程序还来不及完工的部分，因此它最终满足了作者的表达欲求，也和写作的终极指归遥相呼应——技术手段与写作目的之间有着相当的一致性。

山水随笔在叙述学上的起始点无一例外几乎总是在家里（实存的而非形上意义的"家"），而"我……叹息"也有能力把叹息者最终带回书房或客厅。就这样，余秋雨的山水随笔几经起、承、转、合，又一次回到了起点。这样的叙述始终在走圆圈——起、承、转、合本身也具备走圆圈的能力。它总能在看似山重水复之后，把叹息者带到柳暗花明的"老地方"。《阳关雪》最末一句堪称典范："回去吧，时间已经不早，怕还要下雪。"因此，我们也可以说，余秋雨最终采用了一种非常规范的圆形叙述学：起点和终点重合了，但可以肯定，站在终点上的文化人（比如余秋雨）已经和起点上的那个人（他无疑就是另一个余秋雨）也有了某些差异性。他就这样螺旋式地完成了自己。顺便说一下，"圆形叙述学"是中国的传统叙述方式，也是中国文化之所以岿然长存、历千代而不倒的镇山之宝。[⑪] 只是余秋雨在动用它时，羼杂了太多的现代意识：它帮助一个现代文人完成了从文化上对山水进行的"圆形"思考。

在文化随笔里，余秋雨也采用了同样的叙述套路，只是对象变了。如果说山水随笔还要假借山水说话，由山水进入古代文化（或文人）以确立文本，并让文本"直立"起来、走动起来，在文化随笔里，山水没有了，直接现身的要么是古代文人（比如《遥远的绝响》里的嵇康）或者干脆就是文化事件（比如《历史的暗角》中的"小人"问题、《乡关何处》里形上性质的"家园"主题等），以及他们（它们）身上沾染的文化大义；如果说在山水随笔里，"游走"始终是一项重要的外部性状，它的目的是带出"边走边看"中包纳的冥想成分，把余秋雨摆渡到他要去的文化人格、人文山水一边，直至最终完成文本，那么，在文化随笔里，游走只存在于想象之中，它和沉思（"想"）直接性地重合了——游走只剩下一具佛家的空名。但是，按余秋雨的话说，那仍然是一次"苦旅"：它也有自己堪称艰难的起、承、转、合。

谈论科举问题的《十万进士》，在这方面既为余秋雨本人也为评论者提供了范本。在《十万进士》里，作者首先说明自己对科举问题的热切程度——该文一开篇就说："最近一个时期我对中国古代的科举制度产生了越来越浓厚的兴趣，其原因，可以说是'世纪性'的。"余秋雨用这种漂亮的、严重到了必须要用大词（比如"世纪性"）来申说才能尽兴的理由，取代了山水随笔里要"出发"去看风景的原因。对此理由的议论性书写（余秋雨当然也不会放过这一可用于大发议论的机会），毋庸置疑地构成了文化随笔的"起股"。既然如此，那接下来就让我们带着问题从书房中的现实出发，到历史上去看看吧。于是也就有了余先生在历史文献中"边走边想"的艰难"苦旅"——虚拟的游走动作在这里，仍然起着真实的游走包纳了的叙述学内容。最后，余秋雨使用"综观历史"一类的大词代替"我……叹息"，又把自己拉回到书房中的现实——《十万进士》最后一句话堪称楷模："应该是（科举制度）剧终了，我们站起身来回头再看一眼，然后离场。"很显然，作者在这里仍然动用了古老的"圆形叙述"，只是这一次起点和终点相重合的地方不再是"家"，而是书房中的现实。

在山水随笔里，余秋雨和他要表达的文化主题之间存在着叙述上和书写上的中介——山水与山水身上负载的人文讯息；在文化随笔里，中介被减缩了，陈述者最后被置于直接面对文化问题本身的短兵相接的危险境地。这当然说不上哪一种更好或者更坏，它也构不成写作成败的标准；好坏、成败的唯一关键，在于对上述问题的处理是否得当。通常说来，任何一个作家在写作中，都必须在写作者、布局成篇的语言（即叙述）和书写对象之间，至少确立三重距离：写作者和叙述之间的距离、写作者和书写对象之间的距离、叙述和书写对象之间的距离。只有当三重距离互相达到恰当的修正比（是三项之比a：b：c，而不是任意两项之比a：b、a：c或者b：c），成功的文本才会出现。正如文本的成功可以从这里找原因，文本的失败（无论哪方面的失败）也可以从这里去透视。余秋雨先生会是一种什么样的情况呢？

三、焦虑和消解

余秋雨的叙述模式超负荷地承载了他对中国文化的焦虑性沉思，从《白发苏州》《废墟》《千年庭院》《抱愧山西》《一个王朝的背影》等篇什中，我们都能或多或少看见余秋雨手忙脚乱的叙述尴尬——诚如很多论者已经指出过的。在这里，列维-斯特劳斯的告诫无疑值得考虑："把私人性焦虑提升成庄严的哲学问题，太容易导致一种女店员的形上学了。"[6]（P59）平心而论，余先生的叙述模式就感染了这一严重症候：他的叙述颇有一网打尽他所思考问题的全部答案的万丈雄心，对山水如此，对其他文化问题同样如此。他手忙脚乱的叙述尴尬差不多可以算作证据。在叙述框架所包纳的起、承、转、合中，余秋雨对文化的焦虑也在不断向前推进的文字里，做着起、承、转、合的广播体操，一种堪称集体的、群众意义上的文化体操——无论如何，作为一个文人，余秋雨的焦虑仍然首先是对文化的焦虑。⑫假如我在这个意义上斗胆下结论说：余秋雨的叙述模式本身，就包含着某种矫情性质的焦虑，我既不认为是在危言耸听，也不认为是在"过度阐释"。⑬毕竟给叙述模式过多的重负，尽管会使叙述模式看上去显得相当悲壮，但这种悲壮无疑是自找的。

在山水随笔中，余秋雨仰仗他很快就使用的得心应手的叙述模式，展开了他和文化焦虑的搏斗。只要通读他的全部山水随笔，就可以很清楚地看见焦虑在他的叙述框架中，通过起、承、转、合的叙述运作在怎样不断变换着脸孔反复出现。余秋雨在一篇访谈录里申辩过：山水随笔的关键，"在于是否把作者自己的文化人格与山水相厮磨。……个人与山水周旋，实质上也就是现代人与曾经到过此地的先辈们周旋，从而产生人格比照"[7]。在《柳侯祠》中，余秋雨将笔锋从风景的腹部上顺势一滑（这其实就是"边走边想"规定了的叙述学含义），很自然地写到了被朝廷不断贬往不同地方的柳宗元：朝廷"不能让你（指柳宗元——引者）在一处滞留太久，以免对应着稳定的山水构建起独立的人格。多让你在长途上颠颠簸簸吧，让你记住：你就是你"。把这两段不同出处的话加在一起，实际上已经表明了：古代文人始终可以（事实上也一直在）通过对山水的"观照"与移情，消解内心的痛苦达到某种心灵上的平衡，从而建立起较为独立的、恬然自乐的人格；而余秋雨的山水随笔，则要通过对移情于山水的古代文人的快速观照（"边走边想"毕竟还有游山玩水的旅游性质），来和他内心的文化焦虑相抗争。当然，对这个过程的书写，早已淋漓尽致地包纳在叙述框架之中。

余秋雨不愧是位颇有识见的文史学者，他敏锐地注意到了，古代中国文人为消除人生苦难而与山水相亲和的深刻事实。这实在是一个影响至为深远的文化"事件"，杜子美对山水"万方多难此登临"的喟叹与感激，就是对这一"事件"最为形象化的描述。[8]（P98-129）吴子良曾经说过："文字有江湖之思，起于楚辞。"[9]他老人家显然忘记了说"天地有大美而不言"的梦蝶人——实际情况比吴子良说的要早得多。刘熙载就曾评论过更早一些出现的

《采薇》结末几句为"雅人深致，正在借景言情"[10]。如果说《诗经》的主体是民歌，它中间的山水还不具备自觉消解文人苦难的文化功能，那么，至迟从庄子开始，山水正式成为了中国文人人生苦难最好的消解丸剂：不但来自生命内部的苦难风暴可以通过山水得到有效清除，外部的灾难也同样能够如法炮制。对于前者，苦难之人通过对山水的内心体认，达到了一种"欲辨已忘言"的"至乐"境界，借以对抗、消化、反刍来自生命本体和基部的黑色苦难——所谓"山中何所有？岭上多白云。只可自怡悦，不堪持赠君"[11]。对于后者，山水除了帮助文人臻于"至乐"的人生叙述学功能，还有避祸躲杀的大用——范蠡乘"扁舟浮于江湖"[12]，孙武、张良功成身退，所谓"林中雪下高士卧"，也概不两样。无论上述哪种情况，都曾经广泛出现在中国古代文人和几乎所有典籍的叙述框架中。它的累积加叠，使得许多中国文人以为情不关山水就不配作文。孙绰就曾经嘲笑过卫君长：你老兄的神情不关乎山水，还有什么资格写文章呢？！⑭

这种"山水人格自足性"的出现，很自然地导致了一种消解苦难的特殊机制。它的内在音色是，只要将苦难撒向广袤的、人格化的山水，所有痛苦都能得到有效稀释，犹如盐之溶于水而降低了咸度。⑮山水可以代替西人绝对的上帝和穆斯林的真主，给你内心以安宁与快乐。"所以佛言：随所住处恒安乐。"[13]山水人格自足性在思维言路上，继承了佛禅人格那种类似于"反求诸己"的自足性，但又把"随所住处恒安乐"改换为面对山水"恒安乐"。

余秋雨的山水随笔对山水人格自足性消解苦难和焦虑的功能，通过他在山水间的"边走边想"做了详尽陈述，相对于他的叙述模式还堪称是过于沉重的、超负荷的陈述。值得注意的是，在余秋雨叙述的起、承、转、合间，该消解方式不仅是陈述对象，而且他也想用同样的方式消解自己的焦虑，最不济也要拼命从中找出焦虑得到消解的某种可能解答。《文化苦旅·自序》就明确申述过：每到一片山水之中，"我站在古人一定站过的那些方位上，用与先辈差不多（请注意"差不多"——引者）的黑眼珠打量着很少会有变化的自然景观，静听着与千百年前没有丝毫差异的风声鸟声"，"大地默默无言，只要一二个有悟性的文人一站立，它封存久远的文化内涵也就哗的一声奔泻而出。文人本也萎靡柔弱，只有被这种奔泻所裹卷，倒也能吞吐千年。结果，就在这看似平常伫立的瞬间，人、历史、自然混沌地交融在一起了"。这毋宁是说，余秋雨山水随笔的叙述模式，天然具备了上述两种成分，即山水人格自足性中包纳的消解方式，同时充任叙述对象和消解作者自身焦虑的解毒剂。这似乎可以看作余秋雨山水随笔叙述模式上的双重性。

《圣经》说："地不可永卖，因为地是我的，你们在我面前是旅客，是寄居的。"[14]——土地和土地之上的景物，按照上帝的口吻和上帝语义，不可能纯粹让人去亲和，它并不具备消解的功能；孔子感叹道："天何言哉？四时行焉，百物生焉，天何言哉！"[15]——天、土地以及风景是毫无性情的，对它们的倾诉仅仅是自欺欺人的移情作用，归根到底是人自找的、虚幻的，它毋宁充当着麻醉剂和鸦片烟，苦难并不会有了它就自动销毁；R. W. 爱默生也提醒世人，风景不可能成为私有财产，不能存在银行账单上。[16]（P4）——它既不能在物质上也不能在精神上，属于任何一个必死的、速朽的个体。上述种种迹象已经表明，作为一个现代人，余秋雨试图通过对山水的亲和，通过叙述模式上的双重性（即消解方式同时充任叙述对象和消解作者自身焦虑的解毒剂），通过由此而得到的移情性转换，来解救自己的文化焦虑是注定要失败的。他山水随笔起、承、转、合的叙述模式也预示了这一点：由于圆形叙述始终具有把叹息者重新拉回起点的功能，他的叹息（实际上也就是焦虑在余秋雨那里获得的特殊外形）也不会结束。事实就是这样。在《道士塔》临近结尾的地方，余秋雨仍然发出了"我甚至愿意跪下""我想大哭""我好恨"一类情绪激昂的喟叹，就是绝好证明——焦虑在余秋雨的叙述框架中艰难走过一圈后，却带着比原来更加沉重的面孔回来了。

由于文化随笔和山水随笔在叙事模式上的细微差别，作为对山水随笔意欲达到而未能达到的目标的某种"报复"，余秋雨在文化随笔里，更是通过短兵相接状态的"沉思"而不是"边看边想"，把试图对焦虑的消解推到了极致。他在虚拟的游走中，思接千载，试图直接通过对某些令他揪心的文化问题的沉思来达到解脱——把焦虑降低到最低点甚至于无，当然不只是余秋雨才要追求的理想，实在是人性中趋利避害、力必多中快乐本能的一般指令。圣维克多的雨果（Hugo of St. Victor）几百年前对于"沉思"的分析，好像就是为今天的余秋雨准备的一样：

沉思和观照的不同，似乎就在于沉思总是和心灵不可见的事物交往，而观照因其性质和我们的能力，是面对明确无误的事物。不仅如此，沉思倾注在某一件空无的事物上面，而观照则广泛波及许多的甚至是所有的事物。[17]（P123）

沉思无疑比"边走边想"更加费力，因为它直接面对不可见的空无事物，它赋予叙述模式的压力，也远远超过了"边走边想"授权给叙述模式的重量。我们在余秋雨文化随笔的既成叙述模式里，看到了"沉思"的这一鲜明特征，也看到了无声的"沉思"如何在叙述框架的起、承、转、合之中，被不断沉重地推演——假如说山水随笔里的"边走边想"是"观照"，是对所有可见景物的先"看"再发文化感叹；在文化随笔里，出于时间的不可逆性，一切过往的鲜活人物只存在于文字记载和文化记忆中，因而是不可见的，所以文化随笔在叙述上遵从的，只能是雨果所谓的"沉思"。顺便提一下，余秋雨正是通过沉思，带着某种强制性的力量，消除了作者、叙述和叙述对象之间的有效修正比；或者正是因为"沉思"的天然秉性，才造成了要获得三者间有效修正比更加困难的局面——我们已经看到了太多这方面的实例。

非常有意思的是，文化随笔的叙述模式同样有能力把沉思者带回原处（起点）。如果说由于山水随笔叙述模式上的双重性（即消解方式同时作为陈述对象和消解作者自身焦虑的解毒剂），余秋雨在这种性质的写作中，还算抑制住了一些焦虑——毕竟山水在中国文人文化心理的遗传中，还残留着消解苦难的些微能力；在文化随笔里，由于作者取消了大发文化议论的中介，直接面对陈述对象从而减缩了缓冲地带，当他再一次被圆形叙述拉回书房中的现实时，他的焦虑反倒比"出发"那会儿增多了。《苏东坡突围》就是一个好例子。余秋雨思接千载式地漫游了一圈后，依然发现，让他一开始就产生文化焦虑、迫使他出发去"沉思"的"小人"问题，直到今天也没有得到真正改观："小人牵着大师，大师牵着历史。小人顺手把绳索重重一抖，于是大师和历史全都成了罪孽的化身。"对此无可奈何的局面，余秋雨只好叹息说，文明并不是野蛮的对手。[18] 不过，在我看来，真正的原因无疑存在于人性深处，文化、文明只可能起一点抑制作用，却不可能根绝它——你见过哪一种超级文明彻底屏除过人性深处的黑暗部分？我认为，余先生之所以被他"发明"的叙述模式坑了一把而有此"失察的时刻"（歌德语），原因很简单：他的叙述模式从一开始就不是为内在人性设计的。它只负责陈述文明、文化的表象，顶多再加上一点对此的焦虑。

如果说余秋雨在山水随笔里，为了解除焦虑还在正面书写别人的苦难，那么，在文化随笔里，他分明已经开始把玩和观赏苦难了——一如好几个论者所说的，他距离充当他写作对象的苦难实在太远了。理解这一点并不难。仅仅从叙述学的角度，我们不妨这么看：当不断把沉思发挥到极致，由于"沉思"的本义——按照雨果的看法——就是把自身投向一件空无的事物上边；而如果不断这么做，如同谎言重复一千遍居然就是真理，把一件虚无的事物当作实存之物太久，结果也就不难想见。余秋雨叙述模式的矫情性质，从这里可以得到又一个角度的理解：把玩的结果是矫情与叙述模式始终在互相给予和催生对方。

四、叙述内驱力分析

余秋雨叙述模式的终极指归，是"健全的文化人格"的建立与达成。从一开始写散文他就敲定了明确目标：要在写作中追索、塑造健全的文化人格。他大部分的焦虑实际上都来源于此。诚如一位论者所说："在求索健全人格的文化良知上，在反思知识分子的心路历程和历史命运上，余秋雨是一个拷问者，他有着拷问者的焦灼、痛苦和愤激。"[19] 就这样，余秋雨在敦促叙述模式为人格之健全鞍马劳顿、东奔西走与起承转合时，也随手为他的叙述模式赋予了伦理学色彩——"人格"不正好具备道德的架势么？

任何一种具体叙述，都代表一种特定的意识形态（或伦理学），叙述就是意识形态的肉体化，意识形态也只有在叙述结构中才能最终成型。甚至连人生都是叙述的自行展开，在大多数时候，它只是对某些既成观念的直接引用。布托尔对此有过很精当的表述：不同的叙述方式是与不同的现实相适应的；叙述不仅属于文学范畴，也是我们认识现实的基本依据之一。[20]（P126）布托尔肯定忘了说，叙述还是我们构建新现实（比如余秋雨企望的健全人格所需要的空间）的重要方法。李渔的幽默言论正可谓布托尔未竟之言的绝妙补充：只要有叙述的机会，我想当官，"则顷刻之间便臻富贵"；我要是不想"好德如好色者也"呢？那立马就可以成为"王嫱、西施之原配"[21]。让·保尔·萨特说了：要想一件乏味的事情成为奇遇，只需要叙述就行了——在叙述中，结果比梦想更快。可以想见，叙述模式在依照来自人性深处的指令构建新现实之际，天然包含了伦理学色彩——李渔就动用了一种堪称霸气十足又可爱之极的伦理姿势，根本不管皇帝、王嫱、西施的意愿如何。种种迹象提醒我们，问题不在于余秋雨的叙述模式中是否有伦理学、意识形态内容，而在于它是什么性质的内容，更在于该内容在如何推动叙述。

一如前贤时俊早已指出的，真正推动叙述向前迈进，做起、承、转、合科的，始终都是伦理内容（或意识形态）包纳的心理期待。推动我们向前的，永远是我们内心最深处的渴望，不管它究竟有一个什么样的人间名号。在这个意义上，叙述目的与叙述的内驱力始终是同一的：构筑健全的文化人格，既是余秋雨全部散文的终极期待，也是推动他全部叙述过程的中场发动机。他浪里白条般翻滚在起、承、转、合的叙述框架中的焦虑，以及试图对焦虑进行有效消解的种种变脸，其实都可以从这里找到根本原因：促使余秋雨在山水随笔里出发到山上去、在文化随笔里到历史中去的，就是求建文化人格的伦理学焦虑使然。无论是在山水间"边走边想"，还是在历史文献中把思绪"倾注在某一件空无的事物上面"（雨果语）的沉思，无论是面对山水的"我……叹息"，还是面对历史文化问题的"我不由得又要叹息"，无一例外，真正动力都来自构筑文化人格的巨大召唤。拆除了构筑健全的文化人格，就无法想象余秋雨的散文会是什么样子、他的焦虑会有怎样的面孔——假如他仍然还要写散文的话。

在山水随笔里，余秋雨试图通过像古人那样"观照"、对应山水追索健全人格，同时也希望把对此的揪心焦虑荡涤掉，正如我们已经看到的，他并没有达到目的；在文化随笔中，余秋雨试图通过对古旧逸事的沉思，理清一些文化思路，刮去文化上的某些尘垢追索自己的强劲人格，但是，游历了一番后，并没有在历史上找到多少可以用于对应、比照的健全人格，偶尔有一两个较为健全的人（比如余秋雨心目中的苏东坡、柳宗元），也惨败在小人（那当然都是些文化人格卑下者了）手中。起、承、转、合的叙述模式最后告诉余秋雨：所谓历史，就是一部有关健全人格不断失败、退让以及最后溃不成军的流水账。因此，我们的余秋雨有理由焦虑得更深了。他追索健全人格失败的真正原因，从文学写作学而不是历史学或社会学的角度，仍然可以追溯到叙述模式的伦理内容即叙述的内驱力上。

健全的文化人格，既作为叙述的发动机，推动叙述向着叙述的本己深处不断挺进；又作为叙述的终极指归，始终在拼死将叙述朝向健全人格自身之达成的终点一方拉动。一场叙述学上的趣味拔河游戏就这样出现了：起点一方在主动投怀送抱，大有一副不把自己献给终点就誓不罢休的英雄气概；终点一方则在龇牙咧嘴笑纳起点的勇猛奉献，没想到方向一致的两股力量最终给终点带来的，依然是目的的并未达成。究其原因，联想到中国上下五千年的人格退化史（余秋雨的全部散文都在言说这一点，他的焦虑实际上也来源于此），可以肯定，就在于余秋雨寻找到的叙述内驱力从一开始就是一个乌托邦。他想从无中寻找有。一方面，内驱力的虚拟性质导致了叙述的虚拟特征——想想"沉思"的对象正好就是"空无的事物"就行了。到了最后，在余秋雨的所有散文中，几乎只有赶赴山水的游走才是真实的、非虚拟性质的。由于叙述在本质上的幻真特性，使得余秋雨对焦虑、沉思、观照的陈述，看上去就跟实存的事物一样——叙述的内驱力就这样不仅诱引了余秋雨去沉思、去构成文本，也"欺骗"了大多数粗心的读者。另一方面，健全的人格作为叙述的终极指归更是虚妄（想想人格退化史吧），它闪转腾挪的叙述运作，也最终使得余秋雨的散文始终戴有一副矫情面具：对一个不存在的目标大献殷勤，矫情就是最有可能的结局之一。有趣的是，在这里，健全的文化人格作为叙述内驱力，仍然在为完成余秋雨叙述模式上的"圆形"运动不惜体力：只是起点与终点重合时，出于上述原因，仍然还有性质上的差异——站在终点上的对健全人格的焦虑，比出发时显得更多了。

　　健全的文化人格既作为散文写作的终极目的，又作为叙述内驱力，真正完成了余秋雨叙述模式上起、承、转、合的"圆形"特征。圆形叙述具有一种大团圆式的隐蔽神情。它隐蔽得如此让人难以察觉，相当于我们根本就没有想过要在皮笑肉不笑中去寻找"笑"一样。但它是一种完整的、滴水不漏的、堪称封闭的叙述方式。通常说来，一种完整的叙述对应的应该是一种完整的人格（或事件），完整的人格（或事件）也只有在完整的叙述中充分发展、浑圆，才能最终肉体化式地完成自己。在这里，马歇尔·麦克鲁汉（M. McLuhan）"媒介即讯息"⑯的判断无疑是有效的：假如我们把完整的叙述理解为一种特殊的物质媒介，那它透露出的讯息就是对完整人格的高度渴望——写作技术始终在祈求着和表达的终极目的相适应。这一点，我们只要拿卡夫卡和塞缪尔·贝克特来作比就行了。

作为开放型、非圆形叙述方式的动用者，卡夫卡从一开始就没有指望K能够进入城堡，所以他的小说永远没有真正结尾；贝克特也没有奢望传说中那位叫作戈多的人会最后出现，所以两个等待戈多的倒霉蛋只好一直把言不及义的废话说下去，直到剧终还在说个不停——是残缺的、非完整的叙述，让等待戈多的不幸之人患上了口腔痼疾。《城堡》《等待戈多》的结尾并不是事件的结尾（或人格的最终完整），只是文本的结尾（文本必须要有哪怕只是形式上的结尾）；《城堡》和《等待戈多》中的人物因此也只有出发，却永远不会有客厅、书房或者书房中的现实，有的只是半路上的客栈。余秋雨完整、封闭的圆形叙述给予他的，始终是对完整文化人格的梦想。这种叙述暗含着鄙视客栈、看不起开放式结尾的内在音色。它需要的是大团圆式的"完成"。诚如我们早已知道的，推动《城堡》《等待戈多》的叙事内驱力，从来就不是虚幻的乌托邦（比如健全的文化人格），而是实存的绝望和拯救的不可获得。

在健全的文化人格推动圆形叙事最终完成后，余秋雨的焦虑并没有被消解，焦虑只是在圆形叙述框架中浪荡一圈又回来了。这样，在余秋雨的散文中，很隐蔽地产生了叙述技术和叙述目的之间的差异——健全的文化人格在推动并促成叙述后，按照圆形叙述的天然吁请，应该是同时完成了健全人格的最终塑造；而我们在余秋雨那里看到的是：叙述模式起、承、转、合之后的确达到了完整的圆形，健全的人格构造却没有如期实现。这又一次暴露了叙述内驱力的乌托邦特性。被置入叙述上可能的不归之路的余秋雨，对于两者间这种失调和冲突，采用了一种非常隐蔽的补救措施：过度透支"我……叹息"句式的叙述学活力。他的目的，就是要通过"我……叹息"发出的具体议论，甚至是超负荷的议论，来哀叹甚至掩盖作为叙述终极目的和叙述内驱力的健全人格之不可能。有许多论者认为余秋雨的散文中夹杂着浓厚的矫情语势，我认为，主要原因之一其实正在这里。从这个意义上，我倾向于相信，矫情在余先生处，确实是被逼而成的：他太想完成健全人格的构造了。他为他的叙述模式赋予了太多的任务，已经远远超过了后者的真实承载力——虽然那种负荷（即健康人格）终归是一个乌托邦。有意思的是，余先生的叙述却分明让我们看到了：并不具备实体性质的乌托邦并不是没有重量的。难怪王安忆不惜使用拗口的语句赞扬他的罗宾汉行径："我想《文化苦旅》至少是有一种勇敢，它的勇敢在于，它不避嫌疑地让散文这种日见轻俏的文体承载起一些比较重大的心灵情节。"[1]

五、对大词的借用

正当余秋雨的"散文大师"几成定评的时候，一些人开始揭发他"文革"期间曾效力过"石一歌"，强烈要求他公开忏悔，以便"放下包袱，轻装前进"。[22]（P72-81）我对"逼人忏悔"（陶东风语）不感兴趣，哪怕余先生的确是"石一歌"的重要成员。毕竟最需要忏悔的还不是人家余秋雨。我感兴趣的，是想知道余秋雨当年在"石一歌"那里获得的语言训练，如何在十多年后转弯抹角进入了他的散文写作，以及它在余秋雨散文中充任的叙述学功能。

二十世纪中国文学有一个极其重要的现象，那就是对大词（巨词或圣词）的使用。大词的显著特征之一，就是音量高亢，充满了某些毋庸置疑的坚定语势以及对大事物的爱好。从余秋雨当年"石一歌"式的文章中我们完全能够感受这一点。⑰同样的语势通过各种各样的变形，也出现在余秋雨其后的散文中。《苏东坡突围》里就有这样的句子："贫瘠而愚昧的国土上，绳子捆扎着一个世界级的伟大诗人，一步步行进。苏东坡在示众，一个民族在丢脸。"有趣的是，这段话除了音色高亢和判断语气上的毋庸置疑，还组装了一层矫情曲纱。⑱而矫情在这里也把原本可能更加高亢的音调，至少降低了一个分贝。这样，矫情不仅是余秋雨叙述模式很隐蔽的构成部分（参见本文第3节的相关论述），也有特殊的叙述功能：把对完整文化人格之追索而不可得的揪心焦虑，尽量包纳在较低的音势中——"民族"之所以"丢脸"，在《苏东坡突围》的严重语境里，就是因为人格卑下的小人打败了人格完整的苏学士。而这，是需要高音量的。余秋雨写作的聪明之处正在这里：当年在"石一歌"写御用文章时，必须要原汁原味动用大词和大词天然带出来的语调（否则，就不可能达到既定的写作目的）；现在写文化散文，则必须要有意识、有限度地修改大词和它的语调——如果完全没有了大词的本有高亢，揪心的焦虑就不可能得到与之相适应的、淋漓尽致的叙述推演（比如对陷害苏东坡的小人的痛斥）；如果不使用矫情矫正、软化大词的严重性，揪心的焦虑也不可能得到有效抑制，毕竟点燃余秋雨叙述发动机的"健全文化人格"的目的之一，就是想在叙述推演中消解焦虑（只要叙述的终极目的——健全的文化人格——一经达成，焦虑也就不会存在了。而这，正是余秋雨的巨大渴望）。从这个意义上说，矫情毋宁就是对大词及其语调的削减和软化。

余秋雨在"石一歌"那里获得的语言训练，也同样以隐蔽形式进入了散文写作。上引《苏东坡突围》那段话，我们已经看见了大词的实际操练。朱大可对大词和矫情在此组成的统一战线，有过一针见血的议论：这就是动辄把问题上升到"民族"高度进行煽情的范例。[23] (P36) 顺便说一句，作为叙述内驱力和叙述终极指归的"健全文化人格"，本身就是一个"大词"，它天然就需要它的大词兄弟来帮助它获得最终造型——晚期维特根斯坦肯定会说，所有的大词都具有"家族相似"特性，他们天然就是兄弟。大词作为二十世纪中国文学的重要特征，通过文学对读者的长期和广泛教育，使得整整几代中国人几乎爱上了大词，对大词的热爱甚至成了中国人的集体记忆、集体无意识。余秋雨身处其中，而且还有操练大词的实弹演习，他一开始写散文大词就在他笔下探头探脑，实在太容易理解了。

人们通常较为容易发现余秋雨直接使用大词带来的叙述学用途，却也较为轻易地忽略了另一种特殊大词的软化语势。在《天涯故事》里，余秋雨通过叙述上的起、承、转、合后以如下句式结束全篇："她们作为海南女性的目光，给森然的中国现代史带来了几多水气，几多温馨。""嫣然一笑，天涯便成家乡。""嫣然一笑，女性的笑，家园的笑，海南的笑。问号便成句号。"我同意朱大可授予它"软体哲学"的称号[23] (P37)，毕竟矫情在这里又一次软化了暗中进入文本眉宇间的高亢语调。但我更愿意指出：这段典型余氏文风的文字，仍然是对大词极为隐蔽的使用——"森然的中国现代史"不用说了，"目光""天涯""家乡""家园""笑""问号""句号"等词语，由于具备了余氏形上色彩，⑲仍然具有大词隐藏着的嚣张神情。但这种性质的大词，在余秋雨叙述模式矫情特征的作用下，诚如朱大可所说，已经被"软体哲学"降低了音量。不过，由于它们被置入了非常经不起推敲的因果句式（比如"嫣然一笑，天涯便成家乡"一类），它在判断口吻上的毋庸置疑特性仍然存其中。它同时也暴露出了矫情的另一个可能的来源角度：由于叙述终极指归的大词性质，再加上余秋雨太想完成叙述目的，在叙述内驱力的作用下，竟然不惜夸大某些小词（比如"目光"）的作用（它"给森然的中国现代史带来了几多水气，几多温馨"），强行修改了小词的语义，也就为矫情的最终成型大开了方便之门——这其实就是余秋雨矫情语势和构筑矫情语势的一般方式。

大词的出现有一个普适公设：我要解决的从来都是大问题（比如构筑健全

的文化人格、解放全人类）；我要解决的大问题在紧迫性和重要性上并不需要论证。这正是大词及其语调的天然含义。考虑到它在中国人那里几成集体性记忆和集体无意识，余秋雨习惯性地，甚至是毫无自我察觉地将普适公设植入山水随笔与文化随笔，就非常自然了。正是这一点，给他的叙述模式带来了几分霸道和独断。只是在余秋雨那里，它们表现得较为隐蔽。[20]霸道和独断在此的叙述学功能是："上山"（或者到历史中去）、"边走边想"（或者沉思）、"我……叹息"（或者"我不由得再一次深深叹息起来"），就是必需的、必然的，也是不允许怀疑的；健全文化人格之达成，既作为叙述终极目的，又充当叙述内驱力，也是不容商量的；因此我的焦虑和对焦虑的消解冲动也是应该的、必需的、必然的、于世道人心有大用的，天然就具备了"我代表大家（或民族）焦虑以及消解焦虑"的内在音色。[21]

　　矫情和独断在余秋雨叙述框架的起、承、转、合中交互作用，给作为叙述内驱力的"构筑健全文化人格"注入了强心针：它的叙述学后果之一，就是使并不具备实体性质的乌托邦（即健全人格）终于一跃而为实体。这也就是健全的文化人格尽管确实是乌托邦，但在余秋雨那里，仍然可以有效充当叙述内驱力的根本原因之所在，如同鲁迅指斥"大团圆"作为中国传统小说的叙述内驱力，虽然从来都是桃花源、理想国，却仍然有效推动了传统小说的叙述及其达成一样——虽然每一次叙述走完它的起、承、转、合，攥在余秋雨手中的结果仍然只是焦虑。在此，焦虑本身业已透露出了重要的叙述学讯息：无论如何，也许是在十万公里以外，肯定有一个健全的文化人格在等着我们，只不过余秋雨在山水和历史的"苦旅"中没有找到。那么，且让我们为此而努力吧。余秋雨的叙述模式就这样点火起航了。上引《天涯故事》结尾那段话的口气，听上去就是这样。这自然也可以看作是一种信念。该信念同意罗素代它说出的话：我没有授权让你问我真不真（因为我不幸得不到逻辑上的证明），我只需要你问自己信不信。现在，我的问题是：信念的口吻有没有霸道和独断成分？尤其是代表我们大家通过叙述框架"推证"出来的信念？它有没有以天下为己任、以为大家都同意被他代表的那种自我膨胀欲望？这究竟算不算矫情？

　　在山水随笔《莫高窟》第三节，余秋雨用紧邻的三大段文字完成了大排比，每一段开头的句式分别是："它是一种聚会，一种感召"；"它是一种狂欢，一种解放"；"它是一种仪式，一种超越宗教的宗教"。同样的情形也发生在文化随笔《苏东坡突围》里。在该文第二节，大排比更是被发挥到了极致：为了说明苏东坡如何被群小包围，健全的文化人格如何在卑劣人格的重压下喘息、挣扎，以至于可能最后湮灭，余秋雨用大赋手法，整整铺陈了五大段结构、目的几乎完全相同的长长文字。这不由得让人联想起他在充当"石一歌"笔杆子时，在《胡适传》里的大排比："他（胡适——引者）什么样露骨的论调都能够发表，什么样反动的口号都能够提出，什么样腐朽的力量都能够勾结！"[22]在这里，我们几乎可以窥见：从叙述功能的角度看，大排比实际上就是对大词的扩大化，而大词则是对大排比的高倍聚焦。它们在余秋雨那里分工不同，目的却一致：为叙述终极指归之达成贡献力量。

　　事情往往就是这样：当余秋雨"发明"了自己的叙述模式后，又将受制于后者。因为这种被发明（还不如说被挑选）出来的叙述模式从一开始就有它自身的规定性、它自己的渴望，也有它特别想去的固定位置，正如同兰波所谓"话在说我"的自述性一直在有效调控发明了语言的人类。因此，矫情和独断作为余秋雨叙述模式的重要精神组成部分，并不理睬余秋雨本人的意见，始终在和大排比互相催生、互相要求和彼此需要，就可以被准确理解了——因为大排比在语气上具有雷霆万钧之势，在看似确凿的证据中，引用普适公设开列出的逻辑线路，能够帮助叙述以毋庸置疑的语调完成它的工作。在更多的时候，它比单个大词更有分量，也能把具体的大词包纳起来、隐藏起来或者置于自己的卵翼之下，加强大词的力量并更加有效地发挥大词的作用。除此之外，大排比的矫情性质，我们可不可以从《天涯故事》结尾"嫣然一笑……就怎样怎样"的句式中看出来呢？这种种特质，无论是在《胡适传》，还是在《莫高窟》《苏东坡突围》中，我们已经看得比较清楚了。就这样，余秋雨终于找到了支持叙述模式的音量、词汇和一般句法，也为叙述模式更加舒展自如地向前推演，作好了物质上和精神上的双重准备。余秋雨就高兴地提到过：许多人都说我的文笔很潇洒。[24]平心而论，余秋雨没有说谎。

　　卡尔·波普尔（Karl Popper）说："永远不要忘记我们的无知，这十分重要。因此，我们决不应当佯装知道任何事情，我们决不应当使用大词。"[25]（P120）因为大词始终在试图对子虚乌有的乌托邦进行"真实"陈述。依照加斯东·巴什拉（Gaston Bachelard）的话说，这种词汇无疑具有某些"疯疯癫癫"的特征。[26]（P24）对乌托邦的"真实"陈述，其结果不仅有可能是焦虑，更可能是疯癫。按照福柯推荐过的结论，我们将会更加清楚：实际上，疯癫就是焦虑的极端形式之一种。[23]而圆形叙述作为一种整体叙述，它始终在对应和呼唤完整的人格（或其他事件）；但是，人间的悲剧恰好在于：不完整才是我们的真实处境——完整不是人间的事物。基于这一点，即使是从最严格的逻辑角度讲，对完整的焦虑也天然需要大词和大排比（或者具有同样叙述功能的其他话语方式），因为大排比与大词将以毋庸置疑的语调和高亢音量，在叙述过程中强迫性地催生出完整本身。圆形叙述的推演会使词汇在叙述框架中显得异常疯狂，在余秋雨的陈述中，这种疯狂既部分地催生了矫情，又部分地被矫情所取代或掩盖。人世间并不拥有完整，也不可能有关于完整的真理。对完整的焦虑是徒劳的，诚如色诺芬尼（Xenophanes）在两千多年前的一首六行诗里吟唱过的：

> 至于确实的真理，无人知晓，
> 将来也不会知晓；既不知道神的真理，
> 也不知道我们谈论的一切事物的真理。
> 即使偶然他会说出
> 最终真理，他自己也不会知道：
> 因为一切不过是种种猜测所编制的网。

结　语

余秋雨的叙述模式，的确具有容易讨得读者欢心的先天基因。他动用的圆形叙述是一种古老的叙述方式，在中国人文化心理的遗传方面，影响至深。考虑到遗传作用的巨大力量，如果我们说余秋雨的散文的确和一般读者的内心期待有一拍即合的地方，大约就不是捕风捉影和霸道独断。尤其是圆形叙述中包纳的道德乌托邦期待（即伦理学内容），无疑投合了传统叙述方式在中国读者那里的口味。它消解不掉的焦虑，既借圆形叙述在叙述过程中翻江倒海，引导阅读心理随之不断生发感喟，同时由于该焦虑最后总是被有效控制在一定阈值之内，因此又绝不会被推向绝望的处所，也使得阅读心理终于峰回路转，停步在"淡淡的哀愁""我殷殷地期盼着"（余秋雨《三峡》最末一句）那样的水平线上，从而对阅读者不产生任何心理上的沉重感，再加上圆形叙述带来的单一性，也几乎不会为阅读心理构成智力上的障碍。而圆形叙述借用大词和大排比，既使叙述语调保持在一定的高昂和独断程度上，又使叙述语调具备一定的"温情"（比如"嫣然一笑，天涯便成家乡""我殷殷地期盼着"），最后使圆形叙述成功地将阅读心理调动起来。——凡此等等，刚好迎合了时代的审美期待对文学叙述的渴望。

所以，我倾向于相信：余秋雨被人看作散文大师，既不仅仅是因为他的学问（比他有学问的散文家并非绝无仅有），也不单单因为他的散文摇曳多姿（很难想象在较为固定的叙述模式下，写出的文章在更深的层次上会真的多姿多彩），更是因为圆形叙述的种种特质为他赢得了众多读者，因而我基本上不同意说余秋雨的成功是商业作秀使然——作秀的写手太多了，又有几人修成了正果？现在，人们很难想象世上还存在着著作印刷量只有500本的大师。在一个以发行量、码洋为重要指标商定文豪的时代，凭着余秋雨的过人才华和骄人实绩，完全有资格当选为散文大师。

注释：

①早在1996年上海文汇出版社就编辑出版了一本有关余秋雨的评论文集，其中许多文章都对余氏持赞美态度（参阅萧朴选编《感觉余秋雨》，文汇出版社，1996年版）。

②美学家蒋孔阳对此作过评论："《文化苦旅》……思想丰富而又深刻。……抒写了对中国几千年文化的感慨、反思和评价。时有花火，颇多创建。"（参见蒋孔阳《于我有心戚戚焉》，原载《新民晚报》，1993年4月15日）

③参阅丁莉丽《契合与冲突——余秋雨的文化心理结构和文化散文》，收入周冰心、余杰编《文化口红：解读余秋雨文化散文》（以下简称《文化口红》），第193—203页，台海出版社，2000年版。

④2000年出版了一本专门针对余秋雨的评论文集《文化口红：解读余秋雨文化散文》，其中所收文章主要是批评性质的。此书和《感觉余秋雨》正好对仗。

⑤较典型的文章有胡晓明《知识、学养与文化意识》（《文化口红》，第167—178页）、东方生《严肃与荒诞的巨大成功》（同上书，第179—192页）。两文指出了余氏散文在史料、引证方式、由错误史料引出的错误判断等方面犯下的错误。

⑥参阅余杰《余秋雨，你为什么不忏悔》《我们有罪，我们忏悔》，以及张育仁《余秋雨"文革"写作》等文（参见《文化口红》，第6—44页、第58—71页）。值得说明的是，余杰的《余秋雨，你为什么不忏悔》一文在不少地方有剽盗张育仁的嫌疑。

⑦参阅吴俊《王朔和余秋雨：世纪末的两个英雄人物》（《南方文坛》，2000年第4

期）、陶东风《从逼人忏悔说到圣人情结》（《文化口红》，第82—96页）。

⑧汤溢泽认为，余氏的《文化苦旅》实在"是一种单调的散文集子。……并未成为生机焕发的、笔锋多元的文化之峰，相反地跌入了纯粹搬弄现代汉语中的华丽辞藻＋古董儿的味道单一的、反胃的沟壑"。（汤溢泽《〈文化苦旅〉：文化散文衰败的标本》，《文化口红》，第150页）。

⑨朱大可从商业操作的特殊维度，指出了余氏散文之所以获得成功的话语策略："1.确立具备市场价值的话语姿态；2.寻找大众关注的文化母题；3.寻找大众热爱的故事或（事件与人物）模式；4.采取高度煽情的叙述方式等。"（朱大可《抹着文化口红游荡文坛》，《十作家批判书》，第3页，陕西师范大学出版社，1999年版）。

⑩其实这一模式在余秋雨写第一篇山水随笔《道士塔》时就开始了，只是后来愈演愈烈罢了。而同样的情况也发生在余秋雨的其他山水随笔里（比如《洞庭一角》《江南小镇》），只是他有时将1、2并置（比如《狼山脚下》《千年庭院》），或者将3、4重合（比如《西湖梦》《夜航船》《吴江船》），但作为叙述"原型"，上述四项都是并存的，几乎缺一不可。

⑪此处采用杨义先生的观点。杨先生通过对中国古典小说名著的叙事学分析，得出了这一令人信服的结论（参见杨义《中国古典小说史论》，第300页以后，中国社会科学出版社，1996年版）。但我认为，不仅小说中如此，哲学上也是这样。比如儒家，总是一方面利用人道来塑造天道，然后再拼命引证天道来证明人道（人间的尊卑秩序）的合理性（参阅董仲舒《春秋繁露·人副天数》《春秋繁露·为人者天》等）。

⑫这一点可参看余秋雨为自己的著作所写的序言，比如《文化苦旅·自序》，东方出版中心，1993年版。

⑬任何一种文本批评最后都会成为文本社会学批评。不存在纯技巧性质的文本（参阅米哈伊尔·巴赫金《文艺学中的形式方法》，中译本，第198—204页，中国文联出版公司，1992年版）。

⑭《世说新语·赏誉》："孙兴公为庾公参军，共游白石山，卫君长在坐。孙曰：'此子神情不关山水，而能作文？'庾公曰：'卫风韵虽不及卿诸人，倾倒处亦不近。'"

⑮山水人格自足性是指，人可以不凭借绝对永恒的最高本体（比如上帝、真主），而只需要在山水之中就能消解苦难、获得快乐，从而得到解放。它的来历十分复杂，此处只指出一点：它肯定和道家（比如庄子）、玄学（比如阮籍、嵇康）和禅宗（比如慧能）的相互联手有极大关系，当然也不排除部分儒家（比如"仁者乐山，智者乐水"）。

⑯这里只是借用麦克鲁汉的命题。实际上，麦氏这个命题的含义是：任何媒介（即人的任何延伸）对个人和社会的任何影响，都是由新的尺度产生的；我们的任何一种延伸，都要在我们的事务中引进一种新的尺度（参阅M.麦克鲁汉《理解媒介》，中译

本，第33—36页，商务印书馆，2000年版）。其实我们完全可以把叙述方式也看作一种特殊的延伸（媒介），毕竟人不是一诞生就有叙述的能力，对人类来说，叙述也是一种发明物，是人工的、人造的。

⑰张育仁《余秋雨的"文革"写作》对此有过一般性的总结：其一，那些文章都是奉命之作，学风上表现为唯我独尊，人格上体现为奴性的自豪和偏执；其二，所有文章无一不是反复强调"文革"的必要性和正确性；其三，强调"坚持无产阶级专政下继续革命"的重要性和必要性；……其五，文体上表现为"三段论"式八股，语言无个性，但具有"文革"时风行的霸权话语特征，且运用娴熟（《文化口红》，第66—67页）。

⑱这样的段落在余氏散文中可谓层出不穷，的确是非常普遍的现象，已经有很多人指出过，并且摘抄过其中的不少段落（请参阅《文化口红》，第151—160页、第258—266页）。

⑲余秋雨倒不一定直接使用表面上看去就天然是大词（比如"民族""人类"）的那种词汇，主要是通过一系列有效转换，将普通词汇（或称小词、俗词）变为形上色彩的词汇。这就是大词的隐蔽形式。有效的转换方式很多，需要具体分析，比如在这里就是通过大词"中国现代史"对小词"目光"的限定、定义和挤压来完成的。

⑳有关余秋雨语势上的霸气，已经有人指出过了，只不过其分析言路不是叙述学，倒有些较为情绪化的色彩（参阅黄敏《〈文化苦旅〉七气》，《文化口红》，第151—160页）。

㉑据周冰心说，余秋雨在1999年初发表了一篇文章，题名为《余秋雨教授敬告全国读者》，在该文中，余先生既说："我对中国文化的担忧，读者们是了解的。"又拿出读者对他的支持，来还击另一些人对他的批评，并且认为如果同意或承认了批评，就是对不起深爱他的读者，因为那正好证明他们爱错了（参阅周冰心《"文学革命"的暴动》，《文化口红》，第222—243页）。

㉒根据余杰的考证，《胡适传》确系余秋雨所写，该文收入《历史人物集》，1976年由上海人民出版社出版（参阅《余秋雨，你为什么不忏悔？》，《文化口红》，第14—16页）。

㉓对此，米歇尔·福柯有过相当精妙的论述（参阅福柯《疯癫与文明》，中译本，第53—89页，三联书店，2000年版）。

参考文献：

［1］王安忆. 重大的心灵情节［N］. 新民晚报，1993-04-15.

［2］老李. 金庸·高阳·余秋雨［J］. 新光月刊，1994（11）.

［3］泽雄. 明星作家商业作秀［A］// 文化口红. 北京：台海出版社，2000.

［4］萧夏林. 警惕余秋雨［A］// 文化口红. 北京：台海出版社，2000.

［5］王朔，等. 美人赠我蒙汗药［C］. 武汉：长江文艺出版社，2000.

［6］［法］列维－斯特劳斯. 忧郁的热带［M］. 中译本, 北京：三联书店, 2000.

［7］余秋雨访谈录［N］. 解放日报, 1989-05-05.

［8］李泽厚. 美的历程［M］. 北京：文物出版社, 1981.

［9］吴子良. 林下偶谈：卷一［M］. 上海：上海古籍出版社, 1988.

［10］刘熙载. 艺概·诗概［M］. 北京：中华书局, 1981.

［11］陶弘景. 诏问山中何所有赋诗以答［Z］. 郑州：中州古籍出版社, 1995.

［12］史记·货殖列传［Z］. 北京：中华书局, 1981.

［13］坛经·疑问品第三［M］. 济南：齐鲁书社, 1984.

［14］旧约·利未记［Z］. 中国基督教协会印发, 1994.

［15］论语·阳货［M］. 长沙：岳麓书社, 1986.

［16］［美］爱默生. 自然沉思录［M］. 中译本, 上海：上海社会科学出版社, 1993.

［17］转引自陆扬. 中世纪的诗学［M］. 上海：上海社会科学出版社, 2000.

［18］余秋雨. 文明的碎片·题叙［A］//文明的碎片. 上海：东方出版中心, 1992.

［19］张伯存. 余秋雨董桥合论［J］. 当代文坛, 1998（2）.

［20］转引自陶东风. 文体演变及其文化意味［M］. 昆明：云南人民出版社, 1995.

［21］闲情偶寄. 词曲部：下［M］. 上海：上海古籍出版社, 1984.

［22］孙文萱. 正视历史、轻装前进［A］//文化口红. 北京：台海出版社, 2000.

［23］朱大可. 抹着文化口红游荡文坛［A］//十作家批判书. 西安：陕西师范大学出版社, 1999.

［24］余秋雨. 文化苦旅·自序［A］//文化苦旅. 上海：东方出版中心, 1992.

［25］［英］波普尔. 通过知识获得解放［M］. 中译本, 北京：中国美术学院出版社, 1998.

［26］［法］巴什拉. 梦想的诗学［M］. 中译本, 北京：三联书店, 1996.

论九十年代中国学者散文

王兆胜

引　言

　　长期以来，散文一直没有引起研究者足够的重视，那么，作为散文的一个分支——学者散文更是备受学界冷落。近些年，有人逐渐开始探讨学者散文，并试图对它的定义和范畴进行界定，这是一项很有意义的工作。遗憾的是，直至今日人们对学者散文的认识还是众说纷纭，未能取得令人信服的一致看法。有人过于简略和随意地理解学者散文，如洪子诚竟将经济学家樊纲写的经济学论文札记当成学者散文。[①]还有人又比较复杂地理解学者散文，如喻大翔从主体角色及其性格，思维特质、文本的精神内核及艺术成就三个角度来概括学者散文之特征，给人以理论的思辨性和内容的丰厚性；但将郁达夫、冰心、朱自清、丰子恺、沈从文、废名、余光中等主要是作家和艺术家身份的人说成是学者，也有些宽泛。[②]吴俊的分析比较明晰，但他在看重学者身份和文本学术文化内涵时，又相对忽略了文本的文学性。[③]我认为，对学者散文不能过于笼统而无限定，也不能附加更多无关紧要的内容。在我看来，学者散文主要有三个基本条件：一是学者角色，即他必须是某一领域学有所成的专家学者，那些以文学创作或以教书为生的知识分子都不能简单地列为学者之列，这样郁达夫、冰心、朱自清、丰子恺、孙伏熙、沈从文、废名、倪贻德和余光中等人就不能简单地列进学者之列，他们或是作家或是艺术家；二是文本的学者立场，有的学者写的东西纯属学术读书札记，没有文化使命和人文关怀，那也不能成为学者散文；三是文学性，这是至为重要的，没有以文学美感打动读者这一点，再伟大的学者写出的再有学者立场的文章，那也不是散文，从这个意义上说，周建人等人四十年代曾写的许多科学小品，因为没有多少文学性，那就不是散文，更谈不上学者散文了。

在九十年代之前，学者散文尽管相当发达，出现了许多经典作家作品，但相对来说其特点是比较分散，作家、读者和评论家的自觉意识也比较淡弱。而到了九十年代，学者散文才形成巨大声势，产生很大的影响。用吴俊的话说就是："学者散文之形成一代文学气象，那是中国文学进入九十年代以后的话题了。"④那么，如何看待九十年代中国学者散文的特征及其价值，它又面临哪些阻碍和挑战，新世纪中国学者散文应该做出怎样的调整？这些问题都应做出认真的探讨和回答。

一、文化使命感和人类关怀

由于近现代中国所面临的内忧外患，每个中国人几乎都无例外地被强烈的忧患情结所包裹，而作为感觉之神经的作家更是如此。也是在这个意义上，中国现当代作家的忧患意识特别强。到了九十年代，这种状况有了明显的改变，一些作家开始转向，他们大胆地消解政治意识形态，抹平深度、意义和价值，信守游戏和玩的人生哲学及其理想。即使不是这样偏向，那种强烈的忧患意识也比较淡薄了。王朔、方方等人的创作是这样，王安忆悄悄走向平庸的市民生活写作也是这样。

比较来说，倒是那些学者一直信守着使命感与强烈的忧患。学者散文家林非曾在汉城举行的"国际散文研讨会"上做过这样一个演讲题目：《东方散文家的使命》。显然，在如此纷乱的文化语境中，林非还是执着于"使命"二字。而在2000年出版的《林非学术随笔自选集》扉页上，作者又加上了显赫的题目《人海沉思录》，表达了同样的情怀。季羡林曾写过一篇散文《出国热》，发表了自己的无限感叹之情。他还谈过自己的爱国观："我生平优点不多，但自谓爱国不敢后人，即使把我烧成了灰，每一粒灰也还是爱国的。可是我对于知识分子这个行当却真有点谈虎色变。我从来不相信什么轮回转生。现在，如果让我信一回的话，我就恭肃虔诚祷祝造化小儿，下一辈子无论如何也别再播弄我，千万别再把我播弄成知识分子。"（《一个老知识分子的心声》）其中对我们的文化有着难以言说的忧患情绪。舒芜有一本书，名字就叫《我思，谁在？》，著名学者孙郁有一篇文章曾写过舒芜，题目是《寂寞心情好著书》，这里也同样充满学者的忧患与使命。洪子诚为《当代学者散文精品》所做的《导言》中用的两个关键词是：责任和焦虑。⑤我认为这种概括还是比较贴切的。当人们都离开了"战场"，走入"歌舞厅"和"酒吧"，而学者们却依然在寂寞中沉思冥想，坚守着自己的学者立场与操守。

学者与作家与艺术家的区别可能主要在文化和人类命运的关怀与否和程度上，他们更关注的是人们的思想观念、价值理想、精神气质、审美情趣、生活方式等等怎样，是健康的发展，还是异化的衰落？他们思考最多的也是生命、人性、欲望、意义和幸福等核心词。对"生命"的思考，这是九十年代学者散文的重要表征。张中行学者散文最有价值的概念恐怕是"顺生"，一种自然而然，与生命相合相谐的人生观。在《生命》中张中行是这样理解生命的："地球以外怎样，我们还不清楚，单是在地球上所见，生命现象就千差万别。死亡的方式也千差万别。老衰大概是少数。自然环境变化，不能适应，以致死灭，如风高蝉绝，水涸鱼亡，这是一种方式。螳螂捕蝉，为异类所食而死，这又是一种方式。可以统名为'天杀'。乐生是生命中最顽固的力量，无论是被抬上屠案，或被推上刑场，或死于刀俎，死于蛇蝎，都辗转呻吟，声嘶力竭，感觉到难忍的痛苦。"如此理解生命真义，那是充分体会了天地自然的生命本根悲剧性了。林非反复探讨死亡及其人生的意义，他曾在《死亡的咏叹》和《再谈死亡》等散文中，希望人们能够消除对死亡的恐惧，而确立一种达观从容的人生态度。孔子曾说：不知生焉知死。表达了他执着于生而淡漠于死的意向。而梁遇春则反对这种"人生观"，希望确立一种人死观。他认为："为什么人死观老是不能成立呢？""让我们这会死的凡人来客观地细玩死的滋味。"（《人死观》）其实，不管人生观也好，人死观也罢，它都是人生命中的重要一环，都值得认真地去思考与探索，其最终目的不外乎是为了人更好地活着。

人性也是90年代学者散文表述的重要内容。这里既有美好的一面，又有异化的一面。像季羡林那篇《赋得永久的悔》是歌颂母爱的血泪之作，作者在篇末引古人的"树欲静而风不止，子欲养而亲不待"这句话表达自己对母亲的情深意长与无以言状的懊悔之意，读后令人肝肠寸断。还有林非那篇细腻动人的《离别》，从另一面反映了父母对儿子的依依惜别，从中可见人类葆有的那份比任何东西都珍贵的爱。当然，九十年代学者散文还注重探讨人性之异化，最有代表性的是钟叔河发表于1996年《文汇读书周报》上的《忆妓与忆民》，和后来舒芜为此文写成的《伟大诗人的不伟大一面》，文章主要批判白居易"性意识"的局限性。与此相关，舒芜写了不少散文一直不间断地批判今天国人至今还存在的比较落后的女性意识。值得一提的还有葛兆光的《夹在旧书中的旧时心事》，文章虽没有舒芜尖锐的批判锋芒，但在温软从容的叙事中却另有一番对人性异化的批判力量。作者由夹在旧书中给胡适但没有发出的求职信而感叹说："斗转星移，那种在社会压力下'挤'出来的谄媚和卑微，似乎并没有散去，倒更多了一些志得意满时的中山狼习气，似乎知识分子中的实用思想已经把那份自尊轻放在了一旁，而目的就是一切的急功好利则使文化人再难得有那份从容。实在是不想举例，只是看了这张信笺，生发出'天淡云闲古今同'的叹息。"这是一种绵里裹铁、力透纸背的批驳方式。

对精神力量的呼唤也是九十年代学者散文关注的问题。因为九十年代是更平庸的时代，人们的精神渐渐被商品文化、民间文化掏空殆尽，于是英雄主义与理想主义渐渐让位给世俗化的人生图景，尤其是智慧的光芒渐渐暗淡以至于消失了。面对这样的变动，一些学者用散文的形式呼吁精神的归位与提升。如周国平在《救世与自救》里，开篇即说："精神生活的普遍平庸化是我们时代的一个明显事实。"作者进一步概括其三个方面的表现形态：一是信仰生活的失落；二是情感生活的缩减；三是文化生活的粗鄙。当然，周国平不认为英雄时代的缺席完全是件坏事，他倡导一种自我坚守"圣杯"的"智者"出现。陈平原曾写了一篇《校园里的"真精神"》阐述和强调北大精神的独特性和重要性。

对文化的关注与建设可能是九十年代学者散文最重要的视点和敏感点，这里与人类的健全发展直接联系在一起。最值得注意的是，当政治学家、经济学家和一些思想者、文化人全力倡导经济发展和表现出强烈的现代化诉求时，一些学者却用散文的形式表达了他们对文化和人类命运的深刻隐忧，这种反省与批判表达了他们与众不同的学者立场。如林非在1981年就较早提出了美国现代文化对人类文化的异化问题，他说："公路上几乎找不见人，只有一辆接一辆的汽车，匆匆忙忙地奔跑，这真是一个充满了紧张气氛的机械的世界，而人们就躲在机器里赛跑，一切都在追求着速度。""当人们将各种最流线型的高楼大厦汇集在一起之后，却也同时给自己造成了一个失掉阳光的环境，多少又重复洞穴中那种阴暗的气氛。"（《旧金山印象》）在这里，作者一面承认西方文化的进步，一面又反思其不足，表明了作为学者的林非中正客观的立场。到九十年代，林非又推出了一系列反思中国传统文化的散文，如《询问司马迁》《"太史简"与"董狐笔"》《李自成与唐甄》《汨罗江边》和《浩气长存》等，赞扬美好的人性，批判异化的人性。余秋雨散文的魅力恐怕主要还是那些对中国传统文化异化人性的全面反思，这在《文化苦旅》《山居笔记》和《霜冷长河》三本散文集中表现最为突出。虽然有时余秋雨散文中"导师"的身份比较明显，但对文化和人类的忧患意识却是不可否认的。1999年，吴国盛出版的那本学者散文随笔集《现代化之忧思》，直言不讳地批判以西方为车头的现代化的迷失症，他甚至将现代化称为"鸦片"，他说："现代化总使我想到吸毒。现代化与吸毒之类比也许并不像表面看来那样荒唐，如果我们认真弄清现代化进程与吸毒之间那些结构的相似性，也许就会唤起对现代化本身更深的忧虑和沉思。"⑥

由于学者一直站在学术的最前沿，所以他们最关注的往往是文化和人类的发展及其命运，同时他们往往也最忧心忡忡、竭思殆虑。这就带来了九十年代学者散文的忧患意识、焦虑情结，也带来了其文风的沉实和厚重。在文坛一片高歌"游戏人生"和"淡化理想"时，这种声音是"曲高和寡"，自然充满高尚与神圣的境界。当然，也应该看到"文以载道"传统的负面影响，如果过于强调"使命感"和"人类关怀"，那既容易走向虚妄，成为一种新的"道统"，也容易令文章不可爱。在与其他门类散文如作家散文、艺术家散文和记者散文的比较中审视，这一特点会看得更为清楚。

二、知识化与专业特色

翻开九十年代学者散文，一种知识性气息会扑面而来，这让我想到四十年代王了一（即王力）的学术随笔。其中的注释引文如海浪一样飘来，其中的典故如河中之石随时随地凸现出来，其中还有大量的学术术语和语境，令人目不暇接。如果站在抒情散文角度来看，如果只站在年轻人消遣的角度欣赏，这种学术随笔是最令人生厌的。但随着阅历的增长，知识的增加，思想的深入和心情的宁静，这种形式的学术散文就会非常耐读，也很有味道。

因为学者博览群书，涉猎甚广，所以他们的散文中随意举示。古今中外，天文地理，诗词歌赋，琴棋书画，鸟兽虫鱼，寺庙楼阁，等等，你都可以撷拾即得，毫不费力。走进学者散文里，你实际就走进了历史、文化、文学、艺术等的博物馆，而决不同于走进某些纯作家的散文里，所获得的那种"简明"和"纯净"。如金克木的《世纪末读〈书〉》就是一篇充满知识的散文，其中古今中外历史文化涉及最多，颇有针不容间之感。只就文中提及的中外文化典籍而言，品类就多达数十种。如《物种起源》《政治经济学批判》《甲骨文合集》《金石萃编》《易经》《尚书》《尚书正读》《左传》《论语》《孟子》《春秋》等。陈平原回忆北大的一系列散文，引证史料甚为丰富，简直可以作为历史文献来读。还有吴小如《常谈一束》里显示出的丰富知识，像古典文学的、戏曲和书法的等等。余秋雨也是如此，在他的散文中，历史资料是不可或缺的一部分，假若删除这方面的内容，那么，文章不仅少了血肉，也缺了内涵和风骨。换句话说，学者散文最能看出一个人读书的多少、积累的深浅和学养的厚薄，一个喜爱学者散文的读者不可能不对知识性充满兴趣与向往。

学者散文的知识性最重要的往往不是表现在那些一般性的知识，而是能够显示作者特长的专门知识。如果毫无限制甚至是无加选择地向读者兜售，那无疑成了"萝卜白菜都是菜"，令人有晕眩之感。从读者的角度看，他之所以对学者散文感兴趣，往往主要看中的是他的专长，因为这才是他的独特之处，是他最具慧眼的地方。换句话说，如果读学者的大头典章，没有足够知识积累的一般读者是难以进入专业语境的，而通过深入浅出的学者散文，读者就可以心领神会，走进专门学者研究的殿堂，并得到其神髓。反过来说也是这样，一个有特色的学者散文家，他往往以自己的专门知识取胜，来深刻地影响读者。如舒芜散文中的周作人、鲁迅，林非散文中的鲁迅、唐诗，张中行散文中的禅宗，王辉散文中的中国现代作家，周国平散文中的尼采，赵鑫珊散文中的建筑、音乐和诗等，都是这样。当然，这些专门知识并不是没有生气的一堆垃圾物，而是经过作者心灵烛照后充满生命力的艺术表达，因此，这种专业知识就生动、鲜活和明亮起来了，由此也震撼了读者的心灵。如李辉笔下那些"风雨中的雕像"，既揭开了覆盖在中国现代作家身上的层层专门知识，又通过专门知识会通了被时代阻隔的不同的心灵，于是散文的精神与灵性透过生硬的专门知识显现出来。另如赵鑫珊散文的专业知识之所以没有归于死寂，就是因为它们被作者的诗心点燃了。

在学者散文中，专业性带来的最大益处可能还是由于专业特殊训练所生成的一种眼光、境界和思想方法。这是一般类别散文如作家散文往往所不具备的。比如，对有些问题，作家们可能有感觉，但他们很可能解释不清楚，甚至常常产生某些短见和盲点。王英琦曾写过一篇《大唐的太阳，你沉落了吗？》，这篇文章受到人们普遍的重视和好评，也有多种散文选本选入了这篇作品。应该说，这是王英琦散文创作道路上的一次重要收获，它改变了她以往散文过于单薄的不足，以其开阔的视野和厚重的历史文化感大大增强了作品的广度、厚度和深度。但是，从学者的眼界与境界来看，这篇散文又存在着明显的不足，这就是关于人类文化关怀的失语。作者一面有感于中国文化的衰落，一面又对日本学者来研究中国文化深怀愤恨，她写出了这样的话："呵！我国的作家、画家、艺术家和考古学家们，你们都在哪里呵？你们难道听不到大西北在对你们殷殷呼唤吗？你们难道看不到古西域艺术在向你们频频招手吗？你们都躲到哪个鬼旮旯去了？"当看到日本学者井上靖在《人民日报》发表关于西域的文章，作者还说："他老人家惬意了，我却窝下了心病。"作家这种以民族主义狭隘性代替人类文化开放性的情绪，是很值得人们深思的。这里，也透露出作者缺乏人类文化整体关怀视界。与此不同的是，作为学者的散文家往往容易走出这一误区，从而使其文化观念具有开放性和深刻性的特点，焕发出思想的智慧之光。如舒芜能够拨开各种复杂的现象，看到中国传统男权文化在现代的遗留和投影，他靠的就是周作人的女性观；林非之所以那么不遗余力地批判中国文化的专制主义思想，也是得助于鲁迅的深刻思想；还有王富仁、钱理群的散文之所以有着常人难及的孤独、敏锐、深刻与执着，显然与他们研究鲁迅，并从中受益不无关系。也可以这样说，从专业研究中获得了研究对象的精神旨趣，反过来再探讨其他的问题，那么学者散文家就有了一副"火眼金睛"，可以洞若观火，避免其狭隘性和肤浅性。如钱理群在《苦难怎样才能转化为精神资源》里说："我又确实感到孤独，连同我的'悔恨'也变得越来越不合时宜。""不知从哪里吹来的一股风，人们（其中有不少是我的同代人）对五、六、七十年代的中国发生了兴趣，制造了关于那些年代的种种'神话'。于是，所有的'苦难记忆'，仿佛一夜之间，全都消失殆尽，好像从来就没有过。""我们确实知道，中国人本是阿Q的子孙，没有记性，十分健忘；却万万没有料到，会遗忘得如此迅速与彻底。"这里，鲁迅的思想、情绪，甚至笔调和语词对钱理群都有影响。事实是，如果你研究的对象是个伟人，那你就极容易吸收这个伟人的诸多"精神气质"，化为自己的血肉和生命。因此，当我们读九十年代学者散文时，我们分明可以读出作家所受到的专门研究的深刻影响。余光中曾说过："所谓知性，应该包括知识和见解。"⑦那么，九十年代中国的学者散文以其知识的丰富和见解的新颖独特为特征，从而既令人眼花缭乱，又让人思想明了清醒。可以说，学者散文较好地将"知识"与"智慧"结合在一起，相辅相成，相得益彰。这种知性散文往往儒雅大度，充满书卷气，有袖里乾坤之感。

三、理性的力量

如果从思维方式来说，学者的最大特长之一就是他的理性自觉，这与作家、艺术家喜爱形象思维和艺术直觉有明显的区别。作家和艺术家散文往往重视形象、感觉和意象，在他们的笔下往往流溢着形状、声音、色彩、气息、意态、感悟、象征和通感式的第六感官之类的东西，这在冰心、郁达夫、徐志摩、朱自清、俞平伯、孙伏熙、倪贻德以及九十年代的刘烨园、楚楚、马莉、郑芸芸等人那里表现最为明显。而学者散文则重视的是逻辑的力量，即注重推理、运演、证明、议论、剖析的方法。这样，学者散文的严整性、理论色彩、思想性和气势就能够凸显出来。

通过推理与综合得出自己的结论，这是学者散文最常用的思维方法。有人通过摆事实讲道理的考证法，最后使自己的见解能够自圆其说；有人通过逻辑推论演绎法，从多角度接近自己的结论；还有人依据不证自明的常识来说服别人。但不管怎么说，学者散文都有或明或暗、或显或隐的逻辑力量作为内在支撑。比如，陈平原多用考证法来显示自己散文的逻辑性，他往往旁征博引，从历史的线索里寻找头绪，与他探索的现在精神旨向接轨，像《"太学"传统》就是一例。林非则常用逻辑推理的方式，层层递进，逐层剥开，渐达结论，如《询问司马迁》即是这样。还有舒芜也是这样，他在《"香草美人"的奥秘》中，先由抗战时孙次舟的屈原考证和闻一多的"男人说女人话"意见谈起，得出这一结论：我承认"男人说女人话"的现象，在中国古典诗词中确是相当普遍的。而后说："跟着我思索：为什么会这样？男人为什么要说女人话？"从周乐诗的"菲逻各斯中心"理论受到启发，于是解决了自己的困惑。再后来，作者又说："但是，我再细想，又觉得问题还没有完全解决。"于是作者进一步思考下去。到最后，作者还担心说不完整，又说："末了要补充说明，……"这显然是一篇通俗论文的逻辑结构，与一般的作家散文和艺术家散文是不一样的。我们还可以举出张中行的学者散文。张中行最善于动用具有分明逻辑的散文结构法，并且多用常识来说明结论。比如张中行常用的逻辑词是：首先，其次，再次，最后；先说，再说，最后说说；其一，其二，其三……其七；第一，第二，第三，……第六。通过这种结构方式，可以使作品简洁清晰，明白如话，其中的逻辑如同一条线贯穿起来一样。但是，如果过于讲究和突出"逻辑"性，尤其如张中行这样有"千篇一律"的类同感，那么，这种逻辑则有不自然的做作感，大大损害作品的文学性和艺术性。再加上张中行的许多见解因为是夫子之道而缺乏新意，我想，这也可能是许多读者不喜欢甚至反感张中行散文的真正原因。

在作家和艺术家散文里，作者往往不直接出来表达自己的观念和态度，而是靠叙述、描写和抒情来实现自己的愿望。所以，如何将自己隐含起来，通过曲折的方式表达自己，这是此类散文所努力追求的，一旦作者赤膊上阵出来自说自话，那是有违散文艺术精神的。而学者散文则不同，作者打破了散文的常规戒条，还常常自己站出来议论，以强化自己的观点。此类散文的目的就是将事情说得更为清楚明白，其表现方法也是趋于明了晓畅的。余秋雨的学者散文议论最普遍，篇幅也最长，他常常不自觉地站出来现身说法，而且多有一发而不可收之势。这种议论在《文化苦旅》中还不是特别突出，而到了《山居笔记》则俯拾即是，有时满篇满纸都是。如《苏东坡突围》里多有议论，也可能余秋雨太熟悉、太喜爱苏东坡了，也许他对苏东坡有许多自己的独到认识，或许他是想借苏东坡之"酒"来浇自己的"块垒"。如作者这样写道："小人牵着大师，大师牵着历史。小人顺手把绳索重重一抖，于是大师和历史全部都成了罪孽的化身。一部中国文化史，有很长时间一直把诸多文化大师捆押在被告席上，而法官和原告，大多是一群群挤眉弄眼的小人。""对这些人，不管是狱卒还是太后，我们都要深深感谢。他们有意无意地在验证着文化的广泛感召力，就连那盆洗脚水也充满了文化的热度。""成熟是一种明亮而不刺眼的光辉，一种圆润而不腻耳的音响，一种不再需要对别人察言观色的从容，一种终于停止向周围申诉求告的大气，一种不理会哄闹的微笑，一种洗刷了偏激的淡漠，一种无须声张的厚实，一种并不陡峭的高度。勃郁的豪情发了酵，尖利的山风收住了劲，湍急的溪流汇成了湖。"应该说，余秋雨在此所发的议论对于理解苏东坡的坎坷人生、生活处境、性情、品位与境界，是大有益处的，也有利于反照余秋雨本人，因为中国文化尤其是政治文化和文人文化最是复杂与莫名其妙的。尤其值得注意的是，作者常用形象的比喻将模糊的内涵清晰化，使读者有只可意会不可言传的感受。有时精彩的议论确实能起到意想不到的效果，甚而至于可以化腐朽为神奇。另如季羡林、林非、周国平、赵鑫珊和李辉等都常用议论点醒散文主旨，从而增强了作品的理性自觉精神。

　　但也应该注意，议论也不能是毫无节制的，随时随地的乱议论。议论应该是自己的精彩得意之笔，是点石成金之笔，是将平庸提升到智慧之笔。从此意义上说，余秋雨在有的作品议论太多，也太滥了。如上面提到的议论，有的地方细细品味，明显有牵强附会、过于随意之嫌。对成熟的理解本是一件难事，为了表示自己对苏东坡醇熟之美的钦羡，竟让余秋雨费了那么多心思和笔墨，拼集了那么多比喻，且不说作者这一理解与苏东坡的"成熟"相去多远，只是这些比喻的不到位和牵强就让人感到反感。这样的笔墨不仅难以为作品增色，反而有画蛇添足之感。在我的理解，余秋雨这么罗列比喻就不理解"自然而然"的意义，也就离苏东坡的"行云流水"成熟之美远了。

　　除此之外，九十年代学者散文还有深刻的剖析等理性精神，尤其是自我剖析的理性精神更为可贵，这近于卢梭的《忏悔录》和《孤独者的散步》。比如舒芜曾在《〈回归"五四"〉后序》中自我解剖说："由我的《关于胡风的宗派主义》，一改再改而成了《关于胡风反革命集团的一些材料》，虽非我始料所及，但是它导致了那样一大冤狱，那么多人受到迫害，妻离子散，家破人亡，乃至失智发狂，各式惨死，其中包括了我青年时期几乎全部的好友，特别是一贯挈我掖我教我望我的胡风，我对他们的苦难，有我应负的一份沉痛的责任。"季羡林在《牛棚杂忆》的《余思或反思》里也对自己的不足进行过剖白。一是认为自己是"摘桃派"，没有参加抗日战争，而是待在万里之外"搞自己的名山事业"，所以作者说："我认为自己那一点'学问'和那一点知识，是非常可耻的。"二是指出自己"文化大革命"中也有"领袖崇拜"的毒质，开始还很清醒，到后来"我就喊得高昂，热情，仿佛是发自灵魂深处的最强音。我完完全全拜倒在领袖的脚下了"。林非的学者散文也比较重视自我剖析。他在《愧为学者》中认为："散漫、慵懒、不喜爱辩论，这样使我无法成为一个很好的学者。"在《恐惧》里林非又谈到自己的性格弱点说："在我自己的一生中间，从心坎里升起过多少回恐惧的念头啊！"在《浩气长存》里，林非是那样的崇拜荆轲和秋瑾二人，但却指出了自己的不足："我常常感到惭愧得无地自容，为什么自己总是这样胆怯和恐惧呢？"能够真诚地剖析自己的弱点，这不仅表现了一个学者谦和的性格，高尚的人格，同时也是自己理性在审视历史的局限和人性的缺憾。因为这种理性反省，也使得九十年代的学者散文有了更广大的胸怀和深刻的理性力量。遗憾的是，代表九十年代学者散文较高成就的余秋雨，在整个过程中很少审视自己的局限与不足，面对别人的批评，他却处处为自己寻找借口，以求解脱。其中的原因姑且不论，说余秋雨缺乏理性自省精神却是不为过的。应该说，这也是九十年代中国学者散文的遗憾之处。

结　语

进入新的世纪，中国学者散文的发展怎样，这是一个不好回答的问题，也是一个必须正视的问题。我认为，新的世纪除了继续坚持自由精神，除了提高作家的学问修养，很重要的问题恐怕是对学者散文这一文体的研究和探讨，没有理论上的突破与建构，那么，别的什么事情都是一句空话。另一个问题也应引起作家和研究者足够的重视，那就是学术随笔忽略文学性的现象越来越严重和突出。如果说季羡林、林非、周国平和赵鑫珊等人还比较重视文学性，以情动人，那么比较年轻的学者们则忽略甚至无视了文学性（也可能是他们本身就缺乏文学艺术感）。而没有文学性的学者散文无异于一堆理性的思想堆积，那不但不会以美、情来感动读者，反而可能令读者生厌。也可以这样说，如果学者散文缺乏了文学的优美，那也就不能称其为散文了，它只能是一些学者散论或札记。

注释:

①⑤参见洪子诚编选《冷漠的证词——当代学者散文精品》，社会科学文献出版社2000年版。

②喻大翔：《学者散文论》，《两岸四地百年散文纵横论》，吉林人民出版社2000年版。

③④吴俊：《斯人尚在 文统未绝——关于九十年代的学者散文》，《当代作家评论》1998年第1期。

⑥吴国盛：《现代化之忧思》，生活·读书·新知三联书店1999年版，第53页。

⑦余光中：《散文的知性与感性》，《香港文学》1995年1月。

原载《社会科学战线》2002年第1期

困惑与迷失

—— 论当前中国散文的文化选择

王兆胜

二十世纪九十年代以来，中国散文一改过去的"边缘化"状态，渐渐走上文学的前台，成为与小说、诗歌、戏剧一样重要的文体，甚而已成为文坛的"中心"和"主角"。这一现象最为直接的表征是散文作家作品雨后春笋般地涌现出来：那些一向从事散文创作的散文家姑且不论；也不说很多散文新秀不断加盟；就连许多小说家、诗人和学者也都纷纷从事散文创作，并成为散文界的一支生力军。散文创作取得今日举世瞩目的辉煌成就恐怕是不争的事实，评论家对它大唱赞歌也不无道理，但遗憾的是却少有人对其存在的问题进行反思，即使有一些批评意见也多是点滴式、表面化，甚至是偏执的，当然往往也不得要领。在散文繁荣的背后，在散文家不断探索求新的艰辛行进中，到底有哪些难以逾越的局限，尤其在文化的选择上，散文作家存有哪些价值困惑与迷失呢？

一、知识崇拜与思想缺失

新时期中国散文是建立在文化荒芜的基地上的，那时百废待兴，一切都必须从无到有，甚至从零开始，所以人们对"文革"后较长一段时间的散文创作要求不高。但到了八十年代中后期，尤其是进入九十年代，散文文体变革和作家学者化的呼声越来越高，这是对的，也是非常必要的，因为从根本的意义上说，没有创新也就没有散文的健康发展；没有博学的散文家也就不可能产生富有文化底蕴和真正优秀的佳作。也是在这个前提下，散文家开始强化了创新的自觉性和力度，也逐渐加大了散文作品的知识含量，文化散文和学者散文的勃兴也就顺理成章了。

在散文中知识稀薄固然不可，但过于重视知识甚至将它神化也是不可取的。翻开今天的散文，知识成为许多散文家争相追求的内容，甚至成为具有目的性的东西，好像散文中知识越丰富越表明作家有学问，于是散文的成就也就越高。余秋雨是较早将大量"知识"灌注进作品的新时期的散文家，如果说在《文化苦旅》中知识运用还是适当的，《山居笔记》和《行者无疆》则过于依靠知识了，表现出明显的知识崇拜意味。这也是为什么近年来余秋雨散文有些拉杂和空洞的原因之一。总体而言，余秋雨散文之所以有不可忽略的价值意义，很重要的原因在于：在大量的知识背后有文化思想和艺术感悟做支撑。有人简单地否定余秋雨散文的价值，并将之视为不值一观，这是相当偏激也是缺乏历史感的，我认为，余秋雨散文至少具有三个方面的意义：一是在散文中融入了丰富知识；二是散文强烈的文化意识；三是真正冲破了散文文体的"狭小"格局和模式，而将之赋予了大气磅礴的气象。

余秋雨就如同一阵春风给新时期中国散文带来了新的气息和活力，但与此同时，一种模仿余秋雨文化散文的风气也渐渐形成，到今天已成一派燎原之势。关于这一点，其积极方面固然不可忽视，但消极影响更应该引起重视。就后一方面言，余秋雨散文对知识的崇拜是要负一定责任的，而作为模仿者不能取其精华和去其不足却也是更重要的原因。

王英琦近年的散文明显增强了知识和文化含量，这使她的散文克服了原来较为单薄的局限，显示出作家难得的好学向上和探索精神，也表现出作家在视野、格局与气象上的开拓，较有代表性的是《愿环球无恙》等作品。但也应该看到，王英琦在"获得"的同时也有"丧失"，这就是自觉不自觉地陷入"知识"的泥潭不能自拔。在时下被抬得很高的那本《背负自己的十字架》一书中，我们可以看到作家探索的步履，其中也有不少独特新颖的见解，但其中对"知识"的崇拜却达到了惊人的程度。在这本散文集中，作家一会儿谈康德，一会儿说尼采，一会儿讲马太效应，一会儿释大数定律，一会儿论太极真缘，一会儿提《周易》《老子》《黄帝内经》……于是，关于宗教、科学、艺术、武术等成为作家纵横驰骋的疆场，于是"知识"在王英琦这里真正地爆炸开来。就一般的意义上说，一个散文作家能给读者以知识，这是有益的，问题是如果过于倚重知识，或者不能驾驭知识，而是受制于知识或被知识淹没，则是危险也是可怕的。

更何况，在散文中，知识是一些材料，它必须被思想和智慧点燃，才会获得个性及其生命。最为重要的是，任何人的知识都是有限的，一旦崇拜知识，越过了自己研究的疆界，那是极容易将"常识"当"新知"而津津乐道的，有时还会出现难以避免的知识硬伤。这也是余秋雨散文常遭批评的一个原因。在这方面，王英琦散文的问题也不少。比如，任何知识、概念、命题都是有前提和语境的，也是有其历史感的，如果脱离了这些而一般化地谈论都是靠不住的。不要说作为"外行"的作家王英琦，就是专门研究某一领域如康德的专家，他在谈论康德时也要慎之又慎，不可简单随意。我认为，王英琦在运用"知觉""自我""经验""超验""天道""实证""实用主义""缺席""虚拟"等概念时都应考虑其产生的语境和复杂意蕴，而不能进行简单化和随意性的理解。否则就容易给人莫名其妙的感觉。如在《疼痛与抚摸》一文中，王英琦有这样的话：

> 人的身份感，我理解有两个层面。一是人之为人的自然特性：主要包括构成人性的两大要素，生物性和精神性。失去了这二点，也就失去了人的特性和标志。二是人之为人的社会属性：主要体现在人的社会角色和身份证明上。此角色和身份一旦失去或缺席，人就失去了与社会世界的联系纽带。①

且不论这一番议论有无新意与价值，只是其中的别扭和混乱就值得作家好好反思。作家认为"人的自然特性"是指"人的生物性和精神性"这两个方面，让人百思不得其解，这是从何谈起？人的"自然特性"除了"生物性"，难道还包括"精神性"？如此缺乏基本常识的随意理解和阐释，在散文作家中恐怕并非特例吧？孔子说：知之为知之，不知为不知，是知也。作为人类灵魂的代言人，一个散文作家也应持言慎重，不可想怎样说就怎样说，那是有害无益的。而对待外国的知识尤其应该如此！试想，不少外国著作的中译本质量不高，这些译者往往是懂专业的外语不好，懂外语的专业知识又不足，于是许多译本与原作相去较远，弄出不少隔膜。近些年这种情况越来越突出。而我们的许多作家又缺乏直接阅读原著的能力，往往只能靠译本阅读，其可信性可想而知。而作家又依据自己的理解将这些东西非常随意地写进作品，传递给一般读者，其后果不堪设想！

以《高山下的花环》享誉文坛的李存葆，近年全力进行散文创作，他的许多大文化散文具有丰富的知识性和文化感，从而带来了散文的丰富饱满和阳刚大气，但其中对知识的依赖与崇拜也是非常明显的。一篇散文固然不能以长短论，但如果将散文越写越长，动辄数万字，那也是一个值得思考的问题，尤其当作品中没有远见卓识和较高的文化境界时，丰富的知识也就容易成为缺乏生命和创造性的材料堆积了。像李存葆的《祖槐》是一个很有价值的题目，山西洪洞的成因、演变、地域特点、历史传统、文化特质以及现代意义都有许多话可说，也可以从中生发出令人回味无穷的启示。但作者在驾驭这一题目时却过于沉溺在知识的考证和引述上，思想的穿透力和智慧的光芒比较不够，给人一种小马拉大车力不从心的感觉，其思想文化观念不外乎"故乡情"和"环境保护"等非常公众化的问题。从作者的角度来说，此文他是下了大力气，可以说费尽心力以至于呕心沥血；但从作品的水平来说却并不高，因为它对知识过于崇拜而思想的力度却不够。还有刘长春的文化散文创作，他那本《墨海笔记》是专门写中国书法绘画艺术的，角度新颖，视野开阔，其中也有一些很有价值的思考，如果能够进行深入的思想文化发掘，肯定是非常有意义的。但由于作者更多致力于展示书法知识和感情的抒发，思想文化的穿透力不足，因此作品的分量就减轻了。

李国文的历史文化散文如今大有铺天盖地之势，其中对历史知识驾轻就熟，一些典故人物可以信手拈来，给人以毫不费力之感。有时，他还能从历史和知识的缝隙里提升出一些精妙的道理，比如，在《文人美食》中，作者以古今文人像苏东坡、曹雪芹、陆文夫、汪曾祺及张贤亮之"吃"为透视点，力图发掘其中所隐含的文化精神、人生内容和文学思想。最后得出一个结论说："我总坚信这一点，为美文者，要善美食。"这是全文的神髓，起到了画龙点睛的作用。不过，归根结蒂，李国文不少历史文化散文依仗的主要还是历史知识或者说故事，这是他叙事的基本，他是借历史知识和故事展开叙述的，如果从文本中将这些东西抽离出去，李国文本人的东西并不多。所以说，李国文有些文化散文仍摆脱不了"知识"和"故事"的圈套。如果有"画龙点睛"之笔，那么全文顿时生色，否则也难逃材料堆积之弊。

知识就如同棋子一样，它必须借助于思想的头脑才能生动起来，在整个棋盘上获得生命，从而发挥创造性。知识也颇似木材，它只有在思想之火的点燃下方能产生光与热。然而，当前的许多中国散文家或对此理解不够，或缺乏思想的穿透力，所以，他们往往费尽心思地旁征博引，却难以有深刻的思想风骨。这样的散文当然难有长久的生命力。还有，知识的过于堆积和充塞，使得文化散文密不透风，缺乏灵动与活力。也就是说，被知识充斥的文化散文必然"多实塞而少空灵"，必然使作品失了较强的文学性和艺术性。

二、思想之累与心灵之蔽

我们反对知识崇拜，倡导深刻的思想。其实，这仅仅是问题的一个方面，对于思想来说，它也是有前提的。即是说，如果深刻的思想没有智慧的光芒照亮，那么这种思想也是不明晰的，作家与读者也会眩晕于思想的深刻之中。因为，思想不是最高的也不是目的，而明亮的智慧才是最重要的。思想很有点像天空的乌云，它翻涌滚动、复杂纠葛，它凌驾于大地之上，似给人以深刻之感，但殊不知在乌云之上那一片自高天而来的明媚阳光才是智慧的。它往往不会让人深重、纠葛、缠绕，而是通透明朗。这也好似打地道一样，一般人总以为洞打得越深，思想就越深刻，殊不知世界、宇宙、人生和生命的地道是无止境的，它永远也不可能被真正打通。相反，洞越深入越容易迷失自己。许多西方学者往往过于相信概念逻辑的力量，而中国智者却认为悟性和智慧更可靠。因此，从一个方面说思想深刻是好事，从另一方面说则未必！很多人崇拜思想深刻，比如谈到鲁迅最了不起的地方有人总会赞之以"深刻"。而鲁迅自己如何理解深刻呢？他说："所谓'深刻'者，莫非真是'世纪末'的一种时症么？倘使社会淳朴笃厚，当然不会有隐情，便不至于有深刻。"[②]看来，深刻往往是被逼出来的，鲁迅也并不将之看成为目的。

以这样的理路来理解当前的中国散文作家，我们看到有的在追求深刻思想时又陷入了思想的包裹之中，这就像一片沼泽你越挣扎就陷得越深，也像一团乱麻越缠越紧。前面提到的王英琦就是这样，她本欲使自己的散文思想深刻，结果连她自己也被缠绕进去。这样，像以前《大师的弱点》那样的简洁和清明不见了，代之而来的是紊乱与粗率。在《天助自助者》一文中，王英琦本想以宗教的情怀来批评"老厚"，但却说出这样的话：

> 我一腔真诚满腹希望地抛小别老、百里迢迢跑来淮北，全部动机只是为他好，对他负责。谁知他这个挨千刀的却对我如此"善以善报"：突然把我晾在这儿，来都不来，送都不送，天理何在！他以最卑鄙的贱蔑与谑弄方式，在我未愈的创伤上又投了致命的一镖。这一镖，干净全部地消杀了我的"拯救欲"，彻底结束了我与他此生的孽缘。③

将宗教情怀融入散文创作，肯定会提升散文的思想境界的，但在这里王英琦却只有宗教之名，而无宗教之心，这不仅不会提高散文的思想高度，反而降低了，甚至包含了浓重的讽刺意味。一个富有宗教情怀的人，他至少要有一颗宽厚和仁慈之心，而王英琦在此却深怀狭隘与狠恶，并以"挨千刀的"来诅咒老厚这个她爱过的世俗男人。看到这里，我遗憾地想：王英琦以如此世俗之心先不要"拯救"他人也罢！

史铁生的散文成就很高，贡献也大，这几乎是众口一词。特别是《我与地坛》一文，不论是境界的高远，还是心境的平静，抑或是生命的感悟，以及文采的飞扬，在新时期散文中都是难得的佳作。近年史铁生又出版了一部散文随笔集《病隙碎笔》，颇受关注和好评，有人称誉此书为"字字珠玑，充满着智慧和安详"④，但我认为，这部随笔集较之以往没有多少突破，不论在思想的明晰，还是在文笔的简洁方面都是如此。特别是在本书中，史铁生一味追求思想的深刻，常常在一些哲思问题上反复推论缠绕。其实，有的问题实属常识，而有的问题又是很难得出正确的结论。比如，史铁生探讨的爱与性、命运与苦难、迷茫与挣扎、人世与天堂、生与死、忏悔与仇恨、诚实与撒谎、自卑与骄傲、残疾与健全、真实与虚假、善与恶等问题，多是没有新意的，不过是人云亦云而已。特别是在该书第五章中，史铁生围绕着生命、精神、灵魂、意义、存在、在性、神、神性、可能、不可能、实现、现实、异在、异端、第三者、简单、复杂等问题进行"形而上"的思考，其观点不仅没有新颖独到处，就是表达方式也是模棱两可，迹近文字游戏，颇让人费解。如作者这样说：

生命本无意义，是"我"使生命获得意义——此言如果不错，那就是说："我"，和生命，并不完全是一码事。

　　没有精神活动的生理性存活，也叫生命，比如植物人和草履虫。所以，生命二字，可以仅指肉身了。而"我"，尤其是那个对意义提出诘问的"我"，就不只是肉身了，而正是通常所说的：精神，或灵魂。但谁平时说话也不这么麻烦，一个"我"字便可通用——我不高兴，是指精神的我；我发烧了，是指肉身的我；我想自杀，是指精神的我要杀死肉身的我。"我"字的通用，常使人忽视了上述不同的所指，即人之不同的所在。⑤

　　我不知道作者是以怎样的心理写这些话的，是以一个将读者看成一无所知的启蒙者来指导，还是自己将自己探索的路径作为经验告诉读者？反正我觉得这与什么都没说或迹近呓语没有多少差别！当然，一些形而上的问题不是不可以探讨，但要有独到的发现，要能给人以真正的启示。同时，更要清晰明亮。我想，这对于很早就写出《我与地坛》那样优秀作品，并且经历不同的人生体验的史铁生来说，并非苛求。但史铁生没有超越世俗人烟的智慧，《病隙碎笔》即是一个证明。最让我不满意的是读这本书时的"烦累"，本来是警言短句形式，当然应该让人轻松愉快，像暗夜中有明月朗照，至少有星星的余辉洒满身心，从而使人明眼慧心；但它却让人有读深奥的哲学著作一样的艰难。如果真有哲学的超群见识也好，偏偏书中多是庸常俗见，甚至不少莫名其妙的话语。临近书末时，我读到史铁生这样一段话：

　　那么，灵魂与思想的区别又是什么呢？任何思想都是有限的，既是对着有限的事物而言，又是在有限的范围中有效。而灵魂则指向无限的存在，既是无限的追寻，又终归于无限的神秘，还有无限的相互干涉以及无限构成的可能。因此，思想可以依赖理想，灵魂呢，当然不能是无理性，但它超越着理性，而至感悟、祈祷和信心。思想说到底只是工具，它使我们"知"和"知不知"。灵魂则是归宿，它要求着爱和信任爱。思想与灵魂有其相似之处，比如无形的干涉。但是，当自以为是的"知"终于走向"知不知"的谦恭与敬畏之时，思想则必服从乃至化入灵魂和灵魂所要求的祈祷。但也有一种可能，因为理性的狂妄，而背离了整体和对爱的信任。当死神必临之时，孤立的音符或段落必因陷入价值的虚无而惶惶不可终日。⑥

不将思想作为最高的价值崇拜，推崇灵魂的归宿感，使人类葆有一颗谦恭与敬畏之心，这是我喜爱上面这段话的原因。但表述的不简明，以至于缠绕芜杂，思想的处心积虑以至于劳心伤神，却是我不喜欢的。作为中国人，为什么思考问题以及心灵的表达非要用欧化的思辨方式呢，为什么不能像中国古代哲人般的简明清透呢？从这里也可证明史铁生的局限：在意识层面已经意识到思想的不足，但却仍然不能摆脱在思想的泥淖里艰难地爬行。

事实上，许多形而上的东西是很难靠思想达到的，它必须借助于悟性，中国古人的"远取诸物，近取自身"是也。看到大海，老庄即得出结论说：百川归海，有容乃大，盈而不满。从天地关系中，人们也得出结论说：天容地载。我一向不赞同如今的许多学者用西方的所谓"逻辑""推论"和"体系"来说明中国文化缺乏理论性和深刻性，而认为智慧远远比思想广大、深邃得多。在当前的中国散文创作中，过于注重思想、概念和逻辑却又备受其累，难以让心灵充满智慧之光，这是需要作家好好反省的。

可喜的是，在2002年8月《文汇报》上，史铁生写出了另一篇佳作《想念地坛》，这是《我与地坛》的姐妹篇，在境界与水准上都是值得称道的。尤其可贵的是，作者已不像《病隙碎笔》那样被"思想"缠绕得痛苦无状，而是充满着宁静与安详，对人生和生命都抱着一种智慧的参悟。这可能也是一个标志，它表征着史铁生心灵的又一次解放与超脱，对生命的智慧参透？

其实，生与死在本质上没有什么区别，它只是生命的两种形式。从此意义上说，生即是死，而死即为生。林语堂曾说过这样的话："葬礼有如婚礼，只应喧哗铺张，没有理由认为非严肃不可。肃穆的成分在浮夸的衣袍里已有蕴含，其余皆为形式——闹剧。我至今分辨不出葬礼与婚礼仪式之不同，直到我看到一口棺材或一顶花轿。"⑦看来，对于死亡的恐惧及其忧伤更多的是观念式的，是缺乏人生智慧的显现的。最近散文家彭程写了一篇《快乐墓地》很得我心，作者并没有在思想的层面对"死亡"展开追问，而是对之进行了明透的彻悟：以往人们"贪生怕死"，而罗马尼亚偏乡僻村的墓地，却充满快乐、宁静与平和。于是，作者说："然而在这里，却分明显现着另一种解读。生与死的判然分明的鸿沟不复存在，死亡成了生的一种转化形式。二者之间不是尖锐突兀的对立，而呈现为一种很自然的，甚至可以说是十分流畅的接续。""从此，他会以一种坦然超然的心境，过好他的每一天，不再担心那最后的日子。哪天它来了，很好，跟着走就是了。"⑧这样的文字看来没有深刻的思想，但它智慧的光芒却极具穿透力，而深刻的思想即寓存其间，或者是被点燃了。

三、历史臧否与现代意识

在人类生存的坐标系上，由"过去——现在——未来"组成的时间至为重要，它像一条河流一样，让人看到了自己的起源、所走过的道路、前景及其最后归宿，这也就是人们常说的："我从哪里来，我到哪里去？"而在时间的河流中，"历史"往往备受青睐，因为它既有迹可寻，又可鉴今明世，还能给人以朝花夕拾的温馨。在当前的散文创作中，历史文化散文是一大重镇，它几乎主宰着散文创作的重心和方向。也可以这样说，许多有影响的散文家都是创作历史散文的名手，不少有分量的散文名篇也都是写历史文化题材的。从此意义上说，历史文化散文的写作特别重要，作家、评论家和读者都不可忽视。

总的说来，当前散文作家对待历史的态度还是比较健康的：他们往往不像有的小说家或影视编导那样任意"戏说"历史，而是在认真研究甄别的基础上发表自己的意见；他们在写作过程中既尊重历史，又常常对历史做出新颖独到的阐释。这样就出现一些历史文化散文的名篇佳作。但也应该承认，由于历史文化的悠久与复杂，也由于时代文化风气的影响，还由于每个人自身学识和审美情趣的相对性和局限，所以，当前有不少历史文化散文又常常给人以捉襟见肘之感：不是硬伤太多，就是被历史淹没，或是采取虚妄历史的态度。这一切都可归因于作家现代意识的匮乏。更应引起注意的是，这些错误还发生在一些著名作家的著名作品中间。

余秋雨学识渊博，但他笔下也难免时有硬伤。如在谈中国科举制度的《十万进士》一文中，有这样的句子："据我们的切身经验，人格主要是由一生的现实遭遇和实践行为塑造成的，大量中国古代知识分子一生最重要的现实遭遇和实践行为便是争取科举致仕。"⑨在这里，余秋雨是将"致仕"理解成

"当官"了，这显然是错误的，因为一般稍通中国历史者都知道，"致仕"的意思正相反，不仅不是"当官"而是"去官"之意。历史典籍有这样的称说："退而致仕。"⑩对此，何休注释说："致仕，还禄位于君。"我们还可见到有这种说法："会昌初，以刑部尚书致仕。"⑪对这个词，《辞海》的解释也说："旧谓交还官职，即辞官。"⑫如果按余秋雨的意思，应该将"科举致仕"改为"科举致士"就对了，因为"致士"才是"招致贤士"之意。如果从字面理解，"致仕"好像是当官之意，但它的意思却正相反。所以，对于浩瀚的历史，作家稍有不慎即出现硬伤，更不要说过于随意了！

在《笔墨祭》一文中，余秋雨将中国文化概括为"毛笔文化"是有道理的，他当然也承认中国毛笔文化所创造出的书画艺术之美，但全文主要站在西方进化论的立场来批判象征中国传统文化的"毛笔文化"却是有问题的，而将知识分子的人格生成理解为"毛笔文化"也是牵强附会的。在他看来，毛笔太慢了，它远不如钢笔来得快捷；毛笔太柔软了，它远不如钢笔来得刚硬尖利；毛笔携带使用太麻烦了，它远不如钢笔的简便。某种程度说这是对的，但也不尽然！比如，张旭的草书如"雷霆霹雳"似"电光石火"就不比钢笔慢；又如岳飞用毛笔写就的《满江红》一词就不比今人用钢笔写的文字缺乏力量和人格。问题的关键恐怕不是毛笔文化使中国的知识分子人格不健全，而是残酷的封建专制政治使然。更何况，对毛笔文化的解读不能仅仅站在西方文化的视点上，而应站在人类健全文化的角度观照。如果用西方的一元化思维来看取中国文化，那无异于"以尺称举重量"或"以秤丈量尺寸"，当然反之亦然。我认为，中国的毛笔文化固然有其不足，但站在人类健全发展的角度看，毛笔文化正可医治以西方文化为车头的现代商品文化之弊端亦未可知！因为毛笔文化博大精深，它不仅仅刚柔相济、绵里裹铁、力透纸背、纤毫毕现，而且对人的血、气、神、韵都有孕化之功，还会使人的心灵宁静、充实和饱满。如果从多元文化相互取长补短，进行融合的立场出发，我们就容易理解余秋雨下面这段话的局限性了，因为它只是站在西方文化的单一向度来简单理解中国毛笔文化的。作者这样说：

> 过于迷恋承袭，过于消磨时间，过于注重形式，过于讲究细节，毛笔文化的这些特征，正恰是中国传统文人群体人格的映照，在总体上，它

应该淡隐了。⑬

　　这就是余秋雨之所以要为中国毛笔文化"祭奠"的理由。且不说余秋雨对毛笔文化的内涵理解了多少和多深，只说他简单地以西方进化论之时间观和人生观对毛笔文化进行表面化诠释，就反映了他现代意识的匮乏。今天，人们渐渐认识到，主要以"速度"和"竞争"为价值尺度的西方文化并不能真正解决人类的幸福和快乐问题，相反，它导致的实用主义和技术主义却在不断地掏空人丰富、饱满、充实和性灵的心灵。当人对审美、仁慈、温和、柔软和从容失去崇尚甚至兴趣，而只在速度的光影里奔驰，不要说得不到最后的幸福和快乐，仅是不眩晕而保持清醒就不可能。

　　张承志作为中国文坛的精神象征，其价值意义是不可忽略的。他的许多历史文化散文写得高尚优美、充满丈夫豪情，从中可以想见作家是多么坚定不移地守护着自己精神和心灵的净土。但是，许多东西都不能超过一个"度"字，不适度有时就走向了它的反面。比如，张承志《清洁的精神》被人们交口称颂，但我却觉得它存在一个不可忽略的问题，那就是现代意识的薄弱。作品虽然在歌颂荆轲等人洁净的精神时闪现出耀眼的光芒，但这光芒却刺目眩心，令人有被历史淹没之感。应该说，在今天这个污秽甚嚣尘上的时代面前，张承志从中国历史中发掘"圣洁的精神"是有意义的，它必将清洗今天的社会和人生。但张承志的局限也正在这里：第一，他忽略了中国古代社会总体上说并不比今天好，反而要差得多；第二，今人难道在荆轲等人面前就应该自惭形秽了吗？实际上今人也并不乏荆轲精神；第三，荆轲精神也有其局限性，在信义、勇敢、净洁之外难道没有盲动和嗜危的个人主义吗？最为重要的是，张承志被荆轲精神的光圈罩住了，缺乏了自己心灵的光芒。就是说，在对荆轲人格精神的陶醉中，张承志失去了自我反省的能力，这正是现代知识分子最重要的品质。如作者在《清洁的精神》中这样说：

　　　那是神话般的、惟洁，为首的年代。洁，几乎是处于极致，超越界限，不近人情。
　　　四千年的文明史都从那个洁字开篇，我不觉得有任何偏激。
　　　《史记·刺客列传》是中国古代散文之最。它所收录的精神是不可思议、无法言传、美得魅人的。

由于形式的神秘和危险，由于人在行动中爆发出的个性和勇敢，这种行为经常呈现着一种异样的美。⑭

如果站在对抗专制主义和世俗污秽的角度讲，张承志的观点不是没有道理的，可惜的是，他没有看到荆轲精神也有其局限，尤其在现代社会它的危害性不可少视。如果不加限定地赞扬荆轲精神，那么极容易迷失于恐怖崇尚的危险中。关于这一点，林非也写过一篇赞美荆轲精神的散文《浩气长存》，但作者在充分肯定荆轲精神的同时，又这样写道："当然是绝对地不必大家都去扮演刺客的角色，尤其是在像希特勒那样被历史所咒骂和唾弃的专制魔王最终绝迹后，民主的秩序必将替代个人的独裁，刺客是专制魔王的惩罚者，却也是民主秩序的破坏者，因此一般地说来也就不再需要刺客们去建立正义的功勋了。"⑮在我看来，林非比张承志站得更高，也更具清醒的现代理性意识。在这方面，林非是有自觉意识的，早在八十年代中期他就说过这样的话："以现代观念为思想指导进行散文创作，就是要求作家以现代人的心灵和眼光去观察生活、思考时代和分析题材，并倾注自己的思想感情，使读者的情感得到升华。""散文创作也只有具备这种观念，才能跟上时代生活的节拍。"⑯

李国文常能借古讽今；也总能对历史进行翻新，得出新颖的见解。比如，在《话说王伦》中，作家设身处地分析王伦，认为他"褊狭小量"是情有可原的，因为比较而言王伦不是强者而是弱者。最后得出结论说："因此，《水浒传》里的宋江和王伦，倒不失为我们做人作文的参照系咧！"也是一语中的。在《〈三国〉三题》中，李国文对刘备、诸葛亮、马谡和魏延的分析也很精到，入情合理，给人不少启示。还有，李国文的历史散文往往将"历史"和"当下"拉得很近，有时比较得恰当时确实令人解颐会心，也非常过瘾。但也存在明显的局限，那就是：在很多时候也有"驴唇不对马嘴"的感觉。读李国文"借古讽今"的文字，我总觉得他心中火气甚至怨怼过炽，仿佛要将讽刺的对象焚烧才快意，这就难免使作品失了宽厚与包容。最重要的是，李国文时有消解历史及其人物的快感，表现出历史虚无的迹象，这就带来了他作品过于浓郁的油滑色彩。比如，在写到清官海瑞时，李国文尽管也肯定其价值，但对他的戏化之笔却是非历史的。他在《从严嵩到海瑞》一文中称海瑞为"道德大主教”，并这样评说道：

> 　　海瑞，肯定是绝对缺乏幽默感的人，所以，他冒死上疏嘉靖。换个聪明的中国人，顶多每天早晨起来，看一眼邸报，他怎么还活着呀！他怎么还不成为大行皇帝呀！也就如此轻描淡写而已，才不会傻不叽叽地买口棺材，去进行死谏呢！
> 　　其实，清官的出现，除了本人青史流芳以外，实际上屁事不顶。中国的皇帝，尤其那些独夫民贼，在未成为阶下囚前，谁也不能拿他怎样的。⑰

　　李国文当然可以从不同角度对海瑞进行评说，甚至可以指出其不可爱处，但却不能简单地消解海瑞的人格力量和道德精神，因为这种精神不论在哪个时代都是难能可贵的。即使海瑞是在为那个腐败没落的封建王朝尽着愚忠也是如此，否则就是非历史的文学观。

　　在《司马迁之死》中，李国文虽然对汉武帝刘彻所代表的封建专制极尽批判之能事，对司马迁也不无赞词，但他却同时又不遗余力地解构着历史和司马迁的价值意义，作者这样说：

> 　　司马迁书读多了，有点呆气，他为什么不想想，同姓司马，那个司马相如被欣然接受，这个司马迁却被断然拒绝呢？难道还不足以总结出一点经验，学一点乖吗？这就不妨打油诗一首了："彼马善拍马，吃香又喝辣，此马讲真话，只有割××。"为那张按不住的嘴，付出××被劓的代价，真是太不划算了。
> 　　其实子承父业继任太史令的他，在国史馆里，早九晚五，当上班族，何等惬意？翻那甲骨，读那竹简，渴了，有女秘书给你沏茶，饿了，有勤务兵给你打饭。上自三皇五帝，春秋战国，下至陈胜吴广，楚汉相争，那堆积如山的古籍，足够他白首穷经，研究到老，到死的。而且，他和李陵，非亲非故，"趋舍异路"，不相往来，更不曾"衔杯酒，接殷勤之余欢"，有过私下的友谊。用得着你狗拿耗子，多管闲事吗？但是，知识分子的通病，总是高看自己，总觉得他是人物，总是不甘寂寞，有一种

表演的欲望。

> 司马迁"下于理"（理，古指司法官），大约是他四十多岁的时候，比如今那些知青作家还要小一点，正是泡吧泡妞泡桑拿的好年纪。但他却只能在"蚕室"里泡了。……在没有麻醉剂，没有消毒措施，没有防止感染的抗生素，以及止痛药的情况下，按住司马迁，剥掉裤子，割下××，可想而知，那份痛苦，比死也好不了多少。⑱

在作者的叙述中，不乏对封建专制的讽刺鞭笞，但对司马迁如此"戏谑"和"解构"，毫无理解、敬服、伤悼和怜惜之意，一面反映了李国文对知识分子身份、处境和价值的否认；一面也反映了李国文与司马迁的隔膜；同时还反映出李国文人文知识分子情怀的匮乏。作为中国传统知识分子苦难与良心的代表，司马迁是何等地光辉灿烂！可以说，与那些狗苟蝇营于世俗人生的"侏儒"式知识分子相去霄壤，司马迁与日月争辉可矣！然而，在李国文笔下的司马迁却滑稽可笑，又呆又傻还又愚，甚至有表演欲，这是令人感到遗憾的。从这里，我看到了李国文匮乏的一面：心明眼亮地不断洞察着历史的细部，有时却在大局上出现盲目。这也好像下围棋，局部得之而全盘失掉了。

现代意识是指包含了自由、民主、科学和平等的意识。它不是现在意识，更不是市民意识或世俗意识，而是代表人类健全发展的文化观念及其形态。历史是不断变化的，现代意识也不是一成不变的，但它所蕴含的"一切为了人、为了人类的幸福"这一价值指向是不能改变的。余秋雨的失误是他有时将西方的文化观念当成现代观念；张承志的问题在于有时忽略了用现代意识去烛照历史；李国文的不足之处是有时模糊了现在意识与现代意识的界限。所以，有的时候，现代意识的缺席或薄弱使得他们的散文创作常常出现明显的漏洞。

四、乡村情结与都市恐惧

在一般人看来，人类现代化发展的标志之一即是以都市文明代替乡村文明，所以二十世纪以来，中国的现代化建设基本上是以都市的扩张和乡村的萎缩为前提的。殊不知，以排斥"乡村田园风情"为价值旨归的都市化建设，既不符合人类的健全发展，又是非常可怕和危险的。这种"乡村"与"都市"的二元对立，在二十世纪中国的整体文化格局中，既是一种现实存在，又是一种观念生成。这也是为什么，许多热爱自然的中国作家对都市都怀有恐惧，极力排斥甚至对之充满敌意。我们不说在现代作家中，沈从文以"乡下人"自居而格外讨厌都市，也不说废名一直崇尚"桃花源"式的理想而过着隐士生活；只说当代作家中的张炜、苇岸和刘亮程等人对乡村的迷恋和对都市的厌倦。

张炜是一位非常优秀的作家，在许多现代人都沉溺于都市生活时，他却一个人远离济南，大部分时间待在胶东半岛，在乡村的包裹中，一边搜集民间资料一边从事创作，所以他才能写出带着花香也含了大地芬芳的文字。张炜仿佛是一个在大地上耕耘的农民，他心静气闲地将自己辛勤的劳作一点一点变成秋后饱满的籽实。所以，我认为，张炜是当前中国作家净洁、宁静与良知的代表人物。他的散文也写得纯粹而安然，仁慈而温柔，平实而诗意，如读书随笔集《心仪》，像散文《北国的安逸》等都是这样。但是，从文化的意义上，尤其从乡村与都市的关系中，我们也不能不看到张炜的局限，即那种强烈的乡村情结和对都市的恐惧之情。

在《我跋涉的莽野》一文中，张炜对现代商业文明充满强烈的怀疑和批判精神，这表明他的文化清醒与自觉。但文中却有他对乡村文明过分的依恋，对都市文明深深的恐惧，这一不足是值得指出的。可以说，在"乡村"与"都市"二元对立的文化选择中，一面形成了张炜与众不同的思想观念、审美形态和灵性世界，另一面又使他具有保守的性质和闭锁的心灵。如张炜这样说：

> 说起来让人不信，我记得直长到二十多岁，只要有人大声喊叫一句，我心上还是要产生突然的、条件反射般的惶恐。直到现在，我在人多的地方待久了，还常常要头疼欲裂。后来我慢慢克服，努力到现在。但是说到底内心里的东西是无法克服的。我得说，在反抗这种恐惧的同时，我越来越怀念出生地的一切。我大概也在这怀念中多多少少夸大了故地之美。那里的蘑菇和小兽都成了多么诱人的朋友，还有空旷的大海，一望无边的水，都成为我心中最好最完美的世界。不用说，我对于正在飞速发展的这个商业帝国是心怀恐惧的。说得更真实一点，是心怀仇视的。商业帝国的中心看来在西方，实际上在自私的人内心——包括我们的内心。我之所以对前途不够乐观，是因为我们实在难以改变我们的内心。许多人，古

225

文化散文研究资料

往今来的许多人都尝试着改变人的内心，结果难有效果。这说到底是人类悲观的最大根据。⑲

张炜承认"自私的人内心"也包括"我们"，表明作家的坦荡与仁慈，也表明作家的自省精神，这是非常珍贵的。可是，从童年开始生长起来的"乡村情结"却让张炜无法面对商业文明包括都市的滚滚红尘及其喧嚣，于是禁不住"惶恐"和"头疼欲裂"，以至于"仇视"。从这个方面来说，张炜的心灵也有其偏执和缺失的一面。只是这些深潜于作家的内心深处，不易觉察而已。

苇岸写过一本散文集《大地上的事情》，薄薄的一本小书，装帧简洁而雅致，内容简单但丰实，文风朴素纯洁，一如天空的白云投掷于大地上的影子。更重要的是，苇岸内心平静散淡而又坚定仁慈，具有人格的魅力。关于这些林贤治已经以一腔深情做了全面而详尽的概括，他说："苇岸是崇高论者，……在生物界那里，他发现并描写了这种天性：善良，淳朴，谦卑，友爱，宽容，和平，同时把它们上升为一种'世界精神'，从而加以阐扬。""是爱培养了他的美感，所以语言的使用在他那里才变得亲切，简单朴素而饶有诗意；所以，他不像先锋主义者那样变化多端，而让自己的文体形式保持了一种近于古典的稳定与和谐。对于他，写作是人格的实践活动，人格与艺术的一致性要求，使他一次又一次地回到历史原点。""苇岸，二十世纪最后一位圣徒。"⑳但从文化选择的角度看，苇岸散文也有明显的不足，这就是过于执着乡村农业文明，而对都市尤其是工业文化心怀忧虑和恐惧。这一点，苇岸颇像张炜，只是比张炜走得更远。具体地说，一是苇岸成为一个素食主义者；二是苇岸有着深深的孤独阴郁症。

其实，这一点林贤治也有所觉察，他说："这是一颗充实的种子，但我怀疑他一直在阴郁里生长，虽然内心布着阳光。""在指南花之死中，我说是能够读出一种惟苇岸所有的哀伤。"㉑这是很敏锐的看法。确实是如此，看来被阳光照亮的苇岸其实是一个很孤寂也颇阴郁的人，这除了其他方面的原因，对都市和工业文化的彻底绝望可能具有根本性。也可以说，苇岸的阴郁既来自身体的病状，更来自对都市尤其是工业商业文明的困惑与绝望。更进一步说，他是一个乡村文明的病态患者。苇岸曾这样说：

二十世纪这辆加速运行的列车已经行驶到二十一世纪的门槛了。数年前我就预感到我不是一个适宜进入二十一世纪的人，甚至生活在二十世纪也是一个错误。我不是在说一些虚妄的话，大家可以从我的作品中看到这点。我非常热爱农业文明，而对工业文明的存在和进程一直有一种源自内心的悲哀和抵触，但我没有办法不被裹挟其中。㉒

还有新近在文坛颇受重视的刘亮程，这个被林贤治称为"九十年代最后一位散文家"㉓的人，其实也是一个乡村文化的守卫者，同时又是一个都市文化的批判者和嘲弄者。刘亮程一面以农业文明为根生长着自己生命的藤蔓，这是与众不同的文化形态：舒缓、结实、有力而诗意，就如同熟透的谷穗陶醉在和煦的秋阳里，这对于克服工业文明对人类的异化是非常有益的；不过，刘亮程还有另一面，过于相信农村的结实可靠势必限制视野的广大与认识的深入。所以，我们可以看到，刘亮程笔下的乡村带有远古的风韵和未经工业文明染指的宁静与诗意，但却有些沉重和令人窒息；审视都市的"农民"眼光时时能够看出一些新意，但又不免过于促狭和以偏概全。而这二者中尤以后者最为突出。

在《城市过客》中，作者写对楼梯的感觉很有意思，因为那是一个农民最把持不定的道路。他还说："本以为在乡下走了多年的坑洼路，走城里的平坦马路应该不成问题。可是车流如梭的十字街头我总觉是难以过去。前后左右的汽车和喇叭声使我仿佛置身兽群。我缺乏城市人的从容，城市人不怕车就像乡下人不怕狗。"这种感受都很新鲜，也寓含着对都市文明的批评。不过，刘亮程的局限也正在这里，他以一个农人之眼所见的都市均是令人不快甚至是厌恶的，这就将丰富、饱满而又深厚的都市文化简单化、概念化和肤浅化了。从而表现出刘亮程文化眼光的狭隘和肤浅。如在《城市过客》中作者直言他对都市生活没有多少好感；在《城市牛哞》中作者也说："这个城市正一天天长高，但我感到它是脆弱的、苍白的，我会在适当的时候给城市上点牛粪，我是个农民，只能用农民的方式做我能做到的。"更值得注意的是，刘亮程对都市的隔膜与仇恨：他不仅不能从人类发展的角度看到都市文化的长处，反而尽其戏谑和嘲弄之能事，他说："深厚无比的牛哞在他们的肠胃里翻个滚，变作一个嗝或一个屁被排掉——工业城市对所有珍贵事物的处理方式无不类似于此。"㉔从这里暴露出刘亮程生活经历、知识结构、学养性情和文化理念的局限。

文化散文研究资料

虽然如今的都市处处充满异化，有这样和那样不尽如人意之处，但如此贬低和丑化都市，一点也看不到它的价值和意义也是一个问题，这说明千年百代生活于农业文化的中国人过于依恃乡村，而对都市文化天然地怀了一种拒绝与恐惧，也隐含了中国人心灵的某些封闭保守和自以为是。

我认为，健全的文化和作家的内心应该是更为宽厚博大的，应该像大海一样，不择细涓，容纳百川，甚至将清洁与混浊都化为自己的内力和元气；也应该像天空和大地一样"天容地载"，不舍弃任何东西哪怕是常人所说的垃圾。具体到文化和文学上，就应该有蔡元培的"兼容并包"和林语堂的"两脚踏东西文化，一心著宇宙文章"之胸襟与气度。在人类的发展过程中，乡村文明有其精华，也有其糟粕；而都市文明也是如此！如果一味将乡村文化的光彩无限放大，而无视甚至遮盖其局限与丑陋；或者对都市文化的优质缄口不谈而绝对地放大其丑恶，那是不公正，也是不健康的。事实上，今天的人们包括对都市深怀恐惧的作家，都在自觉和不自觉地享受着都市甚至商业文化带来的优秀成果，至少是方便与舒适时，却又对它全盘否定，缺乏公正之心和具体细致的分析，这是值得人们好好反省的。

当年，林语堂对老北京却情有独钟，一个重要原因就是，林语堂觉得北京是一个具有乡村风情的"田园式"都市：一面有都市的博大广阔，一面又不失田园风情。甚至从北京的胡同和四合院中，林语堂也能理解和体味出其田园式的宁静和安详！其实，从文化融合的角度说，比较适合于人类居住的应该是将乡村与都市结合在一起的所在，双方不是相互排斥而应该互为弥补，取其所长和补其所短。如今，我们的都市确实还非常低级和丑陋，不要说优雅的建筑风格，清明的山水风光，就是新鲜的空气都成为一个问题。不过，我们不能因此对都市进行简单化的理解，尤其不能忽略它对人类幸福的积极作用，更何况都市也是发展的，尤其是中国的都市可以说还刚刚起步，它还需要进一步的完善。但是，作为文化人包括我们的作家在此又做了多少有益的工作呢？许多人只是一味地拒绝甚至厌恶都市，但却很少去思考、建设和完善它。

美国作家梭罗曾以一本《瓦尔登湖》享誉世界，中国的不少作家都或多或少受其影响。确实，梭罗的作品境界高尚，文字优美，宁静慈祥，是散文中的上品，对克服工商业文化带来的异化是有益的。问题是，其中也不是没有值得商榷的地方，比如过于追求简朴甚至是对自己刻薄的生活方式，而对都市怀有成见和恐惧，这难道不也是一种异化？这种在乡村文化与都市文化间缺乏协调整合，而一意追求单向度的非此即彼式的偏执，显然是从一个极端又走向另一极端。事实上，文化选择与其他选择一样，如果失去了"度"，必然也失了平正，如果发展到极端，还会呈现一种生理和心理的病态。这是当前的散文家不可不慎之又慎的。

当前中国散文家在文化选择上的困惑与迷失还不止于此，像在人与天地自然的关系、个性与家国与人类的关系、男女两性的关系等方面都是如此。比如，王族写过一篇散文《一个人和羊》，其中主要写了新疆吐尔逊家的一个宰羊场面："我"与朋友要体验一下"亲自宰羊"的感受，但却捉不住羊；于是牧羊主人只有自己动手。主人与"我们"不同，他对羊"抚摸""轻吟曼唱"，于是羊就卧倒、闭上眼睛，并将喉咙伸过来。对于这种举动，作者不仅没有悲悯，反而用诗意的笔调这样写道："吐尔逊开始剥羊皮。嘶——嘶几下，一张血红的羊皮扯了下来，他抓着两边，在空中翻转几下，然后轻巧地甩出，羊皮划着漂亮的弧线，落在核桃树枝上。""眼前完全是幻象一样的世界：恬美、宁静、真诚，而又安详……"㉕作为代表正义、善良和仁慈的作家，如此诗意地渲染血淋淋的杀戮动物之美，这是令人震惊的！这是失了天地之心的写作。如果将这种描写与鲁迅、周作人、林语堂、丰子恺、琦君等对动物，哪怕是一只小鼠、跳蚤的怜悯进行比较，我们就会明白，如今的散文及散文家的差距在哪里了。

文化具有广大的包容性、厚重的深刻性和悠久的历史与未来性，因此一个散文家（包括作家）对它的选择至为重要：这既代表了他的精神向度，也标志出他的思想与智慧的力量，还确定着他的叙述方式及其格调，这就好像舵手之于航船是一样的。为什么有的人的散文视野博大、境界高远、思想深厚、智慧从容，显然主要不在其技巧与修辞，而在于明智的文化选择，在于心灵强大的光芒。

需要指出的是，在中国当前，不少著名散文家身上尚存有文化选择的困惑与迷失，而在一般散文家那里这个问题的严重性就更是可想而知。其实，这个问题既具有个人性又具有普遍性；既具有现在性也具有历史性还具有未来性，至少它与二十世纪以来中国文化和文学思想的根本转型直接相关。因此，我们对当下中国散文文化选择的反思，也就不能不与中国现代新文化与新文学的转型联系起来考察。尤其是进入了新的世纪，世界文化与文学观念面临新的变动与整合，我们更有必要打破以往的既定成规，对当下中国的散文创作进行新的探讨、梳理和反思。也是在这一前提下，既要总结取得的成绩，更要探讨存在的问题，这是当前中国散文实现真正突破的关键性的一环。

注释：

① 王英琦：《背负自己的十字架》，第27页，东方出版中心，1999年。

② 鲁迅：《〈信中杂记〉译者附记》，《鲁迅全集》第10卷，人民文学出版社，1991年，第446页。

③ 王英琦：《背负自己的十字架》，第36页，东方出版中心1999年版。

④ 《病隙碎笔·编后语》，陕西师范大学出版社2002年版。

⑤⑥ 史铁生：《病隙碎笔》，第165、218页，陕西师范大学出版社，2002年。

⑦ 林语堂：《幽默滑稽》，《中国人》，第80页，郝志东、沈益洪译，学林出版社，2001年。

⑧ 彭程：《快乐墓地》，《海燕·都市美文》2002年第3期，第49页。

⑨ 余秋雨：《山居笔记》，第239页，文汇出版社，1998年3月。

⑩ 《公羊传·宣公元年》。

⑪ 《新唐书·白居易传》。

⑫ 《辞海》，第1853页，上海辞书出版社，1979年。

⑬ 余秋雨《文化苦旅》，第246页，东方出版中心，1997年5月。

⑭ 王剑冰编：《百年百篇经典散文》，第136、139、440页，长江文艺出版社，2002年。

⑮ 林非：《浩气长存》，第275页，《世事微言》，中国世界语出版社，1999年。

⑯ 林非：《现代观念与散文写作》，《文学报》1986年3月13日。

⑰ 王剑冰编：《百年百篇经典散文》，第564页，长江文艺出版社，2002年。

⑱ 李国文：《中国文人的非正常死亡》，第3、4页，人民文学出版社，2002年。

⑲ 张炜：《我跋涉的莽野》，第3、4、8页，春风文艺出版社，2001年。

⑳㉑ 林贤治：《未曾消失的苇岸》，参见苇岸的《太阳升起以后》，中国工人出版社，2000年。

㉒ 苇岸：《太阳升起以后》，第285页，中国工人出版社，2000年。

㉓ 林贤治：《五十年：散文与自由的一种观察》，《书屋杂志》2000年第3期。

㉔ 刘亮程：《一个人的村庄》，第164、176页，新疆人民出版社，1998年。

㉕ 史小溪编：《中国本部散文》（上），第62页，东方出版中心，1998年。

原载《当代作家评论》2003年第6期

走向终结的"大文化散文"

王　尧

由盛至衰

"文化大散文"的出现和盛极一时，是二十世纪八九十年代文学留给我们的重要记忆之一，而它由盛而衰的过程仍然在持续并且成为我们不能不面对的现实问题之一。

用"文化大散文"来命名二十世纪八十年代末出现的一种散文文体和随之而来的一种散文创作现象，其实是缺少学理支撑的，因为这一命名无法解释"文化"与"散文"、"散文"与"大散文"的关系。但是，它确实多少揭示了一种散文文体的主要特征，并且显而易见地包含着适应读者市场的策划行为，因此，"文化大散文"的命名，成功地诱惑和引导了相当多的散文作者、读者和研究者。所以，当我在行文中对"文化大散文"的命名怀着理解和尊重时，也不能不指出：一次简单命名的成功，常常伴随着一大批人创造力的衰退和丧失。这样的现象同样也存在于学术界，简单的命名给知识生产和传播带来方便，但也纵容了思想的懒惰并使表达成见成为习惯。对"文化大散文"的研究就存在这样的问题。

一种文体的成功和流行总是与一些重要作家联系在一起的，今天我们讨论"文化大散文"首先必须提及余秋雨的散文创作。近年来，对余秋雨的批评之声渐多。这原本不应该是个问题，但是，因为批评者的动机、被批评者的心态以及媒体（出版）的立场都有不少可议之处，这样也就有了问题。其实，对余秋雨的批评早就有了，当然有不少批评是非学术的，即使在一个健康的文化生态系统中也无法消除非学术的东西，何况当下的文化生态系统积弊已久。现在，无论是批评者、被批评者还是媒体（出版）都需要作出认真的反省。我想，余秋雨在文化转型期以独特的方式表达了他对中国文化的关怀，相对于他的局限而言，他对汉语写作的贡献更为突出。如果我们在这一点上有比较一致的看法，批评者和被批评者都应该更加大度和从容。

余秋雨曾领风气之先

二十世纪八十年代"文化热"时，余秋雨主要的精力在研究戏剧，他在"文化热"中并无特别的建树，这正是余秋雨的沉潜期。当"文化热"喧嚣过后，余秋雨开始表达自己的"文化感受"。余秋雨说："我写那些文章，不能说完全没有考虑过文体，但主要是为了倾吐一种文化感受。这些年来，这种文化感受越来越强烈，如鬼使神差一般缠绕心头。"相对于其他文体而言，散文在这方面其实是迟钝的。在1985年前后，小说、诗歌、戏剧都已经有了"革命"性的变化。学术研究中的文化热、小说创作中的寻根热等，都是知识分子表达自己文化感受的不同方式，并由此反映出知识分子文化姿态的差异。散文创作在话语方式的转化方面是迟钝的，而余秋雨在一片迟钝状态中表现出了自己的敏锐并领风气之先。随后，"文化大散文"也就大行其道。越来越多的人开始进入"文化大散文"领域，并且逐渐地使"大散文"成为散文创作中的中心文体。

但是，困境也随之而生。当余秋雨用"文化大散文"终结了"杨朔模式"后，大批余秋雨散文的"副本"又使"文化大散文"不得不面对"终结"的命运。这首先表现为"文化大散文"的模式化：长篇大论的体式，往后转的历史视点，传统文人的内心冲突，自然山水的人文意义，文化分析的手法，知性与感性合一的叙述语言，等等。当我们再次面对这样的"集体写作"时，我们感叹"文化大散文"已经逐渐走向了它最初产生时的反面。

文化关怀与生命原创力

二十世纪九十年代以后，常常有人认为现在是一个"散文时代"，这成为一些作家始终不愿放弃"文化大散文"写作的理由之一。我们之所以称当下为"散文时代"，就在于在文化转型中，公共领域的思想文化问题已经十分突出，而散文从来就应该以个体的方式表现它对公共领域思想文化的关注。这是散文时代里散文的责任。正是在这一点上，"文化大散文"没有能够再一次完成它的话语方式的转换，仍然停留在它最初的话语策略上，形成反差的是，知识分子思考问题的中心与表达方式也发生了很大的变化。

但多数"文化大散文"的作者似乎与这些变化没有大的关系。"文化大散文"究竟表现什么样的文化，"文化大散文"的作者究竟具有怎样的文化观，应该说现在都已经成为问题。对于许多以写历史题材为主的"文化大散文"作者来说，究竟叙述什么样的历史，又以何种方式叙述历史，也已经成为问题。同样重要的是，读者究竟要从"文化大散文"中获取什么，他所获取的东西与进入其他文本的区别在哪里？一些"文化大散文"看似很有学问，但是，是否想过：案头的学问和心中的学养有什么差别？

但是，对于诸如此类的问题，我们缺少警醒和思考。在由作者和大散文文本形成的一个相对封闭的系统中，作家主体的分裂现象变得十分突出。一方面写作者的个人情怀、胸襟、人格在文本中越来越贫乏和格式化，而忘记了所有的文化关怀都是与关怀者的精神状态与生命的原创力联系在一起的，没有"沸沸扬扬的生命热源"，就可能失去精神的个性与深度。另外一方面，大批写作者缺少对自己的反省，不断膨胀自我在叙述历史时的权力，塑造着一个无所不知、无所不晓、无所不能的作者形象。这是多么地危险！

原载《出版参考》2004年第29期

233

文化散文研究资料

近十年"文化散文"创作评述

於可训

如前所述，中国当代散文在60年代初期曾经出现过一个抒情散文的高峰，到了80年代，又因报告文学这种广义的散文文体的崛起而使这期间其他类型的散文创作相形见绌。进入90年代以后，散文创作虽然出现了一个观念多元、手法多样、文体杂陈、风格迥异的繁盛局面，但相对而言，其中也有发展得比较成熟的散文品种，足以代表这期间散文创作的特色和成就。被人们习惯称作"大散文""学者散文"或"文化散文"的卓尔不群，一枝独秀，就是这期间散文创作新的特色和成就的标志。

一般说来，"文化散文"（"大散文""学者散文"）是指那种在创作中注重作品的文化含量，往往取材于具有一定历史文化内涵的自然事物和人文景观，或通过一些景物人事探究一种历史文化精神的散文。这种散文的作者多为一些学者或具有较深文化修养的学者型作家。因为上述原因，这类散文往往视野开阔、气魄宏大，且具有较强的学术性。追溯这类散文创作的艺术源头，其远因自然是出自中国散文悠久的历史传统。中国古代散文，既有精巧的山水游记、轻松的性灵小品、质朴的书札笔记，也有以《庄子》为代表的天马行空、汪洋恣肆，以丰富的想象和深邃的理性著称的哲学散文，以《左传》《史记》等为代表的时空廓大、气势恢宏，以历史的沧桑感和记人的生动传神、叙事的纵横捭阖为特征的史传散文，以及以孟（《孟子》）、荀（《荀子》）、韩（《韩非子》）、贾（贾谊）为代表的富于雄辩的论辩散文，以汉赋为代表的铺张扬厉的诗体散文等。这后一方面的传统，就孕育了我们今天所说的"文化散文"（"大散文""学者散文"）的艺术精神。其近因，则是直接肇自近20年来的文化变迁和文学变迁。中国古代散文在经历了"五四"新文化运动和文学革命的转变之后，虽然"又来了一个展开"，其"成功"，"几乎在小说戏曲和诗歌之上"，^①但那主要是指一种随笔"小品"（包括杂文）式的散文品种，后来虽然有所发展和变化，但除新兴的报告文学这种广义的散文文体以外，其规模体制的艺术格局，从总体上看，依旧比较狭窄。近20年来，由于社会历史的变迁，思想解放和文学革新的推动，散文作家如同其他文体的作家一样，文学观念也在发生变化，不但文化视野在逐步扩大，而且艺术表现的形式、方法与技巧，也在日趋多样化。在这样的情势下，近20年来的散文创作，一方面致力于恢复和重建中国散文悠久的历史传统，另一方面同时也注重吸收境外尤其是台、港地区散文创作的艺术经验。在这个过程中，近20年来的文学发展，从80年代初的历史反思转向80年代中期前后的文化寻根，是触发"文化散文"创作的主要艺术契机。

从80年代初期到80年代中期，由于对历史的反思和对传统的回归的影响，一些作家的散文创作就比较注重发掘其表现对象中的文化内涵，或有意识地开掘一些有较深历史文化积淀的创作题材，如王英琦的"文化遗址散文"系列作品《我的先民，你在哪里？》《"木乃伊"旁的奇思异想》《烽火台抒怀》《古城墙断想》《南疆界碑》《大唐的太阳，你沉沦了吗？》《青山有幸埋诗骨》《不该遗忘的废墟》《塔克拉玛干之谜》等，通过凭吊从半坡到圆明园、从古长城到永乐宫、从南疆界碑到青山古冢等一系列历史文化遗址和作者自己深入蛮荒的冒险经历，告诫人们"千万不要忘记了在你们的身旁有一片不该遗忘的废墟"。这既是针对"文革"及其前的一个较长的历史时期，极左的政治思潮轻慢、蔑视以至于全盘否定民族的历史文化传统的现象，有感而发，也是为人们思考现实问题、挣脱现实困境、振奋民族精神、推进改革开放提供一个重要的历史参照。从这个意义上说，王英琦的这些看似发思古之幽情的散文创作，实则集中地反映了这期间的散文创作拨乱反正、反思历史、重建传统的一种精神取向。这种精神取向因为与这期间文学发展的整体趋向同步，因而也是这期间正在蓬勃发展的"伤痕—反思"文学的一个重要的组成部分。王英琦的散文因为取材的特别，思虑的深入，且具有极强的反省意识、忧患意识和浓郁的文化色彩，而有别于当时颇为盛行的伤悼散文和忆旧散文，一扫这类散文的感伤气息和落寞情怀，而具有一种浑厚凝重的气魄和雄强豪放的风格。因为上述特征，王英琦的散文创作事实上已经奠定了"文化散文"的一些基本的艺术雏形。与此同时，这期间，受中国大陆现代乡土地域文学传统，及台港地区的乡土散文和地域散文的影响，一些作家也把这种注重文化内涵的发掘的创作旨趣，具体到对一些乡土和地域题材的开掘之中，由此便产生了最初的一些带有乡土和地域特色的散文创作，如汪曾祺的写老北京、贾平凹的写商州等。这些散文虽然也具有"文化散文"的一些基本特征，但因为格局较小，或与同一作家创作的笔记小说相类，因而又缺乏"文化散文"作为一种"大散文"所应有的艺术气魄和文体特征。但这类散文的出现，对"文化散文"的形成和发展，无疑起了一种推波助澜的作用。尤其是当它作为早期"寻根文学"的一些代表作，更对嗣后受"寻根文学"思潮影响得以发展壮大的"文化散文"创作，产生了重要的艺术影响。

80年代中期前后，由于"文革"结束后的一个时期，文学在反思历史的过程中对民族文化传统的重新体认，同时也由于拨乱反正和改革开放以后，思想解放和文学解禁，扩大了艺术表现的领域（包括地域），这期间通过开拓文学的题材和主题发掘文学中的文化因素，已经受到了各体文学创作的普遍重视。尤其是以"西部诗歌"为先导的"西部文学"的崛起，和某些新潮诗人从倡导民族史诗向重构民族文化方向的创作深化，更进一步加剧了文学创作中的这种文化倾向。在这个过程中，对后来的"文化散文"创作产生重要影响，同时也标志着"文化散文"创作在早期所取得的重要成就的，是一些从诗歌创作转向散文创作的"西部诗人"，其中又以周涛和马丽华的创作转变最具代表性。作为"西部诗人"，周涛和马丽华的诗歌创作都以表现西部的自然风光、人文景观、民情习俗和历史文化著称，他们的诗歌创作不但向人们展示了长期以来为文学所忽视的丰富多彩的西部题材，而且也为文学注入了一种以雄强豪放著称的西部风格和以开拓创业为特征的西部精神。他们在80年代中期前后先后转向散文创作，正是以这种独特的西部题材、西部风格和西部精神为特征的。与王英琦的创作素材主要来源于她在祖国各地游历的经验不同，周涛和马丽华的创作之源主要是出自他们长期在新疆、西藏的生活和工作经历，当然也包括在整个西部地区的游历乃至冒险的经历。他们的创作也因此而较王英琦多一些刻骨铭心的切身体验，少一些旁观者客观、冷峻地审视的色彩。这同时也是"文化散文"创作由寄寓于历史反思到转向注重自身的文化体验的结果。周涛和马丽华的散文创作因而也是"文化散文"由早期的略具规模到逐渐壮大成形和不断走向深入发展的一个重要标志。

就这两位作家从80年代中期迄今的散文创作而言，虽然他们都是来自内地，但由于进入西部有时间的先后长短和进入的方式上的差异，以及各自的人生经历、创作经历乃至文学和文化观念上的不同，因而在艺术上也各具特色，形成了一个自然的分野。如果说马丽华的散文创作注重在自己的亲身经历中体验西部的文化特色和文化精神的话，那么，周涛的散文创作就似乎更偏向于由西部的自然风光、民情习俗、人文景观和历史文化所引发的想象和思考。他的散文创作因而依旧保留了他作为一个"西部诗人"所特有的诗性和神性的特征。这位作家的散文代表作品主要有散文集《稀世之鸟》《游牧长城》《兀立荒原》和《周涛散文》（三卷本）等。在这些散文作品中，作者虽然也记录具有西部特征的景物人事，但他的笔触却不流连于这些景物人事本身，更不去精细地刻画这些景物人事最能体现西部特征的那些精确的细节，而是转向抒写对这些景物人事的独特感悟，和由这些景物人事所引发的独特思考。而且这种感悟和思考又不停留在这些景物人事本身所显示的具体确定的社会意义和人生价值的层面，而是指向一些带有普遍性的或终极性的生命和存在的哲学问题。通过对西部的景物人事的这些独特的感悟和思考，周涛的散文不但在西部完成了一次精神的漫游，而且作者也把这种借助散文创作精神的漫游，作为自己融入西部，与西部的历史文化、自然人文融为一体的一种独特的精神生活方式和生存方式。周涛的散文创作因而在进入90年代以后，又以其独具的诗性特征和理想主义格外引人注目，成为这期间的文学所倡导的人文精神的一个独特的标志。在艺术上，周涛视散文创作为"表达思想的工具，而不是描摹生活的画笔"，[②]因而他在创作中也就格外喜好议论和抒情，而疏于叙述和描写。而且他所主张的这种"表达思想"的散文，又必须是绝对自由的，不受章法和规范的约束，要能"让思想和感情自由奔放地表达"。正因为如此，他的散文就如天马行空，独往独来，带有极强的自我表现的性质。这种天马行空、独往独来式的精神漫游，既使得周涛的散文创作较之那种拘泥于叙事和细节描写的散文，显得格外生气贯注、自由灵动，另一方面也因为疏于对文化事相的完整记叙而难免要削弱作品的文化含量。

相对于周涛从50年代作为一个不谙世事的少年就随父辈进入新疆，以后又长期生活、学习和工作在新疆的经历而言，在70年代中期结束大学生活后进

文化散文研究资料

入西藏的马丽华，此后虽然也一直生活和工作在西部这块神秘的土地上，但毕竟只是一个羁留于西部的人生之旅的过客和外来的文化闯入者。因此她的散文创作也就不可能像周涛那样，与西部的山川风物和历史文化天然地融为一体，而是经历了一个由表及里，由浅入深的感受、体验和认识的发展过程。在这个过程中，这位带有一种传奇色彩的充满了游侠式的浪漫冒险经历的女作家，在进藏后的20余年的时间内，足迹差不多踏遍了西藏大地，尤其是最能体现藏文化特色的藏北地区，创作和出版了大量散文作品，其中长篇纪实散文《藏北游历》《西行阿里》《灵魂像风》和它们的合集《走过西藏》，更是她的西藏文化散文的代表作。作为一位诗人，马丽华最初的散文创作如同周涛一样，对西藏的山川风物、人文景观，也充满了一种诗化的想象，但与周涛不同的是，这种诗化的想象，不是源于作者对西藏文化深刻的内心体验中所生发出来的诗意，而是作为一个外来文化的闯入者，在对西藏的自然人文的审美静观中所获得的感性经验。她的这些创作因而更多地表现为对西藏的山川风物和人文景观的深情礼赞，在这种深情礼赞中，同时也寄寓了一个理想主义者的浪漫情怀和对于人生理想的诗意追寻。随着作者对西藏的自然人文和历史文化的了解进一步深入和感受与体验的进一步加深，对西藏的这种由诗化想象而生发出来的深情的礼赞，就开始转化为一种建立在对西藏文化的深刻理解基础上的深度的文化体认。这种文化体认不仅表现在作者在无尽的游历中，用自己的身心去追寻藏文化的足迹，去体验藏文化的悠久神秘和博大渊深，从而将自己的身心融入这种文化的历史中去，实现文化的融合、灵魂的净化和个体的精神升华。同时也表现在作者在这个过程中，始终在设身处地地企图通过自己的想象，重新经验藏文化在西部这块高寒缺氧的山地上孕育发生和成长成熟的奥秘，通过这种想象性的经验，重建藏文化的历史阐释，在这种新的历史阐释中，使这种古老的文化焕发出新的光彩和生机。这是作者对西藏的经验和感受、理解和认识的凝聚，也是她的散文创作的诗意的提升。在马丽华的散文创作中，天然地贯穿着汉藏两种文化的比较和碰撞，这种比较和碰撞的结果，是通过作者对藏文化的融入实现两种文化的亲和。与此同时，作者在对藏文化的理性审视中，也引入了一个现代的维度，即从现代历史和现代生活进程中，审视西藏这一古老文化的发展演变和存在状态，为这一古老文化在历尽沧桑后走向现代，提供一种理性的参照，马丽华的散文又因此而对藏文化多了一层从现代文明的高度进行批判性审视的色彩。与周涛视散文为"表达思想的工具"不同，马丽华的散文虽然也不乏对藏文化深刻独到的感受和思考，但她一般不脱离具体的描写对象去作天马行空式的冥思玄想，而是把她的思想感情融注到具体的物象之中，从对西藏的历史文化和民情风俗的考古式的发掘与探险式的游历中，去深入地感受、体验、领悟和思索藏文化的精神奥秘。她的散文因而既展示了藏文化丰富多彩的历史画卷、绚丽多姿的山川风物、诡奇幻异的民情习俗，同时又无处不浸透着浓郁的诗意和深沉的哲理。她的散文也因此既是历史的、游记的，又是诗的、哲学的，兼有文化学和人类学的双重意义。

80年代中期，当周涛和马丽华以一个"西部诗人"的身份，先后转向这种带有浓厚的文化色彩的"西部散文"创作的时候，在小说界掀起的"文学寻根"的热潮，进一步加剧了这种注重文化的散文创作追求。这期间的散文创作事实上已经完成了由伤悼逝者、反思历史向追求文化的创作转换，"文化散文"已然露出了一种新的创作苗头。如前所述，90年代初，在市场经济的格局初开、商品大潮涌起之际，散文如同其他类的创作一样，也出现了一种盲目追随市场潮流，日益沉迷于一种"消闲"和"消费"性的"小散文"的商品化创作倾向。为挽救散文创作的这股颓风，创刊于90年代初的《美文》杂志，开始倡导一种"大散文"的写作："鼓呼大散文的概念，鼓呼扫除浮艳之风，鼓呼弃除陈言旧套，鼓呼散文的现实感、史诗感、真情感，鼓呼真正的散文大家，鼓呼真正属于我们身处的这个时代的散文！"③按照倡导者的理解，这种"大散文"，要实现如下几个方面的创作目标："1. 张扬散文的清正之气，写大的境界，追求雄沉，追求博大感情。2. 拓宽写作范围，让社会生活进来，让历史进来。继承古典散文大而化之的传统，吸收域外散文的哲理和思辨。3. 发动和扩大写作队伍，视散文是一切文章，以不包专写散文的人和不从事写作的人来写，以野莽生动力，来冲击散文的篱笆，影响其日渐靡弱之风。"④这一提倡虽然在散文创作和理论界也引起了一些关于"大散文"问题的讨论，被人目为此后的"文化散文"写作的发起者，但究其实，它的真正意义却在于，推动了在80年代中后期已日渐露出苗头的"文化散文"创作的进一步发展，扩大了"文化散文"创作的规模和声势，使"文化散文"的创作由前此阶段的分散、自发的状态，发展到一种较为集中、自觉的艺术追求。"文化散文"因此在90年代呼应文学中的人文精神的提倡，在反拨市场化、商品化的潮流中，逐渐发展为一种相对成熟的新的散文艺术品种。

进入90年代以后，从事"文化散文"创作的作家，就其广义而言，大致有如下几种类型，其一是上述周涛、马丽华等作家自80年代中后期以来创作的自然延续。这类创作因其前缘而带有较强的地域色彩和较浓的乡土气息。是"文化散文"中的一支"地域文化"或"乡土文化"散文的创作劲旅。其二是以张中行、季羡林、金克木等为代表的"学者散文"的勃兴。这类散文或回忆故人往事，或述说人生经历，或漫论旧学新知，或记叙，或描述，或抒情，或议论，形同古代笔记，又如现代随笔，既有深厚的学养，又见娴熟的文笔，是一种学、艺双佳，文质彬彬的新古典主义的散文文体。其三是以张承志、史铁生、韩少功等为代表的跨文体或兼文体作家散文创作的繁盛。如果说从80年代中期前后，相继有作家从一种文体如诗歌创作转向散文创作，尔后成为专司散文写作的散文作家的话，那么，到了90年代，这种创作转换就更多地是表现为一种跨文体或兼文体的写作，即在专擅一种文体（主要是小说）写作的同时，又兼司散文创作。尤其是在文学倡导人文精神、高扬人文理想的过程中，一些作家在把这种创作题旨贯注自己专擅的小说或诗歌文体的形象描写的同时，也借助散文这种更直接的表达形式，表达自己对历史文化和社会人生的思考。这类散文创作虽然也如"学者散文"一样讲究思想和学问，但由于作者的擅长形象描写而兼有形象的实感，更具感性特征。除此而外，这期间的一些报告文学、人物传记、山水游记、生活小品和哲学随笔等，也都在不同程度上带有"文化散文诗"的一些艺术特征。追求散文中的文化意味，已然成了90年代散文创作的一种普遍流行的艺术风气。

作为90年代"文化散文"创作产量最丰、影响最大因而也最为引人注目的散文作家，余秋雨的散文创作无疑具有其不可替代的独特性。这位学者型的散文作家在专事散文创作之前，曾有一个相当长的时间，从事戏剧艺术理论的教学和研究工作，出版了一些颇有影响的艺术理论和文化史论论著。在从事教学和研究的过程中，对一个学者的生命形式和存在方式，他也进行了深入的反省和拷问："我们这些人，为什么稍稍做点学问就变得如此单调窘迫了呢？如果每宗学问的弘扬都要以生命的枯萎为代价，那么世间学问的最终目的又是为了什么呢？如果辉煌的知识文明总是给人们带来如此沉重的身心负担，那么再过千百年，人类不就要被自己创造的精神成果压得喘不过气来？如果精神和体魄总是矛盾，深邃和青春总是无缘，学识和游戏总是对立，那么何时才能问津人类自古至今一直苦苦企盼的自身健全？"因为这种反省和拷问，所以他才"在这种困惑中迟迟疑疑地站起身来，离开案头，换上一身远行的装束，推开了书房的门"，在古老中国的历史长河中，在遍布华夏的文明遗址上，同时也在大江南北、黄河上下的山山水水间，开始了无尽的精神漫游和文化追寻。从80年代中后期起，他在《收获》杂志为他开辟的"文化苦旅"和"山居笔记"两个专栏上，发表了他走出书斋后创作的大量散文作品，这些散文作品分别结集为《文化苦旅》和《山居笔记》，此后又有选本《文明的碎片》《秋雨散文》和散文新作《霜冷长河》等作品出版，在"文化散文"创作中一时蔚为大观，成为广大读者争相传阅的对象。进入新世纪以后，余秋雨又借香港凤凰卫视组织的"千禧之旅"和"欧洲之旅"，将自己的精神漫游和文化探寻的足迹，拓展到中东、南亚和欧洲各地，陆续出版了《千年一叹》和《行者无疆》等新的散文作品集，在探索了中华文明之后，又相继对伊斯兰文明和基督教文明进行了深入的文化探寻，表现了这位作家在"文化散文"创作方面的最新成就和持久不衰的旺盛的创作生命力。

在谈到自己的散文创作时，余秋雨说："我站在古人一定站过的那些方位上，用与先辈差不多的黑眼睛打量着很少会有变化的自然景观，静听着与千百年前没有丝毫差异的风声鸟声，心想，在我居留的大城市里有很多贮存古籍的图书馆，讲授古文化的大学，而中国文化的步履却落在这山重水复、莽莽苍苍的大地上。大地默默无言，只要来一二个有悟性的文人一站立，它封存久远的文化内涵也就能哗的一声奔涌而出。"中国古代山水，正是因为有无数"有悟性"的文人，先先后后在同一个地方站立过，所以才把他们的经历、学问、思想、情感乃至整个人生和命运，都留在了这平平常常的山水间，形成了一代又一代层层累积的历史和文化的沉淀，所以才引发了作者的兴趣。作者"发现自己特别想去的地方，总是古代文化和文人留下较深脚印的所在"，是一种"人文山水"而不完全是"自然山水"，⑤无疑正是要从这些历史文化蕴含极为丰富的山山水水间，追寻古代文人的足迹，发掘古代文化的沉淀，通过这种追寻和发掘，既寄托自己的文化关怀，又给读者以文化启迪。他的散文创作的文化价值取向也主要体现在这些散文之中。在谈到这些自然和人文景观召唤自己的"文化指令"，和自己的散文创作观照这些自然和人文景观的"精神标准"

时，余秋雨说："至少有一个最原始的主题：什么是蒙昧和野蛮，什么是它们的对手——文明？每一次搏斗，文明都未必战胜，因此我们要远远近近为它呼喊几声。"⑥

围绕这样的主题，余秋雨的散文创作主要从如下几个精神向度，展开了他的文化寻觅。其一是追索一种文化生成的奥秘。文化是人类的物质生活和精神生活的积淀，大到一个民族的文化，小到一个地域的文化或一个行业的文化，都与该民族、该地域和该行业的物质和精神活动的一定历史和现实环境有关，是这些历史的和现实的因素共同作用的结果。这种结果体现为一种文化事象，往往不是已经消逝了的人们的物质和精神活动本身，而是这些活动所留下的一些历史的遗留物。这些历史的遗留物虽然不能系统地呈现一种文化形成的历史和完整的形态，但却保留了该种文化的深厚的精神积淀。余秋雨的这类作品正是通过这些历史的遗留物，去追寻一种文化孕育、萌芽、生长和发展、演变的奥秘的。如《莫高窟》写敦煌佛教文化、《抱愧山西》写山西晋商文化等。前者通过审视敦煌洞窟开凿兴建的历史和洞窟壁画形成的历史，深入地揭示了佛教在中国传播的过程中，由历代众多信徒虔诚的心灵所孕育创造的辉煌的佛教艺术文化，是一个民族心底的"一种彩色的梦幻，一种圣洁的沉淀，一种永久的向往"的产物。后者则通过考察山西境内现存的一些商号的遗址和它们的兴衰的历史，深入地揭示了山西独特的地理环境、民情风习和历史变迁，对独特的晋商文化所起的孕育和催生的作用，如此等等。这类作品更多地表达的是作者对一种文化的赞叹和神往，同时也带有一种文化寻根的意味。其二是感叹一种文化的历史兴衰。文化作为人类物质生活和精神生活的一种历史沉淀，在它的发生和发展的过程中，本身就会经历许多兴衰际遇，就要经历历史风雨的冲刷淘洗。今人所面对的，只能是在这种历史的兴衰际遇中，经过历史风雨的冲刷淘洗所留下的文化的残存物。这种文化的残存物，在今人眼里既是一种文化的特殊标志，同时也记录了该种文化在历史的兴衰际遇中所留下的冲刷淘洗的擦痕。深入这种文化残存物的内里，细致地辨认这种文化残存物所存留的历史风雨的擦痕，不但可以捕捉到该种文化从无到有、由盛而衰的历史轨迹，同时也可以深切地感受到该种文化的命运变迁所昭示的历史宿命。如《道士塔》写敦煌佛教艺术宝库的盗卖和流失，《风雨天一阁》写一个藏书家族的兴盛和衰落等。前者通过一个道士的无知，揭露的是一种腐朽的制度和一段屈辱的历史导致敦煌艺术的毁弃。后者通过一个藏书楼的历史，揭示的是一种历史的变迁和文明的发展导致一种藏书文化的兴衰。前者所写的是"一个巨大的民族悲剧"，后者所写的则是"一种极端艰难、又极端悲怆的文化奇迹"。二者都隐含了作者对中国文化的沧桑际遇的一种深切的历史感叹。在表达这种感叹的同时，这类作品也表现了作者的一种强烈的文化批判意识和对一种文化历史的理性审视的态度。其三是对一种文化的缔造者的由衷的礼赞。文化既然是一种群体的历史创造的产物，因而文化总是与一定的人群和一定的历史相联系。但是，在文化的创造中，那些起着举足轻重或决定性作用的开拓者或核心人物，如某些明君贤相、圣哲先贤、仁人志士、骚人墨客等等，他们的历史活动和文化活动所留下的行迹，又往往会成为一种文化的历史表征。这种文化的历史表征不但忠实地记录了该种文化艰难缔造的历程，同时也生动地显示了该种文化的缔造者的思想性格和精神品质。穿越这种历史的表征，我们不但得以窥见该种文化的缔造者所创造的丰功伟绩，而且还得以领受这些文化的缔造者的独特的人格魅力。如《一个王朝的背影》通过承德山庄写康熙皇帝，《都江堰》通过都江堰水利工程写蜀郡太守李冰等。前者写的是奠定了一个王朝基业的康熙皇帝的文治武功，后者写的是开创了"天府之国"富饶历史的李冰泽被后世的无量德政。这类作品在表达作者对这些文化缔造者的由衷礼赞的同时，也重塑了这些文化缔造者的精神气质和人格形象。其四是对一种文化人的命运的深切关注。在中国文化的历史长河中，文化人因其是文化的缔造者、守护者和传承者而成为在社会人群中身份地位都比较特殊的一群，他们的命运也因此而与一个时代的文化兴衰枯荣、发展变异紧密相连。通过这些文化人的命运，往往可以捕捉一个时代精神发展的脉络，折射一个时代风俗时尚的变化。尤其是在漫长的中国古代社会，有诸多文化人因为坚守一种文化立场和道德操守，或与统治者意见不合，或遭受奸佞之徒的陷害，或因派别斗争而罹祸，或因直言诤谏而见疏，如此等等，这些文化人的命运自然是脱不了贬谪流放，甚至因此而妻离子散，客死他乡。但是，与此同时，这些文化人遭受贬谪流放的足迹，也构成了一种独特的流徙文化，他们遭受贬谪流放的人生历程和心路历程，也构成了一部独特的文化历史。追寻这些流放者的足迹，不但可以通过他们的坎坷命运和尴尬人生，深入探究一代文化人苦难的精神历程，而且也可以借此触摸这些文化人历尽磨难却依旧不乏高贵的心灵，如《流放者的土地》写清代流放宁古塔的官吏文人，《苏东坡突围》写苏东坡流放黄州的经历，等等。前者写流放者的坎坷命运和在流放地艰难竭蹶的生存状态，后者写苏东坡因流放而有幸获得个体精神的"突围"，都寄托了作者对中国古代文化人的人生和命运的无穷感慨。在感慨这些文化人的人生和命运的同时，也对造成他们这些不公正的人生和命运遭际的社会文化乃至心理性格的原因，进行了深入的反省和思考。

其五是发掘一城一地的文化蕴含。任何一种文化，都有保存于书本之中的文人的文化，也有存留于生活之中的民间的文化。尤其是有众多人群聚居的村墟乡镇和现代都市，更是一种文化最易呈现自己独特形态的处所。发掘这种人群聚居地的文化蕴含，无异于开掘一种蕴藏丰富的历史地层，从那些存留于历史遗址中的世俗生活场景、保存于历史化石中的民俗风情，乃至历史在今人的思想性格中的一种文化投影，都易于把握该种文化的一种历史发展和现实形态。如《白发苏州》写苏州的历史，《贵池傩》写贵池的民俗，《上海人》写上海人的性格，《江南小镇》写江南的民居园林，《西湖梦》写西湖的文化和传说等。这些作品或通过一段历史写一座城市的古老，或通过一种民俗写一地人民的性情，或借助一种市民性格写现代都市文化的复杂，或借助一类建筑写旧式乡镇生活的恬静，抑或用亦真亦幻的传说来勾画一片湖水的文化梦境，如此等等，都意在通过这种考古式的发掘，为现代生活提供一种精神文化资源，除上述几个主要方面外，余秋雨的"文化散文"还涉及回忆故人往事、月旦历史人物、评说文坛掌故、赏玩自然山水，乃至独抒一己性灵等诸多方面。这些方面的创作无一不贯穿着余秋雨对他的描写对象独特的文化发现和文化阐释。

作为一位有代表性的"文化散文"作家，余秋雨的散文创作也有他自己独特的艺术追求。这种艺术追求主要表现在如下几个方面：第一个方面是重文化的感悟而不重过程和细节的描叙。余秋雨的散文创作涉及的描写对象，相对而言，主要有游历性的和观赏性的两个类型。前者多见于一种游历的过程，后者则见于一种观赏的细节。但无论是突出过程的游历对象，还是凸显细节的观赏对象，余秋雨的散文创作一般都不把他的笔力主要放在对这些游历过程和观赏细节的描叙上面，而是特别注重在游历过程和观赏细节的同时所得到的文化启示和文化感悟。他的作品为表达这种文化启示和文化感悟而生发的议论和抒情，因而要远远大于叙述和描写性的因素。夹叙夹议、夹抒夹议因而也成了他的"文化散文"创作的一个主要的艺术特色。第二个方面是重文化的联想而不重事实的考据。余秋雨的散文创作涉及的许多对象，都是过去年代的历史，有些还是争议颇多或悬而未决的问题，因此需要对历史事实做大量的考订工作。余秋雨的散文创作虽然在事实的考订方面为人所诟病，也确有一些知识性的失误，但在保证一些基本事实和主要细节相对准确的前提下，他在创作中注重的是由这些事实和细节所引起的文化联想和文化想象，而不是这些事实和细节本身。这样，他的散文创作反而因注重文化想象而显得自由灵动，因注重文化联想而显得摇曳多姿，与某些头巾气重的胶柱鼓瑟的所谓"学者散文"判然有别，这是他的"文化散文"的又一个主要的艺术特色。第三个方面是重理性的阐发而不重资料的引证。与上一个方面相联系的是，余秋雨的散文创作既不重事实考据，也就无意于论证某种文化事象的确凿无误，评判某种文化历史和文化人物的正谬曲直、是非功过，而是追求对对象的文化蕴含的深入挖掘和独到阐发。而且这种理性阐发也不是依靠逻辑的推演和实证的分析，而是依靠丰富的文化想象和文化联想完成的。这就使得余秋雨的散文创作避免了过繁过甚的"掉书袋"式的资料引证，而具有一种因此而带来的独特的理趣。这是余秋雨的散文创作第三个主要的艺术特色。与上述三个方面的艺术特色相关联的是，余秋雨的散文创作因重想象和联想，而融合了虚拟性很强的戏剧和小说的一些艺术表现手法，他的某些散文作品因而具有很强的情节性，甚至出现带有一定冲突性的戏剧场面。同样是因为上述在丰富的文化想象和文化联想中完成对表现对象的理性阐发的创作特色，余秋雨的散文创作也融合了庄子的哲学散文天马行空、汪洋恣肆的思维理路和两汉赋体散文铺叙夸饰、华美凝重的修辞方式，他的散文因而又呈现出浸润了一种理性精神和内在理趣的诗化特征。余秋雨的散文创作因为是处于一种游动和行走状态之中，是一种所谓"行者散文"，因而就难免要留下许多行色急急匆匆、行程断断续续的痕迹。这种痕迹一方面表现在他的某些散文作品思虑不深、了无新意，往往流于一些即兴的观感和泛泛的议论。另一方面则表现在，另有某些散文作品缺乏必要的剪裁构思，行文随意，篇章散漫，都影响了他的散文创作的整体的艺术质量。

注释：

①鲁迅：《小品文的危机》，《鲁迅全集》第4卷，人民文学出版社1981年版，第576页。

②周涛：《散文的前景：万类霜天竞自由》，《周涛散文》第2卷，东方出版中心1998年版。

③《美文》杂志创刊于1992年9月，由作家贾平凹主编，引文见该杂志创刊号由贾平凹撰写的《发刊词》。

④贾平凹：《走向大散文》，《贾平凹文集》第14卷，陕西人民出版社1998年版。

⑤以上引文均见余秋雨：《文化苦旅·自序》，《文化苦旅》，东方出版中心1992年版。

⑥余秋雨：《文明的碎片·题叙》，《秋雨散文》，浙江文艺出版社1994年版。

原载《文艺评论》2003年第2期

论余秋雨散文的双重对话

司马晓雯

在文学批评领域里，"对话"这一概念和巴赫金的"复调小说"理论是分不开的，它指的是在陀思妥耶夫斯基等作家的小说里，不单是叙述者一个人在说话，而是有两个声音在说话。在余秋雨的散文中我们常常能听到对话的声音。首先是散文写作者与那些"远年灵魂"的对话，其次是作者与读者对话。即余秋雨散文的对话在作者与历史、作者与读者两个层面展开。许多历史散文都是独白式的，或是历史的洪流淹没了个人的声音，或是在个人独断的声音中让历史成为僵死的客体。而余秋雨成功地以他那偏执的理性"个人解读"视角，打破了这种个人与历史二元对立的僵局。

偏执的理性"个人解读"视角的独特内涵

"个人解读"这一指称无疑具有两重性。"解读"是一种理性的行为，是运用概念、判断、推理等理性思维要素，采用逻辑推理或实证的方法去分析、解释自然物理现象和社会精神现象的方法。通常来讲，"解读"方法多用于学术研究，这一方法的运用应该遵守严谨的学术规范和客观规律。然而，人是感性和理性兼具的动物，许多时候很难把两者截然分开。中国古代先哲正是以全部精神生命——包括理性和感性，探寻人类社会的真理，他们的探寻成果如孔子的《论语》、老子的《道德经》，还有《庄子》《孟子》等。这些先秦散文具有浓郁的个人思想意识，给人以理性上的启示、顿悟和情感上的洗礼。"五四"时期也是思想哲理散文辈出，鲁迅便是杰出的代表。从历史源流来看，不能不说余秋雨散文中强烈的理性意识与历史上的思想大家没有精神上的牵系。而且，从时代精神来看，中国的80年代末90年代初，文坛散文仍沉迷于国家民族话语的重复或者个人闲适生活的呓语，文学尤其散文几乎处于"失语"状态。在这种时候，文坛需要呼唤理想，呼唤深刻的思考。应该说，这种"时代需要"与《文化苦旅》甫出时广受赞誉不无关系。在《文化苦旅》以后的创作中，余秋雨散文一直以个人独立的理性思考为框架。"个人"在90年代以来至今一直是文坛流行话语，"个人写作"一度甚嚣尘上。在此申明一下，这里"个人"概念的提出与此没有任何联系。余秋雨散文对历史文化现象的理性"解读"一度让许多读者甚至评论界产生严重的误读——他们随着自己的阅读思维定式，把余秋雨散文当成学术论文来读，文学学者、文化学者、历史学者一拥而上，指出其中的所谓"硬伤""余教授做学问如此随意"。笔者之所以在"解读"之前加了"个人"，便是因为散文在多数情况下是个体全部经验和精神生命的裸露，是散文家生命意识和生命观点的自然流露。也正由于这一点，散文作为一种包容性很强的文体才有它存在的价值；否则，让想象力和情感丰富的人都去写诗歌，让擅长逻辑思考的人都去写论文，散文还有谁来写？因为是"个人解读"，这种散文中的"解读"才是一种"偏执的理性"——在生命的体验与自然倾诉中，理性必然受到感性、感情和自身体验的影响，无法实现完全客观冷漠、远离自然和人群。由于"个人解读"中的"个人"首先是余秋雨（其次，"个人"是一种观照历史文化的人本视角，即关注人类个体生命，下文将论及），而不是卫慧、棉棉或其他人；又由于余秋雨是对文明、文化有极强感悟力的学者，是一位有强烈社会责任感和现代意识的作家——因此他的"个人"就必然牵扯着厚重的文人观念、知识分子意识，这其中与中国传统文人一脉相承的便是对民族文化、历史使命、文明传播的强烈忧患意识。这些优秀的精神已经融入他的个体生命，因此他的笔端所及，特别是与"远年的文化灵魂"产生强烈共振之处，他的情结情感便"哗"然奔涌而出。这些感性成分大多是真实的，即使经过余秋雨华丽的健笔表达出来，也没有多少水分，这并非像一些人所说的都是"煽情"，当然也有一些煽情的地方，那是作者抒情的失禁。如孙绍振先生曾撰文指出《道士塔》中局部的败笔和《腊梅》《狼山脚下》等"整篇的弱笔"，而这些都是由于"情感失去控制话语落入俗套"。①

上文提到"个人解读"中的"个人"还有另一层意思，那就是余秋雨探

中国当代文学史资料丛书

询古代文化遗迹或文化现象的过程中，着力于剖析历史个案——即是他笔下经常出现的"远年的文化灵魂"。通过对这些历史生命的解读，"个人"与"个人"的精神脉搏产生共振，奏出文明传递的乐音，这也是余秋雨散文的极为可贵之处。这些"远年的文化灵魂"如《阳关雪》中的王维、《柳侯祠》中的柳宗元、《都江堰》中的李冰、《风雨天一阁》中的范钦、《千年庭院》中的朱熹、《苏东坡突围》中的苏东坡，这个名单可以开一长串。作者对这些具有"较为健全的文化人格"的历史人物并非提到而止，而是尽可能再现历史情境、探索人物的心路历程，当然这种探索中渗透着作者的倾向性和价值观。当读到《苏东坡突围》中"成熟是一种明亮而不刺眼的光辉，一种圆润而不腻耳的音响，一种不再需要对别人察言观色的从容，一种终于停止向周围申诉求告的大气，一种不理会哄闹的微笑，一种洗刷了偏激的淡漠，一种无须声张的厚实，一种并不陡峭的高度……"②时，已经分不清作者写的是中年的苏东坡还是中年的余秋雨了。

　　正是因为以上两重意义上的个人解读，历史不再是已然的过去式，不再是缄默的客体，它具有了贴近现代人的温度和气息，成了向着当下存在开放的文本。一方面，散文写作者与那些"远年灵魂"对话。似乎他们早已认识、对坐长谈。另一方面，作者与读者对话。无论作者走到哪里，他总是忘不了读者、面向读者，在与古人对话之后，自己便出现，通过对话式的议论向读者介绍自己的经历和体验。这两对"对话"行为拓展了文章的空间，也吸引了读者，读者不仅能欣赏到别人的交谈，还时刻能感受到自己在历史时间和文化空间中的存在。这样，读者就不再只是在文本之外观看作者的炫耀学识或是演绎自己的人格魅力，也不再驻足历史文化之外对曾经的风风雨雨采取漠然中立的认知式态度，而是被作者邀请进去，进入文本营造的话语空间和历史文化空间，和作者一道去经历一番文化苦旅。在他那圆熟的语言技巧经营出的具有魔咒般魅力的文字的感召下，读者也被带到了特定的历史文化场景中，个人的生命之流与历史的洪流浑融一片……这样，又形成了读者与历史的对话。由此我们看到：余秋雨的对话在两个层面展开而形成了多重对话的格局。在这多重对话格局中，余秋雨以自我的敞开博得了历史的敞亮。

　　为什么会选择这样的话语方式呢？这与作者的自身定位有着密切的关系。

文化文明的解读者和传播者的自身定位

笔者认为，散文作家在从事这一非虚构文体的创作时，在意识中或潜意识中对自身存在都有精神上的定位，这一定位即作家话语坐标的原点或基点。如张承志把自己定位为"回民的儿子""哲合忍耶教徒"，他写作的源泉是背靠的"三块大陆"；而张炜是"大地守夜人""麦田守望者"；贾平凹则说"我是农民"；周同宾说"我是农民的儿子"。传统的散文是"独抒性灵"的文体，与余秋雨散文相比较，张承志的散文写作更是心灵的倾诉，故他的"自身定位"完全可从文中找到。而余秋雨散文中却难见此类倾诉，作者似乎成了超主体的存在（参见《超我，于是洞见》），这是散文写作中的一个奇怪现象，也是余秋雨散文的重要特点之一。

从《文化苦旅》《山居笔记》到《霜冷长河》，再到《千年一叹》《行者无疆》，余秋雨的五部主要散文作品集具体风格有所递变，尤其后三部与前两部之间风格差异很大，甚至有读者读到《霜冷长河》时，认为"好日子一去不复返了"；但五部作品中，作者的自身定位和写作思考的视角是一以贯之的。读后两部作品读者应该已经明白，余秋雨散文不是通常的"学者散文"，而是承载作家个人文化读解的载体，作者寻访文化遗迹的目的是传播失落的文化，试图找回文化的尊严。余秋雨在《文化苦旅·自序》里说道："我们这些人，为什么稍稍做点学问就变得如此单调窘迫了呢？如果每宗学问的弘扬要以生命的枯萎为代价，那么世间学问的最终目的又是什么呢？……我在这种困惑中迟迟疑疑地站起身来，离开案头，换上一身远行的装束，推开了书房的门。"③可见，从《文化苦旅》到《行者无疆》，作者的意图都是通过自身体验寻找文化，然后以印刷媒体传播文化，影响读者，实现其"重建文化生态"的目的。有论者认为："《文化苦旅》既是一个自觉张扬个人意识的文本，又是一个自觉绕开现实国家政治话语范畴的文本，就写作手段的具体形式而言，《文化苦旅》是一个把作者的讲述基点设定在面向历史文化和学术文化的位置上的文本。什么样的人才有资格面对历史文化和学术文化侃侃而谈，并且是在社会文化空间里冲着大多数人侃侃而谈呢？1990年代初期的评论家和读者似乎都只肯说出这个问题的一半答案，反映在对《文化苦旅》的判断上，就是只说：这是'学者散文'，或这是'文化散文'。其实确切地讲，真正有资格在社会文化空间里向大多数人发布历史文化和学术文化信息的人是教师，而不是所谓学者或文化人。"④其实，余秋雨散文中的教师意识，在《千年庭院》（《山居笔记》）和《长者》（《霜冷长河》）中都有明确的体现。真正点出作者自身定位的是《千年庭院》中的一句话："我的老师！我的学生！我就是你们！"⑤解释这一自身定位的语句是前面一句："我是个文化人，我生命的主干属于文化，我活在世上的一项重要使命是接受文化和传递文化。"⑥提出余秋雨散文中的"教师意识"的那位论者同时也指出，这里的"教师"不是"寻常意义上的教师"。笔者认为，更准确一点，把"学者散文"和"文化散文"中的"一半"和"教师"的强调重点都说出来，则作者的自身定位是：文化积淀的解读者和文化灵魂的传播者。（"教师"只是面向学生，而"传播者"则面向大众。）

文化精魂的传播靠的是文化产品或说是文化载体，余秋雨传播文化的载体便是他的散文作品。余秋雨散文是解读文化积淀的成果，这是一种个人化的解读，也是以作者自身全部体验、情感和学养投入的解读方式。因此，"个人解读"便是余秋雨几乎所有散文作品思维和创作的整体性视角。于是，解读历史遗迹、解读文化人物、解读人类情感、解读社会现象，余秋雨一部部散文作品更迭而出。

解读和传播文化的宿命求源

从《文化苦旅》到《行者无疆》，余秋雨作为文化积淀的解读者和文化精魂的传播者的身份越来越明确——起先是个人独行，后来竟借助于现代媒体远行异域。这一现象在中国作家和学者中不仅是前所未有的，迄今还可以说是唯一的。以下试从社会、文化和个人的角度探讨余秋雨解读历史文化为文的缘由。

1. "文以载道"的文化使命感。中国传统文人向来有很强的儒家"入世"观，倡导"文以载道"。余秋雨在《西湖梦》里写到的白居易就是代表之一。作者在散文里盛赞李冰修堰、苏白筑堤，认为林逋等隐士们躲进了有浓重"霉味"的"地窖"，反映了他强调知识分子积极入世、为社会做些实事的观点。而且，作者认为他们还是没有发挥作为文人的价值，还是委屈了他们，认为文人该以传播文化、重建文化人"响亮""健全"的文化人格为使命。于是余秋雨身体力行，踏上了一次次行旅，发掘和解读"文化精魂"，把解读结果——散文或随笔发向《收获》杂志、凤凰网站这些媒体，及时传播；然后再结集出版，进行相对厚重、保存久远的书籍文化传播。

2. 学者姿态的惯性移植。一般的艺术散文或思想性散文大可以不拘格套、独抒性灵，而余秋雨散文却总是以"全知"姿态向历史和文化发问，以感性化的理性语言解读出新意，令读者为其知识、学养折服。无怪乎有人认为，余秋雨的散文实为炫耀学问而作。对此，从作者人格角度来看，是瑕疵；从文章写作来看，这样做并未以"学"害意，笔者认为是可以原谅的。

此外，文章的议论虽然是"偏执"的理性，但行文运用了较严密的考证和推理方法，让人产生了做学问的错觉，李书磊和吴海发两位学者对余秋雨散文"用考据家的冬烘去证实"⑦就说明了这一点。从读者和评论界的这些反应，我们可以清楚地看到余秋雨"推开了书房的门"，却没有完全走出精神意义上的"书房"。相反中国的许多"学者散文"是在书房里写的，他们只是用思想和性灵来行文，并没有在散文里做学问。我们不得不说，余教授浸淫在艺术史和艺术理论中久了，一时很难抛开做学问的"学者姿态"。《霜冷长河》中作者试图转变"凝重风格"，但他的形象却又由"全知学者"变成了"全知教师"。作者的目光由"山居"转向了"街市"，却改变不了自身定位，改变不了个人解读一切的视角。《千年一叹》和《行者无疆》其实是回到了《文化苦旅》和《山居笔记》的风格，由于作者对异域文化的把握远不如本国文化，只好在其中插进了更多的个人行旅经历，但只要有机会，作者还会站到读者面前对历史文化发问。

3. 现代信息传播意识和对文人边缘化的抗拒。余秋雨长期身居上海这样生活节奏快、信息流播迅速的国际性大都市，深知信息的重要性，不像很多作家那样排斥现代传媒，在接受《北京青年报》采访时他说："我愿让中国文化恢复到与千万老百姓有关的有效状态，我希望更多的文化人与媒体联系在一起，承认媒体是文化。"⑧他反对深居书斋，正如《脆弱的都城》中所言："与其长时间遁迹山林，还不如承受熙熙攘攘的人群、匆匆忙忙的脚步，以及那既熟悉又陌生的面影。"他深知文化不仅要"传承"，更要"传播"，来发挥其社会效应，因此他常常为自己的书畅销喜形于色。上文论述到余秋雨在创作散文时有自觉的"对话意识"，如果用现代传播学理论来解释，则可认为：远古文化遗迹和"远年的文化灵魂"是"信源"，作家与它们对话时要进行"解码"。因此，我们看到的不是表象完整的编年史，而是按照他的解码模式打捞起来的"文明的碎片"，这是作者与历史视域融合的结果。当他有意识地关注受众（读者）的接受、进行文本写作时，则是一个"编码者"，即把文化信息编成文字的符号传播出去。"编码即是将一定的宗旨意向或意义化入符号或代码。这种符号通常是字母数字以及构成像英语这类语言的文字。"⑨这样，余秋雨的散文作品作为文化信息的传播载体获得畅销也就不足为奇了。当然，这一传播过程取得成功的必要前提是传者（作家）和受者（读者）必须有共同的"固定的和储存起来的经验"⑩——作为中国人都分享着共同的文化传统。余秋雨散文中关于自然人文景观的讲解论述具有极大的文化信息量。哪位学界前贤在此地驻足，哪位文坛巨子在此留下了逸闻佳话，他都如数家珍、娓娓道来，其中不乏令人击节赞赏的细节。

中国社会转型，特别是90年代初以来，文学失去了80年代的主流话语地位，作家地位也日益边缘化。学人往往只能在狭小的学界、教育界发挥能量。而余秋雨显然不甘于此，在他的精神深处蕴有浓厚的文人情结，他的生命需要释放、需要倾吐，这是他的宿命。于是，有强烈入世意识的余秋雨便在旅行时把潜藏在人文景观里的历史文化信息解读出来，传达给读者。

余秋雨作为一位具有强烈现代意识的文化史学者，放弃了驾轻就熟的"学术话语"，苦心孤诣，"深潜历史，钻研艺术，叩问古今中外息息相通的内在魂魄"⑪，写出一篇篇有极强传播力的文化散文。源于中国知识界学统与道统的复杂关系，他以文化文明的解读者和传播者的自我定位，展开了与历史的双重对话。余秋雨散文不同于大众传媒所传播的大众文化，我们解读余秋雨散文及其传播构成的文化现象，或许可以发现它在中国文化建设中具有的特别意义。

文化散文研究资料

注释：

①孙绍振：《余秋雨：从审美到审智的"断桥"》，《当代作家评论》2000年第6期。
②⑤⑥余秋雨：《山居笔记》，内蒙古文化出版社1998年版，第76、98、98页。
③余秋雨：《文化苦旅》，知识出版社1992年版，第2页。

④李林荣：《1990年代中国大陆散文的文化品格》，《海南师范学院学报（人文社会科学版）》2002年第5期。

⑦田崇雪：《散文到底该怎样读》，愚士选编：《余秋雨现象批判》，湖南人民出版社1999年版，第47页。

⑧《北京青年报》2001年10月19日。

⑨［美］沃纳丁·赛弗林等著，陈韵昭译：《传播学的起源、研究与应用》，福建人民出版社1985年版，第52页。

⑩［美］威尔伯·施拉姆等著：《传播学概论》，新华出版社1984年版，第47页。

⑪余秋雨：《〈南冥秋水〉序》，转引自余秋雨《出走十五年》，云南人民出版社2002年版，第30页。

原载《华南师范大学学报（社会科学版）》2006年第3期

浅论余秋雨散文的文化人格

——从《文化苦旅》、《山居笔记》谈起

王新菊

20世纪90年代我国散文领域最为轰动的莫过于余秋雨的《文化苦旅》《山居笔记》等在华文世界的风靡和由此引起的广泛关注。对此，赞之者称之为"可疗文坛时疾，什么叫修养，什么叫高尚，什么叫文章，《文化苦旅》的每一篇都会给你答案"[1]，余秋雨的散文呈示出"中国文化的深沉，中国人的坚忍美德，像美丽的檀香木，飘逸着清香"[2]。然而，"总有那么一些'不解风情'、'煞风景'的俗人，不知是因为缺乏艺术感觉，还是出于某种毫无真正的学术精神的'学术冲动'，甚至是摆不到桌面上来的'酸葡萄心理'，对余氏提出了种种批评。这些批评，或从其笔下史实的一些瑕疵或'硬伤'入手，或苛求其观点不新或错误，看似颇有道理，其实不通"[3]。很显然，对于任何一个留意人类文化发展，特别是关注中华民族文化走向的学人来说，不可能不思考余秋雨散文所显现的这一令人深思的文化现象。本着真实客观的原则进行认真剖视，我们从中可以清晰地看到在社会转型期，各种文化选择和文化观念的交错、融合、碰撞，真切地体味到余秋雨先生对健全文化人格、发展中华文化的热切追寻。在多元化格局的今天，余秋雨先生能以自身深厚的学养和文学造诣，用游记散文方式，将学问和现代人性有机地结合起来，用他那深沉的笔调，带领我们移步换形，走进形态各异的古今中外的人文世界，从而使我们清晰地看到了一幅中国文化人艰苦寻觅民族健全文化人格的心路历程，以及历代文化人形形色色的人格层面，也凸现了余秋雨先生致力于追寻中华民族健全文化人格的一个优秀文化人的人文精神。

余秋雨的散文以强烈的文化使命感和博大的人文情怀探寻着健全的文化人格。其散文精华之处不在文本，而是潜伏在文本故事背景下的精神气质。离开了它，就找不到那种神韵。但有些批评者或诋毁者所指陈的余秋雨散文中的所谓瑕疵、"硬伤"等，几乎就集中在对它文本中如字、词的正确与否等等的阅读审查上，而对于文章的主旨是反叛人类，还是弘扬人性、关乎生命本真，在他们看来，似乎都可以忽略不在意的。对此，田崇雪在《散文到底该怎样读》中指出："对一个真正的学者来说恐怕也是在所难免的。钱锺书先生就为四大名著看过不少'硬伤'，但古往今来没哪个读者去为他们较真。"余秋雨先生在他的《山居笔记·自序》中也"通过对学术研究与散文的内在本质和外在形态差异的分析，剖白了自己从书斋研究走向艺术创作的心态变化，以一种亚学术的形式回答了社会上对他散文创作中的误解或曲解"[4]："散文的句式也不同于论文，散文中可以说'王阳明掀动了董仲舒的衣衫'，批评家若一味地指陈他们两人不在同一个时代，犯了常识性的错误，那就说不清了。""不喜欢某些名诗而偏偏喜欢一首不太有名的诗，这在我是经常有的事。在诗句间猜测诗人的偏爱，正是散文写作的自由之处。如果这种猜测已被大量的证据所证实，那就只能写论文了。"散文创作，正如余秋雨先生以自己的体会所作的解释那样，它具有一定的文学品性，可以借题发挥，可以激情洋溢。由此，我们就"应当用文学的眼光去观照，用艺术的标准去衡量，拿美学的尺度去评判，而不应该用考据学的冬烘去证实。因为艺术，真正的艺术，应该说只有美丑，没有对错"[5]。作为读者，我们所能做的应该是坐下来，在各种优良或不优良的文化都非常复杂地呈现在你的生命中时，能够以包容的心态来丰富自己的文化资源，不断修炼、挖掘自己，充实心灵。用心去感受余秋雨先生为我们所奉献的精神大餐，去品味他的文本创作中那永远也品咂不尽的重塑中华文化人格的文化良知、苍凉人生，以及高贵与脆弱之文化人格这一内涵。

余秋雨先生从学术研究到文学创作，始终以一个文化人的良知，为构建健全的中华文化人格苦苦寻觅。从《道士塔》《阳关雪》《西湖梦》，到《笔墨祭》《乡关何处》《流放者的土地》等一直都在重复一个主题：在民族文化与人类尊严面前，任何缺少良知的文化都必将是软弱，重新构建文化良知，健全国人的文化人格十分重要且迫切。余秋雨先生在他的《山居笔记·自序》中曾这样表述过创作的心路历程："……每座城市的华人要求我讲的讲题，永远有关中华文化的命运和前途，静静的忧伤，隐隐的期盼，浮现在所有听讲者的脸上。"正是这种血浓于水的同声相应、荣辱与共的中华文化情结，推动作者跋涉千山万水，探寻真正健全的文化人格。后来他在《借我一生》和《山居笔记·小引》中都更为真切表达了自己的理想与抱负："中国急需真正的文化精英，好弥补我们在终极关怀、人文精神、高层思辨、准确论证、专业学理、创新实验等方面的一系列历史性的缺损。""儿子一旦经历了这种对话，也就明白了自己的使命。"这种强烈的文化使命感，促使余秋雨先生放弃舒适的生活，踏上漫漫文化苦旅之途，以自己激情飞扬的文笔写下了深情关注、热切寻找中华健全文化人格的《文化苦旅》《山居笔记》等系列散文。余秋雨散文的字里行间散发出来的悠远历史意境，来自中华文明的沧桑美感，以及文化省思和文化人格的探讨，触动着千万有良知的中国人的心灵。

余秋雨的散文以文人的文化良知追寻着高贵的文化人格。余秋雨先生之所以"远离城市，长途跋涉，借山水风物与历史精魂默默对话"，就是为了如他在《台湾演讲》中所表达的一样："寻找一所横亘千年的人格学校。"作为一个对于中外古今一切优秀的人文遗产作过全方位的深入体察与辨识的知识分子、学者，余秋雨先生对中国知识分子在人类历史文明进程中的"文化苦旅"——他们的苦难、抗争、业绩与失败，以及他们所遭遇的文化黑幕作了深度剖析，亦对他们自身的不足、缺点进行了冷峻的反省。他为他们护卫民族精神之火而折服，痛斥扼杀民族之魂的物质与精神的"牢笼"，忧惧文明之火熄灭。面对敦煌古道上的道士塔和被破坏殆尽的文化瑰宝，这位具有深厚人文修养的学者义愤填膺地喊出了"我好恨！"这一涌溢着崇尚文明文化人格热流的饱含深情的心声。来到早已名扬天下的莫高窟，他用自身内心独特的感悟和体验勾画出中华文明——莫高窟壁画的精魂之美：自然、精神、艺术、人性的美。踏入《柳侯祠》，余秋雨先生又以其灵魂之笔为人们勾画出了一部中国传统知识精英的个人命运史和高尚文化人格追索历程：被贬永州十年的灾难使柳宗元"有足够的时间与自然相晤，与自然对话"。进入了最佳写作状态，写出了凝聚着高峰性构建的《永州八记》等，昭示了中国文人在远离政治旋涡的喧嚣气息之后，反能获得一份相对的宁静，思考生命的真正意蕴，获得对于人生价值的深刻见解，从而使生命得到升华，发散出强健持久的人格力量。十年后的再遭贬谪使柳宗元显示出更为难能可贵的优秀文人的文化人格：没有被环境所压服，却相反发出了特有的光彩：走过屈原自没的汨罗江回来了，挖井、办学、修寺庙、放奴婢……"每件事，都按着一个正直文人的心意，依照所遇见的实情作出，并不考据任何政治规范；作了，又花笔墨加以阐释，疏浚理义，文采斐然，成了一种文化现象。在这里，他已不是朝廷棋盘中一枚无生命的棋子，而是凭着自己的文化人格，营筑着一个可人的小天地。"[6]27柳宗元比照着人心，净化人的灵魂的"政绩"，真正体现了他的个性魅力和人格力量。这一高贵的人格力量所显现的人性之真也在一群被流放东北的文人身上："最让人心动的是苦难中的高贵，最让人看出高贵之所以高贵的也是这种高贵。凭着这种高贵，人们可以在生死存亡线的边缘上吟诗作赋，可以用自己的一点温暖去化开别人心头的冰雪，继而，可以用屈辱之身去点燃文明的火种。他们为了文化和文明可以不顾物欲利益，不顾功利得失，义无反顾，一代又一代。"[7]88也在魏晋文人身上："这些在生命的边界上艰难跋涉的人物，似乎为整部中国文化史做了某种悲剧性的人格奠基……他们以昂贵的生命代价，第一次标志出一种自觉的文化人格。在他们的血统系列上，未必有直接的传代者，但中国的审美文化从他们的精神酷刑中开始屹然自立。"[7]298面对文明进程中的灾难，秋雨先生弘示着知识分子的人性之光："灾难，对常人来说也就是灾难而已，但对知识分子来说就不一样了。"[6]29它能净化知识分子，尤其是优秀的文化人。部分文人之所以能在流放的苦难中显现人性、创建文明，本源于他们内心的高贵。余秋雨先生就是这样以他的文化良知和责任寻觅并构建着他所崇尚的理想的高贵文化人格，也找到了他所要追寻和弘扬的健全的中华文化人格。

　　在追寻中华文化中高尚文化人格的同时，余秋雨先生也对一些逼仄萎缩的文化生命表示了深深的遗憾和批评。在《十万进士》中，他把中国知识分子在科举制度下的病态人格进行了深刻透析，尤其是他看到了科举制度给中国招来为数可观的文化大师的同时也给中国知识分子带来的噩梦，以及导致中国知识分子群体人格的急遽退化。对于那个在西湖边看似大彻大悟、隐逸超脱的林和靖，余秋雨先生认为是不值得称赞的，因为这种自卫和自慰，会导致群体文化人格的日趋黯淡，"文明的突进，也因此被取消，剩下一堆梅瓣、鹤羽，像书签一般，夹在民族精神的史册上"[6]131。通过《西湖梦》，他对中国文化中人格的复杂性进行了比照性梳理，尽可能全面地再认识，在批判中呼唤健全而响亮的文化人格。

三

在探寻健全文化人格的旅途上，余秋雨先生以旺盛的激情拥抱多元的文化生命。沿着中华文明的发展经脉，秋雨先生一路寻探，游三峡，历洞庭、庐山、青云谱、风雨天一阁、西湖、狼山脚下，甚至牌坊、废墟，只是想在中华文明的传承中寻觅到一种适合中华文化土壤的健全的个体生命：可以是叛逆的，如李白、王昭君、屈原那样能奏出自强精神之歌的灵魂；可以是率性纯洁的嵇康式文人，为文化和信念献出生命，传递文化；可以是历经风雨的天一阁中范钦那样具有"超越意气、超越嗜好、超越才情，因而也超越时间的意志力"所显现出来的刚正不阿的健全人格；也可以是看似疯癫实具强烈生命激情的《青云谱随想》中的徐渭、朱耷们……正是作为一个对自己民族文化品格深切关注的文化人的独特感悟，才使得余秋雨先生找到了这些丰富多彩的生命个体。因为"中国文化，本不是一种音符"[6]51。不管任何时代，旺盛的生命力的前提是多元化。尤其是思想和文化必须有多种格调，多种情趣，多种光芒，多种生命方式，才能构建出我们丰富多彩的空间。

面对洞庭湖，他从范仲淹的忧乐观中体悟到了中国文人应有更为宏阔的人生意识和更宽广的胸怀，认为像吕洞宾那种具有异端气质的生命会给中华文化的经脉注入更为强劲的生命力；踏上庐山，他从中国宗教文化的两个重要的精神栖息点——东林寺、简寂观和大诗人陶渊明、谢灵运，以及李白、苏东坡他们在庐山的足迹中，深刻领悟并传达出中国文人的心路："文人总未免孤独，愿意找个山水胜处躲避起来；但文化的本性是沟通和被理解，因此又企盼着高层次的文化知音能有一种聚会，哪怕是跨越时空也在所不惜，而庐山正是这种企盼中的聚会的理想地点。"[6]57余秋雨先生就是用这样独具的慧眼捕捉到了中国历代文人渴望超拔俗世而达到跨越时空沟通的寄托点，从而给庐山这一风景名胜渗入了超脱俗世的人文魅力，呈裸了他不遗余力弘扬中华文化健全人格、构建高尚人文家园的赤子心怀。

余秋雨先生所追寻的文化人格呈现出的另一种生命姿态在《狼山脚下》的清末状元张謇身上得到了昭示："真正的中国文人本来就蕴藏着科举之外的蓬勃生命"；更在《上海人》身上有了多层面展现。通过多层次、全方位的探讨，他希望"人格的合理走向，应该是更自由、更强健、更热烈、更宏伟"，在不断的自我扬弃中，出落得更辉煌。

四

余秋雨先生的系列散文以他生命的体悟和对中外文化的比照，追寻着人性的本真。在《霜冷长河》中，他以自己点点滴滴的生活感悟显示人性之真。既有物质与精神对峙中的抉择，也有对善良、友情的渴望；既有对嫉妒这种人性本真存在的揭示，也有对独享寂寞这一选择的理解。《垂钓》用简单的生活现象——钓鱼来寓示人们对生活的两种不同态度：追求大众、常态世俗的物质享受和追求稳定平静的崇高精神品质，从而探寻人生奥秘；《关于友情》《关于名誉》分别从友情和名誉生发，通过对阮玲玉、伊丹十三等"好人自杀"的理性剖析后，昭示了人们渴望友情、追求纯真友谊的心理，肯定了李清照在名誉这一无形力量中勇于抗争的坚强性格，从而更为明确地表达了自己清醒地直面人生拷问的信心。面对喧嚣浮华的现实，余秋雨先生从张爱玲那种"自我放逐、自我埋没式的寂寞"中得到了共鸣性启示：文人步入成熟后选择的一种淡泊。余秋雨先生就是这样以自己的心与情切切实实地体验并抒写着生命之流："它有点荒凉，却拒绝驱使，它万分寂寞，却安然自得。"[6] 10 "知识分子总是不同寻常，他们总要在政治、军事的折腾之后表现出长久的文化韧性。文化变成了他们的生命，只有靠生命来拥抱文化了，别无他途。"[7] 110

为对中华文化进行公正评价和科学定位，探寻更为健全的文化人格，余秋雨先生走出国门，走向世界，与外族群落在精神领域沟通，更全面地考察中华文化与别种文化的交往和对比关系，因为一个希望全面认识自己的人，不仅应该了解自己的文化，同样也应该了解别人的文化。它能够负载我们的生命之舟到达意欲到达的彼岸。"离别之后读懂了他"这句肺腑之言就是余秋雨先生在行程四万多公里，考察了希腊、埃及、两河、希伯来、波斯、印度——恒河文明之后，更清晰地认识祖国优秀的传统文化的深切感悟。对人类古文明和其他国家文化的考察，令余秋雨先生有了本质上的突破，使他能站在全新的制高点上，重新审视我们的祖国、我们的传统文化，为构建更为理想的文化人格定制了更为适当的坐标。从希腊文化部长曼考丽女士令人心酸的话语中捕捉到了民族文化心理和文化情结的共鸣点，唤醒着民族自尊和文化的良知；站在印度这块曾经诞生过最优秀文明的土地上，秋雨先生认识到了文明与文化的依存和对人类社会发展的重大意义；从几大文明失落中，探知了和平与自守的必要性；从随夫出使德国的赛金花这个命运坎坷的女人身上，看到了构建健全文化人格的艰巨——从思想上彻底革新。冰岛英雄尼雅尔的神话故事再一次印证了作家在《霜冷长河》中所感受到的世事险恶、高贵人性的无助和无奈；哥本哈根哲学家克尔恺郭尔表里如一的人性和人生哲学闪耀的人格光芒以及爱尔兰的乔伊斯所表现出的坚定、热烈、高贵且富于个性的人格都带给我们不可忽视的心灵震撼与启示。

在道德滑坡、人性堕落、毒品蔓延的今天，为了人类的本性回归，为了给迷失自我的人们找回精神的家园、重建社会的文明秩序，为我们生活的人间处处充满爱，余秋雨先生经过深思熟虑后，毅然放弃舒适的物质生活，承受着各种各样的诬陷，冒着生命危险考察中华文明和世界文明，以他长期积累的丰富学识与古今中外的人文山水、文明古迹、文化精华在生命中撞击、遇合，把以人为本的人文责任压到自己的肩上，以自己的人格力量实现着他所奉行的传承文化之使命，为全方位构建国人优秀文化人格而不遗余力。

参考文献：

[1] 沙叶新. 余秋雨散文 [N]. 新民晚报，1993-04-15（6）.

[2] 隐地. 我读文化苦旅 [J]. 明道文艺，1993（9）：245.

[3] 沈义贞. 中国当代散文艺术演变史 [M]. 杭州：浙江大学出版社，2000：244-245.

[4] 张忠礼，徐潜. 余秋雨散文赏析 [M]. 上海：上海中医药大学出版社，2002：416.

[5] 愚士. 余秋雨现象批判 [M]. 长沙：湖南人民出版社，1999：251.

[6] 余秋雨. 文化苦旅 [M]. 上海：东方出版中心，1992.

[7] 余秋雨. 山居笔记 [M]. 上海：文汇出版社，1998.

文化散文：在审美现代性与启蒙现代性之间

张光芒

一

在20世纪90年代以来多元化的文学写作中，文化散文的崛起是文学史上一次值得称颂的坚守和选择。因为它同时在两个最基本的方面呼应了时代精神的深层需求。一方面，90年代以后，创作界一度高扬的以弘扬主体性与理性为核心的启蒙现代性精神过早地退场；另一方面，80年代悄然涌现的另一支创作潮流，即以强调个体感悟与情感为标志的审美现代性，至90年代后又因消费主义思潮的冲击而无所适从，以致趋于通俗化和商品化。换言之，一方面，面对思想深度的平面化与理性思辨精神的弱化，另一方面又面对着审美感知的钝化和诗情诗意的沦陷，文化散文左右出击，既在一定程度上保持了文学的尊严与独立性，也在某种意义上充实并提升了国民精神的现代性品格。

如果说在80年代，散文话语方式的转化较之其他体裁文学创作的激进变革不无"迟钝"的嫌疑，那么在90年代人文精神失落与启蒙精神的"退场"中，在"寻根"的红晕渐渐蜕变为日常琐碎的平淡时，文化大散文却以其宏阔的"人、历史与自然"的思想经纬，以其个体对于社会历史文化的心灵交汇，历史性地表现出"异军突起"的意味。应该说，这既是对弥漫于整个时代的文学审美精神表层走向的一种反拨，同时也是对知识分子自身价值观的重新认知和坚守。在我看来，文化散文对启蒙现代性的呼应主要表现为对历史意识与时代理性精神的深刻挖掘与追问。明史而知今，"历史能告诉我们种种不可能，给每个人在时空坐标中点出那让人清醒又令人沮丧的一点"。余秋雨《文化苦旅·序》的这一番夫子自道很能概括以其为代表的文化散文家的历史意识，重新审视的目光才能穿透"历史的冷漠"，自我追寻的脚步方可碰触"理性的严峻"，当真是"一种很给自己过不去的劳累活"。"结果，就在这看似平常的伫立瞬间，人、历史、自然混沌地交融在一起了，于是有了写文章的冲动。"另一位散文家刘长春也强调"历史文化散文应该站在文明发展史的高度，以现代人的新的视角，重新阐释历史"，揭示生存的价值与意义。这种历史意识在周涛、梁衡、王充闾等人身上表现得尤为突出。在他们的创作理念中，散文不是"描摹生活的画笔"，而是"表达思想的工具"。在这里，"思想"不是抽象的哲理与枯燥的说教，而是天马行空或沉重凝练的对于历史现实的感悟与追思。换言之，他们不是山水图景的简单临摹者，而是将人文精神投于斯，使自然山水成为感染了人文之思、人文之美的文化山水，无论名山大川还是孤山远水，无论中原腹地还是西部边陲，都浸润了创作者的主体意识与精神，牵连着个体灵魂的悠长情思，在笔墨纸端傲然伫立，使读者产生强烈共鸣。

尤其重要的是，这种对美与自由的深刻理解与呼唤，从另一方面又是文化散文对90年代以来文学创作诗意沦陷的文化语境的回应。也就是说，文化大散文之"大"并非来自某种宏大叙事或者对主流文化意识的归依，它的大气象、大境界从根本上是以小己之欲、之感、之思、之想来完成的，在所谓人与历史与自然的交融之中，自然其实是作为个体感悟的契机和凭借而存在的，而历史又是作为文化感悟而非作为政治感悟，作为情感投射而非作为观念依托而被赋予审美价值的。这种印刻了自我灵魂轨迹、历史／自然、感性／理性和谐统一的境界，即张中行所谓"诗史合一"的境界，成为90年代文化散文的自觉追求。在继承周作人性灵小品谈天谈地谈风月谈风俗谈性情的基础上，90年代文化散文作家着意于凭借知识、学识与才情穿古透今，对现代理想人格作永恒探询，此即余光中所谓"融合情趣、智慧和学问"，"反映一个有深厚的文化背景的心灵"。

90年代是一个"个人化"的时代，在文化上实现了从集体化向个体化转型。文化散文的出现与勃兴一方面是对该转型的回应，另一方面也推动了文化转型的深入。一种文体的出现，必然伴随着时代文化的转轨与作者思维方式、话语方式的转化。不管是"十七年"的杨朔模式还是作为向"五四"回归的巴金《随想录》散文，尽管在价值立场与文化内涵上存在着根本分野，但可以说他们都是面向共同的文化记忆、面向时代公共命题的集体写作。而90年代的文化散文则在自然与历史的沉潜中表达一种个体的自由思考与独特的文化感悟。这是文化散文在坚守启蒙现代性的同时又富含审美现代性维度的基本前提。

就本质而言，伦理现代化是文学叙事现代化的根本性前提，而后者则又是前者的基本反应与表征。如果说文学的现代化首先就要求创作从"抒情""载道"的"文体工具"挣脱出来，并获取主体生命意识的苏醒和张扬，那么文化散文所突出显现的，正是这样一种以人为本的现代性伦理精神，或如余秋雨所孜孜以求的"理想人格"，或如刘长春所谓"一切为了人"（《那个时代那些人》），"因为文学创作说到底是生命的转换，灵魂的对接，精神的契合"（王充闾《渴望超越》）。这也是文化散文作家面对当前消费主义文化思潮冲击下感性、理性双重异化所映射出的剧烈反驳姿态。"如何塑造整合一个人的灵魂，时代的灵魂"无疑是余秋雨、梁衡、王充闾等人关注的焦点。余秋雨仰慕苏东坡所代表的"高贵可爱有魅力"的理想人格，并多次对"经济人格""官场人格""小人人格"尤其是"传统人格"进行质疑："这就是可敬而可叹的中国文化。不能说完全没有独立人格，但传统的磁场紧紧地统摄着全盘，再强悍的文化个性也在前后牵连的网络中层层损减。"（《笔墨祭》）王充闾在剖析曾氏复杂人格的同时，对传统文化与道德观对人性的压抑提出批判（《用破一生心》）。刘长春对纸墨境界的高仰，对俄罗斯悲悯精神的探询，对历史文化的追忆与发掘，也正是为了达到塑造理想人格的目的："当人欲横流，当卑鄙与恶浊袭来，当苦难与灾难降临的时候，使我想起的就是历史上的这些人物，还有在他们身上闪射的永不褪色的一种精神光芒。"（《天台山笔记》）。以"人格文化散文"著称的梁衡在《大无大有周恩来》一文中，则淋漓尽致地展现了一方充盈天地、浸润万物的伟大人格。这种理想人格是历史／现实、人／自然的完美融合，既具有强烈的思辨精神和独立思考意识，又由此衍生出富有个性色彩的生命文化感悟。而这种精神与意识无疑是当前深受消费主义思潮影响的中国社会文化语境所最缺乏的。由之，在深度消解的平庸时代，大文化散文以独特的艺术风貌唤醒人们对独立人格与理性精神的向往之心，审美与启蒙之间这种现代性张力的获取，使得文化散文从根本上奠定了自身不可取代的文学史价值。

二

人们有理由给予文化散文更高的期待，尤其当"世纪末"文化症候随着全球性消费主义文化思潮之泛滥愈演愈烈之际。然而，在这样一个实在与影像混淆，主体消解，审美泛化，文学叙事日益被纪实、报道、信息、知识逼仄的年代，无法脱离文化母体的散文也在强烈的冲击下渐渐异化变形。怀孕、生子、爱夫爱家的"小女人"散文走红文坛，一度以精神求索震撼读者心灵的文化散文也渐趋萎缩。就像"文化苦旅"时代的余秋雨以其大气充盈备受称颂，而"霜冷长河"时期的余秋雨因其琐细、啰唆而备受争议一样，同样是文化散文创作，前后不同时期也日益流露出内在生命的危机。

90年代是一个机械复制的时代，任何独特的思考与感悟一经商业文化的操作与模仿势必会形成新的模式，这是文化散文在消费文化时代无可避免的悲剧命运。可以说，文化散文在其走向繁荣的同时也走向衰落与终结。一方面，作家在创作过程中陷入自我重复的境地。形式上的重复与模式化正是主体精神衰落与贫乏的表现。当作家的个人情怀、历史思考、文化感悟呈现出千篇一律的面貌时，他也就丧失了其独特的精神感染力与文化提升力。另一方面，一种文体的繁荣离不开对时代神经的感应与思考。文化散文在回顾与反思历史的同时却表现出对时代的麻木。

除消费文化语境的侵袭之外，文化散文的衰微还有一个根本性原因。如上所说，包括余秋雨在内的文化散文家虽然一直没有放弃对"文化人格""理想人格"的求索，也有作者认识到这种求索的艰巨性，"它不可能一蹴而就并且一劳永逸"（刘长春《那个时代那些人》）。然而令人遗憾的是，"文化人格"问题在文化散文创作中更多地停留在概念提出阶段，并未得到更深入的探究。换言之，"文化人格"在文化散文创作中更多是成为自明的价值判断标准，大家只要把这面大旗祭出来就好了，至于文化人格的内涵，文化人格与现代文化语境、历史文化语境之间的内在关联等等一系列重要问题，则缺乏追思的力度，久而久之陷入了一套"煽情+说教"式的固定的创作模式，虽然不少作品仍旧声称追求自由与美的境界，却丧失了感动人心的力量。更有不少作品沉迷于材料或野史逸闻的展示与发掘，错把知识当作思想，散发出某种"知识考古学"式的"酸腐"意味，企图以拼凑、点缀来掩盖心灵感觉力的弱化与个体经验的干枯，成了卖弄信息、知识的拼盘与大杂烩，话语方式也日见僵硬。

文化散文原本以其不同与众、不同与往的"陌生化"话语方式见长。这种陌生化效果是由知识性、史料性，及作者独特的感悟、抽象、升华乃至定位能力共同打造的。较为经典的例子如余秋雨的《苏东坡突围》，"苏东坡不仅是黄州自然美的发现者，而且也是黄州自然美的确定者和构建者。……但是，事情的复杂性在于，自然美也可倒过来对人进行确定和构建"。作者用知性的话语方式比如人与自然相互"确定""构建"等等来表述两者交融和谐提升的感性意境，达到了新鲜的陌生化的阅读效果。再如苏东坡颠沛流离一节："他很疲倦，他很狼狈，出汴梁、过河南、渡淮河、进湖北、抵黄州，萧条的黄州没有给他预备任何住所，他只得在一所寺庙中住下。他擦一把脸，喘一口气，四周一片静寂，连一个朋友也没有，他闭上眼睛摇了摇头。"这种文化散文作者惯用的"原景还原式"的小说叙事法，使读者身临其境、心感其情。接下来便是"余氏话语方式"的撒手锏，即将小事背后的意义提升出来，使读者不由自主地对其历史意义刮目相看、肃然起敬，就在读者与苏东坡一起慨叹一个朋友都没有，甚至随着他"闭上眼睛摇了摇头"之际，他便"完成了一次永载史册的文化突围"。这样的话语方式的确给读者以新鲜的刺激与历史文化感悟。

然而，当文化散文的作者们将这种话语方式的陌生化作为核心诉求，当"陌生"成为模式，"人格"变成口号，"升华"变成类型，历史文化景观承载着过多的"感慨"与"提升"沦为抒情工具，文化散文创作便丧失了基本的文学精神，更甚者，将破坏整个文化散文的欣赏氛围，连以前的一些优秀作品也一并受到牵连，读者将会在千篇一律、千人一面的慨叹声中泯灭了先前的阅读感悟与冲动。比如这一段关于苏东坡被困的描写——"小人牵着大师，大师牵着历史。小人顺手把绳索重重一抖，于是大师和历史全都成了罪孽的化身。一部中国文化史，有很长时间一直捆押在被告席上，而法官和原告，大多是一群群挤眉弄眼的小人"。当年曾经震撼过不少读者的灵魂，可是如今再看，却觉得迂腐可笑。言语表达未变，可似乎读者的欣赏心境在多次遭遇这样的话语方式后感到了乏味与矫情。再如梁衡的人格文化散文甚至越来越被视为一种"红色经典"写作，便同样陷入类型化与模式化的窠臼，政治抒情的意味排挤了文化审美的情趣。如果说90年代初余秋雨文化散文的成功深刻地得力于个体的文化感悟与山水历史发生了剧烈碰撞和交融，终使"文化反思变成了一种感情的体验"（余秋雨《文明的碎片》），那么当为反思而反思，为抒情而抒情日渐流行，思辨与性情发生断裂的时候，贾平凹所呼唤的"大散文"，王充闾所追求的超越的"精神家园"意识已离读者远去。这样一来，丧失了审美现代性与启蒙现代性的张力的文化散文创作也丧失了其最初的真诚，越来越走向一种矫情与媚俗，虽然它也许仍然拥有足够的读者，但已经失去了深层的文学动力和充分的发展潜能。由此，也就不难理解为什么常有人慨叹"文化散文终结"了。

原载《甘肃社会科学》2006年第5期

文化散文研究资料

余秋雨对当代散文文体的拓展及其局限

栾梅健

以《文化苦旅》《山居笔记》《霜冷长河》等为代表的余秋雨文化散文，屡屡在华文阅读中掀起一阵阵的阅读狂潮。可以毫不夸张地说，自"五四"以来还没有哪一位散文作家的创作能够引起如此强烈的共鸣与反响。在此，我们感兴趣的问题是：余秋雨的散文对中国当代文学有哪些贡献？它在思想和艺术上的特殊贡献表现在哪里？是什么因素造成了如此众多的喜爱余秋雨散文的读者群体？乃至，它在思想和艺术上又有哪些局限与不足？这些，都应该是我们的研究值得关注与深思的问题。

一

散文，在我国传统文化中通常是与韵文、骈文相对的散行文体。从广义来说，它包含小说、戏剧、历史、哲学、传记等一切无韵的文体样式；从狭义来说，它是与诗词、歌赋等韵文相对的一种特殊文学体裁。从先秦两汉的诸子散文、史传散文到唐宋韩愈、柳宗元的古文，都属于这一文体范畴。而在这其中，在那个漫长的一直以诗文为正宗的古代社会中，"散文"长期以来被赋予了作训垂范、载道明理的教化作用，成为统治者经天纬地事业中的有用工具。

真正使我国传统的散文观念出现根本性转折的是在"五四"时期。1925年，鲁迅先生翻译了日本作家厨川白村的文艺评论集《出了象牙之塔》，厨氏在书中对Eassy（随笔）的论述，成了当时作家和评论家所信奉的散文创作准则。

然而在他的散文创作中，他竟然又以闲适散淡的趣意营造着自己的作品，似乎将"散文"摒弃于启蒙主义的功利文学观念之外。《狗·猫·鼠》《二十四孝图》《无常》乃至《阿长与山海经》《五倡会》《从百草园到三味书屋》《父亲的病》《琐记》等等，均写得挥洒自如。

与鲁迅先生散文观念极为类似的是周作人。他于1921年6月8日在《晨报》副刊上发表的《美文》一文，几乎成为"五四"作家谈论现代散文的艺术标尺。他认为："外国文学里有一种所谓论文，其中大约可以分为两类。一批评的，是学术性的。二论述的，是艺术性的，又称为美文。这里边又可以分出叙事与抒情，但也有很多两者夹杂的……中国古文里的序、记和说等，也可以说是美文的一类。"由此出发，他将中国美文的传统追溯到晚明小品，从公安派、竟陵派的文学主张中寻找现代散文的理论资源。同时，他又眼光向外，认为英式随笔应该成为国人学习与借鉴的榜样。在他的散文创作中，《自己的园地》《雨天的书》《谈龙集》《谈虎集》等作品，文笔舒徐自如、信笔直书，是自己真性情的自然流露。

事实上，"五四"时期的散文创作主要是在周氏兄弟文学主张的影响下，实现了一次对传统散文观念的根本性裂变与转型。著名散文作家朱自清在1928年所写《论中国现代的小品散文》一文中这样认为："就散文论散文，这三四年的发展，确实绚烂极了，有种种的样式，种种的流派：表现着，批评着，解释着人生的各面，迁流漫衍，日新月异；有中国的土风，有外国绅士风，有隐士，有叛徒，在思想上是如此。或描写，或讽刺，或委曲，或缜密，或劲健，或绮丽，或洗练，或流动，表现上是如此。"这篇文章后来作为附录，收入1936年5月出版的朱自清散文集《背景》中，长期以来几乎一直成为人们评价"五四"时期散文繁盛状况的经典性论断。

不过，上世纪二三十年代的中国并不是一个社会安康、风花雪月的和平年代，而是一个充满着挣扎与战争，徘徊于生与死之间的风沙扑面的动荡时期。在一段时间的新鲜与探索之后，许多作家纷纷寻找战斗的艺术，认为生存的小品文必须是匕首和投枪，是社会感应的神经，是人民苦难的代言人。因而，尽管当1924年语丝社力图倡导"任意而谈，无所顾忌，要催促新的产生，对于有害于新的旧物，则竭力加以排击"的战斗特色时，并没有能形成文坛步调一致的行动口号。但到1934年4月林语堂在上海创办《人间世》小品文半月刊，提倡"以自我为中心，以闲适为格调"的小品文创作时，则几乎受到了当时文坛众口一词的批判与嘲讽。林语堂在《人间世》的"发刊词"中说："盖小品文，可以发挥议论，可以畅泄衷情，可以摹绘人情，可以形容世故，可以札记琐屑，可以谈天说地，本无范围，特以自我为中心，以闲适为格调，与各体别，西方文学所谓个人笔调是也。故善治情感与议论于一炉。"这段"宣言"在内容上与1925年鲁迅翻译与倡导的厨氏的散文观并无二致，然而，它们在散文作家心目中的分量已经截然不同。

启蒙与救亡，是20世纪大半个阶段横亘于中国文学的两大主题。任何一个有良知的、正义的中国人，都不可能赞同弃启蒙与救亡而不顾，只是一味追求所谓的散文观念新思潮。时代从根本上决定了当时作家的最终选择。周作人、梁实秋、林语堂、朱光潜、沈从文、何其芳、陆蠡、丽尼、缪崇群、李广田、柯灵、芦焚等一大批散文作家在上世纪三四十年代的不同文学追求，诸如或固守、或转型、或改行等等，都映现出了在民族命运危亡关头对散文文学观念的矫正与定型。闲适已离人们远去，读者需要的是血与火的艺术。

在新中国成立后的"十七年"散文创作中，其主要创作倾向仍然是为政治服务，为现实生活服务，并呈愈演愈烈之势。且看其间公认的杨朔、刘白羽、秦牧"散文三大家"，他们的散文观已不复"五四"时的闲适、优雅与有趣了。

"四人帮"粉碎以后，中国当代散文的创作呈现为争奇斗艳、百花齐放的繁荣局面。一方面，许多作家继续关注现实、讴歌时代，在散文创作中表现出时代的风云变幻与精神内涵。你看巴金，他在"文革"后写下了五集共150篇的《随想录》，真实地记录下了一代知识分子在"文革"中的劫难以及在"文革"后的自省。他在《随想录》的"总序"中说："我不想多说空话，多说大话……这些文字只是记录我随时随地的感想，既无系统，又不高明。但它们都不是四平八稳，无病呻吟，不痛不痒，人云亦云，说了等于不说的话，写了等于不写的文章。"这里"随时随地"的感想，其实并不是对日常生活琐事的随意回忆或者对往事的简单追忆，而是有着强烈的政治色彩。此外，如陈白尘的《云梦断忆》、丁玲的《"牛棚"小品》、杜宣的《狱中生态》、王西彦的《炼狱中的圣火》等等，都以其深重的政治历史内容与真切感人的艺术方式吸引着读者的注意，成为新时期散文创作中的重要收获。同时另一方面，随着长期极左路线所造成伤害的渐渐平复，随着日益宽松的文化气氛的渐渐形成，许多散文作家似乎又重新接续上了"五四"时"美文"的创作传统，以冲淡而平和的笔触写出自己不同的心境。例如汪曾祺在《葡萄月令》《故乡的食物》《午门》等散文作品中透露出来的冲淡风格与士大夫情趣，贾平凹在《静虚村记》《一棵小桃树》《冬花》《静》《落叶》等作品中追求的空灵、浑朴和秀美，都可以明显地感觉到周作人、梁实秋、林语堂等现代散文作家的影响。又如那位以《负暄琐话》《负暄续话》散文集引起文坛关注的张中行，其散文观念几乎与"五四"美文别无二致。

新时期散文在多元共生中滋生着、繁荣着，并赢得了广大读者的高度肯定与充分赞誉。既有着如巴金《随想录》那样充满现实战斗精神的饱满力作，又有着如张中行这般亲切有味、舒徐自在的美文经典，新时期散文似乎到了一个成熟与收获的季节。

而在此时，余秋雨散文的出现，《文化苦旅》《山居笔记》的狂销，则又将人们带入到了一个柳暗花明的境界。

相对于自上世纪20年代中后期开始的日益强化的为现实服务的现当代散文，余秋雨突出的是传统，强调的是在传统中寻找与现实的共通点；相对于现当代散文中热切的为政治服务的热情，余秋雨探讨的是文化，着意在文化中搜寻影响政治的因素。而同时，有着数千年文以载道传统的中国读者，则又从根本上决定了那种咀嚼身边小小悲欢的"美文"不可能引起读者的广泛共鸣与强烈反响。他们竭力想摒弃过于急功近利的为政治服务的应景之作，但是他们却愿意透过一段距离，通过一个中介，在"传统"与"文化"中思考祖国的命运与民族的未来。他们不愿意接受板起面孔的文化教训形式，但是他们却愿意与作者一起以一种个人化的方式共同探索与沉思祖国的传统与文化的命运，乃至在新形势下的转型与生机。你看他在创作《山居笔记》时的心态：

> 中国文化从来离不开社会灾难。我借清初和清末的民族主义激情来讨论中国文化的思维灾难，借东北的流放者来讨论中国文化的生存灾难；借渤海国的兴亡来讨论社会灾难与群体生命的关系，借苏东坡的遭遇来讨论社会灾难与个体人格的关系；借岳麓书院来讨论文化应该如何来救助愚昧的灾难，借山西商人来讨论文化应该如何来救助贫困的灾难。正因为灾难，文化更具备了寻找精神归宿的迫切性。我借自己的家乡来讨论狭义的

精神家园，借海南岛来讨论广义的精神家园；借科举制度来讨论精神家园在官场化、世俗化过程中的变异，借魏晋名士来讨论精神家园在反官场、反世俗方面的固守。

…………

整整两年，天天精神恍惚，如痴如呆，彻底沉陷在一个个如此重大的话题中。几乎断绝社会交往，连写作过程中的考察也蹑手蹑脚，不事声张。①

余秋雨带给人们一种新的阅读经历，一种新的关注政治与现实的途径。人们愿意，甚至毫不勉强地与作者一起思索祖国、民族、政治、传统和现实等一系列宏大的社会与文化命题。

这，应该是余秋雨对现当代散文创作的一次重大拓展。

二

将传统与文化作为主要叙述点自然是余秋雨散文取得极大反响的一个重要原因，但除此之外，艺术上的精心营造与构思也是不可或缺的另一个重要原因。从传统与文化出发关注祖国和民族的命运，使余秋雨的散文显得大气，充满张力，使它不可能流于小小的文人圈子中的阅读；另一方面，余秋雨在艺术上的苦心孤诣与自觉追求，则使他的文化散文散发出魅力，充满着韵味，获得了广大读者喜爱与好评。这两者相辅相成，缺一不可。

其实，艺术形式从根本上来说是受制于思想内容，并最终为思想内容服务的。余秋雨在文化散文中的精雕细琢、殚精竭虑，也正应该由此加以理解。

唐代古文大家柳宗元在《答韦中立论师道书》一文中说："吾每为文章，未尝敢以轻心掉之……抑文欲其奥，扬文欲其明，疏之欲其通，激而发之欲其清，固而存之欲其重。此吾所以羽翼夫道也。"作为强烈主张"文者以明道"的散文家，柳宗元要求文章有"辅时及物"的作用，即认为文章应该要能够针对现实，经世致用。从这一创作主张出发，柳宗元认为创作时应该注意情感的合理表达与节制，不能不加掩饰地随意宣泄，因而，使得他的创作呈现出隽永、含蓄和深沉的特点。

这种想法与当代散文家秦牧有相似之处。他在发表于《文艺评论》1989年第6期上的《散文漫想录》一文中说道："如果把散文的散，理解为描述事务向纵深发展，有所发挥，而所谈的东西，尽管纵横捭阖，又是和主题密切关联的，应该承认：'散文贵散'，有理！如果把'散'理解为乱跑野马，没有中心，杂乱无章，语无伦次，那么，自然'散文忌散'。"作为一位上世纪五六十年代有重要影响的散文大家，秦牧是十分坚信文学的革命功利主义的，因而尽管他试图在《古战场春晓》《土地》《社稷坛抒情》《花城》等篇章中创作出一种闲话趣谈式的氛围，但从总体效果来看，其实是相差甚远——似乎是想营造一种舒徐自如的结构形态，但在深层的意义方面仍处处显示出局促与紧张。

与之相反的，是一些自由主义者的散文主张。梁实秋在《谈散文》一文中，表述了他对散文文体的理解："散文的文调应该是活泼的，而不是堆砌的——应该是像一泓流水那样的活泼流动，要免除堆砌的毛病，相当的自然是必须要保持的。"同时，他又指出："用字用典要求其美，但是要忌其僻。文字要装潢，而这种装潢要成为有生机的整体之一部。不要成为从外面粉上去的附属品。散文若能保持相当的自然，同时也必能显示作家个人的心情。散文要写的亲切，即是要写的自然。"②在梁实秋的散文观中，"自然"是作品能否成功的生命线，而"自然"与否的判断依据，则在于是否顺应了"个人的心情"。由此出发，梁实秋在他的《雅舍小品》等散文集中，不仅把生活艺术化了，而且也把艺术生活化，从而形成了明净、淡远的艺术风格，成为继周作人之后的闲适派散文大家。

回到余秋雨这里，他自然不是一位闲适派散文作家；同时，他又不是一位直接描写与反映现实与政治的文人斗士。他将着眼点放在传统与文化，并试图通过对传统与文化的剖析与反思来作用于现实与政治。在这里，其实是对余秋雨散文艺术提出了新的挑战与要求。他在《文化苦旅·自序》中这样表述自己的创作缘由："……我发现自己特别想去的地方，总是古代文化和文人留下较深脚印的所在，说明我心底的山水并不完全是自然山水而是一种'人文山水'。"又说："就在这看似平常的伫立瞬间，人、历史、自然浑然地交融在一起了，于是有了写文章的冲动"，并希望自己的散文创作"能有一种苦涩后的回味、焦灼后的会心、冥思后的放松、苍老后的年轻"。同样的思想也表达在他为《山居笔记》写的"台湾版后记"中。他说:"我是在香港中文大学的山间居舍里开始这本书的写作的。我显然已经不在乎写出来的东西算不算散文,只想借着《文化苦旅》已经开始的对话方式,把内容引向更巨大、更让人气闷的历史难题。"显而易见的是,余秋雨在创作《文化苦旅》和《山居笔记》时考虑得最多的是对"历史难题"的演算与解答,同时并强烈地希望他演算与解答的结论能引起人们广泛的兴趣和共鸣,至于"算不算散文"在他已是无所谓的事情了。

在这里,余秋雨找到并运用得炉火纯青的是戏剧化的手法。在散文中演绎剧情,这是余秋雨对当代散文艺术作出的一个重要贡献。

《抱愧山西》是《山居笔记》中的一个名篇。作者开首第一句便设置悬念:"我在山西境内旅行的时候,一直抱着一种惭愧的心情。"

为什么会惭愧呢?作者先不说明原因,而是拓开一笔,叙述了对山西的三次误听误信:一是那首凄婉的离开家乡的民歌《走西口》,二是描写穷人革命的以赵树理为代表的"山药蛋派",三是"文革"中在贫瘠的山顶上人造梯田的大寨大队。因而,自己长期以来一直将山西视为中国最贫穷的省份之一。直到有一天,作者在翻阅一堆史料时才发现:在上一世纪乃至以前相当长的一段时间里,山西竟是中国的首富省份,直到上世纪"仍是中国堂而皇之的金融贸易中心"!于是作者有了好奇,有了惭愧,进而也有了强烈的进一步探寻的愿望。接着,作者开始了对山西的考察,以及考察时超出预料的震惊,并由此展开了对山西商人和山西文化的探源与考辨。作者推导出的结论是:

> 一群缺少皈依的强人,一拨精神贫乏的富豪,一批在根本性的大问题上不能掌握得住自己的掌柜。他们的出发点和终结点都在农村,他们能在前后左右找到的参照物只有旧式家庭的深宅大院。

在结论之后,作者回到现实,回到如今改革开放的新型经济政策,最后一句:"今天,连大寨的农民也已开始经商。"张弛有致,前后呼应,一气呵成。

是散文,而又不是惯常的"形散而神不散"的散文作法。与其说是文学创作,倒不如认为是作者驾轻就熟的戏剧编排。

对于历史和文化的介绍与反思，如果抱有了强烈的现实和政治的目的，那么极有可能写成如台湾作家柏杨那样的《丑陋的中国人》，言辞偏激，而辞气浮露；如果抱持了闲适与自由的心情，那么又极有可能写成如现代散文家曹聚仁在《弥正平之死》《叶名琛》《并州士人》等作品中所显示出来的那种钩沉稽玄、客观描写的历史小品。

余秋雨与上述两者都不一样。他有着较为强烈的现实和政治的文学功利要求，希望自己的作品能够参与到民族文化的重构和建设中来，希望能有广大的读者阅读并喜欢他的作品。同时，他又保持了一份耐心，保持了和现实与政治一定的距离，只是希望在对传统与文化思考的层面上发表自己对社会的看法。

在这里，戏剧化的文学处理方法是他寻找到的一条有用的途径，也是他的文化散文能够引起读者共鸣的一个根本性的因素。

三

在余秋雨文化散文极度畅销的原因中，如果说他得心应手的戏剧化处理方法是"人和"；那么他在"文革"后期所阅读的《四部丛刊》《万有文库》，乃至在戏剧研究过程中对中外传统文化、典籍的广泛涉猎与关注，便是"地利"；而自上世纪80年代中期开始的对传统文化反思与清理的热潮，则是"天时"。

1985年前后，我国新时期文学在经历了"伤痕""反思""改革"等文学潮流以后，开始了一股"寻根主义"的文学热潮：例如阿城的《棋王》、李杭育的"葛江川系列"小说、郑万隆的《异乡异闻》、贾平凹的《商州纪事》、韩少功的《爸爸爸》、王安忆的《小鲍庄》、莫言的《红高粱》等等小说。这些作品人都具有浓郁的地方文化色彩和地域性历史画卷意味，它们寻找民族中带有生命力的根须或病态的根须。不过，它们不是为了复古，而是为了重铸我们的民族精神与文化品格，以适应改革开放和现代化建设的要求。这是我们作家自觉关注国家和民族命运，并试图通过自己的努力加入到民族复兴这一伟大变革中来的可贵追求。同时，也是我们这么一个有着数千年封建文化传统的古国在向现代民主社会转型途中对于作家们的必然要求。尽管余秋雨创作《文化苦旅》和《山居笔记》的时候比之要迟了几年，但作者的创作动机却是与"寻根文学"的文化小说一脉相承的。这是余秋雨强烈的社会责任感和使命感使然，同时也是众多关注中国改革、关注民族命运的广大读者对其作品极其热爱的根本原因。

不过，从历史唯物主义观点来看，尽管传统与文化在社会历史的进程中扮演着相当重要的角色，并对社会起着或多、或少、或明、或暗的作用，但是这种作用却是有限度的，并且是以极其错综复杂的面貌呈现出来的。因此，如果将传统与文化的作用夸大到极致，认为是社会变革无可更替的决定性因素，那么也就有可能把握失当，并影响到其对社会和历史的正确判断。这种偏颇，在"寻根小说"家那里有所表露。同样，余秋雨的文化散文中也常常带有这样的缺陷。

例如《山居笔记》中《苏东坡突围》一文。对于身世坎坷、命运多舛的大诗人苏东坡，作者认为最主要原因是中国传统文化中的劣根性："中国世俗社会的机制非常奇特，它一方面愿意播扬和哄传一位文化名人的声誉，利用他，榨取他，引诱他，另一方面从本质上却把他视为异类，迟早会排斥他，糟践他，毁坏他。"在他看来，越是超时代的文化名人，往往越不能相容于他所处的具体时代。在湖州，当苏东坡被差役押解着时，作者认为："一群小人能做成如此大事，只能归功于中国独特的国情。"小人牵着大师，大师牵着历史，"苏东坡在示众，整个民族在丢人"。

在作者充满感情的叙述中，读者对苏东坡的遭遇极其同情。不过，问题还在于：真的存在一个小人与大师两相对立的社会格局吗？或者说，文化名人越优秀就真的越不见容于当时的社会吗？答案其实应该是否定的。且不说苏轼与王安石在对待那场如何变革社会现状的政治风波中谁对谁错，就是所谓"小人"真的会对大师群起而攻之吗？如果我们承认这一点，那么社会就是由英雄主义造成的了，而我们现代所倡导的民主政体也就失去了其公正性和合理性。显然，余秋雨在这里过于夸大了"大师"的作用，也过于夸大了所谓"独特国情"对大师与名人的摧残与毁坏。

这种突出一点、不及其余的偏颇，在《十万进士》《遥远的绝响》《一个王朝的背影》等作品中也都有所显现；尤其是在《霜冷长河》集中讨论有关名誉、谣言、嫉妒、善良、年龄等等有关具体文化的作品，更为明显。我们觉得余秋雨的文化散文在带给读者许多有益启发的同时，有些篇章也显得不够辩证与全面。在艺术上，他的戏剧化叙述方法也带有一定的缺陷。

因此，他的这种写作技巧与表现手法能够抓住读者的心弦，能够使许多读者读得津津有味，欲罢不能。不过，当这种模式一而再、再而三地运用时，读者也会失去新鲜感，失去亲切感。而且，有时为了叙述与表达的需要，也可能会删减掉许多真实、可信的材料，从而使表述的内容变得干枯与单调。自然，最重要的是，当一些本身并不具备传奇性与戏剧性的材料硬是按照戏剧化的叙述方法处理时，可能就会有装腔作势、矫揉造作之感。这种缺陷在《借我一生》中的《旧屋与旗袍》、《文化苦旅》中的《风雨天一阁》、《行者无疆》中的《古本江先生》等篇章中，都不同程度地存在着。

不过，从总体来看，上述缺陷在余秋雨的散文创作中并非明显到足以掩盖其艺术光芒的程度。他在叙述内容与叙述手法上的开拓之功，他对于推动我国当代散文文体发展所作出的重要贡献，应该值得我们好好总结，认真汲取。

注释：

①余秋雨：《借我一生》，作家出版社，2004年版，第394—395页。
②梁实秋：《现代作家谈散文》，百花文艺出版社，1986年版，第41页。

原载《文艺争鸣》2007年第12期

星垂平野阔 月涌大江流

——新时期散文研究三十年

陈剑晖 司马晓雯

新时期的散文研究至今已走过了30年的历程。30年时间并不算长，但却有不少经验和教训值得总结。就目前情况看，这方面的工作做得还较少，也很不到位，尤其没有从整体上对30年来的散文研究进行学理性的探讨，一些困惑和问题仍在被遮蔽中。对于新时期的散文研究，尽管一直有不少批评、贬低其至否定性意见；但我们认为，总体来看它还是健康的、进取的、有成就的，以其探索精神和不懈努力，证明了自己是中国当代散文乃至于中国当代文学研究中不可缺少的一翼。当然，30年来的散文研究还存在不少局限，也有一些问题值得反省，而有针对性、有问题意识的省思，将更有助于我们实现根本性的超越，解决长期以来困扰散文研究的一些深层问题，从而达到在21世纪开创散文研究新局面的目标。

一、散文研究被误解的原因

实事求是、客观公正地对新时期30年散文研究的发展历程进行检视和总结，是一项颇有意义也是十分必要的工作。然而，回顾、反思与总结新时期以来的散文研究却不免令人沮丧：几乎所有的"概论""概观""综述"等，往往对之都颇多微词、评价也不高。更有甚者，还有人喜欢贬低和嘲讽散文研究，认为散文算不上成熟的文体，并无研究之价值，而只有那些没才气的人才一意为之和乐此不疲。这种状况，既反映了学界一些人的偏见，也在一定程度上反映出散文研究者的底气不足，缺乏应有的自信和自尊。

20世纪特别是新时期的散文研究真的是冷落萧条、混乱无序、乏善可陈吗？对此评价我们不敢苟同。这是因为，20世纪初，当小说、诗歌、戏剧研究还嗷嗷待哺、十分孱弱时，散文研究已热闹非凡：既有周作人的"美文"说、"极致"说，傅斯年、刘半农的"文学散文"说，王统照的"纯散文"说，胡梦华的"絮语散文"说；又有郁达夫的"个人本位"说、"心体说"，林语堂的"幽默""闲适""性灵"的倡导；还有梁实秋的"文调"说等。20世纪五六十年代，虽然散文研究较为冷落萧条，但至少还有"形散神不散""诗化"等散文观念深入人心。至于90年代特别是进入21世纪以后，散文研究更是有了长足的发展。虽谈不上姹紫嫣红，但至少不会比诗歌、戏剧逊色多少。那些漠视散文研究，一向对散文持有偏见或对散文一知半解者，总是说散文没有理论，没有自己的概念范畴。而事实上，"美文""闲适""性灵""文调""形散神不散""诗化""真情实感"等，便是贯串整个20世纪的散文概念范畴，它们不但较为稳定，获得了人们的共识，而且影响了一代又一代散文作家和学人。这些概念范畴既贴近散文本体，又有内在的规定性，而就理论的归属性、自洽性、确定性和普适性来看，它们也是站得住脚的。仅此一点，便足以表明20世纪中国的散文理论并非一无是处，更不像有人想象的那么差。因此，在评价20世纪包括新时期散文研究时，我们首先要摒弃厚此薄彼、文体优劣的思维惯性，而要以公平、公正、宽厚、平和之心来对待散文研究；其次要有历史感，因为只有尊重历史，才能对新时期特别是"五四"时期的散文理论作出实事求是的公正评价。这是评价、反思和总结新时期的散文研究必须明确的前提。

当然，散文研究的被冷落、被误读和被贬低并非没有原因。首先，散文的文体太宽泛且没有边界，难以把握与规范，更难找到理论的切入点，加之有大量非文学的文章杂混其间，如此便使一些研究者望而却步，于是得出散文不值得研究的结论。其次，从"五四"时期始，便一直有人在贬低散文。如傅斯年一面倡导"文学性的散文"，一面又认为："散文在文学上，没崇高的位置，不比小说、诗歌、戏剧。"①建国后一些著名作家如冰心、夏衍、吴组缃等，也都不约而同地认为散文是培养和训练青少年文字能力的有效工具，有点像绘画中的素描，是从事文学创作者必练的基本功。正因为一般人包括一些著名作家都轻视散文，认为散文是较低层次的文体，这样在20世纪倾向于"总体化"

的文学史观和文学史叙述中，散文也就越来越处于尴尬地位，有时甚至只是作为某些文学史的点缀而存在，这自然在很大程度上影响了散文研究者的自信和自尊。再次，最为重要，也是过去被忽略的一点，就是自"五四"以来，"现代性"（不是现代化）已成为言说中国现代社会和文化建设的主流话语。或者说，中国自"五四"以来的文学进程，实际上就是现代性演化发展的过程，中国现代文学的品格，在某种意义上也就是"现代性"的品格。而在这个普世主义的启蒙"现代性"压倒一切的文学进程中，小说、诗歌、戏剧由于更贴近时代与社会，能承载诸如科学民主、反帝反封建、追求人性的自由解放，以及"改造国民性""重铸民族魂"等启蒙主义的现代性"宏大主题"，因而自然受到文学史家的青睐。相反，散文由于保留着太多的古典审美趣味，其倾向于自由、性灵、闲适的本性，与强调"主体精神性"和激进革命的现代性价值取向有些不同，从而导致散文被忽略、冷落、否定，乃至于被边缘化的命运。

还有一点值得注意，那就是在"五四"以后，文学理论层面也发生了变化。在中国古代，小说、戏剧理论十分薄弱，所有的文学理论，基本上都是散文理论，所以它在中国古代自然成为正宗，享有很高的地位。但自梁启超提出"小说乃文学之最上乘"后，小说便日渐成为中国现代文学的主导性文类，而小说理论也随之水涨船高，成了现代文学研究者关注的焦点和中心。当然，从根本上动摇传统文论格局的，应是"五四"以后西方文学理论的大规模介入和冲击。此时，在理论建设和具体的批评实践中，西方文学理论完全压倒了传统的古典文论，时至今日，甚至可以说，西方的理论批评话语已成为现代中国文学批评和理论建构的主导性观念与标准化用语。在这样的研究语境中，一些文学研究者唯小说、诗歌，尤其是唯西方文学理论马首是瞻，而对显得有些古旧落伍的散文及散文研究不屑一顾，也就在情理之中而不难理解了。不过，在我看来，丢掉中国传统文论的品格和气质，以西律中，同时以承载"现代性"内涵的多少为衡量一种文体及其研究成就的标准，并以此确立其在文学史上的地位，这种价值判断其实带着极大的急功近利的色彩，实际上对散文创作及散文研究是极不公平的。因为事情往往是：寸有所长，尺有所短。散文可能在表现"现代性"的"宏大主题"方面不及小说和诗歌，但在审美性、语言的涵泳以及提高民族的整体文化素质方面，它比别的文体自有优势。因此，无视散文在升华整个民族语言、思想、道德和审美之价值，一味地亲小说、诗歌而远散文，说到底是一种学科偏见。这种文学史观和价值判断上的偏见虽不至于毁灭散文，但对散文这种文体必然造成某种伤害。至于说到理论层面的传统话语被西方话语遮蔽，或日渐向西方话语归附，其实也是值得我们反思的一个问题。固然，中国现当代文学的一些基本范畴得益于西方文学理论，引进的一些西方的文学观念和批评方法确实也丰富了中国现当代文学研究；但是，它的简单随意、急功近利和生搬硬套等负面影响也是显而易见的。更何况，在津津乐道于西方话语，唯西方话语马首是瞻的时候，又有多少学者没有掉进西方中心主义的陷阱？从此意义上说，散文研究却有些不同，它虽然从没有过"各领风骚三五天"的大红大紫，但它那份不跟风、不赶潮，"任凭风吹浪打，我自闲庭信步"的从容平静、淡定沉稳的气度，却是难能可贵，更引人注意和令人反思。

不过，"五四"时期的散文理论也有其明显的局限，它基本上是印象式、感想式、随意性的。那时的散文大家如周作人、朱自清、郁达夫等往往在提出某个富于文体意义的概念范畴后便止步了，没有再进一步追问下去，也没有在"学科"的意义上进行深入研究，更没有在理论体系方面进行建构。如一直被视为现代散文基石的周作人的"美文"概念，居然不到千字，且是随便写成，这在今天几乎是无法想象的。至于王统照的"纯散文"、郁达夫的"心体说"等也没有在文体建设层面作进一步的理论阐述。因此，对那些无限抬高"五四"时期散文研究的成就，而认为"散文理论和散文批评在长达半个世纪的时间里，走的是一条向后退的路子"[②]的论断，我们也应采取慎重态度，不能简单苟同。作为不甘平庸、希望有所作为的散文研究者，一方面要向传统致敬，将现代的散文精神与"五四"和古代的散文血脉相连；另一方面又要在前人研究的基础上，寻找一条切实可行的建构中国现代散文理论的路径。

正是从这一基点出发，我们始终对散文研究抱着乐观态度，并认为进入21世纪，中国的散文研究已有了明显的突破。虽然新时期的散文研究在整体成就上不能与小说和诗歌研究比肩，但它自有其特点、规律和优势。更为重要的是，这个领域同样拥有一批有学术素养、思想智慧和质疑精神的学者与批评家，这是21世纪的散文研究有望更上一层楼，获得更大的发展和超越的坚实基础与可靠保证。

二、平静中的觉醒与回归

20世纪80年代，与小说、诗歌的大红大紫、热闹非凡相比，散文创作显得相当萧条落寞。散文既没有引起什么"轰动效应"，也没有举办过全国性大奖赛。于是，有人因此断言，散文是多余的文体，必然走向灭亡。散文创作这种不景气的状况，势必影响到散文研究。整个20世纪80年代散文研究总体上是平静的，也可以说是平淡和平庸。期间虽有过关于"形散神不散"和"散文是否消亡"的争论，但这些争论也仅是文学史上的小浪花而已。进入90年代后，散文研究有了改观，争论越来越多，波及面也越来越广。下面拟从几个方面对新时期以来的散文研究做一概述及论析，所引研究成果以专著为主，而论文则注重影响较大者。

作家作品研究。这是新时期散文研究的重要一翼，不但涉及面广，而且数量特别大（据"中国期刊网"不完全统计，1999—2007年散文的研究论文有两万多篇）。这方面的散文研究主要以单篇论文为多，多见诸各种报刊，但成书者较少。尽管有人认为这类研究多有溢美之词，是为平庸化助阵之作，根本就没有学术价值，甚至不值一提。但我们认为这样的批评未免过于武断片面。诚然，新时期初期的作家作品评论的确存在着溢美过度，质疑性、批判性不足的弊端，但我们并不能因此便判定这些批评都是垃圾。事实上，在大量的沙子中，也隐藏着不少金子。我们要做的就是沙里淘金，将新时期作家作品批评中的金子拣选出来。

新时期的作家作品研究可分为两个阶段：一为20世纪80年代，二为20世纪90年代至今。第一阶段的作家作品研究有几个特点：一是注重名家，二是以作品赏析和讲解为主，三是偏重文学教育和着眼于普及。此期较有代表性的成果，在综论方面的专著有：林非的《现代六十家散文札记》，俞元桂、姚春树、汪文顶合著的《中国现代散文十六家综论》，吴欢章的《现代散文艺术论》，阎豫昌的《散文名家论》等。单个作家的研究专著有：孙玉石的《〈野草〉研究》，钱理群的《心灵的探索》，舒芜的《周作人概观》，吴周文的《杨朔散文的艺术》，张振金的《秦牧的散文艺术》，胡树琨、谭举宜的《刘白羽作品赏析》等。较有代表性的论文有：吴周文的《论朱自清的散文艺术》（《文学评论》1980年第1期）《杨朔散文的结构艺术》（《文学评论》

1980年第4期），陈剑晖的《论秦牧散文的艺术风格》（《文学评论》1981年第1期），陈平原的《林语堂的审美观与东西文化》（《文艺研究》1986年第3期）等。

这时期的作家作品研究，尽管大多囿于社会学的批评模式，学术视野较窄，整体的学术水平不是很高，不过也有一些成果产生了较大影响。如林非的《现代六十家散文札记》，将"史"的眼光与审美赏析相结合，以札记的形式品评现代散文史上的61位作家，角度独到、分析到位，且文情并茂，深受广大读者的欢迎，仅第一版便发行16万册，以后又不断重印。孙玉石的《〈野草〉研究》，既考察了《野草》产生的时代背景、题材选择、语言特色，又分析了《野草》的象征意蕴和感情色彩，资料充实、视野开阔、论证严密。舒芜的《周作人概观》一方面充分肯定周氏在中国现代散文史上的重要贡献，另一方面又对他后期散文创作的复杂性进行冷静客观的分析。这些都表明：80年代的作家作品研究，正试图摆脱重视散文"匕首""投枪"的思维模式，逐渐向文学意义上的散文本体回归。

90年代以后，作家作品研究进入了第二阶段。这时期较有代表性的专著有钱理群的《周作人论》、刘绪源的《解读周作人》、黄开发的《人在旅途——周作人的思想和文体》、王兆胜的《林语堂的文化情怀》、佘树森的《中国现当代散文研究》、吴周文的《散文十二家》、席扬的《知识分子的心路历程》、颜翔林的《历史与美学的对话——王充闾散文研究》、黄发有的《诗性的燃烧——张承志论》等。钱理群的《周作人论》从对周作人的历史评价入手，将其散文研究纳入周作人的整体研究中，且侧重从思想文化和内心矛盾来考察，这就开拓了周作人研究的视野。王兆胜的一系列林语堂研究专著，既从东西方文化碰撞的大背景来研究林语堂，又深入到林语堂的灵魂与精神，以心灵对语的方式再现了一个血肉丰满、富于生命色彩的林语堂。席扬的《知识分子的心路历程》，从"直""辣""闲""涩"的创作特色出发品评散文作家，体现出良好的艺术判断力和学术个性。③吴周文等合著的《朱自清艺术散文论》运用哲学、美学、文艺心理学交叉的方法，从文本的层面拓展到人学的层面，从社会学的批评模式上升到美学的批评模式，在力图将现代散文拉"回到文学审美创造的自身"的观念指导下，实现了对前人研究的超越。

以上是专著方面的情况，就单篇论文看，90年代以后的产量更大，作家作品的研究更加深入细致。研究者已基本上摆脱了社会政治评判和"赏析+讲解"的模式，不但理论视野开阔了，审美分析加强了，而且还常常结合作家的精神气质、审美态度、心灵结构来论人评文。如在周作人研究方面颇有成就的黄开发在《知堂小品散文的文体研究》（《中国现代文学研究丛刊》1997年第4期）中，既考察了知堂"语体"的流变，还细致分析了周作人"书信体"的特征和美学价值，并指出"抄书体"和"书信体"增添了知堂散文的丰富性，稳固了他作为现代一流散文家的地位。这样的梳理细致独到，其结论也是颇为令人信服的。在此，还要特别提及孙绍振的长文《余秋雨：从审美到审智的"断桥"——论余秋雨在中国当代散文史上的地位》（《当代作家评论》2000年第6期），文章先从当代散文发展史的坐标上，充分肯定了余秋雨对当代散文的巨大贡献，而后再从审美角度对余氏散文在学理上的"硬伤"进行有理有据的辨析。不过，论文最为精彩之处是围绕"从审美到审智"这一散文理念，从建立一种文化中心主义诗学，用人格建构的话语重新阐释了自然山水、诗情与智性的和谐交融以及激情和冷峻构成的艺术张力等方面，对余秋雨的散文进行了既富于学理性又体现了论者独到的学术眼光和审美感受力的分析。整篇文章气势恢宏、思考深邃、元气充沛、论证充分、行文雄辩，是一篇代表了当今散文作家作品研究水准的文章。

专题性研究。这里指的是对散文的思潮流派、散文现象、某一时期的散文或某一地域的散文作综合性的研究，它是对单个作家作品研究的延伸和深化。专题性的综合研究，在20世纪80年代还较为少见，90年代后专题研究的文章开始呈上升之势。如再细分，这种专题研究大体上又有三类：1. 思潮流派研究。代表性论文有：汪文顶的《中国现代散文流派及其演变》（《中国现代文学研究丛刊》1986年第4期），范培松的《论京派散文》（《文学评论》1995年第3期），丁晓原的《论"五四"人生派散文》（《文学评论》2003年第1期），王嘉良的《论语丝派散文》（《文学评论》1997年第3期），李晓虹的《二十世纪散文思潮的演变》（《广播电视大学学报》2004年第1期），陈剑晖、郭小东的《岭南散文风格初探》（《文学评论》1982年第2期）等，这些论文或从流派的形成过程、组合方式、表现形态诸方面，考察现当代散文史上各种流派的发展演变，或从文学思潮角度论述某一时期的散文与社会文化、时代精神及大众审美趣味的关系。众所周知，现代以降，关于小说、诗歌的思潮流派研究一直较为发达，而散文自"五四"到新时期之前，这方面的研究几近空白。现在散文研究者不仅注意到了散文的思潮流派，并且拿出了数量和质量都相当可观的研究成果，这也从一个方面印证了新时期散文研究的繁荣。2. 对散文的主题、艺术观念和艺术形式的发展作综合性研究。这方面的文章很多，较为引人注目的有：佘树森的《当代散文之艺术嬗变》（《北京大学学报》1989年第5期），汪文顶的《"五四"散文抒情体式的变革与创新》（《文学评论》1994年第2期），余凌的《论中国现代散文的"闲话"与"独语"》（《文学评论》1992年第1期），秦晋的《新散文现象和散文新观念》（《文学评论》1993年第1期），梁向阳的《当代散文创作个性精神的式微与复归》（《延安大学学报》1996年第3期），王兆胜的《新时期中国散文的发展及其命运》（《山东文学》2000年第1、2期），陈剑晖的《论20世纪90年代中国散文的文体革命》（《中国社会科学》2001年第5期），柯汉琳的《仰望思想的星空——关于九十年代以来思想散文的思考》（《文学评论》2002年第3期），周海波的《论中国现代散文从叙事向抒情的转换》（《齐鲁学刊》1998年第6期），丁晓原的《媒体，作为中国散文现代转型的生态》（《江海学刊》2006年第1期）等。3. 对新的散文品种和散文样式的研究。这是进入90年代后，随着散文的繁荣而出现的综合性研究，其范围涉及文化散文、学者散文、女性散文、新生代散文、小女人散文、新媒体散文、打工散文等。较有特色的论文有：李虹的《女性自我的复归与生长——新时期女性散文创作的流变》（《文学评论》1990年第6期）、吴俊的《斯人尚在，文统未绝——关于90年代的学者散文》（《当代作家评论》1998年第2期）、范培松的《论20世纪90年代学者散文的体式革命》（《江苏社会科学》2004年第1期）、谢有顺的《媒体时代的新女性散文》（《文艺评论》2001年第4期）等。这方面的精彩文章还可以列出许多，甚至可以说已经成为散文研究新的生长点。

在上述三类的专题研究中，余凌的《论中国现代散文的"闲话"和"独语"》在老的话题中翻出新意，颇为引人注目。文章对现代散文史上"闲话"和"独语"两种散文体式作了细致考察，既将两种散文体进行了对比，又从"语境"角度透视散文创造过程中"创造主体""文本""接受者"三者的关系，并进而探询制约上述关系的人类存在的两种处境和生命体验。文章在论述中时时透出一种价值判断和学术思辨色彩，因而发表后产生了一定影响，其

"闲话"特别是"独语"的提法也逐渐为学界中人所接受。李虹的《女性自我的复归与生长》是较早也是较全面论析新时期女性散文创作的文章。论文从"女性精神'自我'的复归""女性生命'自我的艰难生长'""女性本体'自我的深层推进'"三个方面来探讨女性散文创作,并以叶梦为考察重点揭示出新时期女性散文的价值与意义。④李虹的文章细腻深刻、文笔优美,可谓此类文章的佼佼者。不同于李虹对女性散文的情有独钟,王兆胜的文章探讨了中国现代主义散文的兴起、发展、文体特征及不足,可以说是国内最早对现代主义散文作全面论析的力作。此外,吴俊、喻大翔对学者散文的研究,也有其独到之处。

散文史研究。从一般性的作家作品研究到综合性的专题研究,再到散文史的建设,既是学术研究不断深化、成熟的必经之路,也是文体的学科建设必不可少的组成部分。因为文学史建设是文学研究中最扎实、稳固的部分。从此意义上说,文学史建构应是一门学科的基础。尽管严格意义上说,迄今为止还没有出现一部体例周全、判断准确、学理深邃、个性鲜明的现代或当代散义史著作,但毕竟现已出版了近20部,这应当说是一个喜人的现象。在这些散文史中,林非的《中国散文史稿》是开山之作,可谓功不可没。俞元桂主编的《中国现代散文史》以史料丰富扎实著称,可誉之为奠基之作。范培松的《中国现代散文史》较注重审美分析,行文灵动且渗进个人感情色彩,可视之为有个性之作。其他如汪文顶的《现代散文史论》、傅德岷的《中国现代散文发展史》、李晓虹的《中国当代散文的审美建构》,以及王尧、邓星雨、卢启元、张振金、徐治平五人五本同名的《中国当代散文史》也各有特色。

值得一提的是,范培松在撰写现代散文史之余,还出版了《中国散文批评史》,该书对20世纪包括港台在内的散文史料作了全面的汇集梳理,并对这些史料一一进行品评,其间不乏真知灼见。不过对中国现代散文史料的梳理清晰翔实,而对当代尤其是新时期的散文批评和理论研究的概括归纳则失之简略甚至失衡,这不能不说是这本颇具学术价值的专著的一大遗憾。总体来看,新时期第一个十年的散文研究,以作家作品研究和散文史成绩最大。散文理论的建构则基本上是空白。尽管期间也出现了一些理论著作,但多为散文表现技巧方面的研究,且散文思维、观念大多停留于传统"文章学"的层面,缺乏现代批评意识的穿透。在理论争鸣方面,虽有"形散神不散""散文消亡论"两次讨论，但并未真正进入公共视域，如果与小说、诗歌等领域大波大澜的争论相比，散文领域的争论仅仅是一些小浪花。所以，范培松在《中国散文批评史》中有些无奈地说："80年代的散文理论界是平静的，平静到了有些平庸的地步。"⑤可喜的是，进入90年代后，伴随着散文创作的崛起、繁茂和散文观念的改变，散文研究也出现了"众声喧哗"的局面。这期间，散文领域出现了"大散文"与"文体净化"、"真实"与"虚构"、如何理解"真情实感"，以及"新散文"的得失等几次论争。而作家作品研究、专题性研究、散文史建设则显得更加深入和细致，研究范围不断拓展，取得的成就也远远超过了80年代。以下将重点考察21世纪以来散文理论话语的建构问题。

三、建构理论话语和增强批判意识

新时期中国散文理论话语的建构，在我们看来应是从20世纪90年代末到21世纪才逐渐形成的。如果说90年代中期以前的散文研究，虽然也注意到散文理论的问题，但囿于环境和观念的限制，散文理论话语的建构一直未能尽如人意。直到进入21世纪后，这种重作家作品评论而轻理论建构的局面才有了很大的改观。随着散文创作的繁华和散文研究的日渐深入，原来受到忽略的散文理论话语的建构渐为人重。与此同时，文体的研究也日益热闹起来，特别是随着现代观念的渐进，散文研究者的质疑精神、批判意识开始觉醒。这是散文研究者的主体意识得以强化的体现，而这对于散文研究的提升至关紧要。下面拟从散文理论话语的建构、散文研究的质疑精神和批判意识的强化两个方面，对21世纪以来的散文研究分而述之。

在散文理论研究方面，新时期以来主要经历了三个阶段。第一阶段为80年代初期，这时期主要是整理和发掘现代散文理论。出版的著作有《小品文和漫画》（陈望道编）、《中国现代散文理论》《中国现代散文总书目》（俞元桂主编）、《现代作家谈散文》（佘树森编）等。这些资料的整理发掘，为后来的散文研究打下了较为扎实的基础。第二阶段大约从80年代中期开始，这时期出版了一批散文研究专著，不过这些专著主要侧重于现代散文技巧方面的研究。代表作有佘树森的《散文创作艺术》、傅德岷的《散文艺术论》、曾绍义的《散文论谭》、范培松的《散文天地》、刘锡庆的《散文新思维》等，这些著作或从选材、立意构思、剪裁艺术、结构经营、景物描写、语言修辞等方面探讨散文的艺术技巧；或在技巧分析中涉及散文的流派、概念、分类问题；或阐释散文的一些特征如题材广泛、形式自由、形神两旺、描写真实等。尽管这些论著的作者均有较好的艺术鉴赏力，也企图寻出属于散文的特征和规律，并对散文的范畴进行界说；但是，正如上文所言，由于观念较为保守，缺乏现代的研究视野和学养的不足，他们对散文艺术技巧的分析较为细致具体，且多是有的放矢，可操作性较强，但在散文理论的建构方面做得较少，有的则是心有余而力不足。因此，散文理论话语的建构，就"历史地"落到了新一代散文研究者身上。

在新一代散文研究者中，王兆胜、陈剑晖、喻大翔、黄科安、王尧、谢有顺、李晓虹、王晖、梁向阳、丁晓原、蔡江珍、周海波、李林荣、袁勇麟、曾焕鹏等学院派出身的学者都对散文理论话语的建构表现出极大的兴趣。在这方面，王兆胜在《20世纪中国散文研究》一文中，就已前瞻性地提出散文研究要告别"感悟式""微观式"的批评，与此同时要建立一整套散文研究的理论话语，以保证散文研究的科学性和独特性。他指出："大量事实证明，任何一个学科要获得真正的发展和成熟，没有一套完备而又独特的理论话语那是不可能的。"⑥作者这一富于建设性的见解，在年轻一代散文研究者中引起了共鸣。他们不但纷纷撰文予以呼应，并且以其卓有成效的理论实践参与了21世纪的这场"散文理论话语"的建构。其中，喻大翔的《用生命拥抱文化——中华20世纪学者散文的文化情怀》是一部值得关注的专著。作者在反思传统散文理论"观念模糊""标准错乱""学理依据不符""没有统一的分类标准"的基础上，建构了一套学者散文的结构分析方法，即文本语言、人境事例、情场意阵和文化心理，这四组关系分别代表了表层、中层、深层、隐层四个层次，它们的对应功能是"词指""象指""义指"和"心指"。不但如此，喻大翔还创设了一套新的散文理论术语，如"自然重合圈""文化生命圈""文本生命圈""文化潮锋""文化潮锋意识"，以及"人境""事例""意阵""词指""象指""心指"等。⑦可以看出，喻大翔不但有批判的勇气，亦有原创的魄力和良好的学理修养，而他执着认真的精神也令人敬佩。但是，他的概念术语的创设虽有新意却过于繁复，给人以眼花缭乱之感。此外，作者还缺乏一个既有较大的包容性又有分衍性的核心范畴，从而使得这些概念术语流于散乱。黄科安的《现代散文的建构与阐释》《知识者的探求与言说》也是偏重理论建构的专著。前者从理论话语建构、文化类型剖析、散文诗学研究、文类考察四个方面对现代散文理论进行了梳理整合；后者集中笔力研究散文中极具人文气息的随笔这一品种。黄科安对中国现代随笔的内涵、特征、源流及发展演变进行了综合性考察，并从"非系统""闲笔""机智""反讽""诙谐"等方面分析随笔的思维方式，而后再以周氏兄弟的随笔加以印证。这样的研究思路应当说具有方法论意义，即是说，它是借助对随笔这一品种的理论建构和艺术审美创造来分析探讨作家作品。不过，此书也有明显的疏漏：作为一部力图全面系统研究中国现代随笔的专著，竟然没有论到林语堂、梁实秋、梁遇春、钱锺书等的随笔，这无论如何都说不过去。再说，作为一部只有300多页的理论专著，周氏兄弟的作品分析占了百页，在结构上也明显失衡。在散文理论建构方面，陈剑晖的《中国现当代散文的诗学建构》也有自己的特点。该书试图以"诗性"为核心范畴建构一套散文理论话语。这套话语包括属于散文本体的"精神诗性""生命诗性""想象诗性""诗性智慧"和"文化本体性"；属于风格层面的"文调""氛围""心体互补""智情合体"；属于艺术技巧范围的"意象组构""复调叙述""多维结构""诗性语言"等。作者不拘泥于传统的"文章作法""谋篇布局"之类的细枝末节，而是从文化人类学和生命哲学、叙述学和结构主义的视域来建构散文理论体系，体现了一定的突破性和超越性。本书的欠缺在于，对西方的理论和方法较为重视，相较而言对传统的理论资源和散文固有的特性重视不够。⑧

　　在散文理论话语的建构实践中，值得重视的论著还有梁向阳的《当代散文流变研究》，蔡江珍的《中国散文理论的现代性想象》，李林荣的《嬗变的文体》，王兆胜的《真诚与自由——20世纪中国散文精神》《文学的命脉》⑨等。梁向阳以"现代性""真实性"与"自由性"三个概念来建构新的散文体系，后两个概念可谓抓住了散文的本体，⑩不过"现代性"离散文就太远了（与小说、诗歌相比），将它拿来作为散文的核心范畴，在我看来过于勉强。正是出于这样的认知，我认为蔡江珍的专著尽管有求新、求变、求异的想象性诉求，但认定早在"五四"草创期中国就已确立了"散文理论的现代性范式"，这样的论断则多少有些牵强附会，且有预先设定和过度阐释的嫌疑。我认为，当今"现代性"业已成为一种公共理论资源，一个大众情人般的符号，而散文有其自己的品性和尊严，它不一定非要往"现代性"上靠。李林荣的专著注重从散文文体自身的开放性，以及社会、历史、文化等因素的融合中来开拓散文研究的思路，在具体分析中也有一些很好的见解，可惜全书较为庞杂，体例有欠统一。而王兆胜的两本著作，虽说重在对散文现象、散文类型和散文作家的研究，但很显然已经摆脱了对单一的作家或散文现象作简单、机械的分析，而是以"20世纪中国散文精神"作为主线，力图从诗学的高度对中国现代散文进行谱系的梳理和理论体系的整合构建。王尧的《乡关何处——20世纪中国散文的文化精神》，在建构20世纪中国散文的文化精神方面别出机杼，而他良好的艺术感受力和出色的表述，则使他的理论建构在理性中透出感性，在合规中又有"另类"的笔致。至于张国俊的《中国艺术散文论稿》，曾焕鹏的《中国当代散文论》，方遒的《散文学综论》，段建军、李伟的《散文新思维》，张智辉的《散文美学论稿》等著作，也是各有特色和不足。很显然，这些著作者也有意于散文理论的建构，可惜因散文观念、学术视野和理论修养等原因，并未达到作者设定的学术预期。

除专著外，偏重于散文理论建构的文章有刘俐俐的《论建立当代意识的散文批评视野》（《甘肃社会科学》2002年第3期），王兆胜的《应当辩证地理解散文文体》（《文艺争鸣》2004年第5期），谢有顺的《重申散文的写作伦理》（《文学评论》2007年第1期），陈剑晖的《中国散文理论存在的问题及其跨越》（《中国社会科学》2005年第1期）、《散文理论的春天何时到来——对散文核心范畴的一种阐释》（《文艺争鸣》2006年第2期），丁晓原的《文体哲学：散文理论研究深化的可能与期待》（《文艺争鸣》2006年第2期）等，这些文章都体现了较强的理论建构意识，其自觉性、理论深度和学理性都超过了以往的同类文章。在建构散文理论话语的文章中，最具学术价值的当推孙绍振近三万字的长文⑪，此文有三个亮点：1. 从历史和逻辑的统一对过去一些散文理论观念加以辨析，廓清了笼罩在这些观念上的迷雾；2. 从思维方式上提出以归纳法取代演绎法，此议有方法论的价值；3. 在感性和智性的交融中，建构了从审美散文、审丑散文到审智散文的多层次理论体系。尽管孙绍振在论析中有时过于锋芒毕露，用词过于犀利，但你无法否认他在散文理论话语建构上作出的贡献。

散文理论话语的建构从总体上看应得到充分肯定。但也应该看到，由于此前散文理论建设的基础较为薄弱，加之散文不像小说、诗歌那样有大量的西方理论资源可资借鉴，这就不可避免出现将现有的小说、诗歌理论套用于散文的理论阐释的现象，也出现了引进的西方理论和方法消化不良的弊端。看来，如何抓住散文的本体特征，再将其他文体的理论与之进行和谐交融，这是21世纪中国散文理论体系建构必须面对的难题。

与散文理论话语的建构相对接，或者说方向不同但目标一致的另一关注点，是关于散文研究的质疑精神和批判意识之强化。过去的散文研究之所以遭到诟病，原因之一就是溢美之词、盲目捧扬的评论多，而真正能一针见血地揭示作家作品优点和缺点的批评则太少。这在一定程度上败坏了散文研究的声誉，也阻碍了其健康发展。但进入21世纪，这一状况有了很大的改观。一批中青年散文研究者在建构散文理论体系的同时，深感散文研究不能一味求"同"，应在"同"中求"异"，在"立"中有"破"，即需要加强质疑精神和批判意识，这样21世纪散文批评的品质就大大提高了。这方面的代表人物是林贤治，他在近十万字的长文《五十年：散文与自由的一种观察》⑫中，对建国后50年的散文进行了全面质疑与重估。林贤治以冷峻的思考和批判的激情，横扫50年特别是"十七年"散文。他的文章贯串着一股反对平庸、歌颂与载道的自由精神，在分析中不乏真知灼见。但是，林贤治的思维方式仍摆脱不了"匕首"与"投枪"的理念，有非此即彼的对抗性局限。他对许多散文作家和作品的价值评判也过于武断片面，经常以个人好恶作为评定作家和作品优劣的标准。比较而言，我们更能接受王兆胜对于当前散文创作的质疑和批评。近年来，他连续发表了《新时期中国散文的发展及其命运》《超越与局限——论80年代以来中国的女性散文》《论90年代中国的学者散文》《困惑与迷失——论当前中国散文的文化选择》⑬等一批带有质疑性的文章。这些文章一方面见识独到，尖锐坦率，富于质疑精神和批判锋芒；另一方面又反求诸己，与人为善，体现出从容、克制、宽容与温润的人格追求。如在《困惑与迷失》一文中，作者以"细读"为基础，站在历史哲学的高度，以开阔的现代批判视野，对20世纪80年代以来的中国散文进行全面的反思。他指出，当前的中国散文存在着"知识崇拜与思想缺失""思想之累与心灵之蔽""历史臧否与现代意识"等价值迷失。为了印证这种价值判断，他细致分析了余秋雨、王英琦、李存葆、李国文、史铁生、张承志、张炜等人的散文创作，既肯定他们的艺术探索，又指出他们在"文化选择上的困惑与迷失"。这样的批评，由于有坚定的立场和责任伦理，有敏锐的艺术感受和严谨的学理分析，因而不单对作家，对整个当代散文的创作也大有益处。类似的富于批评品格的批评家，还可举出王聚敏、单正平、张宗刚等，特别是张宗刚，他从事散文研究的时间不长，但堪称散文批评界的一匹"黑马"。他的《在神秘中迷失：当代散文与伪科学》《当代散文创作中的身份歧视》[14]等文章，对名家名作的批评往往是一针见血，既尖锐犀利、不留情面，又遵循学理规范，体现出充盈、强健的人格色彩。

"破"与"立"，是既对立又统一的矛盾体。没有"破"，当代的散文研究将永远处于自我陶醉、自我抚摸的怪圈中，一劳永逸地成为平庸化写作的帮衬；而只"破"不"立"，散文研究同样无法腾飞。正因为21世纪的散文研究在"破"和"立"上互相补充、促进，较好地达到了和谐统一，所以，21世纪的散文研究才能告别20世纪八九十年代的混乱和粗糙，不但开始拥有自己的理论话语，而且渐渐具备了独立自主的品格。

四、21世纪散文研究的几个问题

总体说来，新时期30年的散文研究成绩是突出的，并不像某些人所认为的是一潭死水、一团混沌和一无是处。当然，新时期的散文研究也存在着明显的不足和缺陷。目前，我们面临的问题是：如何在以往研究的基础上，找出阻碍其发展的症结所在，同时寻找新的学术热点和生长点，从而将21世纪的散文研究引向阔大和深入，尤其是赋予其创新的品格。我认为，可从以下几个方面拓展和深化21世纪的散文研究。

其一，建立现代意识的散文研究视野。长期以来，散文研究之所以落后于小说和诗歌研究，根本问题在于散文研究者过于因循守旧和故步自封。许多散文研究基本上还局限在传统文论的范围内，而审美观念中又保留着太多的古典趣味，同时，他们往往又满足于散文研究的"静态"平衡格局，不愿打破散文的华严秩序。正是这种封闭性、保守性、趋古趣味和过分的平静感妨碍了散文研究的突破与发展。当今，散文研究的当务之急是建立和拥有现代意识的宏阔视野。这种现代视野应包括如下内涵：首先是散文观念的现代化。这就预示着散文研究者要解放思想，改变以往那种过于保守和谨小慎微的姿态，而是要大胆破除传统的散文观念和模式。什么"形散神不散""诗化""文体净化""文化散文""学者散文""真实与虚构""真情实感"等，都可以在现代散文批评视野中重新进行审视与确认。其次，现代的批评视野，要求散文研究者强化怀疑精神和批评气质，具备独立而健全的批评人格。尽管在此之前，已有王兆胜、张宗刚等人在这方面作出了表率，但还是远远不够的。因为当前拥有质疑精神和批判意识的散文研究者还并不多，只有当散文研究界拥有一批既有完整人格又有批评精神的研究者时，散文领域才有可能出现"百家争鸣"的局面，才有可能在文化哲学和时代精神的高度对散文进行批判与建设，而这才是散文研究真正繁荣的标志。再次，强调散文研究的现代意识，还意味着要大胆引进西方现代文学的理论和研究方法。比如，叙述学理论、结构主义理论、语言分析理论、新批评的细读法以及心理分析方法等，都可"拿来"为我所用。20世纪的小说、诗歌研究之所以能一跃成为现代文学研究主流，多因有丰富庞大的外国文学理论资源作为支持。总之，西方文学观念和研究方法的引进，不但有利于开拓与深化当代散文研究，同时也是建立现代批评视野的题中应有之义。

其二，"化西方"与"中国化"。21世纪以来，已有不少学者在建构散文理论话语时引进西方的文艺理论观念和研究方法，虽不似一些小说、诗歌研究那样生搬硬套，或进行名词术语的"大轰炸"，但消化不良、与传统散文理论未能达到真正的圆融与自洽，也是一个不争的事实。此外，有的散文研究者注意了西方的理论资源，但对散文本体特征的思考却不够深入透彻。有鉴于此，我认为21世纪的散文研究，应在"化西方"与"中国化"上下大力气。所谓"化西方"，是指21世纪的散文研究在总体倾向上应是现代的，它可以引进西方的现代文论作为参照，但并不以西方的价值标准为唯一标准，它有自己的立场、价值判断和表述方式，因此能将"西方化"转变为"化西方"，将西方文论的"菁华""拿来"为我所用。所谓"中国化"，是在"化西方"的基础上，将"现代意识"与"传统意识"相互交融，从而创造一种既具现代精神，又有中国传统性品格和气韵的散文研究范型。在"化西方"与"中国化"这一点上，我们的前辈其实已有过相当成功的实践。如在散文创作方面，"五四"时期现代小品文的成功已成共识，而现代小品文之所以能够成功，固然受到个性自由和幽默谐趣的英国随笔之"絮语"体影响，但更主要的是对中国文学传统的"顺势"承接。即是说，现代小品文在骨子里，秉承的是"魏晋风度""六朝文章"与晚明小品那种洒脱的心态、雍容的气度、闲适的格调。正是这种"外援"与"内应"的合力，使"五四"小品文的成就超过了小说、诗歌和戏剧，这的确值得我们认真思考和琢磨，这恐怕是认识和解决当代散文问题的重要维度。再者，从散文研究方面看"化西方"与"中国化"，也有可资借鉴的例子。如朱光潜在《散文的声音节奏》一文中主张散文要讲究"声音节奏"，他说："我读声音铿锵、节奏流畅的文章，周身筋肉仿佛作同样有节奏的运动；紧张或是舒缓，都产生出极愉快的感觉。如果音调节奏上有毛病，我的周身筋肉都感觉局促不安，好像听厨子刮锅烟似的。我自己在作文时，如果碰上兴会，筋肉方面也仿佛在奏乐，在跑马，在荡舟，想停也停不住。如果意兴不佳，思路枯涩，这种内在筋肉节奏就不存在，尽管费力写，写出来的文章总是吱咯吱咯的，像没有调好的弦子。"[⑮]这篇文章的理论视角、逻辑思维、语言句式显然受到西方现代文论的影响，但又处处流露出我国古典文论的韵味。

这种韵味主要体现在两方面：一是以人体喻文体。古代文论家喜欢以人体结构来类比文章的结构和辞采文调。如颜之推将"理致"比喻为"心肾"，"气调"比喻为"筋骨"，"事义"比喻为"皮肤"，"华丽"比喻为"冠冕"，而刘勰则将"事义"比喻为"骨髓"。朱光潜反复用"周身筋肉"来比喻有无"声音节奏"的语言感觉，这与颜之推和刘勰以人体喻文体有异曲同工之妙。二是朱光潜采用的"兴会""意兴"等词语，既是我国古典文论的重要概念，又暗合"赋、比、兴"的修辞传统。可见，朱光潜的散文研究是"化西方"与"中国化"的成功范例，它有西方文论的参照，有现代文论的性质，但它又或明或暗、或显或隐地传承了中国古典文论的优良品格。这是从研究者的立场、视角、思维方式、语言运用等方面看，若从概念范畴入手，"化西方"与"中国化"同样大有文章可作。比如，"意境"在中国古代文论中只是一个一般性的范畴，但经过王国维、宗白华等学者的"化西方"与"中国化"，给它注入现代的意识与体验，从而使之成为现代文论中一个极重要的概念。再如，"性灵"一说，如果将其置于中西比较文化和诗学的视野，再以西方的自由个性、理性精神作参照，并借助"灵感"概念加以氤氲催化，相信"性灵"的内蕴会更丰富阔大，更具现代意义，甚至有可能成为21世纪散文的核心范畴。

其三，思维方式与研究方法的改变。散文研究的滞后除了主流话语的强势干预、现代性语境造成的困惑，除了文体本身的研究难度、研究者观念的保守、审美趣味的趋古、研究视野的狭窄、研究手段的落后等局限外，思维方式的简单化、机械化和浅表化也是导致散文研究难有根本突破的原因。因此，要使21世纪的散文研究更上一层楼，就必须改变以往的思维方式。思维方式的改变是多面的，这主要包括创新性思维、逆向性思维、发散性思维、相似性思维等。在此，我主要强调两种思维方式，即整体性分析思维和动态性平衡思维。整体性分析思维就是从整体出发，在认识过程中对概念进行由彼此、内外、个别与一般、局部和整体等多侧面的全方位分析。最典型的如黑格尔，他对整体的把握便是从概念的分析开始，他从"有"到"无"，经过一系列概念的分析后，再上升到包容一切的"绝对理念"，其认识过程表现为理性思维的运动过程。即是说，是从具体到抽象，从抽象上升到具体的过程。借鉴西方学者的思维方法，再根据整体性分析思维的原则，我们认为21世纪的散文研究在思维方式上要注意三点：一是首先对研究对象进行分析性确证。就是说，要确定被研究的对象是什么，它有何内在的规定性，此规定性的纵深理论根据何在。按亚里士多德的说法，就是寻找问题的"所是"。各学科的研究正是对不同类型和方向"所是"的探讨，"所是"不能确证，研究就无法进行。二是在理论建构中，还要考虑历史和逻辑的统一。理论不能光凭经验和只"跟着感觉走"。因而，在提出新概念建构散文理论时，不能停留于喊口号或提宣言的层面，也不能将概念孤立化和零散化，要考虑历史的衍生性，在历史的发展语境中抽象提纯出概念；同时，还要考虑概念的内在逻辑和系统性。三是从研究方法看，在研究中要尽量少用从概念到概念的演绎法，多用从个别到一般的归纳法。尽管归纳法有时会受到经验的限制，还存在狭隘的缺点，但它比演绎法更具原创性。这一点，我们可从孙绍振的《散文：从审美、审丑（亚审丑）到审智》一文中获益良多。要使21世纪的散文理论和话语更加生动有力、更富有原创性，就应当更多地采用归纳法，即通过具体作家作品的个案分析提炼思想和新的散文理论话语。

此外，在注重整体性分析思维时，还要强调动态性平衡思维方式。西方的理性思维重语言、概念与逻辑分析，而建立于"天人合一""象"思维之上的中国传统思维则重直观、直觉、内省与体悟，两种思维方式各有长短。因此，我们要取长补短。比如，中国的传统思维固然具有模糊性、不确定性和神秘性的非理性特征，但它所共遵的"天人合一"整体观，从来都是把整体看成对立统一，各种活动都是有机联系和相互协调的，而且总是处于发展变化着的整体，这就是"会而通"的动态性平衡观。掌握这种动态性平衡观，对于散文研究是大有助益的。比如，在"创新"问题上，如果一味强调"变"，则有时会"变"过了头，失去了本体，"变"成四不像的东西。因此，理想的状态应是寓"变"于"不变"，在"不变"中求"变"，即只有保持动态性平衡中的发展变化，才合乎事物的发展规律，才有生命活力。关于散文"变数"与"常态"，王兆胜曾专门撰文论及⑯，此不赘言。再如，"静"的问题，过于静止甚至裹足不前固然不好，但如果为了求"动"，以快速发展不惜打破原来从容淡定的平衡格局，使散文变得心浮气躁、局促不安，这样的"动"又有何益？还有"规范"与"反规范"，由于散文在本质上是一种反规范的文体，倘若在研究时硬性设定条条框框，不但无益，有时甚至会适得其反。而如果遵循"会而通"的动态性平衡观，在"反规范"的对立统一中求"规范"，这样反而有可能抵达我们设定的学术目标。

当然，21世纪的散文研究，还有许多问题值得思考。如在建构散文的理论话语时，要与整个学科的建设相结合，要不断开拓散文的研究领域，要考虑现代传媒对于散文创作的影响，要在21世纪的平台上用人类的命运作为关注点，等等。所有这些都需要散文研究者予以回应，作出既贴近散文创作实际，又具有理论穿透力的现代解释。

散文是文类之母，是人的心灵的自由表达和人类精神的实现方式。就中国人和中国文化来说，散文更是中华民族文学传统中最重要的文体之一，它的精神孕育着一个民族的心智发展和文化创造的活力。因此，说散文是不朽的并不为过。作为中华民族的子孙，我们以拥有世界上最纯正、最博大、最源远流长的伟大散文传统而自豪。然而，我们对中国散文这一伟大传统的认识还很不够，对现当代散文创作和理论的重视也有待于进一步加强。在21世纪，这一状况应该有所改变，只要我们有清醒的认识，一步一个脚印，付出辛勤的汗水和百倍的努力，散文研究的前景一定是光明而美好的，这正所谓：星垂平野阔，月涌大江流。

注释：

① 傅斯年：《怎样做白话文》，胡适编：《中国新文学大系·建设理论卷》，上海：上海良友图书出版公司，1935年，第218页。

② 楼肇明：《当代散文流变研究·序》，北京：中国社会科学出版社，2007年，第1页。

③ 席扬：《知识分子的心路历程》，太原：山西高校联合出版社，1994年。

④ 李虹：《女性自我的复归与生长》，《文学评论》1990年第6期。

⑤ 范培松：《中国散文批评史》，南京：江苏教育出版社，2000年，第411页。

⑥ 王兆胜：《20世纪中国散文研究》，《徐州师范大学学报》2001年第1期。

⑦ 喻大翔：《用生命拥抱文化——中华20世纪学者散文的文化情怀》，北京：人民文学出版社，2002年。

⑧ 陈剑晖：《中国现当代散文的诗学建构》，南昌：江西高校出版社，2004年。

⑨ 分别见北京：中国社会科学出版社，2007年；北京：中国社会科学出版社，2006年；北京：社会科学文献出版社，2006年；西安：陕西人民教育出版社，2003年；上海：华东师范大学出版社，2005年。

⑩ 梁向阳：《当代散文流变研究》，北京：中国社会科学出版社，2007年。

⑪ 孙绍振：《散文：从审美、审丑（亚审丑）到审智——兼谈当代散文理论建构中历史的和逻辑的统一》，《当代作家评论》2008年第1期。

⑫ 林贤治：《五十年：散文与自由的一种观察》，《书屋》2000年第3期。

⑬ 上述文章大部分收进《文学的命脉》一书，上海：华东师范大学出版社，2005年。

⑭ 张宗刚：《在神秘中迷失：当代散文与伪科学》，《文艺争鸣》2008年第4期；张宗刚：《当代散文创作中的身份歧视》，《中国散文评论》2008年第2期。

⑮ 朱光潜：《散文的声音节奏》，《艺文杂谈》，合肥：安徽人民出版社，1981年，第82页。

⑯ 王兆胜：《散文变化都是"靠不住"的？》，《羊城晚报》2008年6月14日。

原载《中国社会科学》2009年第2期

附录

文化散文研究资料索引

一、报刊论文

林道立：《她在召唤历史的大漠雄风——王英琦散文创作探赜》，《文学评论》1987年第3期。

晓明：《回归与超越——论郭秋良散文的文化意识》，《承德师专学报（社会科学版）》1989年第2期。

张德锤：《郭秋良散文的"文"美与"质"美特征》，《承德师专学报（社会科学版）》1992年第1期。

杨景春：《新时期散文的发展与走向》，《绥化师专学报（社会科学版）》1992年第1期。

殷实：《散文的周涛》，《中国西部文学》1992年第1期。

王英琦：《走出"新潮"误区："新潮散文"的反思》，《文学报》1992年2月20日。

颜翔林、李士金：《论王充闾〈柳荫絮语〉与〈人才诗话〉》，《丹东师专学报》1992年第1期。

邢小利：《散文报告文学的现代生机与活力：散文报告文学研讨会纪要》，《延河》1992年第2期。

钟友循：《中国当代学者散文的艺术特色》，《长沙水电师院学报》1992年第3期。

栾俊林：《王充闾散文的内在风韵》，《芒种》1992年第3期。

何绵山：《智者的散文：试论俞元桂散文集〈晚晴漫步〉》，《海峡》1992年第4期。

谢冕：《散文文体的个人风貌——读王充闾的散文》，《当代作家评论》

1992年第4期。

傅德岷：《新时期散文概览》，《锦州师院学报（哲学社会科学版）》1992年第4期。

韩子勇：《读周涛散文集〈稀世之鸟〉琐记》，《绿洲》1992年第5期。

陈辽、庄岩江：《大陆、台湾散文特色比较谈》，《河北文学》1992年第6期。

周维强：《山水·历史·文化——评〈文化苦旅〉》，《中国图书评论》1992年第6期。

李下：《王充闾的清风白水世界》，《中国文化报》1992年7月22日。

王英琦：《关于散文》，《作家》1992年第7期。

李孝华：《散文作家的当代意识与历史意识》，《新东方》1992年第7期。

奚学瑶：《她从西部走来：读散文集〈迷失在西部〉》，《文艺报》1992年10月24日。

李作祚：《古典精神山川情致：从〈清风白水〉看王充闾散文的个性》，《鸭绿江》1992年第11期。

张毓茂：《王充闾的散文世界》，《作家》1992年第12期。

吴秀亮：《谈林非散文的文化意蕴》，《河南大学学报（社会科学版）》1993年第2期。

丁亚平：《文化散文论》，《当代作家评论》1993年第3期。

秦道红、陈胜乐：《论文化散文》，《文艺评论》1993年第2期。

春温：《"亚文化散文"小议》，《当代作家评论》1993年第3期。

张剑桦：《论忧患意识对〈文化苦旅〉的浸润》，《许昌学院学报》1993年第3期。

刘锡庆：《我看新时期散文》，《文论报》1993年第6期。

钱虹知：《知感交融、才情并茂的"副产品"——漫谈香港学者散文的特色》，《台港文学选刊（纪实版）》1993年第12期。

蓝棣之：《散文的思考性与醇美》，《当代作家评论》1994年第2期。

汪政、晓华：《苦涩的文化探寻——余秋雨〈西湖梦〉评赏》，《名作欣赏》1994年第2期。

疏桐：《散文的不确定域》，《运城高专学报》1994年第2期。

蔡江珍：《寻绎于民族精神之林——余秋雨散文论》，《当代文坛》1994年第3期。

田崇雪：《大中华的散文气派——余秋雨散文从〈文化苦旅〉到〈山居笔记〉印象》，《徐州师范学院学报（哲学社会科学版）》1994年第3期。

李孝华：《散文作家的文化意识》，《杭州大学学报（哲学社会科学版）》1994年第4期。

凌三、余秋雨：《文化散文：心理结构的寓言——余秋雨散文〈这里真安静〉的营构秩序》，《名作欣赏》1994年第5期。

邢跃：《余秋雨散文的人生意识》，《河北学刊》1994年第5期。

熊玉鹏：《〈笔墨祭〉质疑》，《华东师范大学学报（哲学社会科学版）》1994年第5期。

秦兆基：《文化景观的诗化形态——评王志清文化散文诗》，《唯实》1994年第11期。

王辽南、容迥：《新散文：范畴、特性和五品——新散文建设研究之一》，《当代文坛》1994年第6期。

韩子勇：《周涛散文沉思录》，《当代作家评论》1994年第6期。

罗强烈：《散文的理想》，《当代作家评论》1994年第6期。

周涛：《散文小议》，《当代作家评论》1994年第6期。

黄强：《八十年代散文之嬗变简述》，《理论与改革》1994年第12期。

王晓明、李念、罗岗：《盼望内心深处的日落：当代散文创作纵横谈》，《钟山》1994年第6期。

邓星雨：《当代散文创作与研究》，《江海学刊》1995年第1期。

吴周文：《90年代：中国散文现在时》，《扬州师院学报（社会科学版）》1995年第1期。

叶公觉：《九十年代散文面面观》，《当代文坛》1995年第1期。

曾少祥：《余秋雨与郭沫若》，《益阳师专学报》1995年第1期。

徐成淼：《散文：从"写什么"到"怎么写"——兼论〈文化苦旅〉的文本意义》，《贵州民族学院学报（社会科学版）》1995年第1期。

孙郁：《散文家种种——1994年散文创作略识》，《中国图书评论》1995

年第1期。

江冰、路文彬、王军：《余秋雨散文漫论》，《文艺评论》1995年第2期。

李广德：《美轮美奂的文化散文创作精品——评在山居文钞〈杂杂集〉和〈闲闲书〉》，《湖州师专学报》1995年第2期。

姜志军：《中国当代新近散文勃兴的原因》，《北京师范大学学报（社会科学版）》1995年第2期。

杨若虹：《余秋雨文化散文论》，《海南师院学报》1995年第2期。

陈剑晖：《论90年代的中国散文现象》，《文艺评论》1995年第2期。

《余秋雨散文评论小辑》，《当代作家评论》1995年第2期，含以下几篇：

生民：《读余秋雨散文》

李咏吟：《学者散文的命脉——从余秋雨的散文说开去》

朱国华：《另一种媚俗》

袁勇麟：《中外散文的比较与展望：'94中国散文国际研讨会综述》，《福建师范大学学报（哲学社会科学版）》1995年第2期。

冷成金：《论余秋雨散文的文化取向》，《中国人民大学学报》1995年第3期。

李建军：《〈文化苦旅〉的内容构成及其艺术特征》，《唐都学刊》1995年第3期。

非平：《充任碎片，缝补碎片：谈余秋雨散文集〈文明的碎片〉》，《广州日报》1995年4月5日。

杜光辉：《当今散文：滑向靡弱之谷》，《新世纪》1995年第4期。

《当代散文的硕果：刘锡庆教授就余秋雨的散文答编辑问》，《解放军报》1995年4月27日。

张建刚：《读余秋雨散文的困惑》，《光明日报》1995年6月18日。

李作祥：《建构一种健康的文化心理和文化人格：余秋雨散文文化精神论》，《鸭绿江》1995年第6期。

步永忠：《散文的自觉、失落与回归：从朱自清、杨朔、余秋雨看二十世纪中国散文的发展》，《徐州教育学院学报（哲学社会科学版）》1995年第3期。

刘春水：《告别温柔的乡愁——兼评王鼎钧的文化散文》，《当代文坛》1995年第3期。

陈淞：《生命活力的萎顿与生命潜能的重掘——余秋雨散文初探》，《湘潭大学学报（哲学社会科学版）》1995年第3期。

张屏：《散文母题摭谈》，《内蒙古社会科学（文史哲版）》1995年第4期。

古耘：《过于随意的历史读解——我看余秋雨的两篇散文》，《理论与创作》1995年第4期。

葛红兵：《从"桐城散文"到"文化散文"》，《怀化师专学报》1995年第4期。

王传桃：《现代文明的载负——余秋雨散文中传统文化折射的时代思索》，《成都大学学报（自然科学版）》1995年第4期。

曲新志：《周涛：飘曳于西部天空的第三只眼》，《绿洲》1995年第5期。

周世康：《孩子们，推着一个大钢壳子——读余秋雨的〈文明的碎片〉》，《新闻通讯》1995年第2期。

严麟书：《余秋雨和他的散文新选本》，《中国图书评论》1995年第5期。

王正春：《"文化散文"随想》，《写作》1995年第9期。

古耘：《平心静气话秋雨》，《当代文坛》1995年第6期。

孙郁：《人间屑语：关于素素的散文》，《当代作家评论》1995年第6期。

王晓峰：《从自发到自觉的女性意识：论素素的散文》，《当代作家评论》1995年第6期。

叶作盛：《历史的逆阐释与散文的理性与智性：余秋雨散文评述》，《福建论坛（文史哲版）》1995年第6期。

韩石山：《散文的热与冷（兼及余秋雨散文的缺失）》，《当代作家评论》1996年第1期。

王正春：《"随笔"与"文化散文"刍议》，《大连大学学报》1996年第1期。

陈怀利：《论余秋雨散文的主题意蕴》，《黔东南民族师专学报》1996年第1期。

胡晓明：《读〈文化苦旅〉偶记》，《文艺理论研究》1996年第1期。

高航：《余秋雨散文特色浅析》，《山东社会科学》1996年第1期。

董大中：《读张中行先生随笔管见》，《文学自由谈》1996年第1期。

何清：《从红卫兵到知青的民间转化——张承志创作的民间化趋向研究》，《当代作家评论》1996年第1期。

李咏吟：《文体创造与张承志的小说体诗》，《当代作家评论》1996年第1期。

丁润生：《文化历史情结与生命意识的探寻——论张承志的创作》，《黔南民族师专学报》1996年第1期。

田密：《草原·女人·河——关于张承志〈黑骏马〉与〈北方的河〉的心理分析》，《张掖师专学报（综合版）》1996年第1期。

李传和：《给你一次大震撼——浅谈余秋雨散文》，《青春》1996年第1期。

刘甫田：《"冷艳"高格自清新——郭秋良散文〈冷艳集〉文化意蕴论析》，《承德民族师专学报》1996年第1期。

谢中山：《思想者与诗人的冲突及协调——王充闾散文片论》，《锦州师范学院学报（哲学社会科学版）》1996年第1期。

马元龙：《重返大家气象：秋雨散文的超越》，《华中师范大学学报（哲社版）》1996年第1期。

曹毅、熊家良、毛宣国：《新时期散文的客观制约因素及超越》，《湖北民族学院学报（社会科学版）》1996年第1期。

王卫湘：《九十年代散文创作得失探讨：湖南省当代文学研究会95年会综述》，《云梦学刊（社会科学版）》1996年第1期。

石杰：《平常心是道——张中行小品中的禅》，《西北师大学报（社会科学版）》1996年第2期。

龚长栋：《追求一份静穆与祥和——彭匈散文随笔论》，《南方文坛》1996年第2期。

仇敏：《诗情·哲理·美感：评王充闾散文集〈春宽梦窄〉》，《益阳师专学报》1996年第2期。

陆明：《谈当代大陆散文的演变轨迹》，《绥化师专学报》1996年第2期。

刘树声：《走向返朴归真——读赵淑敏散文集〈生命的新章〉信笔》，《文艺评论》1996年第2期。

高航：《余秋雨散文的写作特色》，《写作》1996年第2期。

汤溢泽：《〈文化苦旅〉：文化散文衰败的标本》，《文学自由谈》1996年第2期。

张先亮：《试论余秋雨散文的语言艺术》，《修辞学习》1996年第2期。

叶作盛：《理性与智性——余秋雨散文点滴谈》，《当代文坛》1996年第2期。

石杰：《平常心是道——张中行小品中的禅》，《西北师大学报（社会科学版）》1996年第2期。

黄伟：《当代散文的超越：论〈文化苦旅〉》，《渝州大学学报（哲学社会科学版）》1996年第2期。

陆明：《关于当代散文的几点思考》，《锦州师专学报（社会科学版）》1996年第2期。

石杰：《王充闾及其散文中的道家生命意识》，《苏州大学学报》1996年第3期。

阎晶明：《王英琦，你似乎不对》，《文学自由谈》1996年第3期。

贾焕亭：《九十年代散文主题的思考》，《河北学刊》1996年第3期。

熊玉鹏、余秋雨：《且慢祭奠——评余秋雨的〈文化苦旅·笔墨祭〉兼论中国文化研究中的一种倾向》，《名作欣赏》1996年第3期。

刘谋：《追寻心灵的"真理之光"——对文化散文的审视》，《盐城师专学报（哲学社会科学版）》1996年第3期。

饶嵲：《"余秋雨现象"：从捧杀到骂杀的误区》，《文学自由谈》1996年第3期。

旷荣怿：《安守平凡不失真——品读张若愚》，《编辑之友》1996年第3期。

龙长吟：《怀君子之志，为学者之文：李元洛散文论》，《理论与创作》1996年第3期。

隋岩：《隆重的生命排场：余秋雨散文呼唤的文化人格》，《中国文化研究》1996年第3期。

王绯：《周涛：半个胡儿——读散文集〈高榻〉》，《中国图书评论》1996年第1期。

石杰：《王充闾及其散文中的道家生命意识》，《苏州大学学报（哲学社会科学版）》1996年第3期。

唐韧：《论余秋雨散文的文体创建》，《辽宁大学学报（哲学社会科学版）》1996年第4期。

朱鸿召：《精神的负载：95散文述评》，《文论报》1996年4月1日。

方忠：《香港学者散文的文化品味》，《台湾与海外华文文学评论和研究》1996年第4期。

苏志宏、郝丹立：《文化人格的当代自觉：兼论余秋雨散文的文化哲学意义》，《四川教育学院学报》1996年第4期。

黄伟建：《一个牧人闯进了散文的天地——评周涛的散文》，《荆门大学学报（哲学社会科学版）》1996年第4期。

郭长德：《游记散文的大胆开拓：试论余秋雨的〈文化苦旅〉》，《阜阳师范学院学报（社会科学版）》1996年第4期。

汪政、晓华：《篱外新绿又两枝——关于马丽华钟鸣的阅读笔记》，《当代文坛》1996年第4期。

毛志成：《眼下出了一种"刁文化"》，《文学自由谈》1996年第4期。

李炜：《文化散文与俗化散文》，《咸阳师专学报》1996年第5期。

东方生：《严肃与荒诞的巨大成功——余秋雨"文化散文"质疑》，《佛山大学学报》1996年第5期。

李阳春：《借山水风物感悟人生秘谛的文化散文》，《文学评论》1996年第5期。

贺绍俊：《文人情怀和理性散文：读李元洛的散文集〈吹箫说剑〉》，《文艺报》1996年5月30日。

汪政、晓华：《两种散文的姿态》，《名作欣赏》1996年第6期。

仵从巨：《余秋雨散文得失评说》，《山东师大学报（社会科学版）》1996年第6期。

董伟健：《余秋雨散文的艺术创新》，《中南民族学院学报（哲学社会科学版）》1996年第6期。

佚名：《〈湮没的辉煌〉引起文坛注目——夏坚勇系列散文研讨会在南京举行》，《文艺报》1996年11月1日。

田应国：《90年代散文的主体人格形象浅论》，《四川师范大学学报（社会科学版）》1997年第1期。

张春宁、肖广森：《余秋雨散文的历史地位》，《学术交流》1997年第1期。

唐韧：《风度·气度·力度》，《文学自由谈》1997年第1期。

韦平：《梅开二度应有时——我看九十年代散文》，《理论与创作》1997年第1期。

宋力：《〈文化苦旅〉评识》，《广西师院学报（哲学社会科学版）》1997年第1期。

王国彪：《试论余秋雨散文中的"巨人意识"》，《延边大学社会科学学报》1997年第1期。

陈聚仁：《祭奠还是弘扬：评余秋雨的〈笔墨祭〉》，《华中师范大学学报（哲学社会科学版）》1997年第1期。

石杰：《儒家人生理想的自觉追求——论王充闾及其散文创作》，《许昌师专学报》1997年第1期。

黄书泉：《意义的诱惑与形而上的陷阱——我看王英琦散文近作》，《当代文坛》1997年第2期。

周游：《生命与灵魂的拷问——论张炜、张承志、史铁生创作中的精神追求》，《艺术广角》1997年第2期。

孙景阳：《出自肺腑的"当下关怀"与"终极关怀"——论李元洛散文的人文品格》，《益阳师专学报》1997年第2期。

蔡江珍：《九十年代的散文创作》，《文论报》1997年2月1日。

东方生：《严肃与荒诞的巨大成功——余秋雨"文化散文"质疑》，《重庆教育学院学报》1997年第2期。

王岳川：《九十年代文学和批评的"冷风景"》，《文学自由谈》1997年第3期。

戴克强：《新时期散文创作简论》，《西安教育学院学报》1997年第3期。

蔡欣：《声满东南几处箫：读李元洛散文集〈吹箫说剑〉》，《云梦学刊（社会科学版）》1997年第3期。

胡玉伟、张冬梅：《散文热潮中的冷思考：九十年代散文文本的审视与评估》，《社会科学战线》1997年第3期。

黄晓萍：《王英琦与周涛》，《文学自由谈》1997年第4期。

徐凤云：《论二十世纪中国散文的历史走向》，《徐州教育学院学报》1997年第4期。

邓星明：《关于当前新诗出路的思考——兼答周涛〈新诗十三问〉》，《九江师专学报》1997年第4期。

钟友循：《生命的行迹》，《理论与创作》1997年第4期。

佚名：《文学的困境与诗意的匮乏》，《当代作家评论》1997年第4期。

刘永典：《文气旺盛　文采蔚蕤——读卞毓方散文集〈岁月游虹〉》，《渤海学刊》1997年4月24日。

刘俊江：《关于〈文化苦旅〉的散思浮想》，《上海师范大学学报（哲学社会科学版）》1997年第4期。

周政保：《何止"秋白茫茫"——读李辉的〈沧桑看云〉系列》，《当代作家评论》1997年第5期。

祝勇：《古意斑驳话崇高——读周涛散文》，《中国图书评论》1997年第6期。

杜小真：《心灵的碰撞》，《读书》1997年6月。

沈汉达：《秋雨散文的写作艺术》，《上海大学学报（社会科学版）》1997年第6期。

张国俊：《散文发展：热中看冷》，《人民日报》1997年7月3日。

时空：《给余秋雨挑毛病：关于余秋雨散文创作的争鸣》，《飞天》1997第7期。

杨长勋：《余秋雨的深圳文化论》，《羊城晚报》1997年9月25日。

朱健国：《余秋雨"桥头堡论"质疑》，《羊城晚报》1997年9月4日。

吴冰：《风神疏淡　境致高远——张中行散文印象》，《写作》1997年第9期。

王兆胜：《走出当前散文创作的误区》，《山东文学》1997年第11期。

李炜：《论新散文思维》，《咸阳师范专科学校学报》1998年第Z1期。

沈义贞：《"散文热"与"大散文"》，《当代文坛》1998年第1期。

陈胜乐：《多元的意义和空间：近两年的散文记忆》，《当代文坛》1998年第1期。

熊忠武：《"散文年"透视》，《上海师范大学学报（哲学社会科学版）》1998年第1期。

李炜：《略论新散文的两极现象》，《湛江师范学院学报（哲学社会科学版）》1998年第1期。

林非：《关于当前的散文创作等问题答客问》，《佳木斯大学社会科学学报》1998年第1期。

张国功：《文化大散文的涨落与90年代文人群体的心路历程》，《创作评谭》1998年第1期。

张伯存：《余秋雨董桥合论》，《徐州师范大学学报（哲学社会科学版）》1998年第1期。

古耜：《走出肯定或否定一切的批评误区：再谈余秋雨散文的瑜与瑕》，《徐州师范大学学报（哲学社会科学版）》1998年第1期。

单正平：《精魂一点是自由》，《文学自由谈》1998年第1期。

李炜：《略论新散文的两极现象》，《湛江师范学院学报》1998年第1期。

祝勇：《我是祝勇》，《现代交际》1998年第1期。

邵宁宁：《危机与自尊：文明冲突中的张承志》，《西北师大学报（社会科学版）》1998年第2期。

冯尚：《诗神思——张承志叙事世界的非文化阐释》，《汕头大学学报》1998年第2期。

寒双子：《马丽华与〈走过西藏〉》，《东方艺术》1998年第2期。

张振金：《民族文化精神的探求——新时期文化散文素描》，《学术研究》1998年第2期。

韩小蕙：《论90年代女性散文》，《创作评谭》1998年第2期。

秦兆基：《苏州1979—1997年散文创作综评》，《苏州大学学报（哲学社会科学版）》1998年第2期。

张春宁：《“大散文”质疑》，《文艺评论》1998年第2期。

黄玉蓉：《热烈活跃　严谨求实——90年代散文走向暨〈张泽勇随笔〉研讨会综述》，《华中师范大学学报（人文社会科学版）》1998年第2期。

赵朕：《拳拳心，眷眷情——柯清淡和他的获奖作品》，《当代文坛》1998年第2期。

贾梦玮：《呼唤散文大品》，《文论报》1998年2月12日。

阮忠：《浚源疏流　体备思精——评林非主编的〈中国散文大辞典〉》，《华中师范大学学报（人文社会科学版）》1998年第3期。

魏正书、赵保安：《诗思千古　叩问苍茫——读王充闾〈面对历史的苍茫〉》，《锦州师范学院学报（哲学社会科学版）》1998年第3期。

黄敏：《〈文化苦旅〉“七气”》，《贵州教育学院学报（社会科学版）》1998年第3期。

黄伟林：《亦史亦诗　亦哲亦痴——张中行记人散文论》，《文艺研究》1998年第3期。

范培松：《世纪之交：散文还能热多久？》，《广州文艺》1998年第4期。

朱寿桐：《假性的散文热》，《广州文艺》1998年第4期。

王尧：《作为知识分子存在方式的散文》，《广州文艺》1998年第4期。

李林荣：《作为文体的散文：灵魂的彰显与照亮——兼论史铁生、余秋雨的散文》，《文艺争鸣》1998年第4期。

马俊山：《散文当雄起》，《艺术广角》1998年第4期。

刘骥鹏：《秦牧与余秋雨散文创作谈》，《语文函授》1998年第4期。

石万鹏：《厚重与洒脱：学者散文的审美品格——读徐北文先生的〈海岱小品〉》，《济南大学学报》1998年第4期。

郑书忠：《泣血的美丽：余秋雨〈道士塔〉美感浅探》，《语文函授》1998年第4期。

钱洲军：《文学、史学及其它：也谈余秋雨散文兼与胡晓明先生商榷》，《浙江师大学报（社会科学版）》1998年第5期。

李林荣：《面向灵魂的写作——张承志、周涛散文比较》，《东方艺术》1998年第5期。

张志忠：《感觉—童年—过程——张锐锋散文漫评》，《当代作家评论》

1998年第5期。

吴冰：《张中行"负暄"散文摭谈》，《文艺评论》1998年第6期。

吴宗越：《解读石漫滩水库（文化散文）》，《治淮》1998年第6期。

何满子：《〈黄裳文集〉鼓吹》，《出版广角》1998年第6期。

何满子：《"文化散文"——"卓派滑稽"》，《文学自由谈》1998年第6期。

郭冬：《余秋雨散文简论》，《北京师范大学学报（社会科学版）》1998年第6期。

王锺陵：《20世纪中国散文理论之变迁》，《学术月刊》1998年第11期。

胡颖峰：《走向现代的中国女性散文——兼及梁琴、郑云云的散文创作》，《江西社会科学》1998年第12期。

陶昌馨：《九十年代散文的喧哗与变革》，《当代文坛》1999年第1期。

钦鸿：《浓得化不开的中国情——读菲华作家柯清淡的诗与散文》，《华文文学》1999年第1期。

孙德喜：《90年代散文的新景观》，《开封大学学报》1999年第1期。

石羽：《中国新时期散文类说》，《内蒙古教育学院学报》1999年第1期。

姚新勇：《呈现、批判与重建——"后殖民主义"时代中的张承志》，《郑州大学学报（哲学社会科学版）》1999年第1期。

黄齐光：《雄伟、壮丽的西部的诗——杨牧、周涛、章德益诗歌之我见》，《新疆教育学院学报（汉文版）》1999年第2期。

古耜：《用生命感悟白山黑水的魂脉——说素素和她的"独语东北"系列散文》，《当代文坛》1999年第2期。

蒋心焕：《文化散文发展的轮廓》，《山东师大学报（社会科学版）》1999年第2期。

丁莉丽：《契合与冲突——余秋雨的文化心理结构和文化散文》，《浙江社会科学》1999年第2期。

陈廷宴：《文化心路历程的心灵震颤》，《集宁师专学报》1999年第2期。

张岚：《个人本位·地域本位·民族本位——论文化散文的价值选择》，《浙江海洋学院学报（人文科学版）》1999年第2期。

陶昌馨：《90年代散文的变革性转换》，《西南师范大学学报（哲学社会科学版）》1999年第3期。

袁勇麟：《反思与变革——'98散文一瞥》，《文艺评论》1999年第3期。

张祖立：《素素散文的三个世界》，《大连大学学报》1999年第3期。

张育仁：《余秋雨："文化苦旅"的一个重要缺环》，《重庆广播电视大学学报》1999年第3期。

张欣：《余秋雨系列散文浅析》，《沈阳大学学报》1999年第3期。

李良：《史铁生散文简论》，《徐州教育学院学报》1999年第3期。

成秀萍：《在历史的坐标中寻找精神家园——略论余秋雨〈山居笔记〉和夏坚勇〈湮没的辉煌〉的瑜与瑕》，《镇江市高等专科学校学报》1999年第3期。

白草：《略论张承志的回族文化观》，《回族研究》1999年第4期。

郭长德：《对于"大散文"和"文化散文"的思考——夏坚勇〈湮没的辉煌〉读后》，《淮南师专学报》1999年第4期。

余开伟：《余秋雨是否应该反思》，《文艺报》1999年4月27日。

孙叶林、董正宇：《余秋雨散文的文化意蕴》，《衡阳师范学院学报（社会科学版）》1999年第4期。

何楠：《王充闾的"诗语情结"》，《辽宁大学学报（哲学社会科学版）》1999年第4期。

杨莉：《关于新时期散文"自我"的话语》，《嘉应大学学报》1999年第4期。

邱顺燕：《生命，在仪式中皈依文化——论余秋雨文化散文营造的仪式》，《佛山科学技术学院学报（社会科学版）》1999年第4期。

李运抟：《论当代"大散文"的特征与分类》，《当代文坛》1999年第4期。

游友基：《先锋派散文管窥》，《徐州教育学院学报》1999年第4期。

汪丽景：《文化·人格·沧桑美——读余秋雨散文》，《黄山高等专科学校学报》1999年第4期。

邵盈午：《自拓衢路　大气包举——读卜毓方先生"长啸当歌"系列散文印象》，《徐州师范大学学报》1999年第4期。

史澂：《余秋雨文化散文的重大转变：评〈文化苦旅〉和〈山居笔记〉的创作趋向》，《团结报》1999年5月11日。

解晓：《余秋雨：行者的闲谈》，《中国妇女报》1999年5月12日。

李怀宇：《平淡的话语，深刻的人生：读余秋雨〈霜冷长河〉有感》，《羊城晚报》1999年5月13日。

刘飞：《秋雨心态：批评含义的误读》，《中华读书报》1999年5月26日。

杨兴慧、邓经武：《雪域风情　民族魂魄——蒋永志创作论》，《西南民族学院学报（哲学社会科学版）》1999年第6期。

刘萌：《80—90年代：散文创作风景谈》，《文艺评论》1999年第6期。

周继鸿：《余秋雨的"问题散文"令人关注》，《光明日报》1999年7月8日。

顾伟丽、李亮：《素素海派女子的闲情》，《英才》1999年第10期。

李润霞：《当代散文研究的拓新之作——评李晓虹〈中国当代散文审美建构〉》，《写作》1999年第10期。

李运抟：《"大散文"的确认》，《南方周末》1999年第10期。

郭树荣：《评〈《山居笔记》剥皮〉》，《文艺报》1999年11月13日。

郝雨：《心灵之羽，在大东北的苍凉历史与文化中放飞——评素素的"独语东北"系列散文》，《当代作家评论》1999年第6期。

王尧：《知识分子话语转换与余秋雨散文》，《当代作家评论》2000年第1期。

郝雨：《文化散文的又一座高峰——评李元洛的散文集〈怅望千秋——唐诗之旅〉》，《理论与创作》2000年第1期。

万明华、丁小省：《从寻找文化到冶炼生命——余秋雨散文的文化精神探析》，《江西广播电视大学学报》2000年第1期。

吴玉杰：《论王充闾历史文化散文的审美超越》，《沈阳师范学院学报（社会科学版）》2000年第1期。

傅翔：《个体人格的自由与超越——读黄征辉散文与散文出路随想》，《文艺评论》2000年第1期。

吴俊：《散文大家王充闾》，《当代作家评论》2000年第1期。

谭云明：《90年代散文怀旧倾向的文化批判》，《中国文学研究》2000年第1期。

韩小蕙：《90年代散文的八个问题》，《文学自由谈》2000年第1期。

王剑冰：《99中国散文创作漫谈》，《文论报》2000年1月15日。

徐治平：《九十年代中国散文扫描》，《广西师范大学学报（哲学社会科学版）》2000年第1期。

刁玲：《试论余秋雨散文的精英意识》，《安徽广播电视大学学报》2000年第1期。

王向峰：《审美情结的创生意义——王充闾诗文创作研究的新视点》，《辽宁大学学报（哲学社会科学版）》2000年第2期。

潘大华：《生命之树长绿——周涛散文魅力探寻之一》，《当代文坛》2000年第2期。

石艳民、马秀会：《〈文化苦旅〉浅论》，《赤峰教育学院学报》2000年第2期。

王卫东：《余秋雨散文札记》，《档案管理》2000年第2期。

肖夏林：《余秋雨"风流"雨打风吹去》，《社会科学论坛》2000年第2期。

王开林：《从余勇可贾到余音绕梁》，《书屋》2000年第2期。

孙绍振：《南帆：迟到的现代派散文——兼论学者散文的艺术出路》，《福建论坛（文史哲版）》2000年第2期。

王晓红：《自然与人文遗产中的文化：评〈文化苦旅〉》，《临沂师范学院学报》2000年第2期。

高素英：《试论余秋雨散文的独特魅力》，《泰安师专学报》2000年第2期。

潘大华：《西部情结与文化视角——周涛散文魅力探寻之二》，《华中理工大学学报（社会科学版）》2000年第3期。

周海波：《近20年散文发展的文体特征及其文化精神》，《青岛海洋大学学报（社会科学版）》2000年第3期。

赵桂宁：《余秋雨散文研究综述》，《广西民族学院学报（哲学社会科学版）》2000年第3期。

余杰：《余秋雨，你为何不忏悔？》，《文学报》2000年3月2日。

余秋雨：《余秋雨的一封公开信——答余杰先生》，《文学报》2000年3

月2日。

杨瑞春：《余秋雨郑重申明：我不是"文革余孽"》，《文学报》2000年3月2日。

杨瑞春：《余杰声称：我要他一个反思的态度》，《文学报》2000年3月2日。

孙碧平：《试论余秋雨的文化人格特点》，《涪陵师专学报》2000年第3期。

许宁：《试论〈沧桑无语〉中的忧患意识》，《辽宁商务职业学院学报》2000年第3期。

梁向阳：《90年代散文创作中人文精神因素的考察》，《延安大学学报（社会科学版）》2000年第3期。

邬乾湖：《论梁衡的人格文化散文》，《江西教育学院学报》2000年第4期。

陈四益：《萧乾先生说讽刺》，《民主与科学》2000年第4期。

祝勇：《我为什么批评余杰》，《大舞台》2000年第4期。

孙光萱：《正视历史，轻装前进——读〈余秋雨的一封公开信〉》，《文学报》2000年4月21日。

余杰：《我们有罪　我们忏悔：兼答余秋雨先生〈答余杰先生〉》，《社会科学论坛》2000年第4期。

蒋泥：《也谈忏悔：从余秋雨的"不忏悔"说开去》，《社会科学论坛》2000年第4期。

吴俊：《王朔和余秋雨：我们时代的两个英雄人物》，《南方文坛》2000年第4期。

李林荣：《散文批评与新时代神话》，《文艺争鸣》2000年第4期。

刘薇：《20世纪90年代初"散文热"原因浅探》，《理论与创作》2000年第4期。

郝雨：《反思"余秋雨批评"》，《红岩》2000年第4期。

朱敏：《论新时期散文的创新意义》，《芜湖职业技术学院学报》2000年第4期。

胡俊海：《散文四杰——评贾平凹、余秋雨、史铁生、梁衡的散文》，

《东岳论丛》2000年第4期。

黄岚：《秦牧和余秋雨散文比较》，《当代文坛》2000年第5期。

余秋雨、王尧：《文化苦旅：从"书斋"到"遗址"——关于文学、文化及全球化的对话》，《当代作家评论》2000年第5期。

王光明等：《公共空间的散文写作——关于90年代中国散文的对话》，《文艺评论》2000年第5期。

黎焕颐：《戴厚英和余秋雨》，《书屋》2000年第5期。

唐韧：《找到自己的杯子》，《出版广角》2000年第5期。

嘻谷：《逆耳忠言叹秋雨——余秋雨现象批判综述》，《作品与争鸣》2000年第5期。

李运抟：《中国当代散文五十年文化思考》，《暨南学报（哲学社会科学）》2000年第5期。

汤学智：《散文随笔：调整与发展——90年代文学考论之一》，《学习与探索》2000年第5期。

孔祥敏：《沙叶新与余秋雨：〈秋风秋雨愁煞人〉读后》，《文论报》2000年5月1日。

孙绍振：《余秋雨：从审美到审智的"断桥"——论余秋雨在中国当代散文史上的地位》，《当代作家评论》2000年第6期。

陈尚荣：《余秋雨散文批评述评》，《广东社会科学》2000年第6期。

李运抟：《文化散文：关键在文化意识》，《文学报》2000年7月6日。

张岚：《论海峡两岸"文化散文"的同根传承》，《学术月刊》2000年第7期。

江堤：《批评别人与反观自我》，《书屋》2000年第8期。

余开伟：《余秋雨是否逃避历史事实？》，《作品与争鸣》2000年第8期。

一直：《简单文化再生产》，《写作》2000年第10期。

王虹：《评"二十世纪文化散文系列丛书"》，《全国新书目》2000年第12期。

舒文：《涌动着激情和灵性的文化散文——读"西部文化散文丛书"》，《全国新书目》2000年第12期。

杨羽仪等：《回顾与展望：对"散文热"的再思考》，《光明日报》2000

年12月14日。

刘起林：《焦躁而乏力的文化攀登——"余秋雨现象"之我见》，《理论与创作》2001年第1期。

颜敏：《"谁记得一切，谁就感到沉重"——读潘旭澜先生的〈太平杂说〉》，《当代文坛》2001年第1期。

宋丹：《真诚与个性的魅力——评王英琦的散文创作》，《写作》2001年第1期。

甘以雯：《〈跨越百年的美丽〉编后感言》，《理论与创作》2001年第1期。

郝雨：《在世纪的高度完成最后的跨越——20世纪末文化散文的重要收获》，《理论与创作》2001年第1期。

董小玉：《精神的故乡——论张承志的北方文化散文》，《常州工学院学报》2001年第1期。

董小玉：《独特地域渗透着独特情感——论当今四位作家的地域文化散文》，《西南师范大学学报（人文社会科学版）》2001年第1期。

刘锡庆：《当代散文创作发展的几个问题》，《北京师范大学学报（人文社会科学版）》2001年第1期。

古远清：《余秋雨与"石一歌"——"文革"匿名写作研究之一》，《鲁迅研究月刊》2001年第1期。

孙光萱：《向余秋雨先生请教"规矩"》，《鲁迅研究月刊》2001年第1期。

李树友：《生命的感悟　精致的美文——评夏影的文化散文》，《开封教育学院学报》2001年第1期。

吴培显：《潘旭澜及其〈太平杂说〉》，《同舟共进》2001年第2期。

龙长吟：《回归传统：应对艰难与自由——评左郁文的〈两半集〉》，《理论与创作》2001年第2期。

朱曦：《散文的隐喻魅力——兼谈现当代散文的表现特征》，《当代文坛》2001年第2期。

谢有顺：《东北在素素的心中》，《当代作家评论》2001年第2期。

阿敏：《可怜小余》，《文学自由谈》2001年第2期。

陈辽：《中国作家的"代"更迭和"群"浮沉》，《贵州社会科学》2001年第2期。

林贤治：《90年代散文：世纪末的狂欢》，《文艺争鸣》2001年第2期。

沈义贞：《2000年度散文研究综述》，《福建论坛（人文社会科学版）》2001年第2期。

袁勇麟：《散文天空中的思想星光——世纪末中国散文流向一瞥》，《广播电视大学学报（哲学社会科学版）》2001年第2期。

梁向阳：《困惑与突围的风景——20世纪90年代散文现象浅论》，《延安大学学报（社会科学版）》2001年第2期。

张明：《我看九十年代散文》，《乌鲁木齐成人教育学院学报》2001年第2期。

石万鹏：《椟藏美玉　辞串珍珠——从〈海岱小品〉看徐北文先生的散文创作》，《济南教育学院学报》2001年第3期。

董小玉：《贾平凹地域文化散文的审美观照》，《甘肃社会科学》2001年第3期。

孙景阳：《论中国20世纪90年代散文及其发展趋势》，《江苏教育学院学报（社会科学版）》2001年第3期。

陈学超：《通俗与闲适：90年代中国散文潮流》，《西北大学学报（哲学社会科学版）》2001年第3期。

余秋雨：《余秋雨谈粤剧》，《南国红豆》2001年第3期。

敬文东：《圆形叙述的黄昏——余秋雨论》，《首都师范大学学报（社会科学版）》2001年第3期。

王剑冰：《二〇〇〇年中国散文漫谈》，《散文选刊》2001年第3期。

韦器闳：《周涛散文：超越规范与张扬自我》，《当代文坛》2001年第3期。

邬乾湖：《从山水美学到人格文化——梁衡散文论》，《厦门教育学院学报》2001年第3期。

方忠：《海峡两岸宗教文化散文论》，《徐州师范大学学报》2001年第3期。

顾农：《批量卖笑是行得通的》，《文学自由谈》2001年第4期。

夏义生、董正宇：《"秋风秋雨"何时休——新时期文学批评建设的思考》，《湖湘论坛》2001年第4期。

甘以雯：《2000年散文漫议》，《南方文坛》2001年第4期。

黄海红：《寻找失落的精神家园——论马卡丹散文的文化空间》，《闽西职业大学学报》2001年第4期。

张继东：《余秋雨散文研究综述》，《南京师范大学文学院学报》2001年第4期。

许秀清：《"文化散文"创作思潮特征分析》，《三明高等专科学校学报》2001年第4期。

左郁文：《倾听花朵的声音——吴新宇散文集〈声音的花朵〉写意》，《理论与创作》2001年第5期。

陈剑晖：《论20世纪90年代中国散文的文体变革》，《中国社会科学》2001年第5期。

周维强：《大地散步——2000年浙江省散文述评》，《杭州师范学院学报（人文社会科学版）》2001年第5期。

王平：《论〈秋雨散文〉与"独语东北"系列散文》，《中南民族学院学报（人文社会科学版）》2001年第5期。

傅德岷、谢豪英：《新时期学者散文的美学风范》，《渝州大学学报（社会科学版）》2001年第5期。

王充闾：《散文激活历史——关于历史文化散文的创作》，《当代作家评论》2001年第6期。

赵善华：《对历史的诗意追问——评王充闾散文集〈沧桑无语〉》，《辽宁大学学报（哲学社会科学版）》2001年第6期。

古耜：《一条大河波浪宽——雷达散文读感》，《写作》2001年第7期。

古耜：《当今散文问题多》，《文艺报》2001年8月18日。

李林荣：《1990年代的中国散文与中国文化》，《开放时代》2001年第11期。

于新：《酒一样的乡情　醋一般酸——著名诗人、散文家周涛访谈录》，《支部建设》2001年第12期。

佚名：《散文八怪　见怪不怪》，《河南税务》2001年第20期。

刘萌：《女作家马丽华、王英琦的"大散文"创作》，《职大学报》2002年第1期。

王地山：《冷峻的历史与鲜活的反思——试谈余秋雨及其文化散文》，《四川省干部函授学院学报》2002年第1期。

王剑冰：《2001年中国散文创作漫谈》，《理论与创作》2002年第1期。

陈辽：《独具法眼的"朝香人"　唐宋诗国的出色导游者——读李元洛的〈唐诗之旅〉、〈宋词之旅〉》，《理论与创作》2002年第1期。

王兆胜：《论九十年代中国学者散文》，《社会科学战线》2002年第1期。

石杰：《王充闾散文中的文化悖论》，《苏州大学学报》2002年第1期。

孙政、段素芳：《论余秋雨历史文化散文中的写作姿态及其价值》，《内蒙古社会科学（汉文版）》2002年第2期。

杨金砖：《一部描写潇湘大地的热歌——读易先根先生的〈潇湘夜雨〉》，《零陵师范高等专科学校学报》2002年第2期。

曾纪鑫：《下流与上流》，《书屋》2002年第2期。

杨友东：《试论张中行散文的闲话风格》，《华南师范大学学报（社会科学版）》2002年第3期。

杨光祖、张哲：《论贾平凹散文的艺术特质》，《兰州铁道学院学报》2002年第2期。

张素英：《散文名称的表象及意义探讨——九十年代散文浅论》，《河北建筑科技学院学报（社科版）》2002年第2期。

祁志祥：《起名字的美学——从"余秋雨"的名字说起》，《秘书》2002年第3期。

柯汉琳：《仰望思想的星空——关于90年代以来思想散文的思考》，《文学评论》2002年第3期。

王充闾：《思想者的澎湃心声——读书札记》，《云梦学刊》2002年第3期。

綦桂芬：《余秋雨〈文化苦旅〉展现的中国古代文人的文化人格》，《国际关系学院学报》2002年第3期

李运抟：《新时期的散文繁荣》，《人民日报》2002年3月7日。

高宏伟：《理性的高扬与诗意的激情——90年代"文化散文"略论》，《潍坊学院学报》2002年第3期。

赵德利：《体验：贾平凹散文的独特情致》，《宝鸡文理学院学报（社会科学版）》2002年第3期。

林若红：《浓墨淡彩著真情——也谈散文的美》，《闽江职业大学学报》2002年第3期。

龚旭东：《散文作为人的映象——读夏瑞虹散文集〈触摸生活〉》，《理论与创作》2002年第4期。

吴惠兰：《"命名"的繁荣：九十年代散文"零"状态描述》，《内蒙古社会科学（汉文版）》2002年第4期。

赵善华：《诗意的历史观和时空交织的艺术笔法——论庄锡华散文〈斜阳旧影〉的美学特色》，《郴州师范高等专科学校学报》2002年第4期。

李明清：《新时期湖北散文流变浅论》，《孝感学院学报》2002年第4期。

余曲：《冯骥才文化散文的文化价值》，《当代文坛》2002年第5期。

红孩：《由〈国虫〉看"大散文"》，《文学自由谈》2002年第5期。

李林荣：《1990年代中国大陆散文的文化品格》，《海南师范学院学报（人文社会科学版）》2002年第5期。

邓清：《论余秋雨散文的生命艺术》，《湖北农学院学报》2002年第5期。

杨卫民：《无悔的预约——评〈生命的预约〉》，《写作》2002年第5期。

于勇：《哲理性散文：升华与睿智》，《新闻与写作》2002年第5期。

邹菡：《近十年目睹之怪现状：散文与散文批评》，《当代文坛》2002年第5期。

王兆胜：《超越与局限——论80年代以来中国女性散文》，《文学评论》2002年第6期。

徐万平：《人类文明的思考者　蒙昧文化的批判者——论余秋雨散文的文化意蕴》，《当代文坛》2002年第6期。

石杰：《自我的再次放逐——论王充闾1977—1984年的散文创作》，《锦州师范学院学报（哲学社会科学版）》2002年第6期。

谢维强：《瑕瑜互见话"徐本"》，《湖北大学成人教育学院学报》2002年第6期。

王志东：《文化小说：一种新的开拓》，《求索》2002年第6期。

卜毓方：《“大”，是渗透在骨子里的——答唐兴顺先生问》，《新闻爱好者》2002年第8期。

林非、李晓虹、王兆胜：《散文：丰收的季节》，《文艺报》2002年11月7日。

祝勇：《关于文化遗产的保护——与李玉祥对话》，《北京观察》2002年第12期。

甘以雯：《在“平实”中拓展——2002年散文创作漫议》，《解放军艺术学院学报》2003年第1期。

范培松：《20世纪中国散文批评概观》，《厦门大学学报（哲学社会科学版）》2003年第1期。

张琼：《文化散文的“破体”现象》，《西南师范大学学报（人文社会科学版）》2003年第1期。

李林荣：《90年代中国大陆散文的文化品格》，《文艺评论》2003年第1期。

麦琪：《忘了数羊（外四则）》，《文学自由谈》2003年第1期。

吕相康：《东风吹着便成春——“余秋雨现象”点击（上）》，《黄石教育学院学报》2003年第1期。

王平：《王英琦的矛盾——读王英琦〈背负自己的十字架〉札记》，《当代文坛》2003年第2期。

张彦加：《散文诗与杂文异同论》，《天津市财贸管理干部学院学报》2003年第2期。

秦威：《茶文化散文二则》，《福建茶叶》2003年第2期。

孙海平：《浅论余秋雨散文的文化人格》，《郑州经济管理干部学院学报》2003年第2期。

陈安娜：《文化山水的修辞意味——浅析余秋雨的散文》，《萍乡高等专科学校学报》2003年第2期。

於可训：《近十年“文化散文”创作评述》，《文艺评论》2003年第2期。

曹家治：《论九十年代“散文热”的心理动力》，《当代文坛》2003年第2期。

尉天骄：《从寻常世事中体味人性的温馨与善良——评金科散文新著〈人在他乡〉》，《当代文坛》2003年第2期。

谢有顺：《散文之意——以刘长春为例》，《当代作家评论》2003年第2期。

曾焕鹏：《论散文品类的游离性》，《宜宾学院学报》2003年第2期。

王剑冰：《2002年中国散文漫谈》，《散文选刊》2003年第2期。

梁向阳：《泛文学化时代散文研究的几个问题》，《理论与创作》2003年第2期。

张育华：《本体性流变与审美现局——转型文化语境下的中国当代散文》，《现代传播》2003年第2期。

黄济人：《冉庄的散文》，《涪陵师范学院学报》2003年第2期。

吴德利：《学者散文的"阴阳面"——以周作人和余秋雨为例略谈学者散文的流变》，《艺术广角》2003年第3期。

彭志芳：《再读秋雨——试论余秋雨散文的文化意蕴》，《郴州师范高等专科学校学报》2003年第3期。

朱向前、柳建伟：《散文的黄钟大吕之音——关于李存葆散文特征的对谈》，《南方文坛》2003年第3期。

贾平凹、曾令存：《九十年代"散文革命"检讨——关于散文创作的对话（上）》，《东方文化》2003年第3期。

沈敏特：《趋势·大众化·学者化——当代中国文化扫描之五》，《文化时空》2003年第3期。

严冰：《余秋雨历史文化散文的时代语境》，《福建工程学院学报》2003年第3期。

蔡江珍：《论中国现代早期学者散文》，《南京师范大学文学院学报》2003年第3期。

金文明：《石破天惊 逗余秋雨》，《出版参考》2003年第26期。

白晓明：《优雅而深邃——余秋雨散文语言解读》，《宁波大学学报（人文科学版）》2003年第3期。

周正、马晓莉：《当代大陆散文走向略论》，《阿坝师范高等专科学校学报》2003年第4期。

彭秀海：《论90年代散文的生命审美》，《文艺评论》2003年第4期。

徐南铁：《随笔不能承受之轻》，《粤海风》2003年第5期。

颜敏：《新时期散文衍化管窥》，《当代文坛》2003年第5期。

李劲松：《20世纪90年代以来文学中的怀旧情结》，《美与时代》2003年第5期。

严峻：《心灵的神性境界——浅析史铁生散文中的基督教哲学意蕴》，《福建商业高等专科学校学报》2003年第5期。

孔小炯：《试论金庸、余秋雨和王朔创作的文学价值》，《浙江教育学院学报》2003年第5期。

王兆胜：《困惑与迷失——论当前中国散文的文化选择》，《当代作家评论》2003年第6期。

杨红：《马丽华作品的文化人类学意义》，《贵州民族学院学报（哲学社会科学版）》2003年第6期。

王兆胜：《谈北国素素的散文创作》，《文艺评论》2003年第6期。

费振钟：《坐看江南：要经验，更要记忆》，《当代作家评论》2003年第6期。

吴俊：《始于司马迁——财经散文之联想》，《当代作家评论》2003年第6期。

周维强：《南方的河——柯平文化散文阅读札记》，《当代作家评论》2003年第6期。

邹贤尧：《文学批评偏至论》，《宝鸡文理学院学报（社会科学版）》2003年第6期。

单正平：《散文批评的理论问题》，《海南师范学院学报（社会科学版）》2003年第6期。

何云波：《黑白有道——〈天圆地方：围棋文化散文选〉序》，《书屋》2003年第8期。

英若识：《乡土情怀和艺术感悟——读〈如是我闻·静轩随笔〉》，《学问》2003年第9期。

王尧：《文化大散文的发展、困境与终结》，《文汇报》2003年11月9日。

王晓渔：《文化表扬家》，《南风窗》2003年第23期。

陈新华：《寂寞并不孤独》，《党政论坛》2004年第1期。

春容、崔莉：《对历史人物的"人性阅读"》，《辽宁大学学报（哲学社会科学版）》2004年第1期。

黄雪敏：《散文：向何处提升——兼谈"大散文"和"散文净化说"的得失》，《文艺评论》2004年第1期。

张石山：《拜谒池神庙》，《先锋队》2004年第1期。

任雅玲：《试论当代女性文化散文》，《哈尔滨学院学报》2004年第1期。

傅德岷、阮丽萍：《沧桑无言人自言——王充闾〈沧桑无语〉解读》，《艺术广角》2004年第1期。

徐万平：《鲁迅余秋雨散文意蕴比较》，《内江师范学院学报》2004年第1期。

武晓磊：《反思与重塑：岁月河流中淘洗文明的碎片——浅谈夏坚勇〈湮没的辉煌〉的思想艺术价值》，《吕梁高等专科学校学报》2004年第1期。

杨劲平：《春花秋月两相宜——汪曾祺、张中行"记人散文"比较》，《西安教育学院学报》2004年第1期。

郜大军：《叛逆的姿态——从〈一个人的排行榜〉看祝勇的"新散文"观》，《焦作师范高等专科学校学报》2004年第2期。

任竞泽：《学术·文化·文学　考据·义理·辞章——论余秋雨散文的理论品格》，《新疆石油教育学院学报》2004年第2期。

孟繁华、谢冕、陈福民、孙郁、贺绍俊、白烨、李兆忠、陶东风、王光明、樊希安：《在凡圣之间建立一种理想的精神——关于易洪斌的〈凡圣之间〉》，《文艺争鸣》2004年第2期。

李咏吟：《寻求那飘逝的文化诗魂——王充闾散文的一种解释》，《当代作家评论》2004年第2期。

肖跃玲：《穿越传统走廊的探险者及其品格——再读余秋雨的散文》，《铜仁师范高等专科学校学报（综合版）》2004年第2期。

杨梅：《谈梁实秋笔下的乡文化》，《内蒙古科技与经济》2004年第3期。

王维国：《废墟的力量——从〈行者无疆〉看余秋雨散文》，《青海民族学院学报》2004年第3期。

高荣娟：《解读中国当代文学"文化热"现象》，《昌吉学院学报》2004

年第3期。

陈晓：《20世纪90年代中国散文管窥》，《徐州教育学院学报》2004年第3期。

林秀明：《文人的巧智与偏狭——李国文散文散论》，《漳州师范学院学报（哲学社会科学版）》2004年第3期。

刘锡庆：《当代散文漫评》，《广播电视大学学报（哲学社会科学版）》2004年第4期。

张炯：《2003年文学理论批评一瞥》，《文学评论》2004年第4期。

方忠：《当代海峡两岸文化散文整合论》，《文学评论》2004年第4期。

龚政文：《一座城市的文化符号——读叶梦〈乡土的背景〉》，《理论与创作》2004年第4期。

孙绍振：《文学评论及其话语的腐败》，《福建师范大学学报（哲学社会科学版）》2004年第4期。

王钟陵：《俗之妆扮为雅：文化散文的兴起与败落——以余秋雨散文观及其创作为典型个案》，《湖南文理学院学报（社会科学版）》2004年第4期。

欧娟：《近期余秋雨散文研究综述》，《开封大学学报》2004年第4期。

王虹艳：《20世纪90年代散文理论的争议和局限》，《广播电视大学学报（哲学社会科学版）》2004年第4期。

谷海慧：《新时期散文思潮评述》，《江汉论坛》2004年第5期。

石杰：《叙述与改写——王充闾历史文化散文研究》，《南都学坛》2004年第5期。

江业国、刘兴东：《银浦流云学水声——评毛水清的散文新作〈流云集〉》，《南方文坛》2004年第5期。

石杰：《文化与人性的双重批判——论王充闾本世纪初的散文创作》，《渤海大学学报（哲学社会科学版）》2004年第6期。

季丹：《寻求文化生命之根——从文学人类学角度看余秋雨散文对文化的观照》，《鸡西大学学报》2004年第6期。

张健：《消费社会里的散文生产与消费——兼论20世纪90年代散文创作的消费性》，《贵州社会科学》2004年第6期。

曹廷华：《蒙和平散文散论》，《涪陵师范学院学报》2004年第6期。

邓薇：《二十世纪中国散文现象解读》，《彭城职业大学学报》2004年第6期。

颜敏：《体认自我：个人回忆——余秋雨〈借我一生〉与周国平〈岁月与性情〉之比较》，《创作评谭》2004年第8期。

晓华、汪政：《刘亮程散文评点二则》，《名作欣赏》2004年第9期。

谭芳、张健：《消费社会与散文创作——20世纪90年代散文创作的消费性解读》，《求索》2004年第9期。

王尧：《走向终结的"大文化散文"》，《出版参考》2004年第29期。

於可训：《无边的散文》，《学术研究》2004年第11期。

柯汉琳：《把思想性纳入散文理论研究的视野》，《学术研究》2004年第11期。

王兆胜：《当前中国散文理论建设中的盲点》，《学术研究》2004年第11期。

宋剑华：《文体变革与现代散文的迅速崛起》，《学术研究》2004年第11期。

刘宁：《论贾平凹地域散文中的文化意蕴》，《陕西师范大学继续教育学报》2004年第S1期。

彭学涛：《鬼化·神化·人化——就洪秀全的历史真面目与潘旭澜教授商榷》，《探索与争鸣》2005年第1期。

陈剑晖：《论当代散文思潮的发展演变》，《广东社会科学》2005年第1期。

王尧：《"散文时代"中的知识分子写作——论王充闾散文的文学史意义》，《当代作家评论》2005年第2期。

李润霞：《回归家园中的守望灵魂——王英琦近十年的散文精神》，《南都学坛》2005年第2期。

《"散文批评研究"笔谈》，《学术研究》2005年第2期，含以下几篇：

范培松：《散文理论批评发展畅想》

曾令存：《散文批评的形式主义背后》

黄景中：《世纪之交抒情散文艺术范式的转变》

王晖：《学者散文批评的维度》

陈剑晖：《构建新的散文理论话语》

连子波：《不只是道士塔——谈〈道士塔〉的悲剧根源》，《厦门教育学院学报》2006年第1期。

江玫：《反思"小女人散文"热——思潮视角下的再出发》，《伊犁教育学院学报》2006年第1期。

蒋洪强：《新时期散文创作的演变及其审美特征》，《黔西南民族师范高等专科学校学报》2006年第1期。

李繁林：《与现代文学史中一流作品相媲美的创作——论王锺陵先生的报告文学、散文与新诗创作》，《闽台文化交流》2006年第1期。

严冰：《余秋雨历史文化散文批评锋面的反思》，《北京社会科学》2006年第1期。

蔡丽：《西部散文与九十年代人文精神——以张承志、周涛、刘亮程、马丽华的散文创作为例》，《甘肃社会科学》2006年第2期。

司马晓雯：《论余秋雨散文的双重对话》，《华南师范大学学报（社会科学版）》2006年第3期。

周维强：《文化散文的"满纸烟岚"》，《博览群书》2006年第3期。

刘中文：《创作与学术的高度融合——评王钟陵教授〈台北的忧郁〉与〈太阳的葬礼〉》，《湖南文理学院学报（社会科学版）》2006年第3期。

王新菊：《浅论余秋雨散文的文化人格——从〈文化苦旅〉、〈山居笔记〉谈起》，《南通航运职业技术学院学报》2006年第4期。

毛正天：《鄂西民族文学创作的可喜收获——土家族作家杨如风〈中国树〉简评》，《学习月刊》2006年第4期。

张国俊：《网络散文的优长及不足》，《当代文坛》2006年第4期。

牛学智：《"直抒胸臆"的散文："个人"进入世界的方式——从余秋雨、刘亮程到南帆》，《海南师范学院学报（社会科学版）》2006年第4期。

刘锡庆：《戛戛乎独造的散文"文体"创新——就李元洛"诗旅随笔"的文体创新答编辑部问》，《理论与创作》2006年第5期。

李元洛：《"第一功名只赏诗"》，《理论与创作》2006年第5期。

卢敦基：《文化散文之特质与未来走向》，《浙江社会科学》2006年第5期。

严雪：《奇情远志　高华瑰丽——评诗文集〈太阳的葬礼〉》，《苏州大学学报》2006年第5期。

丁晓原：《文化散文：文化与散文之间的建构（笔谈）》，《甘肃社会科学》2006年第5期。

张光芒：《文化散文：在审美现代性与启蒙现代性之间》，《甘肃社会科学》2006年第5期。

丁晓原：《文化散文：历史书写中的历史与"自我"》，《甘肃社会科学》2006年第5期。

周红莉：《文化散文：作为一种跨时空对话的语式》，《甘肃社会科学》2006年第5期。

王兆胜：《文化散文：知识、史识与体性的误区》，《甘肃社会科学》2006年第5期。

杨福生：《文化想象与1990年代散文》，《安徽农业大学学报（社会科学版）》2006年第5期。

张国龙：《理论与创作齐飞，才情同激情比翼——李元洛散文创作浅论》，《理论与创作》2006年第5期。

谢丽：《真情与理性写就的雪域高原——马丽华纪实散文论》，《当代文坛》2006年第5期。

易瑛：《杨朔"诗化"散文再审视》，《理论与创作》2006年第6期。

王春荣：《王充闾历史文化散文的性别审美解读》，《渤海大学学报（哲学社会科学版）》2006年第6期。

周红莉：《江南意象的记忆与阐释——论90年代后江南散文》，《文艺争鸣》2006年第6期。

晏飞：《第三口"自由'痰'"》，《文学自由谈》2006年第6期。

杨福生：《平民化：新世纪散文的趋向》，《安徽大学学报》2006年第6期。

王凌虹：《文化散文模式化结构及成因》，《温州师范学院学报（哲学社会科学版）》2006年第6期。

王文杰：《由千玄室说起中国文化（散文）》，《军事记者》2006年第7期。

胡勇胜：《浅论余秋雨文化散文的忧患意识》，《湖南科技学院学报》2006年第8期。

王予霞：《穿越大地，奔向永远——感悟〈永远的驿站〉》，《出版广角》2006年第8期。

APINYA PIKUNWONG：《浅谈余秋雨散文中的"两难"构思》，《重庆工学院学报》2006年第9期。

王凌虹：《论文化散文生长的社会文化因素》，《楚雄师范学院学报》2006年第10期。

谢招敏：《读书的回忆》，《福建论坛（社科教育版）》2006年第10期。

黄敏兰：《追寻一位探索者的足迹——读〈潘旭澜文选〉》，《探索与争鸣》2006年第12期。

程国君、杜建波：《台湾女性散文的审美创造》，《陕西师范大学学报（哲学社会科学版）》2007年第1期。

易瑛：《困境与突围：论余秋雨散文出现的意义》，《湖南师范大学社会科学学报》2007年第1期。

苏碧亮：《审视福建历史文化的独特视角——读曾纪鑫〈永远的驿站〉》，《闽台文化交流》2007年第1期。

刘萍：《三毛与王英琦散文异同的比较》，《世界华文文学论坛》2007年第2期。

葛红兵、宋红岭：《刘长春的散文美学》，《当代作家评论》2007年第2期。

朱净之：《乱花渐欲迷人眼——常州散文学会二十年作品综论》，《江苏工业学院学报（社会科学版）》2007年第2期。

王志清：《焦躁的叩问——王充闾及其散文之美学观照》，《社会科学辑刊》2007年第2期。

杨天松：《历史人物的现代阐释——论曾纪鑫〈历史的刀锋〉》，《闽台文化交流》2007年第2期。

张学昕、李桂玲：《日臻至境的生命美学——王充闾散文创作研究述评》，《当代作家评论》2007年第3期。

黄健：《梁遇春灵智散文小品的文体创新》，《文学教育（上）》2007年第3期。

曾纪鑫：《大风吹走的只是沙尘》，《文学自由谈》2007年第3期。

朱尚雄：《猪文化与学者散文》，《猪业科学》2007年第3期。

杨永敏：《余秋雨历史文化散文的艺术魅力》，《四川文理学院学报》2007年第3期。

雷红英：《余秋雨文化散文的凝重美与智性美》，《文学教育（下）》2007年第4期。

林兴宅：《文化散文的独特魅力——由曾纪鑫〈历史的刀锋〉谈开》，《南方文坛》2007年第4期。

雷敢、白雪：《散文微论八则》，《陕西师范大学继续教育学报》2007年第4期。

浦清莲：《人，是会思想的芦苇——悦读〈思想者文丛〉》，《新世纪图书》2007年第4期。

张燕：《〈文化苦旅〉的雅俗共赏性》，《文学教育（下）》2007年第4期。

邓鹏：《重新审视二十世纪中国文化散文》，《滁州职业技术学院学报》2007年第4期。

张国龙、谢真元：《行走在"评论"与"创作"之间——李元洛、雷达、阎纲等评论家的散文创作述评》，《济宁学院学报》2007年第5期。

王馥庆：《中国古代文学教学的审美教育功能刍议》，《中国成人教育》2007年第5期。

严冰：《智及与趣美的张力——余秋雨历史文化散文艺术真谛揭蕴》，《龙岩学院学报》2007年第5期。

肖敏、张志忠：《李国文创作论》，《石河子大学学报（哲学社会科学版）》2007年第5期。

张国龙：《当代散文困境探微》，《当代文坛》2007年第6期。

徐强：《从散文史的角度看余秋雨散文产生的必然性》，《沧桑》2007年第6期。

张宗刚：《看，那些有尊严的文字——关于韩少功散文随笔的话题》，《南方文坛》2007年第6期。

钱理群：《小城故事里的历史和现实》，《书城》2007年第7期。

刘文浩：《余秋雨散文中的文人形象及精神》，《湖北经济学院学报（人文社会科学版）》2007年第7期。

范兰德：《论梁实秋散文的文化审美价值》，《中山大学学报论丛》2007年第8期。

宋凤英：《"都市柴门"中的布衣学者张中行》，《文史天地》2007年第9期。

余玮：《余秋雨：不断寻找生命的震撼》，《决策与信息》2007年第9期。

江力：《一座中国历史文化散文的丰碑——卞毓方新著〈季羡林：清华其神　北大其魂〉及其它散文》，《今日中国论坛》2007年第10期。

杨天松：《历史的刀锋》，《书屋》2007年第11期。

栾梅健：《余秋雨对当代散文文体的拓展及其局限》，《文艺争鸣》2007年第12期。

张国龙、崔增亮：《千秋万代雄才赋，不祭屈原祭杜甫——解读李元洛的"文化散文"〈汨罗江之祭〉》，《名作欣赏》2007年第13期。

余玮：《余秋雨：走得最远的文人》，《职业技术》2007年第13期。

徐强：《论余秋雨文化散文的理性回归和诗情贯注》，《写作》2007年第17期。

仇闽燕：《试论余秋雨散文的文化意蕴》，《科技信息（学术研究）》2007年第36期。

孙绍振：《散文：从审美、审丑（亚审丑）到审智——兼谈当代散文理论建构中历史的和逻辑的统一》，《当代作家评论》2008年第1期。

张扬：《〈文化苦旅〉的走红与90年代文学生产机制的转变》，《浙江海洋学院学报（人文科学版）》2008年第1期。

胡松年、赵强：《历史文化散文写作的本体策略——读王开林的历史文化散文所想到的》，《安徽文学（下半月）》2008年第1期。

任葆华：《深切焦躁的叩问　悲天悯人的情怀——读畅岸的散文集〈流年〉》，《渭南师范学院学报》2008年第1期。

范培松：《论四十年代梁实秋、钱钟书和王了一的学者散文》，《文学评论》2008年第1期。

民文：《长篇文化散文〈巴人河〉出版》，《民族文学研究》2008年第2期。

颜翔林：《美在结构之中——王充闾散文论》，《沈阳工程学院学报（社会科学版）》2008年第2期。

彭定安：《论王充闾散文的批判意蕴》，《沈阳工程学院学报（社会科学版）》2008年第2期。

王明刚：《深邃冷峻清醇雅致的本调——王充闾散文风格论》，《沈阳工程学院学报（社会科学版）》2008年第2期。

颜翔林：《美在结构之中——王充闾散文论》，《中国文学研究》2008年第2期。

蔡先进：《〈任蒙散文选〉的诗性特色》，《文学教育（下）》2008年第2期。

张清芳：《素素散文论》，《楚雄师范学院学报》2008年第2期。

葛卉：《论余秋雨散文的审美超越》，《淮南师范学院学报》2008年第2期。

吴玉杰：《王充闾历史文化散文的超越性》，《辽宁师范大学学报（社会科学版）》2008年第3期。

罗成军：《试论余秋雨散文的文化意蕴》，《湖南冶金职业技术学院学报》2008年第3期。

谢有顺：《散文是在人间的写作——谈新世纪散文》，《文艺争鸣》2008年第4期。

张志忠：《文化良知、仪式感、诗性语言及其他——余秋雨散文艺术研究》，《山西大学学报（哲学社会科学版）》2008年第4期。

张莹：《论20世纪90年代文化散文的美学价值》，《廊坊师范学院学报（社会科学版）》2008年第4期。

冯俊锋：《从〈文化苦旅〉看余秋雨的散文创作》，《西南农业大学学报（社会科学版）》2008年第4期。

杨非飞：《论冯艺文化散文的忧患意识》，《河池学院学报》2008年第4期。

欧俊勇：《常敲汉字寄真情——孙淑彦散文艺术特色探析》，《顺德职业技术学院学报》2008年第4期。

陈大为：《婆罗洲图腾——砂华散文"场所精神"之建构》，《华文文学》2008年第4期。

黄莺、孙良溦：《行走在历史文化长河中的余秋雨》，《时代文学（下半月）》2008年第4期。

张莹：《论20世纪90年代文化散文的哲学追求》，《十堰职业技术学院学报》2008年第4期。

韦器闳：《不衫不履　独树出林——张中行记叙性散文漫论》，《梧州学院学报》2008年第5期。

吴敏：《跨越时空的内在契合——关于杨朔、余秋雨散文之比较》，《衡水学院学报》2008年第5期。

陈剑晖：《让诗性穿透历史的苍茫——评冯艺的人文地理笔记》，《当代文坛》2008年第5期。

张莹：《论20世纪90年代中国文化散文的文化意蕴》，《山东省青年管理干部学院学报》2008年第5期。

黄发有、杨会：《"在路上"的千年回望——马卡丹散文论》，《文艺评论》2008年第5期。

胡颖峰：《不老的缪斯——读〈江西散文十年佳作选〉》，《创作评谭》2008年第6期。

程箐：《文化人格与心灵书写——读龚文瑞散文》，《创作评谭》2008年第6期。

梦也：《自然与文化的重叠——读薛正昌散文集〈行走在苍老的年轮上〉》，《宁夏社会科学》2008年第6期。

谢东升：《余秋雨与贾平凹散文比较论》，《重庆科技学院学报（社会科学版）》2008年第7期。

王勇：《"精神如莲"——读〈书生报国〉》，《新远见》2008年第7期。

侯长振：《喧哗与沉寂：20世纪90年代散文思潮梳理》，《继续教育研究》2008年第8期。

安逸：《浅谈冯伟林散文中的三种"意识"》，《湘潮（下半月）（理论）》2008年第8期。

曹万生：《微苦笑中的浊中清——再读郁达夫的〈钓台的春昼〉》，《名作欣赏》2008年第9期。

王迅：《对历史的审美阐释与建构——评曾纪鑫历史文化散文〈千古大变局〉》，《闽台文化交流》2008年第9期。

于祎：《别一种文化散文：文化的女性解读——叶梦散文集〈遍地巫风〉读解》，《黑龙江教育学院学报》2008年第9期。

聂茂：《两种文化散文的传播学比较》，《新远见》2008年第10期。

安春华：《文化散文的内涵及特征》，《新闻爱好者（理论版）》2008年第11期。

伍明春：《想象历史的另一种方式——余秋雨〈一个王朝的背影〉简论》，《名作欣赏》2008年第23期。

孙郁：《近三十年的散文》，《渤海大学学报（哲学社会科学版）》2009年第1期。

刘文尧：《及时捕捉即将逝去的群像——评〈文海晚晴——20世纪末老生代散文研究〉》，《南方文坛》2009年第1期。

邱贤：《学者之思，晚风之境——评毛水清〈晚风集〉》，《南方文坛》2009年第1期。

王锺陵：《中国白话散文史论略——对"美文"的探索》，《学术月刊》2009年第1期。

董正宇、张百惠：《江堤文化散文论——当下衡阳作家系列研究之一》，《南华大学学报（社会科学版）》2009年第1期。

陈剑晖、司马晓雯：《星垂平野阔　月涌大江流——新时期散文研究三十年》，《中国社会科学》2009年第2期。

王明刚：《文学批评理论化与系统化的建构——评〈走向文学的辉煌——王充闾创作研究〉》，《沈阳工程学院学报（社会科学版）》2009年第2期。

彭学明：《迷路的中国散文》，《文学自由谈》2009年第2期。

张玲：《余味无穷读美文——〈都江堰〉艺术手法探析》，《岱宗学刊》2009年第3期。

黄伟林：《论廖德全的随笔创作》，《南宁师范高等专科学校学报》2009年第3期。

范培松：《一个人的文学史如何可能》，《渤海大学学报（哲学社会科学版）》2009年第3期。

陈剑晖：《激情与闲适中的生命变奏——评高洪波的散文创作》，《南方文坛》2009年第4期。

吴健玲：《社会转型催动的文学转型——试析马丽华创作的三大跨越》，《广西民族大学学报（哲学社会科学版）》2009年第5期。

吴楠、梁振华：《寻根的延续与超越——论寻根思潮下的文化散文》，《理论与创作》2009年第5期。

王充闾：《历史文化散文的现实关怀——在北京大学中文系的讲演》，《当代作家评论》2009年第5期。

王彩萍：《余秋雨言说的文化人格与浙东地域文化》，《宁波大学学报（人文科学版）》2009年第5期。

江凌：《思想+美文+行走：秋雨文化散文能走多远？——基于出版视角的"秋雨文化散文"现象解读》，《湖北第二师范学院学报》2009年第6期。

郭大章：《矫情的余秋雨》，《湖北第二师范学院学报》2009年第6期。

聂茂：《湖湘文化的精神动力与民族壮美之追寻——冯伟林历史文化散文的审美解读》，《南方文坛》2009年第6期。

张公者：《文化行者——余秋雨访谈》，《中国书画》2009年第7期。

姜玉香：《浅谈余秋雨散文中的文化人格》，《中国校外教育》2009年第7期。

朱慧：《从余秋雨文化散文看古代文人儒化的韧性和旷达》，《大众文艺（理论）》2009年第8期。

徐清枝：《"印象中国"对文化散文的审美拓展》，《荆楚理工学院学报》2009年第8期。

朱红岩：《忧患意识下的个性书写——余秋雨精神品格研究》，《黑河学刊》2009年第8期。

黄昆民：《知性与感性的浑然交融——谈秋雨散文的理趣》，《赤峰学院学报（汉文哲学社会科学版）》2009年第11期。

李菀：《"文化散文"的特征及其探源》，《四川教育学院学报》2009年第12期。

李志良：《虚构：散文创作的一种新手法——以余秋雨的散文为例》，《写作》2009年第23期。

兰和群、刘彩霞：《20世纪90年代思想散文兴起的背景》，《信阳农业高等专科学校学报》2010年第1期。

郑丽娜：《"丹江记忆"与"博格达情结"——论夏冠洲散文的艺术特质》，《伊犁师范学院学报（社会科学版）》2010年第1期。

王充闾：《为张学良写心史》，《文化学刊》2010年第1期。

丹珍草：《阿来的民族志诗学写作——以〈大地的阶梯〉为例》，《民族文学研究》2010年第1期。

王充闾：《我写历史文化散文》，《文化学刊》2010年第2期。

贺绍俊：《〈张学良——人格图谱〉：散文体传记的新尝试》，《社会科学辑刊》2010年第2期。

刘俐俐：《大历史观与历史文化散文的价值》，《当代作家评论》2010年第2期。

李更：《读北岛散文的感想（外五则）》，《文学自由谈》2010年第2期。

常恺蓉：《汪曾祺散文的民俗之趣》，《河南教育学院学报（哲学社会科学版）》2010年第2期。

甘莹、甘以雯：《永恒的生命之舞》，《海南师范大学学报（社会科学版）》2010年第2期。

张玲：《余秋雨散文魅力——〈都江堰〉艺术手法赏析》，《时代文学（双月上半月）》2010年第2期。

张历：《冷僻与承载——浅析余秋雨文化散文用语"陌生化"现象》，《呼伦贝尔学院学报》2010年第2期。

侯业智、史丽琴：《于平凡中洞见生命的真谛——浅析贾平凹散文中的哲理叙事》，《大众文艺》2010年第2期。

周劭馨：《乡土中国的文化书写——读刘华〈大地脸谱〉系列散文》，《创作评谭》2010年第2期。

段永建：《超越与固守——论王英琦对当代散文的贡献》，《天中学刊》2010年第3期。

贾晓红：《〈胡同文化〉语言艺术四品》，《新课程研究（中旬刊）》2010年第3期。

牟心海：《真实地刻画出成功的失败者人格形象——读王充闾的长篇历史

文化散文〈张学良人格图谱〉》，《艺术广角》2010年第3期。

徐迎新：《心灵传奇与理性建构》，《沈阳工程学院学报（社会科学版）》2010年第3期。

张恩华：《历史与现代的对话》，《沈阳工程学院学报（社会科学版）》2010年第3期。

邹军：《历史文化散文的诗性》，《沈阳工程学院学报（社会科学版）》2010年第3期。

汪清华：《〈张学良人格图谱〉折射出的文学性》，《沈阳工程学院学报（社会科学版）》2010年第3期。

阎丽杰：《〈张学良人格图谱〉的文本间性》，《沈阳工程学院学报（社会科学版）》2010年第3期。

郭茂全：《行走、哲思与诗意的审美遇合——评王若冰历史文化散文〈走进大秦岭——中华民族父亲山探行〉》，《天水师范学院学报》2010年第3期。

张蕾梅：《"文化散文"的三种文化视角》，《焦作师范高等专科学校学报》2010年第3期。

蔡恒忠：《散文领域的一次冒险——论王充闾〈张学良人格图谱〉》，《名作欣赏》2010年第3期。

沈奇：《与唐对话——从匡燮文化散文专著〈唐诗里的长安风情〉谈起》，《海南师范大学学报（社会科学版）》2010年第4期。

杨秀明、邹小凡：《"唯美"的言说与"内在"的位置——张承志新疆书写的文化意义》，《柳州师专学报》2010年第5期。

郝雨：《〈醉眼看李白〉：文化大散文的佳作》，《博览群书》2010年第5期。

李小芳：《余秋雨散文中的失意文人形象分析》，《文学教育（上）》2010年第5期。

袁演：《诗意人生的精神家园——读郑云云散文集〈作瓷手记〉》，《创作评谭》2010年第5期。

张颖：《论王充闾散文中的历史意识》，《当代作家评论》2010年第5期。

徐建华：《〈东雨西滴〉的可读性》，《山东图书馆学刊》2010年第5期。

颜翔林：《评王充闾的历史文化散文》，《文学评论》2010年第6期。

孙晓东、翟其敏：《"为文而造情"——试析余秋雨历史文化散文的"滥情"倾向》，《理论导刊》2010年第6期。

李小芳：《余秋雨散文中的失意文人形象》，《文学教育（中）》2010年第6期。

王云芳：《文化启蒙与文学审美的双重变奏——论新世纪以来冯骥才的散文创作》，《社科纵横》2010年第7期。

黄益菜：《余秋雨文化散文的语言特色赏析》，《文学教育（中）》2010年第7期。

牛联欢：《关于任蒙的散文写作》，《文学教育（上）》2010年第8期。

华锡兰：《论文化散文中的艺术之美》，《大舞台》2010年第8期。

薛向丽：《清水溢浓情——论凌鹰〈放牧流水〉的散文特色》，《湖南科技学院学报》2010年第9期。

欧阳友权：《史识与文气——读冯伟林文化散文〈书生报国〉》，《文艺争鸣》2010年第11期。

杨军：《格式的特别　表现的深切——〈道士塔〉艺术魅力探微》，《宜宾学院学报》2010年第11期。

黄静怡：《任蒙文化散文研讨会综述》，《文学教育（上）》2010年第12期。

黄蕾：《余秋雨散文的文化倾向》，《传奇：传记文学选刊（理论研究）》2010年第12期。

晨曦、俞跃：《在逆境中崛起的人——访"理论保藏学"创始者张承志》，《今日科苑》2010年第14期。

谢胜瑜：《成功有道，弄拙成巧》，《思维与智慧》2010年第18期。

王兆胜：《归位·蓄势·创新——论新世纪的中国散文创作》，《文艺争鸣》2010年第23期。

鲁建平：《难以割裂的"天堂梦"——试析余秋雨〈白发苏州〉的对比艺术》，《绥化学院学报》2011年第1期。

赵慧平：《文艺批评的立场和浪漫主义的路向》，《艺术广角》2011年第1期。

华彤庚：《曲论杂风　史笔诗情——李元洛〈元曲之旅〉面面观》，《云梦学刊》2011年第1期。

　　谢燕红、李刚：《废墟中的生命之歌——读周涛〈游牧长城〉兼论20世纪90年代知识分子的一类话语转型》，《廊坊师范学院学报（社会科学版）》2011年第2期。

　　魏源源：《浅论余秋雨散文诗性话语的建构》，《北方文学（下半月）》2011年第2期。

　　刘泽友：《历史并不如烟——龙宁英〈山水的距离〉的一个侧面研究》，《理论与创作》2011年第2期。

　　潘璐：《浅谈余秋雨的旅行式文化普及》，《中共太原市委党校学报》2011年第2期。

　　王剑：《李存葆文化散文的艺术品格——以〈飘逝的绝唱〉为例》，《写作》2011年第3期。

　　王艳华：《简论余秋雨现象》，《景德镇高专学报》2011年第3期。

　　覃涛：《浅谈余秋雨散文艺术风格的认识和评价》，《湖南农机》2011年第3期。

　　李晓虹：《21世纪中国散文状况与作家的精神走向》，《广播电视大学学报（哲学社会科学版）》2011年第4期。

　　王充闾：《历史文化散文的历史真实与艺术真实问题》，《文化学刊》2011年第4期。

　　范培松：《当今散文的审美及评估》，《当代作家评论》2011年第4期。

　　方警春：《烛照历史的炬火——余秋雨历史散文的价值取向》，《龙岩学院学报》2011年第4期。

　　管兴平 ：《1990年代散文创作论》，《湖南第一师范学院学报》2011年第4期。

　　张磊：《文化视野中的余秋雨散文》，《咸宁学院学报》2011年第4期。

　　王充闾：《"这里就是罗陀斯"——〈王充闾散文选〉自序》，《文化学刊》2011年第5期。

　　臧小艳、谢飞：《当代散文概念述论》，《名作欣赏》2011年第5期。

　　陈剑晖：《散文观念的突破与当代散文的前途》，《当代文坛》2011年第5期。

李建华、张凡：《新疆本土作家创作与当代新疆文学》，《南都学坛》2011年第6期。

李山林、李超：《散文的"政治话语"与"文化话语"：冯伟林与余秋雨散文的文体比较》，《湖南大学学报（人文社会科学版）》2011年第6期。

闫彬彬、黄佳琪：《论余秋雨散文的文化元素》，《群文天地》2011年第6期。

高惠彦、包恩齐：《〈永远的驿站〉审美特征分析》，《白城师范学院学报》2011年第6期。

颜水生：《新世纪十年散文潮流管窥》，《时代文学（上半月）》2011年第7期。

李钧：《行走在寻根的路上——评曾纪鑫〈一个人能够走多远〉》，《出版广角》2011年第10期。

陈剑晖：《现代散文分类之我见》，《福建论坛（人文社会科学版）》2011年第10期。

王凌虹：《散文书写形态及其文化困境》，《文艺争鸣》2011年第17期。

赵彦杰：《论素素对地域文化的时代性思考》，《名作欣赏》2011年第33期。

吴玉杰：《文史随笔的哲思妙悟》，《文化学刊》2012年第1期。

张懿红：《当代敦煌题材散文评述——"20世纪敦煌题材文艺创作与传播"系列论文》，《甘肃高师学报》2012年第1期。

汪太伟：《黎庶昌"使外文学"作品的新因素及其对中国近代散文发展的意义》，《重庆师范大学学报（哲学社会科学版）》2012年第1期。

徐迎新：《作为现代性表意实践的王充间历史散文》，《文化学刊》2012年第1期。

许宁：《王充间随笔赏评》，《文化学刊》2012年第1期。

轩小杨：《作为〈文化学刊·文化纵横〉"亮点"的充间散文》，《文化学刊》2012年第1期。

邓秋英：《战士的彷徨——论张承志散文创作的局限》，《剑南文学（经典教苑）》2012年第2期。

刘淑玲：《重读潘旭澜》，《书屋》2012年第2期。

古耜：《说说王彬的散文》，《南方文坛》2012年第2期。

范培松：《文化人性：散文的变革及可能》，《当代作家评论》2012年第2期。

郭茂全：《历史追寻与生命对话的审美融合——论新时期西部散文的历史文化意蕴》，《西安石油大学学报（社会科学版）》2012年第2期。

王钰哲：《试论当代学者散文的"人间情怀"》，《宁波广播电视大学学报》2012年第2期。

顾金春：《论范曾的文化散文》，《南京师范大学文学院学报》2012年第2期。

林凌：《重返"八十年代"的另一种可能：〈乡场上〉与"按劳分配"原则的生机与危机》，《杭州师范大学学报（社会科学版）》2012年第3期。

陈如珍：《散步者的遐思——试析文化散文〈品读粤北〉的美学品格》，《韶关学院学报》2012年第3期。

孙绍振：《追寻文化历史人物精神的潜在矛盾——读李辉的散文》，《学术评论》2012年第3期。

王必胜、杨剑龙、何平：《文论下载》，《当代作家评论》2012年第3期。

陈迪强：《张宏杰历史写作的三个面相：细节·体验·问题》，《汕头大学学报（人文社会科学版）》2012年第3期。

夏云娟：《论余秋雨散文的思想内涵》，《云南社会主义学院学报》2012年第3期。

朱菊香：《超越与转向——论王英琦散文的特征及局限》，《阜阳师范学院学报（社会科学版）》2012年第4期。

蔡虹：《夜读秋雨》，《中国职工教育》2012年第4期。

张宗刚：《草民的颂圣：当代散文中的皇权崇拜》，《海南师范大学学报（社会科学版）》2012年第4期。

熊元义：《让艺术插上思想的翅膀——读任蒙的文化散文》，《阴山学刊》2012年第4期。

陈敢、雷成佳：《悲悯深邃与雄奇壮美构筑的艺术世界：论李存葆散文中的"道"与"乐"》，《解放军艺术学院学报》2012年第4期。

李德南：《另一种文化大散文：以熊育群的作品为例，兼谈文化大散文的写作伦理》，《海南师范大学学报（社会科学版）》2012年第4期。

朱菊香：《超越与转向：论王英琦散文的特征及局限》，《阜阳师范学院学报（社会科学版）》2012年第4期。

季进：《生命之慢：王啸峰散文创作评议》，《当代作家评论》2012年第5期。

张国龙：《2000–2010中国散文现象批判》，《南方文坛》2012年第6期。

李佩伦：《在传统与现实交汇处沉思开掘——读石一宁新著》，《南方文坛》2012年第6期。

邵晓华、王缙：《文化散文的特性与创作艺术——评崔桦散文集〈依然潇洒〉》，《当代文坛》2012年第6期。

王冰：《做一个合格的散文写作者》，《南方文坛》2012年第6期。

索晓海：《任蒙历史文化散文里的感悟与哲理》，《大连海事大学学报（社会科学版）》2012年第6期。

蒋颖、孙春旻：《文化与生命相遇焕发的奇彩：熊育群散文创作的关键词》，《当代文坛》2012年第6期。

牟青：《浅析余秋雨散文对电视散文创作的意义》，《今传媒》2012年第7期。

赵芳璇：《余秋雨及其文学创作研究历程概述》，《文学界（理论版）》2012年第7期。

赵芳璇：《余秋雨及其文学创作研究述评》，《文学界（理论版）》2012年第8期。

李林荣：《新世纪散文：新媒体时代散文发展的困境与突破》，《文艺报》2012年第10期。

燕世超：《论王鼎钧散文的跨文体写作及其乡愁美学》，《福建论坛（人文社会科学版）》2012年第10期。

黄伟群：《浅析〈文化苦旅〉的语言艺术》，《群文天地》2012年第12期。

刘弟娥：《引经据典与白话散文写作》，《理论月刊》2012年第11期。

任雪松：《从〈文化苦旅〉中看余秋雨散文的价值》，《科技信息》2012年第25期。

钱虹：《唯美与优雅：旅法女作家吕大明的散文艺术追求》，《华文文学》2013年第1期。

倪爱珍：《民间视域中的"小历史"叙事——读刘华长篇小说〈红罪〉》，《创作评谭》2013年第1期。

王百玲：《边缘独语：张承志的寂寞与坚守》，《甘肃社会科学》2013年第1期。

李佩：《评世纪转型期湖北文学研究丛书之散文文体研究》，《文学教育（上）》2013年第2期。

陈婉娴：《写作学视阈下的〈文化苦旅〉》，《青海社会科学》2013年第2期。

滕永文：《20世纪九十年代散文批评研究略论》，《文学教育（下）》2013年第2期。

汪娟：《新疆当代散文中的自然地理影像》，《名作欣赏（下）》2013年第3期。

陈剑晖：《当代散文思潮谫论》，《文艺评论》2013年第3期。

朱向前：《重说"三剑客"之周涛》，《时代文学（上半月）》2013年第3期。

王凌虹、樊庆来：《论散文书写多形态特点及其文体困顿》，《红河学院学报》2013年第3期。

王侃：《创伤记忆与读城伦理——素素〈旅顺口往事〉阅札》，《当代作家评论》2013年第4期。

王兆胜：《纯真与博大——林非散文的情感世界》，《当代文坛》2013年第4期。

孔明玉：《在历史变动中的人的命运》，《当代文坛》2013年第4期。

阮波：《散文创作的乌托邦：岭南散文引发的再反思》，《南方文坛》2013年第5期。

刘绪义：《心灵深处映射出来的天地人文——把脉"文学湘军三才女"及其新人文散文》，《创作与评论》2013年第5期。

王贵禄：《论西部散文的"游历—文化再现式"创作模式》，《当代文坛》2013年第5期。

石华鹏：《摒弃"散文腔"的〈出生地〉》，《文学自由谈》2013年第5期。

韩彦斌：《舒正散文亲情之"花"的审美意象》，《内蒙古师范大学学报（哲学社会科学版）》2013年第5期。

农为平：《试论汤世杰的边地文化散文》，《文山学院学报》2013年第5期。

戴冠青：《从文体自觉到生命沟通——论现代散文的艺术建构与审美接受》，《泉州师范学院学报》2013年第5期。

林喦、王充闾：《大情怀　大视野　大手笔　面对历史的沧桑——与著名散文家王充闾先生的对话》，《渤海大学学报（哲学社会科学版）》2013年第6期。

陈梦：《文学场域中的生命历程与精神表达——论"海归作家"聂茂的散文创作》，《湖南工业大学学报（社会科学版）》2013年第6期。

黄立华：《斜晖脉脉　遗韵悠悠——当代散文名家笔下的徽州》，《黄山学院学报》2013年第6期。

汪娟：《生命、边缘、焦虑：周涛、刘亮程、李娟散文的共同言说方式》，《当代文坛》2013年第6期。

刘继才：《文章老更成　健笔意纵横——品读王充闾》，《渤海大学学报（哲学社会科学版）》2013年第6期。

韩春燕：《悖论中的悖论：读王充闾先生散文集〈龙墩上的悖论——中国皇帝命运大思考〉》，《渤海大学学报（哲学社会科学版）》2013年第6期。

常晓军：《文化散文中的文化意识——读史飞翔的散文〈学问与生命〉》，《中国工运》2013年第6期。

戴维娜：《镜像人格与规定气质：余秋雨现象二十年重审》，《小说评论》2013年第6期。

陈啸：《京海合流与海派散文的生成》，《江汉论坛》2013年第7期。

薛兆平：《从〈土地，土地〉看散文的回归之路》，《时代文学（上半月）》2013年第10期。

汪娟：《论西部散文的混血文化特质》，《西南民族大学学报（人文社会科学版）》2013年第9期。

孙仁歌：《"文化散文"还能走多远？》，《写作》2013年第11期。

邓小艳：《不了的诗情——评谢艳明教授的〈笔墨殷勤有知——中西经典诗词的言情传意〉》，《英语广场（学术研究）》2013年第11期。

常晓军：《文化散文中的文化意识——读散文集〈学问与生命〉》，《华夏文化》2014年第1期。

李星：《学在民间　志在个人》，《中国职工教育》2014年第1期。

熊玉鹏：《"文化散文"未可臆说历史——评余秋雨〈一个王朝的背影〉》，《华东师范大学学报（哲学社会科学版）》2014年第1期。

刘雯文：《余秋雨散文的创作流变及作品态势》，《湖南广播电视大学学报》2014年第1期。

林喦、张宏杰：《关心历史其实就是关心自己——与作家张宏杰对话》，《渤海大学学报（哲学社会科学版）》2014年第2期。

石兴泽：《揭秘古代文人的情感世界密码——读郭保林〈此情不关风和月〉》，《聊城大学学报（社会科学版）》2014年第2期。

杨光祖：《庄子传记的新尝试——读王充闾〈逍遥游——庄子传〉》，《中州大学学报》2014年第4期。

汪政、晓华：《新世纪江苏散文论纲》，《南方文坛》2014年第4期。

曲竟玮：《论北大荒知青散文的主题走向》，《齐齐哈尔大学学报（哲学社会科学版）》2014年第4期。

石华鹏：《文化散文的命运》，《文学报》2014年6月26日。

何晶：《当下散文审美趋向时代和历史担当》，《文学报》2014年6月26日。

王春景：《傲慢与偏见：论余秋雨的印度书写》，《文艺争鸣》2014年第7期。

二、学位论文

严冰：《论余秋雨历史文化散文》，福建师范大学硕士论文，2003年。

陈安娜：《余秋雨散文的修辞世界》，福建师范大学硕士论文，2004年。

齐亚敏：《殊途同归》，河南大学硕士论文，2004年。

李爱娟：《新时期"文化散文"创作论》，苏州大学硕士论文，2004年。

谢东升：《理性、诗性的契合与冲突》，河南大学硕士论文，2005年。

张莹：《论九十年代文化散文》，山东师范大学硕士论文，2006年。

方警春：《余秋雨散文现代性研究》，福建师范大学硕士论文，2006年。

周雨华：《论九十年代的思想散文》，广西师范大学硕士论文，2006年。

王桂红：《西部天空的守望者》，江西师范大学硕士论文，2007年。

周涵维：《马丽华散文研究》，四川大学硕士论文，2007年。

黄刚：《冯伟林文化散文的传播学解读》，中南大学硕士论文，2007年。

牟洪建：《余光中、余秋雨散文比较论》，山东师范大学硕士论文，2008年。

莫幼兰：《从余秋雨到易中天、于丹》，暨南大学硕士论文，2008年。

张扬：《"余秋雨现象"与"文化大散文热"》，华东师范大学硕士论文，2008年。

余树财：《寻求精神的家园》，华中师范大学硕士论文，2008年。

唐恬：《冯伟林历史散文的文体特征》，中南大学硕士论文，2008年。

王小花：《马丽华散文创作研究》，陕西师范大学硕士论文，2008年。

刘军：《新散文文体探索评议》，河南大学硕士论文，2008年。

管淑珍：《文化坐标的构建》，天津大学硕士论文，2009年。

段晔：《论九十年代文化散文的审美特征》，宁波大学硕士论文，2009年。

李慧慧：《余秋雨散文创作的市场化取向研究》，中国海洋大学硕士论文，2010年。

张乐亭：《浅析中国新生代散文的特质》，广西师范大学硕士论文，2010年。

张慧：《张承志散文特色研究》，山东师范大学硕士论文，2010年。

徐彩红：《藏民族地域文化的全景式审美再现》，内蒙古大学硕士论文，2010年。

杨若虹：《中国当代西部散文研究》，苏州大学博士论文，2010年。

万玛仁增：《初谈藏族散文发展及其艺术特点》，中央民族大学硕士论文，2011年。

赵微：《曾纪鑫文化历史散文研究》，延边大学硕士论文，2011年。

方圆：《中国文化散文英译中的文化缺省和翻译补偿》，复旦大学硕士论文，2011年。

郭茂全：《新时期西部散文研究》，兰州大学博士论文，2011年。

许莹：《余秋雨散文的悲剧品格与历史意识》，漳州师范学院硕士论文，2012年。

单微：《论历史文化散文对现代散文语言的承继与发展》，延边大学硕士论文，2012年。

李刚：《20世纪90年代中国散文与知识分子自我认同研究》，苏州大学博士论文，2012年。

周倩：《文化视阈与地域化书写——朱鸿散文创作及其他》，陕西师范大学硕士论文，2013年。

王轩：《素素游记散文主题意蕴研究》，延边大学硕士论文，2013年。